FOR$_2$

FOR pleasure　　FOR life

FOR2 67

失控的焦慮世代：

手機餵養的世代，如何面對心理疾病的瘟疫

作者：強納森・海德特（Jonathan Haidt）
譯者：鍾玉玨
責任編輯：潘乃慧
校對：聞若婷
封面美編：簡廷昇

出版者：英屬蓋曼群島商網路與書股份有限公司台灣分公司
發行：大塊文化出版股份有限公司
105022 台北市松山區南京東路四段 25 號 11 樓
www.locuspublishing.com
讀者服務專線：0800-006689
TEL：(02)87123898 FAX：(02)87123897
郵撥帳號：18955675 戶名：大塊文化出版股份有限公司
印務統籌：大製造股份有限公司
法律顧問：董安丹律師、顧慕堯律師

總經銷：大和書報圖書股份有限公司
地址：新北市新莊區五工五路 2 號
TEL：(02) 89902588 FAX：(02) 22901658
初版一刷：2024 年 12 月
初版四刷：2024 年 12 月
定價：新台幣 480 元
Printed in Taiwan

失控的焦慮世代

手機餵養的世代，
如何面對心理疾病的瘟疫

THE
ANXIOUS GENERATION
How the Great Rewiring of ChildhoodIs Causing an Epidemic of Mental Illness

Jonathan Haidt

強納森・海德特 著

鍾玉玨 譯

獻給紐約P.S. 3實驗小學、LAB實驗中學、巴魯克中學和布魯克林技術高中的教師與校長，感謝他們傾注一生培養孩子，其中也包括我的孩子。

目次

前言　在火星長大的世代

假設你的大女兒十歲的時候，被一位你從未見過、但充滿遠見的億萬富豪選中，邀她加入人類在火星的第一個永久定居點。她的學業成績不俗，加上她的基因體分析報告（你不記得那曾徵得你的許可），為她掙得了這個席位。她在你不知情的情況下，報名參加了這次甄選，因為她**熱愛**外太空，而且她所有的朋友也都報名參加。她懇求你讓她去。

在拒絕她之前，你同意先多瞭解一些狀況。你瞭解到，他們之所以招募兒童，是因為兒童比成年人更能適應火星的不尋常條件，尤其是低重力。如果孩子在火星上經歷青春期及連動的快速發育，他們的身體會永久地適應火星環境，不同於成年後才來火星定居的人。至少理論上是這樣，至於適應火星的兒童是否能重返地球生活，則不知道。

你還找到其他驚心的原因。首先是輻射問題。地球上的動植物都是在磁層（magnetosphere）的保護下演化，磁層阻擋或轉偏大部分的太陽風、宇宙射線和其他轟擊我們地球的有害粒子。火星沒有這樣的屏障，因此會有更多的離子穿透你女兒體內每個細胞的DNA。這個計畫的負責人為火星定居點建造了防護罩，但根據的是成年太空人的研究結果，這些人在太空待了一年後，罹癌的風險只略增一點。[1]然而兒童的風險高得多，因為他們的細胞正在更快速地發育和分化，因此細胞受損的機率也更高。計畫負責人考慮到這一點了嗎？他們對兒童的安全做過任何研究嗎？據你所知，沒有。

還有重力問題。經過漫長的歲月，演化優化每個生物體的結構，以適應地球這個星球的重力。從出生開始，每個生物的骨骼、關節、肌肉和心血管系統，都是在地心引力這種不變的單向重力作用下發育成長。消除這種恆定的引力，會對我們的身體產生深遠的影響。成年太空人在太空的失重狀態下生活幾個月之後，肌肉變得比較無力，骨骼密度也會降低。他們體內的液體會積在不該積的地方，比如腦腔，這會壓迫眼球，改變眼球的形狀。[2]火星有重力，但只有地球重力的三八%，在火星低重力環境下長大的小孩，骨骼、心臟、眼睛和大腦出現畸形的風險非常高。計畫負責人考慮到兒童這種脆弱性了嗎？據你所知，沒有。

所以，你會讓她去嗎？

當然不會。你明白這簡直是瘋了的想法——把孩子送到火星，也許一去不回。為什麼會有家長允許這種事呢？負責這項計畫的公司，急於搶在其他競爭對手之前確立對火星的所有權。這家公司的領導人似乎對兒童發育一無所知，也不關心兒童的安全。更糟的是，**這家公司未曾要求提供父母許可的證明**，只要孩子在選項欄勾選她已獲得父母的許可，就可以朝火星飛奔而去。

任何公司都不能在未經我們同意之前，就帶走我們的孩子並危及他們的安全，否則他們將承擔巨大的法律責任。對吧？

二十與二十一世紀之交，在美國西岸的許多科技公司利用快速發展的網際網路，推出一系列改變世界的產品。當時普遍存在科技樂觀主義情緒；認為這些產品讓生活變得更輕鬆、有趣、有效率。其中一些產品還能幫助我們建立連結與溝通，因此它們看似很有可能成為愈來愈多新興民主國家的福音。在鐵幕瓦解不久之際，大家感覺到新時代的曙光降臨。這些科技公司的創辦人被譽為英雄、天才和全球慈善家，他們就像普羅米修斯一樣，把天神的禮物帶給了人類。

但是科技產業不僅改變了成年人的生活，也開始改變孩童的生活。自一九五〇年代以來，兒童和青少年已經看了太多電視，但新技術比從前的技術更方便攜帶、更個人化、更讓人投入。家長都很早就發現這件事，就像我在二〇〇八年，發現我兩歲的兒子滑著我買的第一台 iPhone 手機，嫻熟地操作觸控式介面。智慧型手機或平板電腦可以讓孩子開心又安靜地玩上幾個小時，這讓許多父母鬆一口氣。這樣安全嗎？沒有人知道，但因為其他人都這麼做，所以每個人也就當作沒問題了。

然而，這些科技公司鮮少或根本沒有研究自家產品對兒童和青少年心理健康的影響，也沒有和相關研究人員分享任何數據。當愈來愈多證據顯示，它們的產品對青少年造成傷害時，大多數公司的回應是否認、混淆視聽和發動公關活動。[3]犯規最嚴重的，是一些公司利用心理學上的把戲，把年輕人對平台的「參與度」最大化，讓他們持續點擊不停。他們使兒童在脆弱的發育階段就上鉤，此時他們的大腦會因應接收到的刺激不斷快速重塑（rewiring）。其中社群媒體對女孩傷害最大，電玩公司和色情網站則對男孩影響最深，讓他們身陷其中、難以自拔。[4]透過設計出源源不絕易於上癮的內容進入孩子的眼睛和耳朵，取代他們身體活動和人際互動，這些公司不僅重塑孩童的童年生活，也改變人類的發育，影響規模之大，幾乎難以想像。孩子童年被重塑得最嚴重的時期發生在二〇一〇年至二〇一五年間，不過我要講的故事的時間軸開始於一九八〇年代，父母憂心過度和過度保護的子女教養方式從那時開始抬頭，經過新冠疫情封鎖期間，一直持續到今天。

迄今為止，我們對這些科技公司祭出了哪些法規？在美國，我們制定了大多數國家後來也都仿效的法規，主要禁令包括一九九八年生效的《兒童線上隱私保護法》（COPPA）。該法要求十三歲以下的兒童與公司簽訂合約（服務條款）以及在註冊帳號時，必須先獲得父母同意，才能提供個人資訊和放棄部分權利。該法將「網路成年」的年齡定為十三歲，但立法的原因與兒童安全或心理健康無關，保護的是兒童隱私。[5]此外，該法的措辭並未要求公司驗證用戶年齡；只要孩童在勾選欄稱自己年齡夠大（或者輸入不實的出生日期，以符合規定），幾乎可以在網際網路暢行無阻，不需要父母知情或同意。事實上，美國十三歲以下的孩童，高達四成擁有 Instagram 帳戶，[6]而美國的聯邦法律自一九九八年以來一直未見更新（倒是英國和美國個別的幾個州已率先採取一些措施[7]）。

有些科技公司的行為就像菸草商和電子菸產業，設計讓人極容易上癮的產品，然後規避限制向未成年人行銷的法律規範。我們也可以將科技公司與反對禁用含鉛汽油的石油公司加以對照。在二十世紀中期，愈來愈多證據顯示，美國每年光開車族排放到空氣裡多達數十萬噸的鉛，就影響數千萬兒童的腦部發育，損害他們的認知發展，增加反社會行為的機率。即便如此，石油公司仍繼續生產、行銷、販售含鉛汽油。[8]

當然，今日的社群媒體巨擘與二十世紀中葉的大型菸商截然不同：社群媒體推出的產品對成年人確實有用，幫助他們搜尋資訊、找工作、聯絡朋友、覓性尋愛；提高購物和組織政治活動的效率；提供數以千計讓生活更輕鬆便利的撇步。大多數人樂見香菸從生活中消失，但社群媒體不一樣，不但更具價值、更實用，甚至深受許多成年人的喜愛。有些成年人沉迷於社群媒體和其他網路活動無法自拔，但就像菸草、酒精或賭博一樣，我們通常會讓他們自行決定該怎麼做，並予以尊重。

但這個原則不適用於未成年。人類大腦中追求獎賞的腦區雖然成熟得比較早，但額葉皮質——攸關自我控制、延遲滿足和抵禦誘惑的腦區，要到二十多歲才會完全發育成熟，因此十來歲的兒少處於特別脆弱的發育階段。他們開始發育之後，往往對群體或社交活動缺乏安全感，影響所及，很容易受同儕壓力的左右，也很容易被任何看似獲得社群認可的活動所誘惑。我們不會讓十來歲的兒少購買菸酒，也不會讓他們進入賭場。相較於成年人，青少年使用社群媒體的代價高太多，好處卻微乎其微。所以把孩子送上火星之前，先讓他們在地球長大長全吧。

本書講的是一九九五年後出生的世代，[9]俗稱Z世代，他們出現在千禧世代（誕生於一九八一至一九九五年）之後。有一些市場行銷的人會告訴我們，Z世代的出生年分最晚截止於二〇一〇年左右，而緊接在後的是α世代。但我認為，除非我們能改變讓年輕人如此焦慮的童年環境，Z世代，亦即焦慮的世代，會繼續存在下去。[10]

社會心理學家珍・特溫格（Jean Twenge）的開創性研究指出，導致世代差異的不僅僅是童年經歷的**事件**（如戰爭與經濟蕭條），還包括小時候使用的**技術推陳出新**（收音機，接著電視、個人電腦、網際網路、iPhone陸續登場）。[11] Z世代最早的一批人是在二〇〇九年左右開始進入青春期，當時也出現了幾個科技趨勢：二〇〇〇年代高速寬頻快速普及；二〇〇七年iPhone問世，猶如超級病毒的社群媒體揭開一個新時代。二〇〇九年，社群媒體「按讚」和「轉發」（或「分享」）的功能揭開最後一個趨勢的序幕，改變了網路世界的社交動態。二〇〇九年以前，社群媒體的最大功能是讓你和朋友保持聯繫，由於即時互動與反饋的功能不多，產生的毒性遠不及我們今日所見。[12]

沒幾年出現了第四個趨勢——上傳自拍照，這對女孩的衝擊要比男孩大得多，等智慧型手機多了前置攝影鏡頭（二〇一〇年），以及臉書收購Instagram（二〇一二年），愈發加大流行。愈來愈多青少年上傳精心編修的生活照和影片，不僅讓同齡人和陌生人觀看，也讓他們評頭論足。

Z世代成為歷史上第一個在青春期度過以下情景的世代：他們的口袋裡有一個通往虛擬世界的門戶（portal），這個門戶召喚他們遠離周圍的人，進入另一個令人興奮、上癮、不穩定，而且（正如我將要說明的）不適合孩童和青少年的宇宙。要想在那個宇宙取得社交成功，他們必須將大部分心力，持續用於管理他們的線上品牌。為了獲得同儕認可（青春期的氧氣）和避免在網路上被羞辱（青春期的惡夢），這是必要的。Z世代的青少年每天花很多時間瀏覽朋友、熟人和遠方網紅閃亮快樂的貼文。他們觀看愈來愈多用戶自製的影片與串流媒體製作的娛樂節目；這些影音內容透過自動播放和演算法推播給他們，目的是讓他們盡可能長時間留在線上。這大幅減少了他們與朋友和家人玩耍、交談、碰觸，甚至眼神交流的時間，也因此減少參與對人類身心發展非常重要的實體社交活動。

因此，Z世代成了一種全新成長方式的實驗對象，這種成長方式截然不同於過去人類在小群體中實體互動的模式。我們稱這個現象是「童年大重塑」（The Great Rewiring of Childhood），他們彷彿成了「在火星長大的第一代」。

童年大重塑不僅涉及，推陳出新的科技如何影響兒童的生活和心智，還涵蓋第二條故事主軸：過度保護孩童，以及限制他們在現實世界的自主權；這雖是出於好意，但會造成災難性的後果。兒童需要大量的自由玩耍才能茁壯成長，這是所有哺乳動物都需要的。玩耍過程中發生的小規模挑戰和挫敗就像接種疫苗，為孩童日後面對更大的挑戰預作準備。但是由於各種歷史和社會原因，自由玩耍在一九八〇年代開始減少，並在一九九〇年代急遽削減。在美國、英國和加拿大，愈來愈多成年人認為，如果讓孩子在無人照管下到戶外閒逛，會吸引綁架犯和性犯罪者覬覦。無人監護的戶外玩耍減少之際，個人電腦卻變得愈來愈普及，也愈來愈有吸引力，逐漸成為大家消磨餘暇的去處。*

我建議將一九八〇年代末視為「以玩耍為主的童年」過渡到「以手機為主的童年」的開始，這個過渡期將直到二〇一〇年代中期，大多數青少年都有了自己的智慧型手機才完成。我說的「以手機為主」是很廣義的，其實涵蓋所有能連上網路的個人電子設備（它們逐漸占據所有年輕人的時間），包括筆電、平板電腦、能連上網路的遊戲機台，以及最重要、擁有數百萬應用程式的智慧型手機。

當我提到以玩耍為主或以手機為主的「童年」時，也是很廣義的。我指的童年，包含兒童和青少年（而未必要寫出「以手機為主的童年和青春期」）。發展心理學家通常將童年轉為青少年的過渡期標記為青春期的開始，但兒童進入青春期的時間不一，加上近幾十年來進入青春期的年齡逐漸提前，因此將青少年（adolescence）與國高中青少年（teen years）劃上等號並不準確。[13] 以下是本書對年齡層所做的分類：

- 兒童（children）：零到十二歲。
- 青少年（adolescents）：十到二十歲。

---

* 有充分的證據顯示，我指出的過度保護、科技功能、心理健康等趨勢，在盎格魯英語圈國家——美國、英國、加拿大、澳洲和紐西蘭，幾乎是同一時間發生，而且方式大同小異（參見 Rausch & Haidt, 2023, March）。我相信，這些趨勢也正出現在大多數或所有已開發的西方國家，儘管會因個人主義程度、社會融合程度和其他文化變數等因素而有所不同。我正在收集世界其他地區的研究結果，並將在 Substack 平台的「巴別塔之後」（After Babel）部落格介紹這些國家的趨勢。

- 國高中青少年（teens）：十三到十九歲。
- 未成年人（minors）：所有未滿十八歲的人。我有時也會用「孩子」（kids）一詞，因為聽起來不像「未成年」那麼正式與專業。

十到十二歲既歸類在兒童，也歸類在青少年，這樣的重疊是刻意為之：十到十二歲的人口通常被稱為「吞世代」（tweens，between 的簡稱，也稱為輕春世代或前青少年）。他們像孩子一樣愛玩耍，但已經發展出青少年複雜的社會和心理特徵。

以玩耍為主的童年漸漸過渡到以手機為主的童年，這讓許多兒童和青少年樂得待在室內上網玩遊戲，卻也因此失去接觸各種體能挑戰，以及面對面社交的機會，而所有年幼的哺乳動物都需要這些經驗，來協助發展基本能力，克服與生俱來的童年恐懼，並減少對父母的依賴。與同儕的虛擬互動，不能完全代償這些「體」驗。此外，將玩耍時間和社交活動轉移到線上的青少年也發現，自己愈來愈頻繁地不經意闖入成人場域，接觸成人內容，並以有害未成年人的方式與成人互動。因此，儘管家長在努力消滅實體世界的風險並限縮小孩的自由，卻多半在不知情的情況下，放任小孩在虛擬世界完全獨立自主，其中有一部分原因是大多數父母難以理解虛擬世界是怎麼回事，更不用說知道該限制小孩哪些行為或該怎麼限制才好。

本書的中心論點是——**保護過度在實體世界普遍存在，在虛擬世界卻是保護不足**，這兩個趨勢是導致一九九五年之後出生的孩子成為焦慮世代的主因。

關於術語的幾點說明。當我提及「實體世界」（現實世界）時，我指的是具有以下四種特徵的關係和社交互動；數百萬年來，這些一直是實體世界的典型特徵：

一、有身體參與（embodied）。換言之，身體必須在現場實際參與溝通與社交，察覺或感知到其他真人身體的存在，繼而對他們的身體做出反應，可能是思考後做出反應，或是下意識自動做出反應。

二、同步互動（synchronous）。意思是交流在同時發生，雙方透過對時機細微的掌握，你來我往地輪流說話。

三、交流與溝通主要以「一對一」或「一對多」的形式（one-to-several）進行，但一個時間點上只發生一個互動。

四、進入和退出某個群體或社群有「高門檻」（high bar），因此成員有強烈的動機經營人際關係，並在裂痕出現時努力修復。

反之，當我提到「虛擬世界」時，我指的是短短幾十年來出現在關係與互動中的四個典型特徵：

一、交流時無須身體參與（disembodied），換言之，不需要身體實際參與或存在，只需要語言。交流互動的夥伴可以是（而且已經是）人工智慧（ＡＩ）。

二、交流很大程度是「非同步進行」（asynchronous），透過文字為主的貼文和評論進行交流（視訊通話則不同，屬同步進行）。

三、涉及大量的「一對眾」（one-to-many）交流，向潛在的廣大受眾傳播訊息。可以同時進行多個互動，彼此獨立、互不影響。

四、發生的社群在進入與退出都是低門檻（low bar），因此成員不滿意時，可以封鎖他人或直接退出群組。群組往往是短暫的，成員之間的關係隨時可以終止。

實際上，「實體世界」與「虛擬世界」兩者的界限有些模糊。儘管我們使用FaceTime、簡訊與電子郵件和人保持聯繫，家人在很大程度上屬於實體世界的人。反之，十八世紀兩位科學家之間的關係更接近虛擬關係，因為他們只能透過書信往返認識對方。關鍵之別在於建立關係所需的承諾。當人自小在一個無法輕易逃離的社群長大時，他們就會像我們祖先幾百萬年來所做的那樣：學會處理人際關係、學會自我管理和情緒管理，因為他們希望這些寶貴的人際關係能夠長長久久。當然，現有許多網路社群也已找到可讓成員做出強而有力的承諾，並擁有歸屬感的方法，但總地來說，當孩童是在多重變異的網路世界裡成長，和別人互動時既不須使用真實姓名，又可輕易點一下按鍵就退群，影響所及，他們不太可能學會這些技能。

本書共分四部分。分別探討了自二〇一〇年以來青少年的心理健康趨勢（第一部分）；童年的本質以及我們怎麼搞砸了它（第二部分）；以手機為主的童年所造成的傷害（第三部分）；以及我們現在必須怎麼做，才能逆轉家庭、學校和社會所受的傷害（第四部分）。如果我們能夠一起行動，改變是可能的。

第一部分只有一章的篇幅，把二十一世紀青少年心理健康和幸福感下降的事實攤開來，揭露以玩耍為主的童年快速過渡到以手機為主的童年是多具殺傷力。從二〇一〇年代初心理健康開始下滑的趨勢，顯示在焦慮症、憂鬱症的患病率和自殘率顯著上升，這些趨勢對女孩的影響尤其劇烈，顯示心理健康下滑。男孩的情況又比較複雜，他們的焦慮和憂鬱的升幅較小（自殺率除外），但有時候開始得比女孩更早一些。

第二部分介紹背景脈絡。二〇一〇年代孩童的精神（心理）健康危機源自於一九九〇年代父母對孩子愈來愈多的憂心以及過度保護。。我認為智慧型手機和過度保護猶如「體驗阻斷器」（experience blockers），讓兒童和青少年難以獲得他們最需要的社交「體」驗，包括不無風險的玩耍、文化養成、成人儀式，乃至於建立浪漫的愛戀關係。

在第三部分，我將介紹一些研究，這些研究顯示，以手機為主的童年會在許多方面干擾兒童的發育與發展。我點出四種主要的傷害：睡眠剝奪、社交剝奪、注意力碎片化和成癮。然後，我將聚焦在女孩身上，*說明社群媒體的使用不僅與精神（心理）疾病**有關聯**，而且會**導致**精神（心理）疾病；我還列出經過實證的證據，說明社群媒體會透過多種方式造成這類的影響。我解釋男孩是如何經由略微不同的途徑，致使精神（心理）健康亮起紅燈。我解釋「童年大重塑」是如何導致愈來愈多人「轉大人」失敗——換言之，無法順利從青春期過渡到成年期，並承擔成年人該有的責任。在第三部分的結尾，我回顧一天到晚泡在手機上的生活如何改變了我們所有人（孩童、青少年和成年人），導致我們在我所謂的精神層面「向下沉淪」。我將討論六種古老的精神實踐與作法，得以幫助我們今天過更好的生活。

在第四部分，我將闡述我們現在可以做也必須做的事。我根據研究結果，提出一些建議，供科技公司、政府、學校和父母參考，希望解決各種「集體行動問題」。社會科學家對這些不利集體行動的困境進行了長期研究，在這些陷阱中，單打獨鬥的個體會面臨高昂的代價，但如果大家能夠協調並共同行動，就可以更容易地選擇長遠來看對所有人都更有利的行動。

身為紐約大學的教授，我教授研究所和大學本科系的課程，並在許多高中和大學發表演講，我發現Z世代有幾大長項，有助於他們推動積極的變革。首先，他們不會拒絕面對現實。他們希望變得更強壯、更健康，而且大多數人對新的互動方式抱持開放的態度。第二個長項是，他們希望實現系統性變革，創造一個更公正、更具關懷力的世界，而且他們善於組織幫助他們實現這一目標（是的，利用社群媒體）。在過去一年左右的時間裡，我聽說愈來愈多的年輕人開始關注科技產業對他們的剝削。憑藉組織力和創新力，他們將找到本書以外更多的解決方案，並努力付諸實踐。

■

＊關於性別的說明：（一般而言）女孩和男孩使用不同的平台，並以不同的方式使用這些平台，他們經歷的心理健康和心理疾病的模式也不同，因此本書很大一部分的內容（尤其是第六章和第七章）分別探討了發生在女孩和男孩身上的趨勢和過程。值得注意的是，愈來愈多的Z世代青年認為自己是非二元性別。一些研究顯示，自認是非二元性別的青年，心理健康甚至比同齡的男性和女性同儕更差（見 Price-Feeney et al., 2020）。無論是過去還是現在，有關這一群體的研究仍然很少，我希望未來的研究能夠探討社群媒體這類科技如何明顯影響非二元性別的青少年。我在本書介紹的大部分研究適用於所有的青少年，例如，四種主要的危害對青少年的影響與他們的性別認同無關。

我是社會心理學專家，不是臨床心理學家或媒體研究學者。但青少年心理健康崩潰是一個緊迫而複雜的主題，我們無法單憑任何一個學科的角度來理解它。我研究道德、情緒和文化。一路走來，我累積了一些工具和視角，並應用這些工具和視角來研究兒童發展和青少年的心理健康。

自一九九〇年代末正向心理學誕生以來，我一直活躍於這個領域，沉浸於幸福學的研究。我的第一本書《象與騎象人》（*The Happiness Hypothesis*），探討東、西方古老文化針對如何過幸福的生活所發現的「十大真理」。

我在維吉尼亞大學擔任心理學教授期間（直到二〇一一年），根據那本書教授了一門名為「心盛」（Flourishing）的課程。現在我在紐約大學商學院執教，向大學部和MBA學生教授不同版本的心盛。我的學生涵蓋不同的世代，從使用翻蓋手機的千禧世代到使用智慧型手機的Z世代，我都目睹他們的焦慮上升，對手機成癮。從他們坦誠討論心理健康面臨的挑戰，以及他們與科技的複雜關係，我從中受益頗多。

我的第二本書《好人總是自以為是》（*The Righteous Mind*），闡述了我對道德的心理演變基礎所做的研究。我特別關注人們為什麼需要融入一些道德社群，藉此找到共同的意義和生活目標，也因而探討好人為何總是被政治和宗教弄得分裂對立。這項研究工作讓我認清，線上的社群網路雖然可以幫助成年人實現目標，對於數十萬年來一直在實體世界的群體中汲取養分、被薰陶塑造、成長發育的孩子來說，社群網路可能不是有效的替代品。

然而，是我的第三本書引導我開始研究青少年的心理健康。我的朋友格雷・魯基亞諾夫（Greg Lukianoff）是最早注意到大學校園突然出現一些變化的人之一。他發現學生開始出現的一些扭曲思維模式，正是他在二〇〇七年憂鬱症嚴重發作後，透過認知行為療法（CBT）學會辨識和摒棄的思維模式。格雷是一名律師，也是「捍衛個人權利與表達權基金會」（Foundation for Individual Rights and Expression）的主席，該組織長期幫助學生捍衛自己的權利，抵禦校方當局的審查行為。二〇一四年，他看到一些奇怪的事情發生：學生竟然自己開始要求校方保護他們，以免他們受到「不安全」書籍和講者的影響。格雷認為，大學正在以某種方式**教導**學生認知扭曲（cognitive distortions），包括災難化思維（catastrophizing）、非黑即白的二元思維、情緒化推理等等，而這些都可能**導致**學生的憂鬱和焦慮。在二〇一五年八月，我們兩人在《大西洋》雜誌共同發表一篇文章〈為什麼我們製造出玻璃心世代〉（The Coddling of the American Mind），闡述這個觀點。

我們的看法有一部分是正確的：一些大學課程和學術新趨勢[14]確實在不經意地教授認知扭曲。但是到了二〇一七年左右，有一點可以看得很清楚：許多國家的憂鬱和焦慮問題愈來愈嚴重，在青少年中尤其明顯，而且不分學歷、社會階層和種族。平均而言，一九九六年後（含）出生的人在心理上與僅僅幾年前出生的人是大有不同的。

我們決定將發表在《大西洋》雜誌上的文章，擴大成一本同名書籍。書中，我們分析了造成這個心理疾病危機的原因，並借鑒珍・特溫格在二〇一七年的著作《i世代報告》（*iGen*）。當時發現的證據幾乎全都相關：青少年擁有 iPhone 後不久，開始變得更憂鬱。使用 iPhone 最頻繁的人也最憂鬱，而花更多時間參與面對面活動的人，比如加入體育隊伍和宗教社群的人，身心最健康。[15] 但礙於相關性並不等於因果關係，我們提醒父母不要基於當時的研究結果採取激烈行動。

當我在二〇二三年寫作此書時，更多的研究（包括實驗性研究及相關性研究）顯示，社群媒體對青少年造成了傷害，特別是正在經歷青春期的女孩。[16] 同時，我為這本書所做的研究也發現，造成這問題的原因比我最初想像的更廣泛。這不僅僅是關於智慧型手機和社群媒體，而是關於人類的童年出現前所未見的歷史性轉變。這種轉變對男孩的影響不亞於女孩。

為了確保實體世界對孩童安全無虞，這方面我們累積了逾一個世紀的經驗。二十世紀初，汽車開始普及，成千上萬的兒童因為汽車事故喪生，最後我們立法強制汽車安裝安全帶（一九六〇年代）和兒童安全座椅（一九八〇年代）。[17] 我上高中的時候，也就是一九七〇年代末，有許多同學吸菸，他們可以在自動販賣機輕易買到香菸。最後美國立法禁止這些自動販賣機，這讓成年的哈菸族感到不便，因為現在必須接受店員核對年齡後，才能購買香菸。[18]

數十年來，我們找到保護兒童的方法，同時在很大的程度上放任成年人愛做什麼就做什麼。然後突然間，我們創造了網路虛擬世界，在這個世界裡，成年人可以隨心所欲放縱自己一時的衝動，兒童卻幾乎束手無策，無法保護自己免受傷害。愈來愈多的證據顯示，以手機為主的童年導致孩子的心理出問題，與社會格格不入，而且極度不快樂。我們能對此妥協嗎？還是我們會像二十世紀那樣，覺得有時得拿出行動保護兒童免受傷害，即使這會給成年人造成不便？

我會在第四部分提出許多改革建議，希望這些建議能扭轉我們犯下的兩大錯誤：在實體世界過度保護兒童（他們需要透過大量且直接的體驗學習成長），在網路世界卻對他們保護不足（尤其是青春期青少年特別易受傷害）。我提出的建議是根據第一至第三部分剖析的研究報告。由於研究結果很複雜，而且不同的專家對部分研究發現看法分歧，我肯定也會在某些看法上出錯，但我會盡我所能，一發現實體書有任何錯誤，就會在網路上發布本書的補充資料加以修正。儘管如此，有四項改革非常重要，而且我對這些改革極具信心，因此我稱之為基礎性改革。落實這些改革，將為數位化時代更健康的童年打下堅實的基礎。它們分別是：

一、國、高中前禁止使用智慧型手機。家長應在孩子九年級（約十四歲）之前，只提供基本款手機（應用程式有限且無法上網瀏覽網頁），以推遲他們全天掛在網上的時間。

二、十六歲前禁止使用社群媒體。讓孩童度過大腦發育最脆弱的時期之後，才讓他們連上社群網，接觸社會比較的洪流，以及演算法推播的網紅。

三、無手機學校。從小學到高中的所有學校，學生在校期間都應將手機、智慧手錶和其他任何可以收發簡訊的個人數位設備存放在上鎖的置物櫃。只有這樣，學生才能把注意力放在彼此和老師身上。

四、更多不受監督的玩耍，培養孩童的獨立性。只有這樣，孩童才能自然而然地發展社交技能、克服焦慮，成為能夠管理自我的年輕人。

這四項改革並不難實施（只要我們有許多人同時進行），而且幾乎不花任何成本。如果社區中大多數的家長和學校都努力落實這四項改革，我相信會在兩年內，看到青少年心理健康顯著改善。由於人工智慧和空間運算（例如蘋果新款產品 Vision Pro 眼鏡）將讓虛擬世界變得更易於沉浸與上癮，我認為我們最好從今天就開始。

撰寫《象與騎象人》一書時，我對古人的智慧和前幾代人的發現產生極大的敬意。今天，那些聖賢會給我們什麼建議，讓我們有效管理以手機為主的生活呢？他們會告訴我們，放下手機，重新掌控自己的心靈。以下是公元一世紀古羅馬哲人愛比克泰德（Epictetus）的話，他對人類習慣讓他人掌控自己的情緒表示哀嘆：

如果把你的身體交給其他任何一個人，你無疑會不以為然。為什麼你不為自己的心輕易受他人影響，以至於隨便一個批評都能讓你不假思索地感到困惑和沮喪而感到羞愧？[19]

若你會在社群平台檢查自己「被哪些人提及」或曾被別人張貼的評語擾亂心情，就不難理解愛比克泰德的擔憂。即使你鮮少被提及或被批評，只是簡單瀏覽其他人沒完沒了的即時動態、怒噴、最新發展，也會讚賞羅馬帝國皇帝馬可．奧理略在公元二世紀給自己的建議：

不要把剩下的時間浪費在擔心其他人—除非這涉及公眾利益。這會讓你做不了任何有用的事，因為你太專注於某某人在做什麼、為什麼這麼做，他們在說什麼、想什麼、盤算什麼，以及其他一切會讓你分心的事，結果你反而無法專注於自己的思緒。[20]

二〇一〇年以來，X世代及之前的世代，罹患臨床憂鬱症或焦慮症的成年人並未大幅增加，[21]然而我們許多人因為新技術及其不斷的干擾和分散注意力，變得更焦慮、思緒更不集中、更筋疲力盡。隨著生成式人工智慧已能製作出真假難辨的逼真照片、影片和新聞報導，影響所及，網路上各種活動可能變得更加混亂。[22]事情不一定非得如此不可，我們其實可以重新掌控自己的心智。

這本書不僅適合父母、教師和其他關心兒童的人士閱讀，任何人想要瞭解人類史上為何出現人際關係和思考邏輯如此快速重塑的現象，這個現象又如何使我們每一個人現在更難以思考、不易專心，過度看重自己而忘了關心他人並建立親密關係，都可以看這本書。《失控的焦慮世代》是協助各世代重新找回正常人類生活的書。

第一部

大浪來襲

1 洶湧的痛苦

我與青少年的父母交談時，話題往往會轉向智慧型手機、社群媒體和電玩。家長描述的情況不脫幾種模式，其中一種是「衝突不斷」：父母試圖訂立規則並努力執行，但電子設備實在太多；孩子有各種理由跟父母吵，力爭放寬限制；道高一尺魔高一丈，孩子有太多規避限制的方法。結果，家人之間一天到晚為此爭執不休。維持家庭儀式和家人之間基本的互動愈來愈困難，感覺就像在抵禦不斷上漲的大浪，這股大浪不僅吞噬父母，也吞噬孩子。

和我交談過的家長，大多數人的故事並不是什麼已確診的精神疾病。相反地，他們有一種潛在的不安，擔心有什麼不尋常的事正在發生，擔心孩子因為上網時間愈來愈長而錯過了什麼——實際上，幾乎是錯過了一切。

但有時候，家長告訴我的故事黑暗得多——他們覺得失去了孩子。波士頓的一名母親告訴我，她和丈夫為了讓十四歲的女兒艾蜜莉[1]遠離社群平台Instagram，做了諸多努力。他們目睹ＩＧ對她的傷害。為了限制她使用ＩＧ，他們試了各種保護程式，試圖監控並限制她使用手機上的應用程式。結果家庭生活淪為不斷的衝突與抗爭，艾蜜莉最後找到繞過限制的方法。她進入母親的手機，關閉手機裡的監控程式，並威脅父母，若重新開啟程式，她就自殺。這個實例讓人不安又心痛。她的母親告訴我：

感覺唯一能讓她擺脫社群媒體和智慧型手機的方法就是搬到荒島上。她每年夏天都會去參加為期六週的夏令營，那裡規定不准使用手機——其實是禁用任何電子設備。每次我們從夏令營接她回家，她都是正常的樣子。一旦她又開始使用手機，就會恢復到之前焦躁、憂鬱的狀態。去年我沒收她的手機兩個月，另外給了她翻蓋手機，結果她又恢復正常的樣子。

這類故事如果是發生在男孩身上，通常涉及的是電玩（有時是色情內容），而非社群媒體，尤其當男孩從玩票的休閒玩家（casual gamer）過渡到重度玩家（heavy gamer）時。我認識一位木工，他告訴我，他的兒子詹姆斯現年十四歲，患有輕度自閉症。在新冠疫情爆發之前，詹姆斯的學業成績與柔道表現進步顯著。但學校停課後（當時詹姆斯十一歲），他和妻子買了一台遊戲機 PlayStation 給他，因為必須「讓他在家裡有點事做」。起初，這台遊戲機改善了詹姆斯的生活——他非常喜歡遊戲和社交。可是當他開始長時間迷上電玩《堡壘之夜》（*Fortnite*，又譯《要塞英雄》），他的行為開始出現變化。「就在那時，沮喪、憤怒和懶惰一併爆發。就在那時，他開始對我們發脾氣。」這位父親告訴我。為了因應詹姆斯突然改變的行為，他和妻子沒收他所有的電子產品。結果詹姆斯出現了戒斷症狀（withdrawal symptoms），包括易怒和攻擊性，他拒絕走出自己的房間。雖然他的症狀在幾天後有所改善，他的父母依然覺得進退兩難，表示：「我們試著限制他打電玩，但他除了線上交流互動的網友，並沒有其他朋友，所以我們能限制他多少呢？」

無論故事的模式或嚴重性如何，家長共同的感受是他們被困住了，覺得無能為力。大多數家長都不希望孩子過著以手機為主的童年，但不知怎地，這個世界已然改變，任何父母若想抗拒或對抗它，將讓孩子陷入社交孤立的處境。

本章接下來我將拿出一些數據，證明有大事在發生，並且早在二〇一〇年代初，某個影響深遠的現象就已經發生，導致年輕人的生活發生變化，心理健康急遽惡化。但在深入研究這些數據之前，我想先與大家分享一些家長的心聲，他們覺得自己的孩子不知怎麼被網路世界捲走，而他們現在正努力救回孩子。

浪潮開始

二〇〇〇年代，幾乎沒有跡象顯示，青少年精神疾病危機即將到來。[2] 然而，二〇一〇年代初，情況突然發生變化。每個精神病患的病因都不只一個；總是牽涉到複雜的背景脈絡，涵蓋基因、童年經歷、社會因素等。我的焦點是，為什麼在二〇一〇年至二〇一五年期間，許多國家的Z世代（以及一些晚生的千禧〔Y〕世代）精神病發病率都在上升？而老一輩的嬰兒潮世代或X世代受到的影響卻小得多？為什麼青少年出現焦慮和憂鬱的比例在全球同步走高？

葛瑞格和我在二〇一八年初完成了《為什麼我們製造出玻璃心世代？》。圖1.1取自該書的圖表，但當時的數據只到二〇一六年，所以我在本書做了更新，添加之後發生的最新情況。在美國政府每年所做的一項調查中，青少年會被問到一系列關於吸毒的問題，以及一些心理健康的問題。比如，你是否經歷過長時間的「悲傷、空虛或消沉」？是否長時間「對你原先喜歡的大多數事物失去興趣或感到厭煩」？在九個關於重度憂鬱症狀的問題中，若有「五個」以上的答覆為「是」，這些人會被歸類為極有可能在過去一年經歷「重度憂鬱症發作」。

你可以看到，從二〇一二年左右開始，重度憂鬱症發病率突然大幅上升。（圖1.1，以

國高中青少年重鬱症患病率

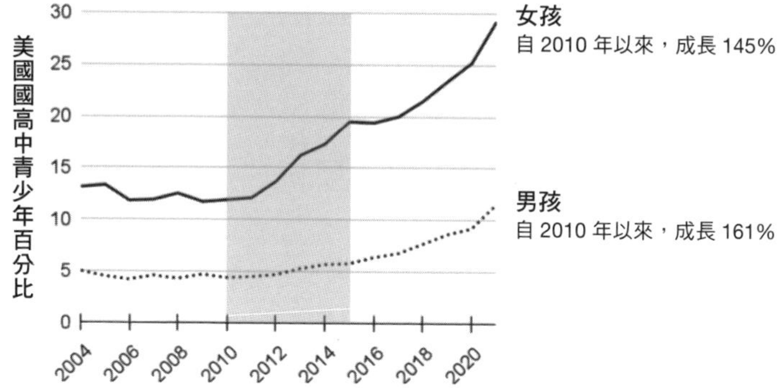

圖 1.1：美國的國高中青少年（十二至十七歲）過去一年至少出現一次重鬱症發作的百分比。受訪者根據清單列出的症狀，自我回報。上圖使用《為什麼我們製造出玻璃心世代？》的圖表 7.1，現在則做了更新，增加二〇一六年以後的數據。（資料來源：全美藥物濫用與健康調查）[3]

及接下來的大多數圖表，我都會添加一個陰影區，方便大家判斷二〇一〇年至二〇一五年之間是否發生了什麼變化，我把這段時期稱為「大重塑期」。根據**絕對值**（二〇一〇年以來新增的病例數），女孩的增幅遠大於男孩，這可從明顯上升的統計曲線得到印證。不過，男孩的起始值比女孩低，因此根據**相對值**（自二〇一〇年以來的百分比變化，我會一直使用二〇一〇年為基線），男女孩重鬱症發病率的增幅相近——大約都是一五〇%。換句話說，國高中**青少年憂鬱症的比率大約增加了兩倍半**。這種增幅發生在所有種族和社會階層。[4]二〇二〇年的一部分數據是在新冠疫情封城前後收集的，在那個時間點，美國每四個國高中女孩就有一個，在過去一年經歷一次重鬱症發作。二〇二一年的情況更糟；二〇二〇年之後，曲線更是陡峭上升。但絕大多數的上升情況在新冠疫情大流行之前就已發生。

激增的本質

二〇一〇年代初的青少年究竟發生了什麼事？我們需要「搞清楚**誰**從**什麼時候**開始受到了**什麼傷害**」。準確地回答這些問題，對於理解激增的原因並找出扭轉激增的潛在方法極為重要。這正是我和團隊所要做的，本章將詳述我們如何得出結論。

深入分析更多青少年心理健康的數據後，我們找到揭開這個謎團的重要線索。[5]第一條線索是，上升的病例幾乎都與焦慮症和憂鬱症相關，而這兩種心理失調被歸類為**內化型障礙**（internalizing disorders）。內化型障礙的患者會感到強烈的沮喪與消沉，並將心理失調的症狀**內化**。這些患者感到焦慮、恐懼、悲傷和絕望，反覆陷入負面思考、無法自拔，且往往退出人際關係與社交活動。

反之，外化型障礙是當個體感到沮喪與消沉時，將症狀與反應**外化**，針對的是他人而非自己。這些情況包括行為障礙（CD）、不易管理憤怒情緒、暴力傾向，或是做出高

罹患精神疾病的大學生

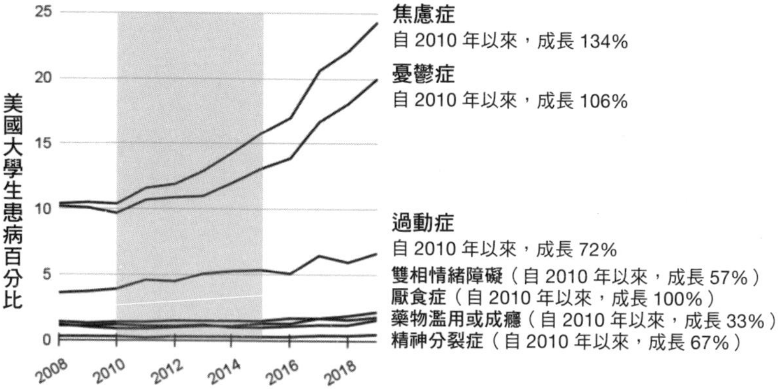

圖 1.2：罹患精神疾病的美國大學生百分比。在二〇一〇年代，確診罹患精神疾病的大學生人數持續上升，尤其是焦慮症和憂鬱症的病例。（資料來源：美國大學健康協會）[9]

危險行為。在各個年齡層、文化、國家，女孩和成年女性出現內化型障礙的比例向來較高，男孩和成年男性則多半出現外化型障礙。[6]儘管如此，這兩種障礙都會找上男女，而且自二〇一〇年代初以來，兩性罹患內化型障礙的病例都上升了，但外化型障礙的發生率相對變少。[7]

圖1.2顯示，內化型障礙的發病率大幅上升，受訪者是自稱找過專業人士、接受過各種診斷的大學生。數據來自各大學所做的標準化問卷調查，再由美國大學健康協會（American College Health Association）彙整。[8]憂鬱症和焦慮症的統計曲線圖一開始就遠高於其他心理疾病，在相對值和

絕對值上也都高於其他心理疾病。在二〇一〇年代，罹患心理疾病的大學生持續增加，幾乎都是因為焦慮症／憂鬱症病例增加之故。[10]

第二個線索是，病例激增主要集中在Z世代，也有一些年齡較小的千禧（Y）世代瓜分了一些病例。圖1.3顯示四個世代的受訪者自評在過去一個月，「大部分時間」或「所有時間」感到緊張的百分比。在二〇一二年之前，四個世代都沒有出現明顯變化的趨勢，但二〇一二年之後，最年輕的Z世代（該世代在二〇一四年開始進入調查所涵蓋的年齡範圍）感到緊張的比例開始急遽上升。下一個年齡組（主要是千禧世代）也上升，但幅度不大。最年長的兩個年齡組則相對穩定：X世代（一九六五至一九八〇年出生）略有上升，嬰兒潮世代（一九四六至一九六四年出生）則略為下降。

什麼是焦慮？

焦慮與恐懼有關，但兩者並非同一件事。根據精神病學診斷手冊（DSM-5-TR）的定義，恐懼是「對真實存在或感知到的直接威脅的情緒反應，焦慮則是對未來威脅的預期」。[12]兩者都屬於針對現實狀況的正常反應，但如果是過度的恐懼或焦慮，兩者就可能演變成心理問題。

各年齡組的焦慮症發病率

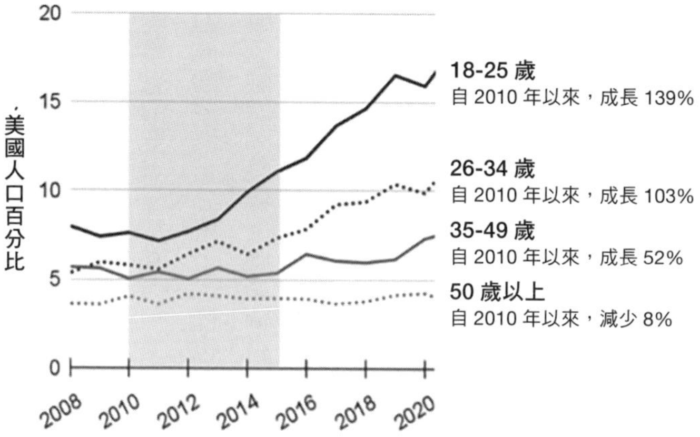

圖 1.3：美國各年齡組自評重度焦慮的人口百分比。（資料來源：全美藥物濫用與健康調查）[11]

焦慮及其相關的疾病似乎是當今年輕人主要的精神障礙。各種心理健康診斷顯示，焦慮症的盛行率上升最快（見圖1.2），緊隨在後的是憂鬱症。二〇二二年對威斯康辛州三．七萬多名國高中生所做的一項研究發現，焦慮症的盛行率從二〇一二年的三四％上升到了二〇一八年的四四％，其中女生和LGBTQ國高中生的增幅更顯著。[13]此外，在二〇二三年對美國大學生所做的一項研究發現，三七％的大學生「老是」或「大部分時間」感到焦慮，另有三一％的大學生「大約有一半時間」感到焦慮。這代表，**只有三分之一大學生**感到焦慮的時間不到一半，或者從未覺得焦慮。[14]

恐懼這種情緒，對動物生存具有重大的作用。在充斥捕食者的世界裡，反應快如閃電的動物更有機會將牠們的基因繁衍下去。實際上，對威脅做出快速反應極為重要，因此哺乳動物的大腦有快速反應機制，可以在視覺訊息抵達大腦後部的視覺中樞並完整處理之前，就觸發恐懼反應。[15]恐懼是一個警鐘，與快速反應系統相連。一旦威脅結束，警報解除，壓力荷爾蒙停止分泌，恐懼也跟著消退。

面臨危險時，整個反應系統會被恐懼啟動；面臨某個看來只是可能的威脅時，那個反應系統裡的一部分會被焦慮啟動。一個人身處確實可能潛伏危險的環境時，焦慮和警覺都是健康的反應。可是當我們的警報器處於極敏感的狀態，動不動光是普通事件（包括許多並未真正構成威脅的事件）就會啟動警鈴，這就會導致我們長期處於緊張與痛苦之中。這就是何以原本普通、健康、暫時的焦慮情緒惡化成焦慮症的原因。

同樣重要且值得注意的是，我們的警報系統不光是為了因應肉體危險而演化的。我們的演化優勢在於腦容量比較大，也有能力建構強大的社交團體，所以我們對社交性威脅（例如被排斥或遭到羞辱）格外敏感。相較於身死的威脅，我們——尤其是青少年，更擔心「社會性死亡」（social death，簡稱社死）的威脅。

焦慮症以多種方式影響身心。許多人會感到身體緊張、緊繃，腹部和胸腔不適。[16]

情緒上，焦慮症的表現為恐懼、擔憂，時間久了，還會感到疲憊。認知方面，焦慮常讓人難以清晰思考，陷入無益的反芻思考，並導致認知扭曲，包括災難化思考、過度類推（overgeneralizing）和二元思考等，這些都是認知行為療法（CBT）關注的面向。對於焦慮症患者，這些扭曲的思維模式往往會讓人出現不適的身體症狀，然後誘發恐懼和擔憂等情緒，繼而觸發更多的焦慮思維，陷入沒完沒了的惡性循環。

憂鬱症是當今年輕人第二大常見的心理疾病（見圖1.2）。這裡的心理疾病在精神疾病類別裡被稱為重度憂鬱症（MDD，簡稱重鬱症）。它的兩個主要症狀是情緒低落（感到悲傷、空虛、絕望）和對大多數或所有活動失去興趣或樂趣。[17]「在我看來，世上的一切作為令人疲憊、了無新意、乏味無趣、毫無意義。」哈姆雷特感嘆上帝禁止「自殺」後，緊接說出上述心聲。[18]重鬱症的診斷準則是，上述症狀必須持續至少兩週。這些症狀通常伴隨生理症狀，包括明顯的體重減輕或增加、睡眠時間遠少於或遠多於正常水準，以及疲憊。此外，還伴隨思緒紊亂，諸如無法集中注意力、走不出自己的過失或失敗（導致內疚感），以及諸多認知上的扭曲（這正是認知行為療法試圖修正矯治的對象）。憂鬱症患者可能會考慮自殺，因為他們覺得目前的痛苦永無止境，而死是一種解脫。

本書所提的憂鬱症有一個重要特徵：它與社會關係的關聯性。當人與社會脫節（或感覺與社會脫節），較容易罹患憂鬱症，而憂鬱症又會讓人對尋求社會連結的興趣和能力降低。一如焦慮症，這也會形成一種惡性循環。因此本書中，我特別關注友誼和社會關係。我們發現，以玩耍為主的童年會強化這些關係，以手機為主的童年則會削弱。

我通常不容易感到焦慮或憂鬱，但我曾經有三個時期陷入長期焦慮，需要靠藥物治療。其中一段時期還被診斷是重度憂鬱症，所以我多少可以理解許多年輕人的遭遇。我知道罹患焦慮或憂鬱症的青少年無法輕易「走出困境」或果決地「重新振作」。這些障礙是基因（有些人更容易出現這些精神疾病）、思維模式（可以透過學習形成或改掉），以及社會／環境條件共同造成的。但由於基因並沒有在二〇一〇年至二〇一五年之間發生變化，因此我們必須弄清楚是什麼思維模式和社會／環境條件發生了變化，掀起這波焦慮和憂鬱的浪潮。

這不是真的，對吧？

焦慮症和憂鬱症的患病率大幅增加，是否反映精神疾病病患真的愈來愈多？許多心理健康專家一開始對此抱持懷疑的態度。《為什麼我們製造出玻璃心世代？》一書出版的隔天，《紐約時報》刊登了一篇文章，標題是〈關於青少年焦慮的大迷思〉（The Big Myth About Teenage Anxiety）。[19] 一位精神科醫師觀察到，青少年使用智慧型手機引發社會愈加

因自傷而送往急診室就診的次數

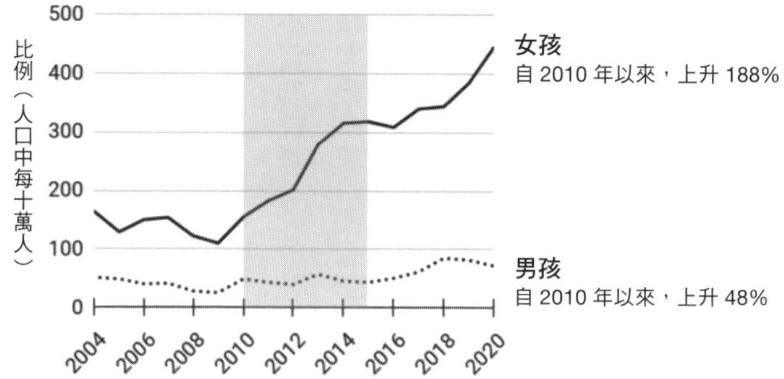

圖 1.4：美國青少年（十至十四歲）因非致命性自傷、送往醫院急診室接受治療的比例（每十萬人）。（資料來源：美國疾病控制與預防中心、國家事故傷害防制中心）[20]

強烈的道德恐慌，他在文中提出一些重要的反對意見。他指出，許多研究顯示青少年精神疾病患病率增加，都是根據「自評報告」，如圖1.2的數據。自評報告的變化不必然反映精神疾病實際的患病率變化。也許年輕人只是更願意分析自我的心理狀態，或者更願意誠實地談論自己的症狀？又或者，他們開始把輕微的焦慮症狀誤認為精神障礙？

這位精神科醫生的懷疑是對的嗎？他當然是對的，我們需要查看多項指標，才能確定精神疾病患病率是否真的在增加。一個很好的方式是查看青少年自評報告以外的評量變化。比如，許多研究會追蹤每年因為故意傷害自己而送往精神科急診或入院治療的青少年人數與變化。有些人可能企圖自殺（通常是服用過量藥物），有些人出現所謂的非自殺性自傷行為（NSSI），通常是割傷自己，但無意直接致死。圖1.4顯示全美急診室的就診數據，模式類似圖1.1看到的憂鬱症患病率上升的情況，尤其是女孩的患病率。

從二〇一〇至二〇二〇年，這些青春期少女的自傷率幾乎翻了三倍。年齡較大的女孩（十五至十九歲）自傷率倍增，二十四歲以上女性的自傷率，在此期間其實下降了（見網路最新補充資料）。[21] 無論二〇一〇年代初發生了什麼事，想必對於**青春期前的女孩及國高中青少女的打擊，大於其他任何一個群體**。這是一個重要線索。圖1.4顯示，故意自傷的行為包括非致命性自殺意圖（顯示極度消沉和絕望），以及非致命性自傷（如割傷）。一些人（尤其是女孩和年輕女性）會靠非致命性的自傷行為，因應焦慮和憂鬱。

在美國，青少年自殺率上升的時間趨勢，大致與憂鬱症、焦慮症和自傷率上升的時間趨勢相同，儘管自殺率開始快速上升的時間要早幾年出現。圖1.5顯示全美每年每十萬名十至十四歲的孩童中，自殺死亡的人數。[23] 在西方國家，男孩的自殺率幾乎不例外地高於女孩，而女孩試圖自殺的比例和非致命性自傷率則較高，如上文所述。[24]

圖1.5顯示，國高中青少女自殺率自一九八〇年代以來一直在有限範圍內來回波動，但自二〇〇八年開始上升，二〇一二年則是暴增。從二〇一〇年至二〇二一年，女孩自殺率上升了一六七%。這又提供了一條線索，循此進一步追問：**二〇一〇年代初，十二歲以下**

年紀較小青少年的自殺率

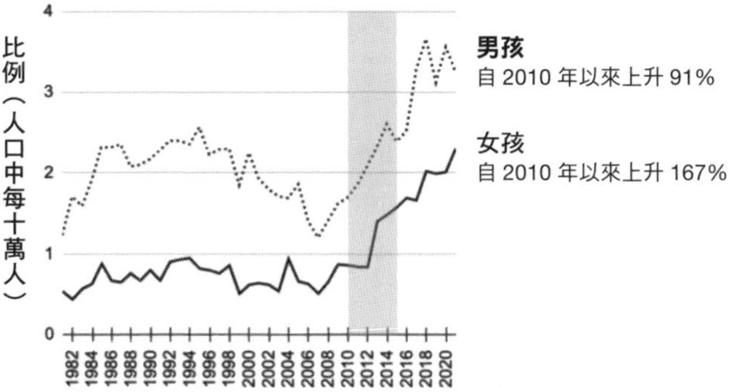

圖 1.5：美國十歲至十四歲青少年的自殺率。（資料來源：美國疾病控制預防中心，國家事故傷害防制中心）[22]

的女孩以及國高中青少女的生活到底發生了什麼變化？

自傷率和自殺率迅速上升，加上自評報告的研究結果顯示焦慮症和憂鬱症的患病率升高，有力反駁了對心理健康危機存在與否抱持懷疑態度的人。我承認，焦慮症和憂鬱症上升多少和大家更願意透露自己心理方面的問題有關（這是好事）。我也承認，部分是因為一些青少年開始把正常情況下出現焦慮和不適的感受視為心理疾病（這並非好事）。然而，健康自評報告的心理受苦情況（焦慮與憂鬱）和行為變化（自傷與自殺）之間的關聯性顯示，二〇一〇年代初期青少年的生活發生了巨變，也許從二〇〇〇年代末就已經開始。

智慧型手機與Z世代

二〇〇七年智慧型手機問世後，改變了每個人的生活。一如之前的收音機和電視，智慧型手機快速普及，橫掃美國，乃至全世界。圖1.6顯示上個世紀，美國家庭擁有通信設備的百分比。正如你所見，這些新技術快速普及，而在普及的初期階段，流行速度幾乎是直線上升，就在這十年左右的成長榮景期，似乎「每個人」都會加入購買行列。

圖1.6顯示了網際網路時代一些重要的特徵：它包含兩波熱潮。一九九〇年代，個人電腦及連線上網（當時是透過數據機）這兩種相輔相成的技術快速普及，到了二〇〇一年左右，這兩種通信設備已走入大多數家庭。接下來十年，青少年的心理健康水平並未下降。[26]平均而言，在第一波熱潮中成長並與新技術互動的千禧世代（Y世代）青少年，要比X世代青少年活得更快樂些。第二波熱潮則是社群媒體和智慧型手機迅速竄紅的時代；在二〇一二年或一三年左右，這些技術已普及大多數的家庭。就在這期間，女孩的心理健康開始崩潰，而男孩的心理健康則發生一系列範圍更大的變化。

當然，早在一九九〇年代末，國高中青少年就擁有手機，但都是不能上網的「基本」款，俗稱翻蓋機，因為最夯的款式只須輕晃手腕就能彈開機蓋。翻蓋機的主要功能是與朋友和家人一對一地直接通訊與通話。你可以用它打電話，也可以用笨拙的拇指按鍵打字發

使用的通信設備

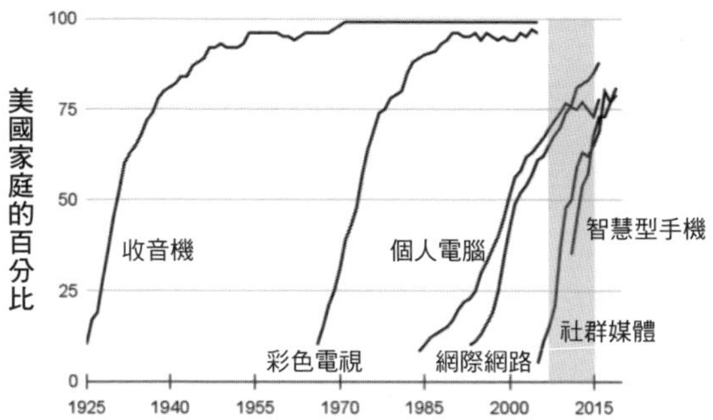

圖 1.6：美國家庭使用特定通信產品的百分比。智慧型手機的普及速度超過歷來任何一種通信設備。（資料來源：數據看世界 Our World in Data）[25]

簡訊。但智慧型手機截然不同。它可以一天二十四小時與網際網路連線，可以執行數百萬個應用程式，並迅速成為社群媒體的主要平台，這些平台可以整天不斷地向你發送訊息，提醒你關注其他人在說什麼跟做什麼。這種連結的好處少之又少，無法和直接與朋友互動交談相提並論。事實上，對許多年輕人來說，虛擬連結反而對他們有害。[27]

有多個來源提供智慧型手機早期使用的相關數據。皮尤研究中心（Pew Research）二〇一二年針對手機擁有率所做的調查報告顯示，二〇一一年，七七%的美國青少年擁有手機，但**只有二三%的青少年擁有智慧型手機**。[28]這代表大多數青少年只能透過電腦連上社群媒體，多半是使用父母的電腦或家庭電腦，因此隱私以及進入社群媒體的使用權都會受限；出了家門，上網也沒有那麼方便。這個時期，筆電和高速連網在美國愈來愈普及，所以一些青少年即使尚未擁有自己的智慧型手機，也開始擁有更多上網的機會。

不過直到青少年有了自己的智慧型手機，才能**隨時隨地**上網，即使出門在外，也能保持連線。非營利組織「常識媒體」（Common Sense Media）對美國家長所做的一項調查發現，二〇一六年，**七九%的青少年擁有智慧型手機**，八至十二歲兒童擁有智慧型手機的比例是二八%。[29]

青少年擁有智慧型手機之後，開始在虛擬世界花更多時間。二〇一五年，常識媒體的報告發現，擁有社群媒體帳號的青少年表示，每天花在社群媒體的時間大約是兩小時。至於全體青少年的平均值顯示，每天花在數位媒體的閒暇時間（不包括上學和寫作業）將近七小時，諸如打電玩，觀看網飛（Netflix）、YouTube或色情網站的影片。[30]皮尤研究中心二〇一五年的報告[31]也證實這些高掛的數據：每四名青少年就有一人表示，自己「幾乎一直掛在網上」。二〇二二年左右，這個數字幾乎翻了一倍，達到四六%。[32]

「幾乎一直掛在網上」的數據令人震驚，可能是解釋青少年心理健康突然崩潰的關鍵所在。這些異常高的上網率顯示，即使Z世代的青少年沒有使用數位設備，**看似**在進行一些真實世界的活動，比如上課、吃飯、和人聊天，他們的注意力在很大程度上還是放在社群媒體上，關注社群媒體的動態，或是對社群媒體的消息感到擔心（焦慮）。正如麻省理工學院教授雪莉・特克（Sherry Turkle）於二〇一五年在書中談到智慧型手機的生活，「我們永遠在別處。」[33]人類的思維意識和人際關係出現重大改變，對美國青少年而言，這起現象發生在二〇一〇至二〇一五年之間。以手機為主的童年誕生，以玩耍為主的童年畫下句點。

這個故事包括一個重要細節：iPhone 4 在二〇一〇年六月問世。[34]這是第一款配備前置鏡頭的 iPhone，讓自拍（照片或影片）變得更容易。同月，三星也在 Galaxy S 配置了前置鏡頭。同年，Instagram 問世，這是一款只能在智慧型手機使用的應用程式。最初幾年，IG 無法在桌上型電腦或筆電上使用[35]，所以用戶群很小，直到二〇一二年被臉書（Facebook）收購後才改觀。IG 用戶迅速成長（從二〇一一年底的一千萬[36]飆漲到二〇一三年初的九千萬[37]）。因此我們可以說，隨著臉書收購 Instagram，以及前置鏡頭問世，我們今天熟悉的智慧型手機，還有以自拍為主的社群媒體生態系統在二〇一二年出現了。到了大約二〇一二年，許多國高中女孩可能覺得周遭「每個人」都在使用智慧型手機和 IG，而且每個人都在互相比較。

接下來的幾年裡，由於 Instagram 內建更強大的「濾鏡功能」與編輯軟體，加上 Facetune 等外掛程式問世，社群媒體生態系統變得更加誘人。無論女孩是否使用濾鏡功能，她們在鏡子中看到的自己愈來愈沒有吸引力，輸給在手機上看到的其他女孩。

女孩的社交生活漸漸轉移到社群媒體平台，男孩則在虛擬世界中愈陷愈深，沉迷於各式各樣的數位活動，尤其是身歷其境的線上多人電動遊戲、YouTube、Reddit 和露骨色情網站——這一切都可以在智慧型手機上隨時隨地免費存取。

有了這麼多新奇刺激的虛擬活動，許多青少年（和成年人）失去了全然專注地與身邊人士交流的能力，這改變了每個人的社交生活，即使是不使用社群平台的少數人也不例外。因此，我把二〇一〇年至二〇一五年這段時期稱為「童年大重塑」。對於青少年來說，社交模式、模範人物、情緒管理、身體活動，甚至睡眠模式，都在短短這幾年發生了根本性改變。將二〇一三年使用 iPhone 的十三歲青少年（生於二〇〇〇年）與二〇〇七年使用翻蓋手機的十三歲青少年（生於一九九四年）相比，雙方的日常生活、思維意識，乃至人際關係都有著天壤之別。

他們感到焦慮和憂鬱難道不對嗎？

當我公開這些研究結果，經常有人提出反駁，表示：「Z世代當然憂鬱；看看二十一世紀的世界現況就會明白！從九一一恐攻開始，繼而發生阿富汗戰爭和伊拉克戰爭，接著爆發全球金融危機。Z世代還遭遇全球暖化、校園槍擊、政治兩極化、不平等、沉重的學貸債務等問題。你指出二〇一二年是關鍵的一年？那一年的關鍵大事是桑迪胡克小學槍擊案！」[38]

二〇二一年出版的《災難世代》（*Generation Disaster*）恰恰基於這樣的論點，解釋Z世代的心理健康問題。[39]儘管我同意二十一世紀一開始並不順暢，這些事件發生的時間點並不足以支持，Z世代是**因為**國家或全球威脅上升的客觀事實而感到焦慮和憂鬱的論點。

即便我們接受從九一一恐攻到全球金融危機的事件對青少年心理健康產生重大影響的前提，這些事件影響最大的對象也應該是千禧世代（生於一九八一年至一九九五年），這一代發現自己快樂幸福的童年世界粉碎了，向上流動的前景黯淡。但這些**並未**發生；他們的心理疾病患病率在青少年時期沒有惡化。另外，如果金融危機和其他經濟問題是主要原因，美國青少年的心理健康在二〇〇九年（金融危機最嚴重的一年）應該會急遽惡化，並且在二〇一〇年代隨著失業率下降、股市上漲和經濟升溫而有所改善。但這兩個趨勢都沒有在數據中得到證實。在圖1.7，我將圖1.1關於青少年憂鬱症的數據疊加在美國失業率的圖表之上，由於企業在金融危機開始時大規模裁員，因此失業率在二〇〇八年和二〇〇九年飆高。二〇一〇年失業率開始逐漸下降，到了二〇一九年初，更是降至歷史新低——僅三．六％。

我找不到任何經濟事件或趨勢，足以解釋青少年焦慮症和憂鬱症激增的現象。此外，

青少年憂鬱症 vs. 成年人失業率

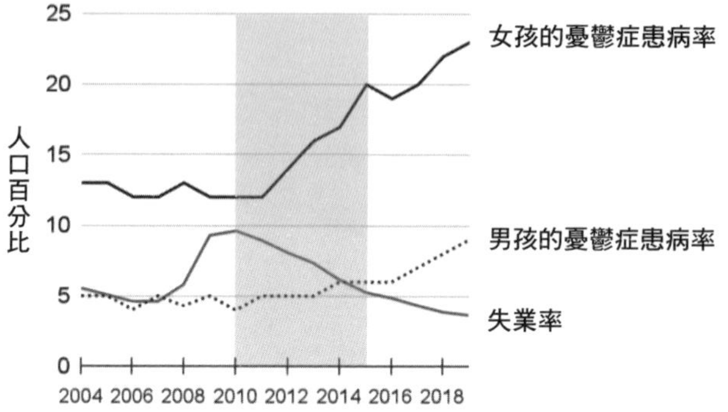

圖 1.7：青少年心理健康危機加劇期間，美國的失業率（勞動力市場失業成年人的百分比）持續下降。（資料來源：美國勞工統計局、全美藥物濫用與健康調查）[40]

也很難理解為什麼經濟危機對女孩的傷害會比男孩更大，而且對九至十二歲青春期前的女孩傷害最大。

我經常聽到的另一種解釋是，Z世代因為氣候變遷而感到焦慮和緊張，因為氣候變遷對他們生活的影響大於較老的世代。我不否認他們的擔憂合情合理，但我想指出的是，從歷史上看，國家或世代（而非個人）面臨迫在眉睫的威脅時，這些威脅並不會增加精神疾病的患病率。當國家受到武力或恐怖主義的攻擊，人民通常會團結救國，互相支持、迎接挑戰，展現強烈的使命感，此時自殺率會下降，[41]而且研究發現，戰爭開始時仍是青少年的人，過了數十年成年後，在實驗室進行的實驗中，表現出更高程度的信任和合作。[42]當年輕人為了某個政治訴求團結在一起，譬如一九六〇年代的反對越戰活動，或是一九七〇年代和九〇年代早期氣候運動的高峰期，他們會變得**活力十足**，而非萎靡不振或情緒消沉。每一個世代都在災難或即將到來的災難威脅下成長，從大蕭條、二次世界大戰、核毀滅、環境惡化、人口過剩，乃至嚴重的國家債務等。民眾集體面臨威脅時，他們不會憂鬱；而是當他們感到孤立、孤單或無用，才會憂鬱。一如後面的章節將提到，這正是「大重塑」對Z世代的影響。

集體焦慮可以將大家團結在一起，激勵他們採取行動，而集體行動會令人興奮，特別是能夠親身參與並實現訴求。針對前幾代人的研究發現，參與政治活動的人比一般人更快樂、更有活力。提姆·卡瑟（Tim Kasser）在二〇〇九年一項針對大學生、行動主義（activism）和繁榮茁壯的研究報告中指出：「行動主義本身有益身心狀態與幸福感。」[43]然而，針對年輕一代的活躍人士（包括氣候行動人士）的最新研究，卻發現相反的結果：當今政治活躍人士往往心理健康狀態**較差**。[44]未來總不免存在著潛在威脅與風險，但相較於主要在實體世界親自參與行動的較老世代，年輕人面對威脅的因應方式多半是在虛擬世界採取行動，這種方式對他們似乎產生了不同的影響。

氣候變遷的假說或論點，也無法解釋特定人口的一些特徵。比如說，為什麼焦慮症和憂鬱症的相對患病率在青春期前的女孩增幅最大？若說大家提高了對氣候問題的瞭解與認識，難道不是應該對年紀最長的青少年和大學生產生更大的影響嗎？畢竟他們更瞭解全球和政治議題，不是嗎？此外，這項假說也沒有考慮到時間點：為什麼許多國家的精神疾病患病率會在二〇一〇年代初期激增？瑞典氣候行動尖兵童貝里（Greta Thunberg，二〇〇三年出生）點燃了全世界年輕人的熱情，但那是她在二〇一八年的聯合國氣候變遷大會上發表演講後的事。

一切看似破碎不堪，但是在我成長的一九七〇年代，或是在我父母成長的一九三〇年代，情況也是如此。這就是人類的故事。如果說全球事件是造成當今心理健康危機的原因之一，那並不是因為全球事件在二〇一二年左右突然變得更加嚴重，而是因為全球事件突然透過手機輸入青少年的大腦，不是以新聞報導的形式，而是以社群媒體貼文的形式。其他年輕人在貼文中，表達他們對正在崩解的世界的看法與感受，這些感受在社群媒體上都具有傳染力。

整個盎格魯圈

判斷美國青少年是否因為時事新聞而變得焦慮和憂鬱，方法之一是將他們的心理健康趨勢與其他國家的青少年進行比較，後者的時事新聞與美國不同，文化距離也與美國存在程度不一的差異性。接下來，我將對不同的國家進行比較：文化相似、但重大新聞事件不同的國家，如加拿大和英國；語言和文化都不同的國家，如北歐國家；以及全球三十七個國家的現況，這些國家每三年對本國十五歲青少年進行一次調查。結果發現，這些國家都出現相似的模式和時間點：二〇一〇年代初期發生了一些變化。

首先以加拿大為例，加拿大與美國擁有許多相同的文化，卻沒有美國許多具潛在破壞性的社會和經濟特徵，像是高度的經濟不安全感。此外，加拿大避開了頻繁的戰爭和高犯罪率，在很大程度上也躲過了全球金融危機的影響。[45]然而，即使擁有這些優勢，加拿大青少年與美國青少年一樣，在同樣的時間範圍並以同樣的方式，出現心理健康水準急遽下降的現象。[46]

圖1.8顯示加拿大女孩和成年女性認為自己心理健康狀態「極佳」或「非常好」的百分比。如果你的數據只到二〇〇九年，會做出以下結論：最年輕的女性群體（十五至三十歲）最幸福，而且沒有任何需要擔憂的理由或問題。但是到了二〇一一年，最年輕女性的幸福曲線開始下滑，然後筆直下墜，而最年長女性群體（四十七歲及以上）的幸福曲線並無明顯變化。男孩和成年男性的曲線圖也顯示同樣的情況，不過下降幅度較小（你可以在線上補充資料找到該圖表和其他更多圖表，本書每一章都有一份單獨的谷歌文件。參見anxiousgeneration.com/supplement）。

極佳或非常好的心理健康狀態，加拿大女性

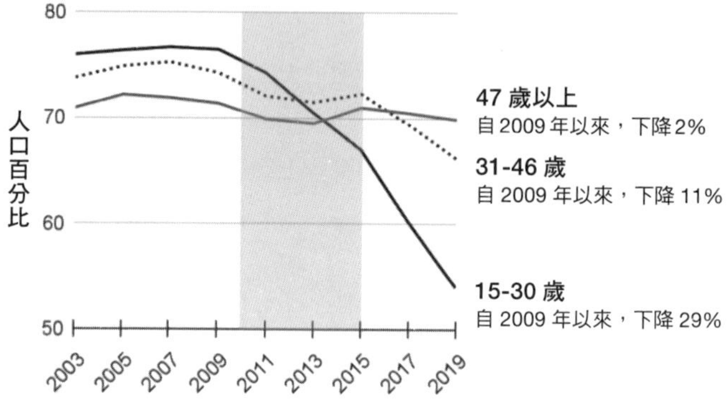

圖 1.8：加拿大安大略省的女孩與成年女性，自評心理健康狀態「極佳」或「非常好」的百分比。（資料來源：加拿大青年肖像：數據報告，D. Garriguet [2021]）[47]

與美國一樣，行為的變化與自評報告的心理健康狀況的變化互相吻合。我們在繪製加拿大青少年因自傷而到精神科急診室報到的統計圖時，發現幾乎與圖1.4美國青少年的模式完全相同。[48]

在英國的情況也是如此。相較於加拿大，英國與美國的文化差距更大一些。儘管如此，英國青少年的心理健康狀況，在同一時期出現與美國青少年同樣的模式。焦慮症和憂鬱症的患病率在二〇一〇年代初期上升，尤其是女孩。[49]當我們分析行為數據時，再度看到同樣的突升趨勢。圖1.9根據病歷的研究結果，顯示英國青少年故意自傷的比例。與美國和加拿大

英國國高中青少年自傷率

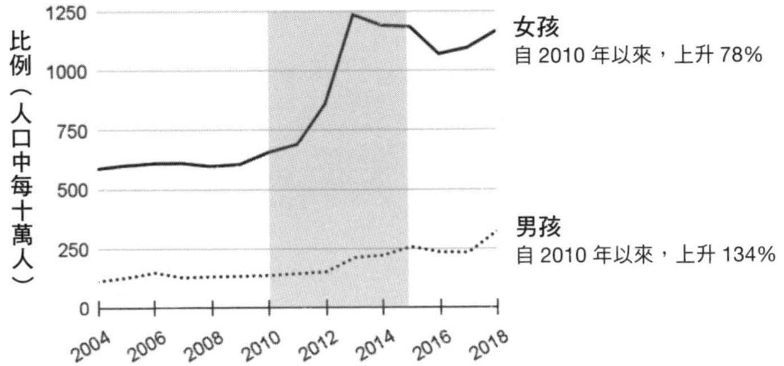

圖 1.9：英國青少年（十三至十六歲）的自傷事件。（資料來源：Cybulski 等人，2021 年，引用兩個英國匿名的病歷資料庫）[51]

的情況一樣，二〇一〇年代初期，英國青少年似乎發生了一些事情，導致青少年自傷人數突然大幅增加。[50]

我們在愛爾蘭、紐西蘭和澳洲等其他盎格魯圈的主要國家，也看到類似的趨勢。[52] 例如，圖 1.10 顯示澳洲青少年和剛成年的年輕人因精神病急診住院的比例。與其他盎格魯國家一樣，如果你在「大重塑期」開始的二〇一〇年停止數據收集，可能看不到任何異常，但是到了二〇一五年左右，青少年已陷入嚴重困境。

其他國家

二〇二〇年，我聘請札克・勞許（Zach Rausch）擔任兼職研究助理。他生於一九九

澳洲精神病患入院率

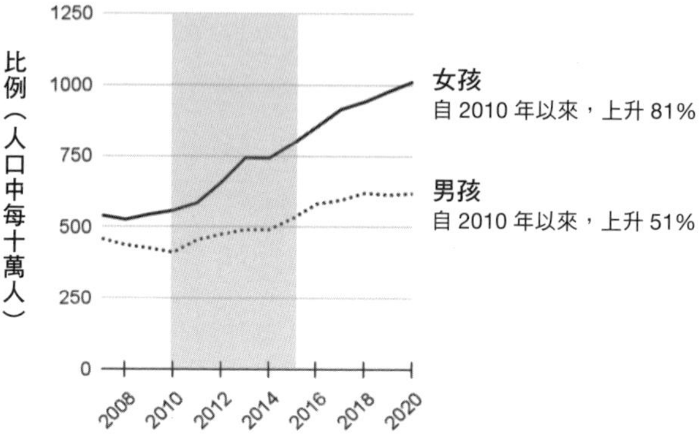

圖 1.10：澳洲青少年（十二至二十四歲）因精神問題入院一晚的比例。（資料來源：2022 年澳洲健康數據洞悉）[53]

四年，屬於千禧世代的末班車，當時正在攻讀心理學碩士學位，過沒多久，也成為本書的全職研究夥伴。札克收集了世界各地的心理健康數據，並在Substack平台的「巴別塔之後」發表了多篇深度報告（我們創建這個部落格的目的是測試本書與我下一本書的想法）。在一份報告中，札克研究了五個北歐國家，發現與五個盎格魯國家相同的模式。圖1.11顯示在二〇〇二年至二〇一八年間，芬蘭、瑞典、丹麥、挪威和冰島的青少年在自評報告中，出現高度心理困擾的比例。[54]這種模式與盎格魯國家反覆發現的模式並無不同：如果數據停在二〇一〇年大重塑期的開端，你看不到任何問題的跡象。如果查看截至二〇一五年的

北歐國家有高度精神困擾的人口比例

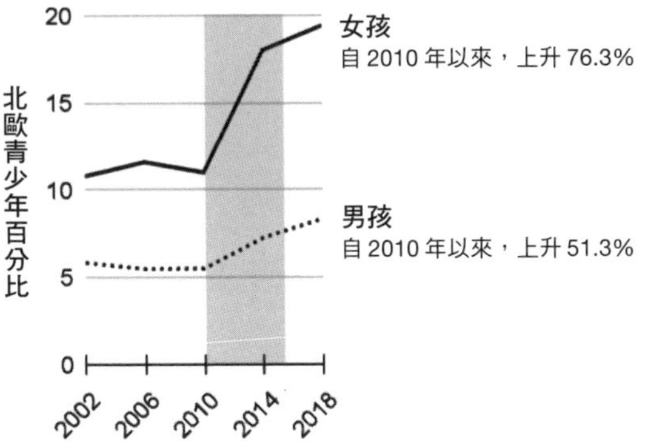

圖 1.11：北歐青少年（十一至十五歲）出現高度精神困擾的百分比。（資料來源：學齡兒童健康行為調查）[56]

數據，就會發現存在嚴重的問題。

富裕的盎格魯圈和北歐之外的世界又是如何呢？有幾項關於成人心理健康的全球性研究，但針對**青少年**的全球性調查卻少之又少。[55]不過，「國際學生能力評量計畫」（Program for International Student Assessment，簡稱PISA）的全球教育調查，自二〇〇〇年以來，每三年一次針對參加評比的三十七個國家、數千名十五歲學生及其家長進行調查。在數百個關於學生學業進展和家庭生活的問題中，有六個問題是關於學生對學校的感受。這些問題要求學生，對「我在學校感到孤獨」、「我在學校覺得自己是局外人（或遭到排擠）」、「我在學校容易交到朋友」（反向計分）等說法，表

全球校園的疏離現象

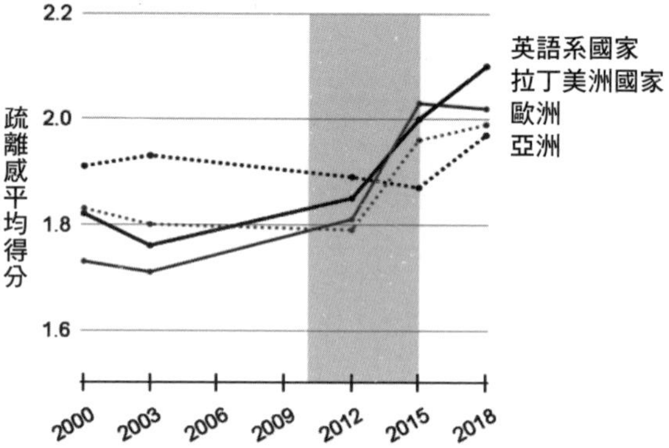

圖 1.12：顯示全球的校園疏離程度隨時間的變化（十五歲）。請注意，除了亞洲，其他地區校園內的疏離現象都上升了，尤以二〇一二年至二〇一五年最明顯（這六個問題未被納入二〇〇六年和二〇〇九年的調查）。給分範圍從一（低疏離感）至四（高疏離感）。（資料來源：Twenge、Haidt 等人 [2021]，數據來自 PISA）[59]

達他們的感受與同意程度。[57]

珍．特溫格和我分析了這六個問題的答覆，並繪製了自二〇〇〇年以來三十七個國家的綜合得分。[58]圖 1.12 顯示了世界四大地區的趨勢。在二〇〇〇年至二〇一二年期間相對平穩之後，除了亞洲，所有地區的學生在學校感到孤獨和沒有朋友的比例都在上升。在整個西方世界，似乎一旦青少年開始攜帶智慧型手機上學，以及動不動就使用社群媒體（包括在課間休息時間），他們就發現與同學交往或建立關係變得更困難。他們「永遠在別處」。

二〇〇八年的全球金融危機，

並未導致二〇一〇年代青少年心理健康問題出現跨國性的成長，也不是美國的校園槍擊案或美國政治情勢使然。我發現青少年心理健康在多國下降的唯一合理理論是，青少年用於建立關係的技術突然發生巨變。[60]

出生於一九九〇年代末的青少年是人類史上在虛擬世界度過青春期的第一代。二〇一〇年代初期給了Z世代智慧型手機之後，彷彿把他們送到火星上成長，這是人類對自己的孩子進行的最大一次實驗，過程難以預測與控制。

總結

- 在二〇一〇年至二〇一五年期間，美國青少年的社交生活大部分已轉移到智慧型手機上。他們可以隨時連線社群媒體、線上影音電玩及其他網際網路活動。我認為，這種童年大重塑期（智慧型手機＋網路）是導致二〇一〇年代初期以來青少年心理疾病暴增的最大原因。
- 手握智慧型手機（和網際網路）度過青春期的第一代美國人，變得更焦慮、憂鬱，以及有自傷和自殺的傾向。我們現在稱這一代為Z世代，與千禧世代形成鮮明的對比，後者在二〇一〇年「大重塑」開始時，青春期基本上已結束。

- 焦慮、憂鬱和自傷的大浪潮，對女孩的打擊大於男孩；對青春期前的女孩來說，打擊尤為嚴重。
- 男孩也受到心理健康危機的影響，憂鬱症和焦慮症的患病率也大幅上升，儘管增幅通常不比女生大。我將在第七章剖析，在使用科技產品的目的與心理健康問題方面，男孩與女孩有所不同。
- 美國少男少女的自殺率在二〇〇八年左右開始上升，二〇一〇年代上升幅度更大。
- 青少年心理健康惡化的現象並不限於美國。大約在同一時期，英國、加拿大和其他盎格魯圈主要國家的青少年，以及北歐五國的青少年也出現類似的模式。二〇一二年之後，在整個西方國家，青少年在校園感到疏離的程度上升。非西方國家的相關數據較少，模式也不太明確。[61]
- 沒有其他理論能夠解釋，為什麼這麼多國家的青少年焦慮症和憂鬱症患病率在同一時期以同樣的方式激增。當然，其他因素也會導致心理健康狀況惡化。然而，二〇一〇年至二〇一五年期間前所未見的上升趨勢，無法用全球金融危機或發生在美國與任一國家的系列事件來解釋。

以手機為主的童年，究竟以何種方式干擾兒童的發育並導致（或加劇）精神疾病呢？要回答這個問題，首先必須考慮什麼是童年？以及兒童需要怎麼做，才能長成健康的成人？這正是本書第二部分的重點。我將剖析童年大重塑的背景與脈絡，亦即從一九八〇年代開始，童年逐漸失去了以玩耍為主的基調。

第二部

背景故事

以玩耍為主的童年逐漸沒落

2 小孩在童年該做什麼

想像一下，二〇〇七年六月二十八日——蘋果發布 iPhone 的前一天，你陷入了沉睡。就像美國小說家華盛頓・歐文（Washington Irving）一八一九年的作品〈李伯大夢〉中的主人翁李伯・范・溫克爾（Rip Van Winkle），睡了十年後醒來，環顧四周，發現物理世界看來大致跟之前差不多，但人們的行為卻很奇怪。幾乎所有人都緊握著一個玻璃和金屬製的長方形小物品，只要停止不動，就會弓身盯著它。舉凡搭火車、進入電梯或排隊等候，都會這麼做。公共場所安靜得令人覺得詭異——就連嬰兒也被這個長方形物品迷住，不哭也不鬧。當你聽到說話聲，他們多半戴著白色耳塞式耳機，似乎在自言自語。

上述的思想實驗借用了我的合作夥伴托比亞斯・羅斯－斯托克維爾（Tobias Rose-Stockwell）的想法，他在其精彩的著作《憤怒機器》（*Outrage Machine*）裡用了這個假設性情境，說明智慧型手機對**成人**世界造成的變化。不過，這個思想實驗更適合說明童年後期和青春期的世界。二〇〇七年，青少年和許多青春期前的兒少都忙著用手機發送簡訊，但那時輸入簡訊非常麻煩（按數字鍵「7」四次才打得出一個「s」）。此外，大多數簡訊一次只能發給一個人，所以多數人發簡訊的目的是安排面對面的聚會與交流。畢竟沒有人願意花三小時耗在輸入簡訊上。然而大重塑期之後，青少年將大部分醒著的時間都花在和智慧型手機的互動上，消費來自陌生人的貼文和朋友的消息，或是玩手機遊戲、觀看影片、在社群媒體上貼文等等。在二〇一五年左右，青少年親身與他人見面交流的時間和動力都顯著下降。[1]

當日常生活，特別是社交生活，以這種方式出現劇變時，兒童和青少年的身心發展會發生什麼變化？以手機為主的新形態童年，是否會改變生理、心理和文化發展之間互相交錯的複雜影響？孩子應該做一些孩子該做的事，才能長成健康、快樂、有能力又成功的成年人，這種新形態童年是不是會加以阻礙？為了回答這些問題，我們需要退一步，細看人類童年的五個重要特徵。

慢慢成長的童年

人類有一個奇怪的現象：我們孩子的生長是先快，再慢，又再次加快。如果把人類的生長曲線與黑猩猩的生長曲線做個比較，會發現黑猩猩的生長速度一直很穩定，直到牠們達到性成熟，然後開始繁殖。[2]為什麼不該是這樣呢？如果演化的目的是可存活的後代愈多愈好，那麼盡快進入繁殖階段不是最適於生存的作法嗎？

但是人類的孩子會等待。他們在出生後的前兩年快速成長，接下來七到十年放慢，然後在青春期再次進入快速衝刺的成長期，過幾年才告一段落。有趣的是，兒童的大腦在五歲左右已接近最終體積的九〇%。[3]當智人出現時，他們的子女都是頭大身子小的弱者，在森林裡跑來跑去，幾乎像在懇求猛獸吃掉他們。我們為什麼會演化出這樣一個漫長又危險的童年呢？

主要原因是，我們人類在大約一百萬年到三百萬年前演化成有文化的生物，時間和我們從早期的類人猿（hominid species）分支演化為智人（*Homo*）屬的時候相當。文化，包括工具製造，深刻改變了我們的演化路徑。舉一個例子就好：當我們開始用火烹煮食物，我們的下顎和內臟變小，因為熟食更容易咀嚼和消化。我們的大腦愈來愈大，因為能活下來的勝利者不再是跑得最快或最強壯的人，而是最善於學習的人。我們人類因為能夠**互相學習**，利用祖先和社群傳下來的共同知識，因而具備改變地球的能力。黑猩猩幾乎沒有這些條件。[4]人類童年被拉長，是為了給孩子學習的時間。

為了盡可能地學習，演化過程如果太快進入青春期，會對適應能力造成不利的影響。

反之，放慢速度反而有好處。童年後期，大腦的體積雖然沒有明顯變大，但忙著建立新的連結並淘汰舊的連結。隨著兒童累積經驗和練習各種技能，不常使用的神經元和突觸會逐漸退化消失，經常使用的連結則會更牢固並加速神經的傳遞速度。換句話說，演化為人類提供了加長的童年，讓孩童可以在被視為成年人之前的青春期，有比較長的時間學習社會群體所累積的知識——類似文化學徒階段。

然而，演化賦予人類加長的童年，並非只為了讓學習**得以發生**。演化還植入了三個強大動機，讓學習變得**容易又方便**，這三個動機分別是：自由自在玩耍、調整節奏與他人同步活動、進行社會學習。在以玩耍為主的童年時代，放學後，孩子們在沒有大人看管的情況下，藉著一起玩耍嬉戲的方式，滿足這三大動機。但過渡到以手機為主的童年後，智慧型手機、影音電玩、社群媒體和其他令人上癮的科技，把孩子吸引到虛擬世界，讓孩童不能再充分受益於這三種動機發揮的正面影響。

自由自在玩耍

玩耍是童年的要務，[5] 對所有年幼的哺乳動物也是：透過活力十足而頻繁的玩耍，促進大腦神經元的連結。針對幼鼠、猴子和人類進行的數百個研究顯示，年幼哺乳動物**想**

玩，也**得**玩；一旦被剝奪玩耍的機會，社交、認知和情緒方面都會受到**負面的影響**。[6]

透過遊戲，年幼哺乳動物學習成年後想要活命所需的技能，並透過神經元最喜歡的方式來學習：在重複性的活動及低風險的環境中，從成功和失敗獲得反饋。小貓笨拙地撲向一根毛線，因為這毛線刺激幼貓視覺皮質中特定的神經迴路，而這些演化形成的迴路讓小貓對任何看起來像老鼠尾巴的東西都非常感興趣。經過多次嬉戲後，小貓會逐漸成為熟練的捕鼠高手。蹣跚學步的嬰兒，笨拙地四處跑動，爬上爬下、鑽進任何他們能鑽進的東西，直到他們能熟練地在複雜的自然環境中移動。掌握了這些基本技能後，他們開始玩更高階的你追我躲多人遊戲，如鬼抓人、躲貓貓、大魚吃小魚等。隨著年齡增長，換成了口語遊戲，如閒聊八卦、揶揄和開玩笑，幫助孩童學會分辨細微的差異、口語以外的暗示，以及說完話沒有得到想要的回應時，該如何立即採取措施、修復人際關係等高級課程。隨著時間推移，他們會培養出在民主社會需要的社交技能，包括自我管理、多人共同制定決策，以及接受敗選的結果。波士頓學院的發展心理學家、研究遊戲的知名學者彼得・格雷（Peter Gray）說：「玩耍時，需要抑制支配他人的欲望，才能建立持久的合作關係。」[7]

格雷把「自由自在玩耍」定義為「由參與者自由選擇和主導的活動，純粹為了活動而活動，而非有意識地追求有別於活動本身的其他目的」。[8] 在戶外與其他不同年齡的孩童一起進行的身體活動，是最健康、最自然、最有益的玩耍形態。帶有一定身體風險程度的玩耍是必要的，因為孩童可藉此學會如何照顧自己和彼此。[9]孩童只有在可能受傷的情況下，才學得會如何**不**受傷，比如與朋友玩摔角、假裝鬥劍，或者和另一個孩子講好怎麼玩蹺蹺板（如果講不好，可能會讓另一方跌到地上屁股痛或難為情）。如果家長、老師和教練介入玩耍，玩耍就會變得不那麼自由、好玩，也沒那麼有益。可成年人通常都無法停止指導欲和保護欲。

自由自在玩耍的主要特點之一是，**犯錯的代價一般不會很高**。每個人最初都很笨拙，每個人每天都會犯錯。透過不斷嘗試和犯錯，加上玩伴們的直接反饋，小學生逐漸做好準備，迎接中學階段更複雜的社交生活。讓他們做好準備的不是家庭作業，也不是處理情緒的課程。這些由成人主導的課程可能會提供有用的訊息，但訊息對於塑造正在發育的大腦並無多大幫助，玩耍才是關鍵。這與認知行為療法的一個重要觀點有關：情緒發展的關鍵是體驗，而非訊息。正是在無人看管、由兒童主導的遊戲中，兒童才能最有效率地學會忍受擦傷、處理自己的情緒、解讀其他小孩的情緒、輪流上場、解決衝突，以及公平競爭。孩童出於內在動機學習這些技能，因為他們希望融入遊戲小組，也希望能開心地玩下去。

這就是為什麼我選擇「以玩耍為主的童年」作為本書的核心用語，對照「以手機為主的童年」。以玩耍為主的童年，是指孩子把大部分的空閒時間花在與朋友在實體世界一起玩耍上，就像我在前言所說的：實體參與、同步進行活動、一對一或一對多的型式、在團體或社群中進行、加入或離開群體都要付出一定的代價（因此會在人際關係上花心思投資經營）。根據格雷彙整的人類學研究報告，[10]這就是狩獵採集社會的童年，意思是人類的童年經過長期演化後、形成的特徵之一是：在大腦發育的過程中，「期待」大量且自由的玩耍。當然，許多兒童的童年（至今有些仍然是）以工作為主。以工作為主的童年在工業革命時期非常普遍，這也是為什麼一九五九年聯合國「兒童權利宣言」將遊戲列為基本人權之一：「兒童應有充分玩耍和參加休閒活動的機會，這些應與教育的目的一致。」[11]

因此，當一些青少年開始把大部分醒著的時間拿來盯著手機（或其他3C設備）、一個人坐著觀看YouTube自動播放的影片，或是一直瀏覽Instagram、抖音（TikTok）和其他應用程式沒完沒了的訊息時，你發現問題來了。這些互動一般都具有虛擬世界的鮮明特徵：非實體參與、非同步進行、一對眾，而且要嘛是單打獨鬥進行，要嘛是在容易加入也容易退出的虛擬群組中進行。

即使這些網站的內容可以透過某種方式有效地被過濾，或刪除明顯有害的內容，這些平台令人上癮的設計還是減少了兒童在實體世界與其他小孩面對面一起玩耍嬉戲的時間。減少的程度太過嚴重，所以兒童手中的智慧型手機和平板電腦簡直就是**體驗阻斷器**。毋庸置疑，智慧型手機打開許多新的體驗，包括電玩（遊戲的一種形式）、虛擬的遠距離友誼等等。但是，這樣做的代價是減少人類進化與發展所需的各種體驗，而孩童必須大量擁有這些體驗，才能成為在社會上具有正常社交能力的成年人。這就好比我們給嬰兒平板電腦，裡面下載了關於走路的電影，但這些電影太過吸引人，以至於孩童從不花時間或精力練習走路。

年輕人使用社群媒體的方式，通常不太像自由自在玩耍時那麼無拘無束。事實上，在社群平台發表文章和評論，與格雷對自由自在玩耍的定義恰恰相反。社群網站上的活動與行為逼著年輕人成為行銷自己這個品牌的經理人，總是提前考慮每張照片、每段影片、每段評論和每個表情符號可能造成的社會後果與影響。每一個行為不一定是「為了行為本身而做」。相反地，每一個公開的行為多少都帶有其他目的與意圖。用格雷的話，就是「有意識地追求有別於活動本身的其他目的」。即使孩童從不在社群網站上發布任何訊息，可是花時間盯著社群媒體依然有害，因為他們會習慣性地比較、苛求難以達到的美麗標準，也因為在社媒花太多時間而影響其他日常生活。

調查顯示，正是青少年捨基本款手機而就智慧型手機的那幾年——即二〇一〇年代初期，與朋友隨興相聚的非結構化時間（unstructured time）大幅萎縮。圖2.1顯示「幾乎每天」與朋友相聚的美國學生（包括八年級、十年級和十二年級學生）的百分比。

一九九〇年代和二〇〇〇年代初（我將在下一章討論），隨興相聚的時間開始下滑，接著，二〇一〇年代出現更快速的下降。隨興相聚的時間加速下降，不僅是童年大重塑的

每天與朋友相聚

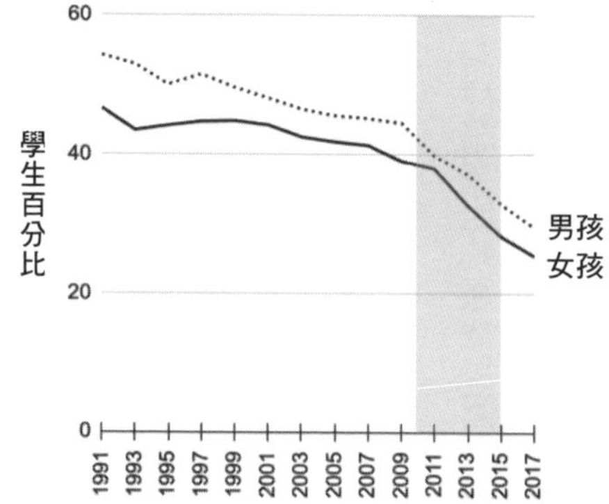

圖 2.1：宣稱放學後「幾乎每天」與朋友相聚的美國學生（八年級、十年級和十二年級）百分比。[12]（資料來源：觀察未來〔Monitoring the Future〕。我會在註釋中解釋如何使用這個重要的數據集）[13]

證據，這些現象**本身**就是大重塑。圖2.1顯示一個世代逐漸遠離實體世界，轉進虛擬世界，導致這個現象的主因包括智慧型手機、社群媒體、多人線上遊戲，以及高速無線上網。

調整節奏

人類孩童天生就會與人連結，一部分是靠調整／同步自己的動作與情緒，以便與他人互動或連結，甚至在他們能夠控制自己的手腳之前，就會與成人玩輪流、情感互動的遊戲。寶寶可愛的反應激起成人天生的照顧與保護欲；[14]成人盡其所能逗寶寶笑時，寶寶會回以最開懷的笑聲，這形成相互強化的反饋迴路。剛出生幾週的嬰兒有足夠的肌肉控制力，能模仿大人的一些面部表情，嬰兒與大人來來回回相互凝視和做鬼臉，是培養彼此依附關係的重要手段。[15]

智慧型手機會破壞這種重要的面對面互動。皮尤研究中心發現，一七％的美國父母表示，他們在與孩子相處時**經常**會因為手機分心；另有五二％的父母表示，他們**有時**會被手機分心。[16]儘管新科技長期以來早已影響父母與孩子相處時的注意力，智慧型手機對親子互動的干擾與影響尤其顯著。由於智慧型手機會頻繁發出新訊息的提示聲，打斷親子互動，有些父母與孩子一起玩耍時，對智慧型手機的關注甚至超過對孩子的關注。

學步兒童開始牙牙學語時，擁有大量的機會調整與父母或其他照顧者的互動，讓彼此的社會性連結愈來愈深。輪流的動作和掌握正確時間是基本的社交技能，這些技能可透過簡單的互動逐漸形成：我應該等多久才做下一個鬼臉比較好？或者在押韻遊戲裡等多久才念出下一個押韻字比較好？每個參與者都要學會解讀對方的面部表情和情緒，確保掌握正確的時機。發展心理學家把這種互動稱為「發球－接球」（serve-and-return），意思是社交互動就像網球或乒乓球比賽：你來我往輪流進行、充滿趣味、存在不可預測性、時機的把握至關重要。

練習協調一致對於發展社交技能，就像運動和鍛鍊對體能發育一樣的重要。根據國家遊戲研究所的說法：

協調與同步互動是日後調節自我情緒的基礎。孩童若被剝奪這種開心、互相信任的社交體驗，長大後往往會出現情緒問題與不穩定的行為。他們在青少年時期可能難以形成健康的依附關係，成年後，可能不會處理突如其來的挑戰或調節情緒，在面臨風險時無法做出明智的決定，也無法有效周旋於愈來愈複雜的社交互動。[17]

隨著年齡漸增，孩童不僅學會輪流的動作，還會進一步與同伴同步做同一件事，並樂在其中。女孩尤其喜歡與同伴一起唱歌、跳繩、玩押韻遊戲、邊唱童謠邊拍手（如拍手歌）。在這些遊戲中，自己快速的手部動作必須和同伴搭配得天衣無縫，同時嘴裡還唱著快節奏的無厘頭歌曲。這些遊戲沒有明確的目標，也沒有一定的獲勝方法。之所以令人開心，是因為它們利用同步這種古老的力量，讓毫無血緣關係的人產生連結和共鳴。

人類學家早就注意到，集體儀式是人類普遍的活動。十六和十七世紀的歐洲探險家發現，在各大洲，部落與聚落都會舉行儀式，大家在儀式中隨著鼓聲、唱誦，或節奏感強烈的音樂一起動作。[18]許多人都相信這種儀式可以重建信任並修補破裂的社會關係。法國社會學家埃米爾·涂爾幹（Émile Durkheim）寫道，這種儀式會產生「社會電流」（social electricity）；[19]他認為儀式對於培養群體凝聚力和歸屬感至關重要。

許多實驗顯示，同步動作確實具有這些效果。在一項研究裡，研究員給各組大學生戴上耳機，要求他們舉起啤酒杯，隨著聽到的音樂搖擺。一半的組別搖擺得非常和諧（因為他們在同一時間聽到同一首曲子）；一半的組別動作不同步（因為音樂以不同步的方式傳到他們的耳機）。聽完曲子後，所有組別玩了一個信任遊戲，遊戲中，哪個小組在多輪遊戲中一直都能合作，就能賺到最多的錢。但是如果在某一輪遊戲裡有某個小組選擇不合作（做出自私的選擇），可以在那一輪賺到比其他小組更多的錢。結果顯示，相較於行動不同步的小組，行動同步的小組更信任彼此，合作更多，賺得也更多。[20]

同步、面對面的身體互動和儀式，是人類演化進程中深層、由來已久、未獲充分重視的部分。成人樂在儀式之中，孩童也需要儀式幫助他們健康成長。然而，主要的社群媒體平台卻把孩子吸引到沒完沒了的**非同步**互動，這種互動更像在工作而非遊戲。大多數青少年擁有多個社群平台的帳號，經常使用社群媒體的青少年，**每天**光是花在上面的時間多達**兩個小時**或更長。[21]二〇一四年左右，近三分之一的青少女**每週花超過二十小時**在社群媒體上，相當於半個全職工作——為社群平台產製內容，也消費其他網友產製的內容。這些花在社群網站的時間，已無法用來與朋友進行面對面的社交。這份差事往往毫無樂趣可言，許多人卻覺得不得不做，擔心「錯過」某些消息或被社群孤立。[22]久而久之，這對許多人來說，成了一種無意識的習慣，每天都要做數十次。在社媒創建並消費內容產生的人際連結，往往是膚淺的，因為這種互動既非同步又公開，不像面對面的交流，也不像私人的電話或視訊通話。而且這種互動用不到身體；除了滑動和打字需要動到手指，幾乎用不到其他肌肉。我們是有形、有身體的生物，在演化過程中，學會用手、臉部表情和頭部動作等方式交流，即時回應同伴類似的動作。反觀Z世代，學的是使用表情符號代替這些交流方式。

失去協調與同步的互動，是社群媒體改變童年發展路徑（同時也破壞社會結構）的第二種方式。由於孩童習慣將大量時間花在不同步的互動上，捨棄與朋友面對面的相聚，因此從二〇一〇年代初開始，有許多青少年覺得自己孤單且渴望與他人建立連結，又有什麼奇怪呢？

見賢思齊的社會學習（social learning）

一旦人類祖先成為文化生物，演化便出現新的壓力，讓學習能力最強的人得到肯定與獎賞。這不是指那些在學校透過書本和課程學習能力最好的人。這是指能夠透過**挑選合適的模仿榜樣**，激發自己天生學習欲的人。

你可能認為選擇模仿榜樣是小菜一碟，簡單得很：孩子理應模仿他們的父母，對吧？但事實證明，這樣的策略是失效的。孩子沒有理由認為自己的父母就是家族或社區裡技能最好的成年人，所以為什麼不擴大範圍、廣泛地尋找呢？此外，孩童也需要學習如何順利成為所在社群的**前輩**，讓其他年紀較小的孩子模仿他們。

根據基因－文化共同演化的理論，兩位知名學者羅伯・博伊德（Rob Boyd）和皮特・李奇森（Pete Richerson）認為，[23]有一些「策略」經過幾千代人的演化成功出線，成為我們文化傾向的一部分。在討論社群媒體時，最相關的兩種策略是**從眾偏見**（conformist bias）和**聲望偏見**（prestige bias）。

從眾潮流的價值顯而易見：身處各式各樣的情況與環境，最安全的策略是做大多數人在做的事。尤其當你以新人之姿進入已經存在的社會或團體，從眾的作法尤其重要：俗話說，入境隨俗，因此孩子剛進一所新學校，非常有可能做著大多數孩子都在做的事。我們有時稱這現象為同儕壓力，不過即使沒有人對你這個新人施加任何壓力，你也可能感受到相當強烈的壓力，所以稱之為「從眾吸引力」（conformity attraction）可能更準確。當美國孩童從小學畢業進入初中（十一歲左右），發現（一如我的孩子）大多數同學都有 Instagram 帳號時，他們就會也想擁有一個。一旦進入 Instagram 平台，他們很快就會知道自己關注與追蹤的人如何使用ＩＧ，並順勢跟進，模仿他們使用該平台的方式。

在實體世界的社交場合，通常需要一段時間，往往是好幾個星期，才能比較明白最常見的行為有哪些，因此需要觀察多個群體在不同場合的表現。然而在社群媒體平台，孩子可以在一個小時內瀏覽上千個資料點（每篇貼文三秒鐘），而每個資料點都有按讚數這樣的數據和評論，反映哪些貼文受歡迎、哪些貼文不受關注或受到負評。

因此，社群媒體平台是**有史以來最有效的從眾引擎**（conformity engines），能在短短數小時內塑造青少年的心理框架與態度，決定哪些是社會可接受的行為；反觀父母可能煞費苦心想讓孩子坐直或停止抱怨，努力多年最後卻徒勞無功。父母無法利用從眾偏見的影響力，所以他們的言教與身教，往往無法與社群媒體的社會化影響力相提並論。[24]

但有另一個有別於從眾的重要學習策略：找出有聲望與地位的人，然後模仿他們。演化人類學家喬・亨里奇（Joe Henrich）是博伊德的學生，做了聲望偏見領域的大多數研究。[25]他指出，非人類靈長類動物的社會等級制度，建立在個體對群體的支配能力——有能力對其他人施暴的基礎上。但人類的社會等級制度建立在**聲望**的基礎上，願意把聲望給予那些在重要領域取得卓越成就的人，例如遠古時代看重擅於狩獵、講故事的人，所以這些人享有崇高的地位。

雖然我們可以自認能力出眾，更有效的方式卻是依賴他人的評價。如果大多數人都說法蘭克是族裡最好的神箭手，而你又看重射箭，那麼即使你從未看過法蘭克射箭，你也會「崇拜」他。亨里奇認為，我們之所以對聲望高的人如此崇拜（追星），是因為接近這樣的人，能大幅提高自己的學習成效，並透過與他們的關係，連帶拉抬自己的聲望。另一方面，聲望高的人也會允許一些追隨者接近他們，因為擁有一群跟班（一群忠實的追隨者和支持者），等於向社群發出可靠的訊號，顯示他們聲望崇高。

矽谷的社媒平台設計師直接瞄準這套心理系統，量化並顯示每篇貼文的數據（按讚數、分享、轉發、評論），以及每個用戶的粉絲數（追蹤與關注的人被稱為粉絲）。西恩・帕克（Sean Parker）是臉書早期的領導層之一，他在二〇一七年的一次採訪中承認，臉書和 Instagram 的創辦人希望建立「一個社群認可反饋循環（social validation feedback loop）……這正是像我這樣的駭客會想出來的東西，因為我們都在利用人類心理的弱點」。[26] 實際上，當社媒平台程式設計師根據點擊數來量化聲望，他們就像駭客侵入電腦，駭入並操控年輕人的心理，對年輕人的社交發展造成災難性的影響。在社群媒體平台上，成就與聲望之間的傳統連結已被輕易地切斷（虛擬世界的聲望與實體世界的實際表現無關），影響所及，年輕人追隨那些在虛擬世界成名的網紅時，往往會學習到一些在辦公室、家庭或其他實體環境中可能產生反效果的言談、行為和情感表達方式。

二十世紀大眾媒體的興起，導致成就與聲望脫鉤。「因出名而出名」這一說法最早流行於一九六〇年代，當時一個普通人之所以受到公眾的矚目，並不是因為他做了什麼重要之事，僅僅是因為他在電視上曝光，被數百萬人看到，然後引起幾波新聞熱議。[27] 這個短語後來在本世紀初，用於形容社交名媛兼模特兒芭莉絲・希爾頓（Paris Hilton），儘管她的成名仍有賴於主流媒體和小報的報導。不過，她的服裝造型師金・卡戴珊（Kim Kardashia）倒是為社群媒體時代重新定義了這個短語。卡戴珊開創了一條通往高聲望的新道路；她的性愛錄影帶在網路公開後，她開始拍攝實境秀節目《與卡戴珊一家同行》（*Keeping Up with the Kardashians*），將一家子介紹給大眾。截至二〇二三年，卡戴珊在Instagram擁有三・六四億粉絲，她的妹妹凱莉則擁有四億粉絲。

以聲望（人氣）為主的社群媒體平台，破壞了青少年最重要的學習機制之一，轉移他們的時間、注意力和模仿行為，不再關注能夠指導他們、幫助他們邁向成功的各種楷模與榜樣。反之，從二〇一〇年代初開始，數以百萬計的Z世代女孩，集體將她們最強大的學習系統對準了少數年輕女性，而這些女性的特殊專長看來就是累積粉絲人數及擴大自己的影響力。同時，許多Z世代男孩將他們的互動式學習系統瞄準高人氣的男性網紅，這些網紅展現的男子氣概與陽剛特質也相當極端，可能對少男的日常生活並不實用或適用。

預期的大腦，以及敏感期

孩童在漫長的文化學徒期間（亦即成長緩慢的童年和快速成長的青春期），會以不同的方式表達他們對玩耍、與他人協調一致、進行社會學習的渴望與期待。健康的大腦發育，取決於在適當的年齡，以適當的順序，獲得適當的經驗。

事實上，哺乳動物和鳥類的大腦發育有時稱為「經驗預期發育」（experience-expectant development），[28]因為動物在成長發育期間，預期可能獲得某種體驗時，大腦的某個特定部位會表現出更強的可塑性。最明顯的例子就是「關鍵期」（critical periods）的存在，即幼獸**必須**學會某些東西的黃金期，若是錯過，以後就可能很難、甚至不可能學得會。鴨子、鵝和許多其他水棲或陸棲鳥類，都有一個演化形成的學習機制，稱為印記（imprinting），告訴幼鳥必須跟著哪隻成鳥。在孵化後幾個小時，牠們會對視線範圍內任何一個和母親大小相當的移動物體留下印記。許多心理學教科書出現圖2.2這張照片：動物行為學專家康拉德・洛倫茲（Konrad Lorenz）被一排幼鵝尾隨，因為在幼鵝孵化後的關鍵期，他曾在幼鵝周圍走動，所以幼鵝的腦子對他的靴子留下印記，把靴子當成了母親。後來的研究顯示，幼鵝可能在關鍵期結束後對另一個對象產生依戀，不過儘管如此，最初的依戀對象仍會對牠們產生強烈的吸引力。[30]這個印記已永久烙印在牠們腦中。

至於人類，並沒有什麼真的嚴格限定時間的「關鍵期」，但我們看來有好幾個「敏感期」（sensitive periods）。在敏感期，學會某樣東西或掌握某項技能會非常輕鬆容易，而過了這些期間，學習會變得相對困難。[31]語言學習就是最明顯的例子。孩童很容易學會多種語言，但這種能力在進入青春期後的最初幾年會急遽下降。[32]當一個家庭搬到另一個國

圖 2.2：對康拉德．洛倫茲的靴子留下印記的幼鵝。[29]

家，十二歲（含）以下的孩子很快會講一口流利的當地語言，而且聽不出口音，但十四歲（含）以上的青少年可能一輩子都會被問：「你從哪裡來？」

文化學習似乎也有一個類似的敏感期，這個敏感期結束得稍晚些，但一樣是在青春期期間就結束。日本人類學家箕浦康子（Yasuko Minoura），研究了一九七〇年代被日本公司外派到美國加州工作的一些企業家子女。[33]她想知道這些孩子是在什麼年紀，對於自我身分、情感狀態，以及與朋友互動的方式受到美國的影響與定型，即使回到日本依然保持美式作風。她發現，答案是九歲至十四或十五歲之間。在這個敏感期，那些在加州生活了幾年的孩子會「覺得自己是美國人」。如果他們在十五歲或之後才回到日本，就比較難以重新適應，或者說難以「覺得自己是日本人」。十五歲才到美國的人就沒有這個問題，因為他們從未有過自己是美國人的感覺；而十四歲之前就回到日本的子女也能夠重新適應，因為他們仍在敏感期內，可以重新學習日本的生活方式。箕浦指出：「在敏感期，人際關係中的文化意義系統（cultural meaning system）似乎成為一個人自我認同的重要一環，與個體在情感上形成依存關係。」[34]

美國兒童一般在十一歲左右擁有第一支智慧型手機，然後在接下來的青春期裡被Instagram、抖音、電玩、網路等包圍，整天與其為伍。這會對他們造成什麼影響？在之前以玩耍為主的童年，常規作法是依序引入適合孩童年齡的體驗，根據敏感期進行調整，並與同齡的同儕分享這些體驗。但在以手機為主的童年，孩童被捲入成人內容和體驗的漩渦，而且這些內容和體驗並無特定的順序。身分認同、自我意識、情感和人際關係，若是在線上而不是在現實生活中建立起來，一切將有所不同。什麼事情會被獎勵或受到懲罰？友誼可以發展得多深？最重要的，什麼事情才是**令人渴望的**（desirable）？這一切將由孩童每週在網上看到的數千條貼文、評論和評分決定。在敏感期大量使用社群媒體的孩子，都會被這些網站的文化特徵所影響。這或許可以解釋，為什麼Z世代的心理健康比千禧世代糟糕甚多：Z世代是在智慧型手機上經歷青春期和文化學習敏感期的第一代。

這個關於青春期的假設並不僅是我個人的猜測；英國的一項研究找到了直接證據，發現青春期確實是容易受社群媒體傷害的敏感期。由心理學家艾米．歐本（Amy Orben）領導的研究小組，分析了英國兩個大型數據集，發現使用社群媒體和生活滿意度之間，十至十五歲年齡組的負相關性，大於十六至二十一歲年齡組或其他年齡組。[35]他們還進行了一項大規模的縱向研究，希望瞭解英國青少年在某一年增加花在社群媒體的時間，是否會在下一年的研究調查中，出現心理健康惡化。結果發現，若是處於青春期高峰期的青少年，答案是肯定的。對女孩而言，在十一至十三歲期間使用社群媒體，會對心理健康產生最負面的影響；至於男孩，則是十四至十五歲。[36]

這些結果清楚顯示，十三歲（目前在社群媒體平台開設帳號的最低年齡，但還沒強制業者落實）實在太小了。十三歲孩子的大腦正處在開放狀態，正在尋找可仿效的榜樣，這時不應該不停地滑手機關注網紅和其他陌生人的貼文。他們應該和自己的朋友一起玩耍、同步活動、面對面交流，同時在眼睛和耳朵接受訊息時，騰出一些注意力，以父母、老師或社群中的模範生為榜樣，進行社會學習。

把這一切彙整起來，就能解釋上一章為何許多圖表出現顯著的「轉折點」。Z世代是在智慧型手機和平板電腦上經歷青春期的第一代。他們與朋友面對面交流、肩並肩冒險的頻率愈來愈少。尤其隨著在二〇一〇至二〇一五年發生的童年大重塑，青少年變得更焦慮、憂鬱和脆弱。這個以手機為主的新童年裡，自由自在玩耍、協調同步、以周遭人為榜樣進行社交學習的模式被取代，改由3C設備、非同步互動、演算法推送的網紅當道。在某種意義上，孩童被剝奪了童年。

總結

- 人類的童年與其他動物的童年截然不同。孩童的大腦在五歲左右已長大到成人尺寸的九〇％，但仍需要很長的時間才能完成發育。這種緩慢生長的童年，是為文化學習而做的一種調適。童年猶如學徒期，學習在自己文化成功生活所需的技能。

- 自由自在玩耍，對於發展社交技能（如解決衝突）和發展身體技能同樣重要。但是隨著兒童和青少年將社交生活和空閒時間轉移到連網設備上，以玩耍為主的童年生活，已被以手機為主的童年生活所取代。
- 兒童在玩耍時，學會連結、同步活動和輪流動作。他們樂於調整節奏，以便和他人協調同步，實際上也大量需要。調整節奏與和他人同步，會把人際、群體和整個社區凝聚在一起。相形之下，社群媒體大多是非同步和表演性質。它阻礙協調與同步，讓重度使用者只渴望社交連結。
- 兒童天生具備兩種學習機制，幫助他們學會並認識所在環境的文化。從眾偏見（偏好）鼓勵他們模仿最常見的行為。聲望偏見（偏好）則鼓勵他們模仿最有成就、聲望崇高的人。社群媒體的設計宗旨在吸引用戶長時間留在平台，剝奪孩童社會學習的機會，淹沒家庭和當地社區提供孩童文化教育的過程，影響所及，孩童的目光只鎖定在未必有益的網紅或社媒寵兒身上。
- 社會學習貫穿整個童年，但文化學習可能存在一個敏感期，大約在九至十五歲之間。與其他年齡組相比，在這個年齡組學到的經驗和形成的身分認同，可能會留下深刻的印記，持久不褪。九到十五歲正是青春期的關鍵敏感期。不幸的是，已開發國家的大多數青少年也正是在這一時期有了自己的智慧型手機，並將社交生活轉移到網路上。

3 探索模式，以及兒童需要有風險的遊戲

近幾十年來，美國和許多西方國家在兒童安全問題上做出了兩個相互矛盾的選擇，而這兩個選擇都錯了。我們認為，現實世界充滿危險，所以不該讓兒童在沒有成人監護的情況下探索這個世界，儘管一九九〇年代以來，兒童面臨的犯罪、暴力、酒駕及其他風險已急遽下降。[1]同時，大家為孩童設計適合其年齡的線上防護措施似乎太麻煩，所以就讓孩子在虛擬世界的西部荒野自由馳騁，但那裡可是充斥對兒童的威脅。

舉一個例子說明我們短視近利。許多父母非常擔心自己孩子會落入性犯罪者的虎口，但現在的性犯罪者大部分都在虛擬世界活動，因為網路讓他們更容易與兒童搭上線，也更容易取得與傳播涉及兒少的性暴力影片。引用《紐約時報》二〇一九年的一篇報導，「多家科技公司的報告指出，兒童遭受性虐待的照片和影片在線上激增——光去年一年就高達四千五百萬張非法圖片與影像被標記，創歷史新高，這暴露系統已到了崩潰的邊緣，

無法跟上犯罪者的步伐。」[2]《華爾街日報》二〇二三年刊登了一篇文章，爆料指出：「Instagram 如何透過推薦系統將戀童癖串連起來，並引導他們找到內容賣家，這些推薦系統擅長將有特殊小眾興趣的人連結起來。」[3]

再舉一個例子。羅德島州十四歲女孩伊莎貝爾．霍本（Isabel Hogben）在《自由報》（*The Free Press*）發表了一篇文章，顯示美國父母的注意力搞錯對象：

我十歲時第一次接觸色情片。我發現自己無意間闖入成人色情網站 Pornhub，後來出於好奇又再度光顧。該網站沒有年齡驗證機制，沒有查核身分，甚至沒有詢問我是否年滿十八歲。這個網站很容易被發現，不可能避開，現已成為我這個年齡的孩子經常光顧的網站。我媽媽在哪裡？在隔壁房間，確保我每天吃九種不同顏色的水果和蔬菜。她很細心，簡直是直升機父母，但我還是能在網上找到十八禁的內容。我的朋友也是。

霍本的投書生動說明了以下這個現象：**我們在現實世界過度保護孩子，但是在網路世界對他們的保護卻不足。**如果我們真的想好好保護孩子，應該推遲他們進入虛擬世界的時間，讓他們在現實世界和同伴一起玩耍。

在沒有成人監督的戶外自由玩耍，孩子們學會如何應對各種風險和挑戰。玩耍會幫助他們培養身體、心理和社交的能力，讓孩子建立自信，相信自己有能力應付各種狀況，形同打了一劑對抗焦慮的預防針。本章將說明，一個健康的童年應包括極大程度的自主性，以及在現實世界不受大人監督地玩耍，這會讓孩子的大腦長時間處於「探索模式」。此外，他們的情感依附系統健康正常、具備應付日常生活風險的能力。反之，當社會普遍施壓父母，要求父母應該無微不至呵護孩童時，孩子的大腦多半會採「防禦模式」，情感依附上較無安全感，評估和應對風險的能力會下降。接下來將解釋這些術語的含義，以及為什麼「探索模式」是協助焦慮世代的關鍵之一。

探索模式 vs. 防禦模式

在過去幾百萬年裡，影響人科演化的環境極其多變，安全和富足的時期與匱乏、危險、乾旱和饑餓的時期交替出現。[4]我們祖先需要心理調適能力，協助他們因應這兩種環境，以利茁壯成長。環境的多變性塑造並優化大腦中較早形成的兩種系統，專門因應這兩種情況。在你發現機會時，行為促進系統（或ＢＡＳ）就會啟動，例如，當你和小組成員都餓了，突然發現一棵樹上長滿成熟的櫻桃，[5]你和組員都會非常興奮、激動，積極的情緒迅速蔓延，說不定還開始流口水，每個人都做好蓄勢待發的準備！我給ＢＡＳ起了更直觀的名稱：**探索模式**（discover mode）。[6]

反之，行為抑制系統（BIS）會在發現威脅時啟動，比如採摘櫻桃時聽到附近有豹子吼，你們會停下手裡在做的事。當身體充滿壓力荷爾蒙，食欲會被抑制，思緒也會完全轉向確認威脅，以及如何遠離威脅。我把BIS稱為**防禦模式**（defend mode）。對於長期焦慮的人而言，防禦模式長期處於啟動狀態。

BAS與BIS這兩個系統，共同構成一個可以快速適應環境變化的機制，就像一個恆溫器，可以隨著溫度的變化開啟暖氣或冷卻系統。在不同的物種中，行為系統的預設模式取決於動物的演化史和牠們預期的環境條件。演化過程中，每天幾乎不會面臨猝死風險的動物（例如位於食物鏈頂端的動物，或是生活在沒有天敵小島上的草食動物），往往顯得冷靜而自信。牠們願意親近人類。牠們的預設模式是探索模式，但如果受到攻擊，就會轉成防禦模式。反之，兔子和鹿等動物，因為經常面臨被捕食的風險，所以演化出膽小、迅速逃跑的反應。牠們的行為系統預設模式是防禦模式，只有當牠們認為環境極其安全，才會緩慢、試探地轉入探索模式。

對於人類（以及其他高度社交型的哺乳動物，如狗）而言，某個人的個性主要取決於其預設模式。依賴探索模式生活的人（和狗）更快樂、更善於交際、更渴望新的體驗，除非受到嚴重的威脅。反觀長期處於防禦模式的人（和狗），則是更具有防禦性，也比較焦慮，只有在極少數的情況才會感覺安全。他們習慣把新的環境、不認識的人和新的想法視為潛在威脅，而非機會。在古代一些環境裡，這種長期的戒備心理是適於生存的，對於在不穩定和暴力環境中長大的孩子，這種反應在今天可能仍然具有保護作用。但是在當今已開發的國家，大多數兒童生活在安全無虞的環境，若是長期處於防禦模式，會阻礙他們學習和成長。

防禦模式的學生

探索模式有助於學習和成長。如果我們想幫助年輕人在家庭、學校和職場茁壯成長，最有效的方式是讓他們進入探索模式。讓我解釋一下探索模式與防禦模式之別，我們可在大學生身上看到這兩者的差異。圖3.1顯示，一名學生的童年（和基因）替她的大腦分別預設為探索模式或防禦模式，她在大學的行為表現會有何不同。顯而易見，探索模式的學生受益於大學豐富的知識和社交機會，並迅速成長。反觀大部分時間處於防禦模式的學生，會錯過許多學習和成長的機會。

兩者的對比解釋了大約在二〇一四年左右，許多大學校園突然出現的變化。圖3.2顯示，隨著第一批Z世代進入大學，以及最後一批千禧世代從大學畢業，精神方面的問題發

兩種基本心態

探索模式（BAS）

- 掃描機會
- 糖果店裡的孩子
- 自己獨立思考
- 讓我成長！

防禦模式（BIS）

- 掃描危險
- 稀缺心態
- 緊跟著團體
- 保護我的安全！

圖 3.1：對於一名剛進大學的學生，探索模式與防禦模式之別。

大學新生自評有哪些健康問題

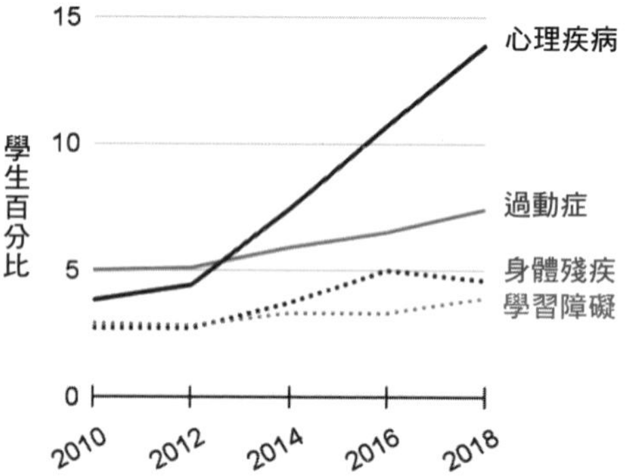

圖 3.2：美國大學新生自評有各種身心不適的比例。（資料來源：加州大學洛杉磯分校高等教育研究所的年度新生調查）[8]

生了哪些變化。唯一迅速上升的是心理健康問題，其中又以焦慮症和憂鬱症最明顯。

Z世代一進校園，大學心理輔導中心就忙得應接不暇。[7]之前千禧世代學生的探索模式與充滿活力的文化，被Z世代學生的防禦模式以及焦慮文化所取代。二〇一〇年幾乎不會引起爭議的書籍、文字、講者和觀點，到了二〇一五年左右，卻被認為有害、危險，或者會造成心理創傷。美國的寄宿大學並非零缺陷，卻能為年輕學子提供最安全、最友好、最包容的環境。然而，大學的校園文化在二〇一五年前後出現變化，這不僅發生在美國，連英國[9]和加拿大[10]的大學也不例外。這麼劇烈的變化怎麼會發生得如此之快，而且還跨國？

在本章接下來的內容，我將介紹以玩耍為主的童年中，大腦如何自然而然發展成傾向探索的模式，以及以手機為主的童年如何讓孩童的大腦轉換到防禦模式。

孩子有反脆弱力

一九八〇年代末，有一項宏偉的實驗在亞利桑那州的沙漠啟動了。「生物圈二號」（Biosphere 2）這個迄今最大手筆的封閉式人工生態系統，為（有朝一日）在外太空建立自給自足的生態系統預做準備。生物圈二號可以支持八個人在裡面生活好幾年，提供他們所需的氧氣、水和食物。

這個目標從未實現。事實證明，物種之間的生物互動和人類之間的社會互動太過複雜，但我們還是可以從方方面面的失敗中學到很多。比如，他們種植了許多樹木，打造雨林生態，這些樹木生長迅速，但在長成大樹之前就倒了。設計者沒有意識到，幼樹需要風才能正常生長。風吹來的時候，樹會彎，進而拉扯迎風面的樹根，擠壓背風的木質。作為回應，根系會擴張，以提供更強的抓地力。而彎曲受擠壓的地方，細胞結構會改變，讓木質變得更堅硬。

這種細胞結構被改變的木質稱為反應木（reaction wood），有時也稱應力木（stress wood）。經歷強風洗禮的幼樹，長大後可承受更強的風力。反之，養在溫室的樹木，有時還來不及長大就因承受不住自身的重量而倒塌。

應力木是對孩童的貼切比喻，孩童也需要經常經歷壓力，才能長成堅強的成人。「生物圈二號」所種的樹，詮釋了「反脆弱」的概念（antifragility）。「反脆弱」一詞出自我紐約大學的同事納西姆・塔雷伯（Nassim Taleb）在二〇一二年出版的暢銷書《反脆弱：脆弱的反義詞不是堅強，是反脆弱》（*Antifragile: Things That Gain from Disorder*）。塔雷伯指出，有些東西，比如酒杯，是易碎品。我們保護易碎品，以免它們不小心受到撞擊或威脅，因為我們知道它們禁不起哪怕是輕微的碰撞（比如在餐桌上被打翻）。有些東西則有韌性，比如塑膠杯，它們承受得住從餐桌上掉到地上的撞擊力。可是有韌性的東西不會因為摔到地上而變得更堅固，只是不會變得更糟而已。

塔雷伯創造「反脆弱」一詞，用來描述那些**需要**不時被撞擊、才會變堅強的東西。雖然我用了「東西」一詞，但鮮少無生命的東西是反脆弱的。實際上，反脆弱是複雜系統中常見的特性，這些系統（由演化形成，有時也由人類設計而成）是為了能在一個不可預測的世界中發揮作用。[11]擁有反脆弱特性的系統中，最具代表性的例子是免疫系統，小孩**需要**盡早接觸污垢、寄生蟲、細菌，才能增強免疫系統。那些試圖在無菌的衛生環境中養育孩子的父母，會阻礙孩子反脆弱免疫系統的發展，反而害了他們。

這和所謂的心理免疫系統是一樣的道理[12]——小孩面對挫折、小意外、嘲弄、排擠、不公平對待和正常衝突時，有能力處理、消化和克服，內心不會陷入太久的煎熬（例如幾小時或幾天之久）。與其他人一起生活，不可避免會發生衝突和各種形式的剝奪。正如斯多葛學派和佛陀很久以前的教導，幸福不是消除生活中所有引起內心反應的「誘因」（triggers）；實際上，幸福來自於學會因應這些外部誘因，讓它們不再具備挑起你負面情緒的影響力。我和妻子在孩子蹣跚學步時，讀過最好的一本育兒書，[13]建議我們每天找機會讓孩子受挫，像是列出生活中的各種挑戰與責任，讓他們面對並履行：**如果你想看《天線寶寶》，必須先把玩具收好。如果你堅持這樣做，你會受罰、一個人到牆角冷靜反省。**

是的，你妹妹有那個東西，你沒有，有時事情就是這樣。

用心良苦的父母努力提供孩子無憂無慮的環境，滿足孩子一切的需求，保護他們免受挫折和負面情緒的影響，不用為自己行為的後果負責，但保護過度反而可能對孩子造成傷害。過度保護的父母可能會阻礙孩子諸多能力的發展，包括自我控制力、挫折忍耐力和情緒自我管理能力。多項研究發現，這種「溺愛」或「直升機式父母」，和孩童長大後出現焦慮症、低自我效能（self-efficacy，評斷自己完成必要工作並實現目標的自信程度），以及難以適應大學生活等現象，存在相關性。[14]

孩童在本質上是反脆弱的，這就是為什麼被過度保護的兒童較可能在青少年時期陷入防禦模式。在防禦模式下，他們的學習成效可能較差，親密朋友較少，也更焦慮。此外，面對日常生活的對話和小衝突時，他們更容易感到痛苦和不適。

反脆弱兒童需要冒險遊戲，以保持探索模式

反脆弱是解決人類發展過程中許多難題的關鍵，比如這個問題：為什麼兒童會在玩耍中添加風險？為什麼一旦掌握了一項技能，像是在緩坡上滑滑板，接著會轉向更陡的斜坡，然後是階梯，最後可能是樓梯扶手？為什麼孩子會選擇幾乎一定會讓自己受傷的活

動，而且不只受傷一次？遊戲研究員早已知道答案。挪威研究員艾倫・桑德斯特（Ellen Sandseter）和萊夫・肯奈爾（Leif Kennair）在二〇一〇年寫道，驚險刺激的經歷具有降低（克服）恐懼的效果。[15]

桑德斯特和肯奈爾從臨床心理學一個早被發現、但令人費解的現象著手：恐懼症主要集中在一些幾乎不會致人於死的動物和環境，如蛇（甚至是很小的蛇）、狹小的密閉場所、黑暗、公開演講、站在高處等。反之，一些實際上更危險、導致許多現代人喪生的東西，卻鮮少人感到恐懼，例如汽車、鴉片類藥物、刀槍和垃圾食品。此外，成人恐懼症鮮少是因為童年有過相關的糟糕經驗。[16]事實上，從樹上掉下來的孩子往往會變成最不怕爬樹的成人。

我們可以從演化的觀點解決這個讓人困惑的現象。常見的恐懼症經過數百萬年的狩獵採集生活演化形成，其中一些恐懼症（例如對蛇的恐懼）也會出現在其他靈長類動物身上。我們有一種「演化形成的預設心態」（evolved preparedness），會特別關注某些事物，比如蛇，很容易因為一次糟糕的經歷或看到群體中其他人對蛇表現出恐懼，而產生恐懼。不過，透過多接觸、累積經驗、掌握竅門，孩童長大之後，恐懼感通常會逐漸消失。

隨著能力提高，孩童對一些曾經令他們恐懼的事物愈來愈感興趣。他們可能會靠近它們，向大人和其他年紀比較大的孩子尋求指導，學會區分危險和不太危險的情況，最後成功駕馭自己的恐懼。他們一路這麼做，恐懼就會轉化為興奮和得意。在大自然裡漫步，你為小孩掀開一塊石頭，看他伸手去摸石頭底下的蟲子的時候，你會看到他臉上表情的一路變化。你可以看到他交織著恐懼與興奮的表情，怎麼轉變成混合著驚喜和嫌惡的尖叫，一邊笑著一邊縮回指頭。他成功了！下次他再遇到蟲子就不會那麼害怕。

就在我寫這一章的時候（二〇二二年秋天），我家剛養了一隻小狗。威爾瑪體型小，一開始只有七磅（約三公斤），帶牠在紐約擁擠的人行道上散步時，牠明顯對什麼都怕，包括比牠大的狗，牠很難放鬆地「方便」。

時間久了，牠漸漸習慣，我開始解開牠的狗鏈，讓牠跟別的狗一起在公園裡奔跑。牠一開始還是很害怕，但牠的處理方式讓我覺得牠好像讀過桑德斯特和肯奈爾的研究。牠會慢慢靠近比牠大得多的狗，當牠們朝牠邁出一步時，牠又會閃電般跑開。有時為了安全起見，牠會跑向我，然後牠的反恐懼症機制就會登場。在沒有減速的情況下，牠會高速繞過我的腿，再衝回大狗身邊，享受新一輪的刺激。牠嘗試在快樂和恐懼之間找到可承受的平衡點。透過反覆在探索模式與防禦模式之間切換，牠學會判斷其他狗的意圖，也培養自己能和其他狗時而粗暴、時而開心的嬉戲能力，即使偶爾會撞成一團，分不清爪子和尾巴是誰的。

孩子和小狗都愛刺激。他們渴望刺激，也必須獲得刺激，才能克服童年的恐懼，讓探

圖 3.3：七個月大的威爾瑪正高速衝向一隻德國牧羊犬，但在接近時突然轉彎急速逃離，然後擺出玩耍姿態，再次衝向那隻德國牧羊犬。你可以在線上補充資料看到這段互動影片。

索模式成為大腦的預設模式。孩子需要盪鞦韆，然後從鞦韆上跳下來。他們需要到森林和廢棄場探險，尋找新奇和刺激。他們需要觀看恐怖電影或搭雲霄飛車，與朋友一起尖叫。在這些過程中，他們培養了一系列能力，包括判斷風險的能力，面臨風險時採取適當行動的能力，並學會在事情出錯時，即使受傷，多半也能夠自己處理，不需向大人求助。

桑德斯特和肯奈爾將冒險遊戲定義為「令人興奮與激動的遊戲形式，可能包含會讓身體受傷害的風險」。（在二〇二三年的一篇論文中，他們進一步延伸一開始的研究，指出冒險遊戲也需要涵蓋不確定因素。[17]）他們指出，這種遊戲通常發生在戶外兒童自由玩耍的時間，而不是在成人組織的活動中進行。兒童選擇的活動經常會導致相對無害的傷害，特別是擦傷和割傷。

桑德斯特和肯奈爾分析，若大人給予孩子一些自由，孩子會主動尋求哪些風險類型，結果發現有六種類型：高度（如爬樹或遊樂場設施）、速度（如盪鞦韆或從溜滑梯快速滑下）、危險工具（如錘子和電鑽）、危險元素（如嘗試用火）、粗暴的打鬧遊戲（如摔角），以及消失（躲藏、遊蕩，可能迷路或走散）。這些都是兒童需要的主要刺激類型。除非被成人阻止（我們在一九九〇年代確實這麼做），孩童都會主動接近這些刺激的活動。值得注意的是，電玩不存在這些風險，儘管《堡壘之夜》等電玩中的虛擬角色會投入各種冒險活動。[19]我們是有身體的生物；孩童花大量的時間在虛擬世界之前，應先在現實生活中學

圖 3.4：德州達拉斯市一個過於危險的兒童遊戲場，拍攝年份不明。[18]

會如何管理自己的身體。

攝於一九八〇年代之前的許多兒童遊戲場照片，顯示孩子一起冒險和追求刺激的畫面。[20] 其中一些照片，如圖3.4，顯示遊戲場的設施**過於**危險。如果孩子從這麼高的地方摔下來，可能會受重傷，甚至摔斷脖子。

反之，圖3.5的設施是旋轉盤（或旋轉木馬），在我看來，這是史上最讚的遊樂場設施。它需要大家合作才會轉動：加入的孩子愈多，轉速就愈快，尖叫聲愈大，這兩者都會增加刺激感。在離心力的作用下，小孩會體驗到其他地方無法獲得的身體感受，這不僅具有教育意義，也是獨一無二的體驗。如果躺在中心位置，你的意

圖 3.5：遊樂場的旋轉盤（或旋轉木馬），是一九七〇年代遊樂場的標配設施。[21]

識狀態會改變（頭暈）。最重要的是，它還提供無窮無盡的冒險機會，例如站起來、將身體懸掛在外側，或是邊旋轉邊和其他孩子玩傳球等等。

遊樂場的旋轉盤上，稍有不慎是會受傷，但不會傷得很重，亦即你可以從自己熟練或不熟練的動作中立即得到回饋。你學習如何控制自己的身體，以及確保自己和他人的安全。兒童遊戲的研究人員指出，受輕傷的風險應該是遊樂場設施的特點，而非缺陷。在英國，他們根據這個見解採取行動，在遊樂場增加建材（如磚石）、錘子和其他工具，但必須在大人的監督下使用。[22] 一位有見識的夏令營業者告訴我：「我們希望看到輕微的碰

圖 3.6：過於安全的遊樂場，幾乎沒有機會讓反脆弱的孩子學習如何避免受傷。[23]

傷（瘀青），但不是嚴重的傷口（疤痕）。」

遺憾的是，旋轉盤如今在遊樂場已經非常少見，因為它們有**一定**的風險，在美國這樣一個愛興訟的國家，遊樂場的負責人難免有挨告的風險。自一九九〇年代以來，美國遊樂場或公園裡的冒險遊戲設施大幅消失。圖3.6是二〇一〇年代初期，我的孩子在紐約遊樂場最常玩的一種設施。玩這些設施很難傷到自己，代表孩子沒有太多機會學習如何**避免**受傷。

我的孩子三、四歲時，這些過於安全的設施還能讓他們玩得不亦樂乎，但是到了六歲，他們希望更刺激的遊戲，並在科尼島找到這種刺激又

圖 3.7：紐約市科尼島提供程度不一的刺激體驗。[24]

冒險的體驗。世界各地的主題遊樂園，提供孩子體驗桑德斯特和肯奈爾所提的六種刺激中的兩種：高度和速度。這些設施提供不同程度的驚恐和刺激體驗（受傷風險幾乎是零），每當我帶孩子和他們的朋友去科尼島主題遊樂園，一路上主要的話題都是：今天誰要去試試哪個可怕的大魔王雲霄飛車？

也許你看到遊樂場或操場的老照片後，第一反應是「謝天謝地，終於擺脫了！」，畢竟有哪個父母願意讓孩子冒**任何**風險呢？但是消滅所有風險的戶外遊戲設施，對孩童的危害非常顯著。撰寫這一章時，我和加拿大英屬哥倫比亞大學的遊戲研究員瑪麗安娜・布魯索尼（Mariana Brussoni）見面。布魯索尼建議我參考的研究文獻顯示，孩子進行身體遊戲每小時受傷的風險，**低於**在成人指導下從事體育活動每小時受傷的風險，同時前者還能提供更多的發展益處（因為兒童必須自主做出選擇、制定並落實遊戲規則、解決所有爭端）。[25] 布魯索尼正在進行一場運動，鼓勵孩童到戶外玩耍冒險，因為從長遠來看，戶外玩耍與冒險能培養出最健康的孩子。[26] 她說，設計兒童遊戲場所時，應該「達到必要的安全性，而不是盡可能絕對安全」。[27]

遊戲研究員布魯索尼、桑德斯特和肯奈爾，以及彼得・葛瑞格讓我們認識到，兒童若想培養反脆弱力，需要倚賴有風險的遊戲精進能力並克服童年焦慮。就像我家小狗威爾瑪一樣，只有孩子自己能根據當下準備好承受的風險程度，微調經驗預期型的大腦部位（experience-expectant brains）。小孩也像幼樹一樣，需要經歷風的洗禮才能茁壯成長。經常面臨小風險的孩子長大成人後，可以不慌不忙處理更大的風險。反之，在溫室裡被過度保護的孩子，有時還沒長大成人，就因焦慮而喪失反應能力。

經常有人問我，為什麼要呼籲家長提高警覺，嚴格限制孩子的上網行為？畢竟多年來，我一直鼓吹父母放手，停止對孩子過度指導與監督，讓孩子學習獨立。難道孩子不能在網上培養反脆弱力嗎？難道他們在網路上不會遇到挫折、壓力和挑戰嗎？

我幾乎沒有看到任何跡象顯示，以手機為主的童年會培養出反脆弱力。人類的童年在實體世界演化與發展，兒童的大腦期待受到現實世界的挑戰，而現實世界的社交需要身體參與、同步進行、一對一或一對多的形式，而且情誼長長久久。為了發育身體，兒童需要用身體參與遊戲以及承受風險。電玩中的虛擬對戰對身體發育幾乎沒有任何益處。在發展社交技能方面，孩童需要學習交友的藝術，這門學問需要身體參與；需要與朋友一起合作，因為還是孩子，他們會互相碰觸、擁抱和扭打。犯錯的代價很低，而且可以即時糾正。此外，糾正錯誤時，身體會做出清楚且具體的訊號，例如道歉時，臉部會露出適當的表情。一個微笑、拍拍後背或握握手，都會讓彼此知道「沒事啦」。雙方都願意繼續玩下去，雙方都在發展並學習修復關係的技能。反之，現在年輕人漸漸把社交關係移到網路上，這些關係不需要身體參與、非同步進行，有時甚至說斷就斷。在病毒式快速傳播的世界裡，即使是很小的錯誤恐怕都得付出沉重的代價，因為在網路世界裡，內容可以永久存在，每個人都看得到。犯了錯，可能會遭到和自己沒有深層關係的諸多人士的嚴厲抨擊。道歉往往受到訕笑，和解（息事寧人）的訊號可能不明確或有歧義。在網路世界，孩童非但無法累積社交經驗、精進社交技能，反而對社交感到無能為力、喪失地位，或者對未來的互動感到焦慮。

這就是為什麼我說父母應該放手，減少對實體世界的監督，但應提高對虛擬世界的把關——主要是延遲兒童沉浸在網路的時間。而這兩者並不矛盾。小孩在地球上成長發育，所以孩童的反脆弱力也是針對地球的特徵而設計。無傷大雅的小錯促進成長和學習。但如果孩子養在火星上，孩子的需求和環境所提供的條件，兩者並不相符。如果孩子在火星上摔倒，撞破了太空服的臉部保護罩，他會立刻死亡。火星是無情的，在那裡的生活需要開啟防禦模式。當然，網路世界沒有火星那麼危險，但是它和火星有個共同的特性——小錯誤可能付出巨大的代價。兒童尚未演化出足夠的本事，來應對虛擬世界的病毒式傳播、匿名性、不穩定性，以及大規模公開羞辱。即使是成年人，也會招架不住。

我們正在不當分配我們的保護措施。我們應該讓孩子多在現實世界中獲得他們所需的體驗，推遲他們進入網路世界的時間，因為網路世界的好處少很多，而且幾乎不存在任何防護措施。

以玩耍為主的童年，開始走向尾聲

你到了幾歲才獲得自由？幾歲的時候，父母才讓你自己一個人走到四百公尺之外的朋友家？或是允許你和朋友自己外出、到公園玩或逛街，無須大人陪同？我曾向幾十群觀眾提出過這個問題，結果發現答案總是因世代而異。

首先，我請一九八一年以前出生的人舉手。他們是X世代（一九六五至一九八〇年出生）、嬰兒潮世代（一九四六至一九六四年出生）和所謂沉默一代的最後一批人口（一九二八至一九四五年出生）。我請這些年長的觀眾回想一下他們獲得解放的年齡，然後在我指向他們的座位區時大聲喊出來。幾乎每個人都紛紛大喊「六歲」、「七歲」或「八歲」，有時他們因為開心憶起與鄰居孩子一起經歷的精彩冒險而熱烈分享，讓我難以繼續接下來的活動。接著，我請一九九六年之後（含）出生的人（Z世代）舉手。我請他們喊出自己被解放的年齡時，發現與之前的世代有顯著的差異：大多數人的解放年齡介於十至十二歲之間，只有少數人是八歲、九歲、十三歲和十四歲（千禧世代的解放年齡介於X世代和Z世代之間，解放年齡的範圍很廣）。

更嚴謹的研究證實了這些發現。在美國[28]、加拿大[29]和英國[30]，以前孩童從小學一、二年級開始就擁有很大的自由，可以自己走路上學、在家的附近閒逛、發明遊戲玩法、與人發生衝突並學會解決衝突。但是到了一九九〇年代，這三個國家的教養方式都發生了變化，父母變得更緊迫盯人、保護欲更強，並且充滿擔憂。

研究顯示，美國家長限縮兒童的自由之後，美國民眾安排時間的方式也突然在一九九〇年代發生變化。自一九七〇年代以來，大量女性開始進入職場，導致她們在家的時間大幅縮水。儘管感覺時間壓力愈來愈大，突然從一九九〇年代中期開始，為人父母的受訪者表示，他們與孩子的相處時間大幅增加。圖3.8顯示，從一九六五至二〇〇八年，母親每週

美國母親花在養兒育女的時間

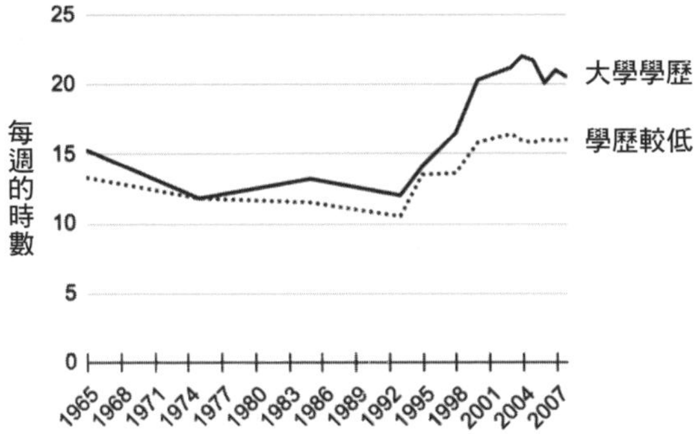

圖 3.8：美國母親花在教養兒女的時間。花時間照顧小孩的時間在一九九〇年代中期（相當於 Z 世代的開端）突然暴增。（資料來源：Ramey & Ramey，2000）[31]

與子女在一起的時數。一九九五年之前，無論當媽的是否擁有大學學歷，這數字一直保持穩定或略有下降，一九九五年之後，這個數字卻急遽上升，尤其是擁有大學學歷的母親。為人父親者狀況也非常類似，只是陪伴子女的時間較短（一九九五年之前每週約四小時，二〇〇〇年左右倍增至每週約八小時）。

另一個針對兒童如何支配時間（由家長提供資料）的研究發現，一九八一至一九九七年間，美國兒童也面臨時間擠壓，自由玩耍的時間變少的問題。[32]孩子花在學校和其他（有成人監督的）結構化活動上的時間愈來愈多，玩耍或看電視的時間愈來愈少（英國也發生同樣的情況[33]）。怎麼會這樣？孩子玩耍的時間變少，但他們與時間一樣不夠用的父母在一起的時間卻突然變多？這是怎麼回事？

圖3.8的研究報告指出，其中一個原因是一九九〇年代，民眾愈來愈看重升學，想擠進名校大學的窄門。美國的父母（尤其是收入在前二五％前段班者）開始把孩子視為珍貴又精緻的賽車，父母猶如賽車維修人員，竭盡所能幫助孩子脫穎而出，進入一流大學。[34]

社會學家安妮特．拉蘿（Annette Lareau）在《不平等的童年》（*Unequal Childhoods*）一書中，[35]記錄美國父母使用的兩種基本育兒理念。第一種理念，她稱為「刻意栽培」（concerted cultivation），是中上層家庭使用的主流模式。這種模式的前提是，孩子需要大人細心呵護和培養。父母必須購買《小小愛因斯坦》之類的影片，提高孩子的智商（儘管研究員後來發現這類影片其實毫無價值[36]）。孩子每天的時間表必須填滿父母認為有益的活動，例如學習中文、補習數學，即使這些活動會削弱孩子的自主性，壓縮孩子自由玩耍的時間。

在工人階級和窮人家庭，拉羅發現了一種截然不同的養育方式，她稱之為「自然成長養育法」（natural growth parenting）。根據這個理念，孩子就是孩子，如果讓他們順其自然發展，不需要過度保護與干預，他們長大後自然會成為有能力、有責任感的人。但出人意料的是，最近一項關於育兒態度的研究發現，到了二〇一〇年代，許多勞動階級已經轉向，改用刻意栽培的教養方式，包括高度保護小孩、遠離風險。[37]

一九九〇年代，美國的養育方式發生變化，首先是出現在大學學歷的父母，然後蔓延到更大範圍的群體。自一九八〇年代以來，社會對於誘拐和性犯罪的恐懼一直在上升，但即便如此，直到一九八〇年代，中小學孩童放了學或是到了週末，通常都能自由地在社區裡和不同年齡層的玩伴一起玩耍、追求刺激與冒險、解決衝突、克服恐懼勇於冒險、發展反脆弱能力、享受一起探索的樂趣，直到天黑街燈亮了才回家。這些課後時間，對於孩童的社交發展和心理健康可能更具價值，比學校的任何活動（除了課間休息時間）還重要。

英美父母的恐懼感教養

事實證明，兒童突然喪失自主權的主因，並非父母過於擔心孩子擠不進大學的窄門。這種恐懼感也許影響了中高收入的美國人，導致他們改變養育行為，但無法解釋加拿大和英國的父母為什麼在同一時間出現同樣的改變，畢竟在加拿大和英國，大學的升學壓力小很多。心理學家和社會學家點出，一九八〇年代和九〇年代父母開始減少子女自主權的幾個原因，其中之一是，隨著城市和鄉鎮的發展與都市化，空間設計傾向以汽車為主，城市設計逐漸發生變化。影響所及，整個二十世紀末，社會的凝聚力下降，這可歸咎於許多原因。大家不認識自己的鄰居，再也沒有大人充當「街道眼」，替孩子的安全把關。[38] 然而，一九八〇年代最重要的變化可能是家長愈來愈擔心害怕：認為所有人都是壞人，每一件事都會對孩子構成威脅。[39]

二〇〇一年，英國社會學家法蘭克・福瑞迪（Frank Furedi）出版一本重要的書籍，名為《偏執教養》（*Paranoid Parenting: Why Ignoring the Experts May Be Best for Your Child*）。[40]書中收錄了數十位英國父母的故事，內容聽起來彷彿就發生在今天的美國，比如一個母親開了幾個小時的車，尾隨兒子的校車，確保兒子安全抵達校外教學的目的地。

福瑞迪的這本書之所以特別重要，因為作者是擅於學術研究的社會學家而非育兒「專家」。福瑞迪分析父母改變教養行為，是為了因應一九八〇年代和九〇年代社會、經濟和技術的變化：例如，有線電視台開播（以及每天二十四小時不斷訊播報新聞），重複播報讓父母恐懼和擔憂的新聞事件；婦女就業人數增加，連帶日間托育和課後活動的需求也跟著增加；育兒「專家」的影響力愈來愈大，他們的建議往往更能反映他們的社會和政治觀點，而非嚴謹科學研究後的普遍共識。

福瑞迪說，有一個因素超越其他一切因素，為一九九〇年代父母出現偏執教養創造了條件，那就是「成年人團結互助的精神崩解」。福瑞迪解釋道：

> 在不同的文化和歷史，父母一直基於以下的想法而行動：如果他們的孩子遇到麻煩，

其他成年人（通常是陌生人）會伸出援手。在許多社會，成年人認為，如果別人的孩子在公共場合行為不端，他們有責任訓斥糾正。

然而，在英國和美國，一九八〇年代和九〇年代，從日托中心、體育校隊、童軍團，乃至天主教會，有關成年人虐待兒童的新聞屢見不鮮。有些是真實的恐怖故事，例如一些機構為了保護口碑與形象，數十年來包庇虐童者。有些則是莫須有的捏造，目的是引起道德恐慌，[41]例如日托中心的員工被指控進行詭異的性儀式或撒旦崇拜儀式（這些指控由非常小的幼童提出，後來證明，他們受到熱心過度成年人引導式問題的影響，而編出這些有想像力的故事[42]）。

這些真真假假的醜聞催生出更完善的偵測及報案機制，讓施虐的不肖人士受到法律制裁，並追究包庇機構的責任。然而這些醜聞曝光，也給社會帶來悲劇性的副作用——大眾普遍無法放心地讓成人與兒童單獨相處。孩子被教導要害怕陌生成年人，尤其是男性。根據谷歌「n元語法搜尋引擎」（Ngram Viewer，該引擎以圖表方式，按年份顯示單詞和短語出現在出版書籍的頻率），「陌生人危險」（stranger danger）這個短語，在一九八〇年代初期首次出現在英語書籍裡；直到一九九〇年代中期之前，出現頻率一直保持穩定；但是一九九〇年代中期之後，頻率迅速上升。同一時期，成年人也內化了以下互為關聯的訊息：遠離別人的孩子。不要和他們說話；即使他們行為不端，也不要插手管教他們；總之不要介入。

當成年人停止互相幫助教養孩子，父母發現一切只能靠自己。正如圖3.8顯示的，教養子女變得更困難、更讓人擔心害怕、更花時間，特別是對女性而言。

在公共場合該不該插手管教其他孩子，福瑞迪針對這個問題的範圍提供了重要的界線：「父母負責任的教養就是要持續監督孩童的行為與活動，這是英美文化特有的觀念。」[43]他指出，在歐洲，從南歐的義大利到北歐國家，以及其他許多國家，孩童享有比英美孩童更大的自由，可以自由玩耍或是探索外面的世界。福瑞迪引用一個研究，顯示德國和北歐的家長更傾向讓孩子自己步行上學，但英國的家長認為，即使學校離家不遠，也必須開車送孩子上學。[44]

正是一九九〇年代家長這種恐懼小孩被害的心理，以至於到了二〇〇〇年左右，英美的公共場所已經看不到沒有大人陪同的孩童。就犯罪、性犯罪、甚至酒駕等風險來說，不管從哪個角度評量，當今兒童在公共場所都比過去很長一段時間更安全，畢竟過去幾十年，上述這些風險都高於今天甚多。[45]而一旦沒有大人在旁陪伴的孩子變得罕見，偶爾看到一個落單的孩子，就足以驚動一些鄰居報警，讓警局和兒福機構派人員到場關切，一些勇於讓孩子獨立行動的父母（希望孩子和三十年前的他們一樣），還會因此吃上牢飯。[46]

這就是Z世代的成長環境。在這個環境裡，成人、學校和學校以外的機構通力合作，灌輸孩子這個世界充滿危險，力阻他們體驗風險、衝突和刺激，而他們預期經驗的大腦部位需要風險、衝突和刺激，藉以學習克服焦慮，並將心理狀態預設在探索模式。[47]

安全至上主義與概念蠕變

澳洲心理學家尼克・哈斯蘭（Nick Haslam）率先提出「概念蠕變」（concept creep）一詞，[48]意思是心理學概念近年來往兩個方向擴展：一，向下延伸（適用於更小或更瑣碎的情況）；二，向外延伸（涵蓋新的現象，以及概念上不相關的現象）。看看「成癮」、「創傷」、「虐待」和「安全」等詞彙適用的範圍與情況愈來愈廣，即可理解何謂概念蠕變。在二十世紀大部分的時間，「安全」一詞幾乎專指身體安全。直到一九八〇年代末，「情感安全」（emotional safety）一詞才開始在谷歌的線上搜尋引擎 Ngram Viewer 出現，但頻率微乎其微。一九八五年至二〇一〇年（大重塑期的開端），情感安全在書籍出現的頻率迅速而穩定地上升，增幅達六〇〇%。[49]

當然，身體安全是好事。理智的人，沒有人會反對使用安全帶和煙霧警報器。除了身體安全，還有一個重要的概念——心理安全，指的是在小組或團體裡，大家一致相信自己

「我們打造一個安全、不帶批判的環境，
但這會讓你的孩子在面對現實生活挑戰時，未做好充分的準備。」

圖 3.9：《紐約客》雜誌漫畫，威廉·哈菲利（William Haefeli）繪。[51]

不會因為發言而受到懲罰或羞辱。因為覺得安全，大家願意冒險，分享想法並且反駁不同的意見。[50]心理安全是評斷企業（職場）文化健康與否的最佳指標之一。在一個讓人心理感覺安全的團體裡，成員可以提出不同的意見，也可以在相互尊重的前提下，批評彼此的觀點。如此一來，想法才能得到周全的評估。反觀校園的情緒安全（心理安全），則是更廣泛的概念，指的是：我不該因為別人的言論與反應而出現負面情緒。我有權利不被「勾動」（triggered）。

在《為什麼我們製造出玻璃心世代？》一書中，葛瑞格和我發現，安全這個概念在Z世代、教育人士與心理治療師的圈子，經歷了廣泛的概念蠕變，以至於安全已成為普遍、不容置疑的價值觀。我們用「安全至上主義」（safetyism）一詞指涉「一種文化或信仰系統，在這個系統裡，安全已成為一種神聖的價值觀，亦即大家不願意因為其他務實和道德的考量而犧牲安全。『安全』高於一切，無論潛在危險多麼不可能或微不足道」。[52]若學生自小被灌輸遊樂場首重安全的觀念，難免會期望教室、宿舍和校園活動也須遵循安全至上主義。

你可以在圖3.10看到安全至上主義如何全面禁止孩童自由玩耍，這張圖是加州柏克萊的朋友發給我的。這所小學的校方不相信學生可以在沒有大人看管的情況下玩「鬼抓人」，因為……萬一發生爭執怎麼辦？如果有人被排擠怎麼辦？

至於其他遊戲，學校列出類似「鬼抓人」的荒謬指令和禁令。例如，有關觸身式橄欖球的規定，其中一條是：「只有在有成人監督並擔任裁判下，才能玩觸身式橄欖球。」校方似乎極力避免衝突，但人與人互動難免會發生衝突，而這些衝突可以教導孩子學會為自己負責、解決歧異，以及為民主社會的生活做好準備。

因為美國父母對同胞和自己孩子的信任大幅下降，許多人贊成乾脆取消兒童的自由。皮尤研究中心二〇一五年發表的一份報告顯示，家長（平均而言）認為，孩子至少要十歲，才能在無大人看管的情況下**在自家前院玩耍**。[54]此外，孩子至少得十二歲，才可以在**無大**

圖 3.10：加州柏克萊一所小學對自由玩耍列出諸多限制。[53]

人看管的情況下一個人在家**一小時**。他們也說，孩子至少要等到十四歲，才可以在無大人看管時到**公園**玩耍。這些受訪的家長中包含X世代和嬰兒潮世代，而他們自己卻是欣喜感恩地說，自己雖然成長在比今天更危險的時代，但是在六、七、八歲的時候就被允許自由活動。

反脆弱力和依附系統

在本章的前半段，我解釋探索模式與防禦模式是構成一種動態系統的元素，該系統就像恆溫器一樣，能快速適應不斷變化的環境。這個動態系統被嵌入一個更大的動態系統，叫作依附系統（attachment system）。哺乳動物在演化過程的一大創新是：雌性動物產下幼胎（而不是產卵），然後分泌乳汁哺育幼仔。因此，哺乳動物的幼仔會長時間依賴母親，而且非常脆弱。在此期間，幼仔必須實現兩個目標：一，發展成年所需的技能；二，不被吃掉。一般來說，避免被吃掉的最好辦法是緊跟著母親。但是幼仔漸漸長大，牠們預期經驗的大腦部位需要透過奔跑、打鬥和交友等活動協助神經元連結。這就是為什麼年幼的哺乳動物會主動離開媽媽去外邊玩耍，包括有風險的遊戲。

管理這些彼此矛盾需求的心理機制是依附（依戀）系統。英國精神分析領域的專家約翰・鮑比（John Bowlby）是第一個提出依附系統理論的學者，他研究二戰期間兒童與父母分開對孩童長大後的影響。圖3.11中，心理學家迪德麗・費伊（Deirdre Fay）以精彩的插圖解釋依附系統實際運作的情況。

每個孩子至少需要一個成年人充當「安全基地」。通常這個人是母親，但也可以是父親、祖父母、保姆，或任何一個能穩定給予幼童安撫和保護的成年人。如果安全是孩子的唯一目標，那麼他整個童年都會待在「基地」裡。在這個依附機制下，不需要複雜的調節系統。可是一旦孩子學會爬行，他們會想爬到遠一點的地方，碰觸、吸吮或探索新奇的事物。他們需要花很多時間在探索模式上，因為這正是學習和神經調整連結的階段。只是難免會出錯。孩子摔倒、撞到頭；貓對他嘶叫；陌生人靠近。這時，防禦模式就會啟動，孩子慌忙地跑回基地，或者開始哭號，這是幼童呼喚基地來尋找他的手段。

擁有安全依附關係的孩子，通常會在幾秒或幾分鐘內安定下來，重新開啟探索模式，並尋找更多的學習機會。這個過程每天會發生幾十次，一個月會發生幾百次，幾年後，孩子變得不再那麼恐懼，會更願意自己獨立探索——也許是不需大人接送，可以自己走路上學或去朋友家。[56]隨著孩子長大，她能夠內化這個安全基地，不需要父母實際在場，就覺得有安全感，因而學會獨自面對逆境。

在青春期，年輕人開始尋求浪漫關係。這些新的依附關係，會再次應用到他們與父母

依附系統的運作機制

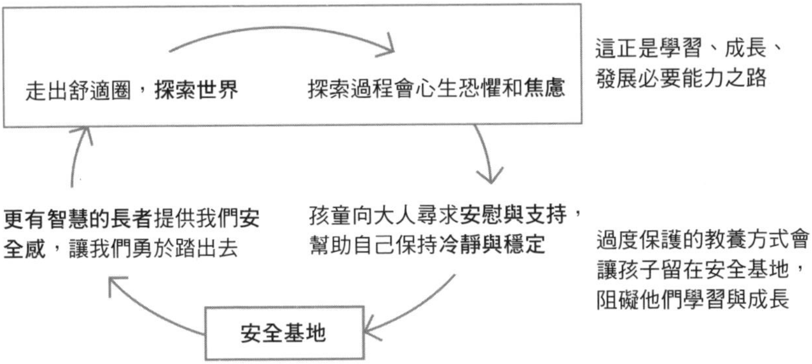
走出舒適圈，探索世界
探索過程會心生恐懼和焦慮
這正是學習、成長、發展必要能力之路
孩童向大人尋求安慰與支持，幫助自己保持冷靜與穩定
過度保護的教養方式會讓孩子留在安全基地，阻礙他們學習與成長
安全基地
更有智慧的長者提供我們安全感，讓我們勇於踏出去

圖 3.11：哺乳動物的依附系統。[55]

建立依附關係時的心理結構和「內部運作模式」。青少年會重新使用這些模式，建立與戀愛對象（之後可能變成配偶）的依附關係。但是被過度保護、待在家庭基地的孩子，被阻止到基地外探索，也無法在有助於成長的環境中待太久的時間，因而阻礙他們發展反脆弱能力的機會。他們的人生多半處於防禦模式，更依賴父母隨時在身邊支援，因此強化父母過度保護的教養方式，形成一個惡性循環。

我已經在理論上解釋教養孩子的方式與模式。在實務上，養育孩子是一件充滿混亂、難以控制及預測的事情。孩子即使生長在支持自主性、玩樂、充滿愛的家庭，長大後仍可能患上焦慮症；而受到過度保護的孩子，長大後通常也沒有什麼問題。

沒有所謂正確的教養方式，也沒有打造完美小孩的藍圖。不過記住人類童年的一些普遍特徵，還是很有用的：孩子天生具備反脆弱的能力，能從有風險的遊戲受益。提供他們安全的基地，有助於把他們導向探索模式。以玩耍為主的童年，比以手機為主的童年更有可能做到這一點。

總結

- 人腦包含兩個子系統與相應的兩種常見模式：探索模式（用於接近或尋找機會）與防禦模式（用於抵禦威脅）。相較於更早出生的世代，一九九五年以後出生的年輕人，更容易陷入防禦模式。他們隨時保持警惕，提防威脅，而不是渴望不一樣的體驗。他們焦慮不安。
- 所有兒童天生具備反脆弱的能力。免疫系統必須接觸病菌，樹木必須被風考驗，兒童也需要經歷挫折、失敗、打擊和跌跤，幫助他們發展體力和自主能力。過度保護會影響這些發展，讓孩童成年後容易變得脆弱和畏畏縮縮。
- 孩子在童年必須大量地自由玩耍，透過有風險的身體遊戲發展所需的能力與技能，這類遊戲可協助兒童克服恐懼。孩童主動接觸他們可承受的遊戲風險和刺激感，藉此克服恐懼並培養一些能力。網路的冒險活動可能不會有類似的成效。

- 在一九八〇年代，尤其是一九九〇年代，盎格魯圈（英語圈國家）的父母變得疑神疑鬼，原因之一是媒體生態系統出現變化，以及新聞二十四小時循環播報。父母與孩子喪失對彼此的信任，家長開始花更多時間看管自己的孩子，並且在養育孩子的過程中更常採取防禦模式，眼裡看到的是環境中無處不在的風險和威脅。
- 安全至上主義指的是對「安全」的崇拜高於一切。這個作法之所以危險，是因為它讓孩子更難學會照顧自己，不懂如何因應風險、衝突和挫折。
- 依附系統是為了幫助年幼的哺乳動物學習成年所需的技能，當幼仔覺得受到威脅，可退回到「安全基地」。充滿恐懼的父母太常讓孩子待在家裡這個安全基地，阻撓對長大茁壯至為重要的必要歷練，也影響他們建立安全的依附模式。
- 若童年以玩耍為主（在實體世界進行），孩童最有機會茁壯成長。若父母充滿恐懼，採取過度保護的教養方式，或是童年經驗以手機為主，將剝奪孩童成長的機會。

4 青春期與過渡到成人期遭遇的挫折

從《醜小鴨》到《好餓的毛毛蟲》，我們借用動物蛻變的故事，表達我們看著孩子成長和變化時的感受。對人類來說，身體的變化遠遠沒有毛毛蟲來得劇烈，心態上的變化卻不在話下。毛毛蟲蛻變成蝴蝶的過程幾乎不需要外界的幫助，可是人類從孩童轉大人的過程，在一定程度上，取決於能否在適當的時機獲得適當的體驗，引導青少年大腦進行快速的重塑。

青春期、可塑性和脆弱性

正如我在第二章提到的，人類大腦在五歲時體積就已達到成人的九〇％，此時的神經元和突觸遠比成年人要多。因此，隨後大腦的發育並不是整體生長，而是選擇性地修剪神經元和突觸，僅留下頻繁使用的神經元和突觸。大腦研究員指出：「一起動起來的神經元，會連結在一起。」[1]意思是，反覆活化一組神經元的活動，會讓這些神經元的連結更加緊密。如果一個孩子在青春期經常射箭、畫畫、打電玩或使用社群媒體，這些活動會讓大腦產生長期的結構性改變，尤其這些活動能帶回獎勵的話。這就是為什麼文化體驗會改變大腦，讓年輕成人感覺自己是美國人而不是日本人，或者習慣性地打開探索模式而非防禦模式。

童年發生的第二種大腦變化是髓鞘化（myelination），指的是神經元軸（axons of neurons）被一層脂肪物質的絕緣性髓鞘（insulating sheath）包覆，這些髓鞘可以加速距離遙遠的神經元集群之間的訊號傳遞。這些緩慢的修剪和髓鞘化過程，涉及人類大腦發育的重大取捨：幼兒的大腦具備巨大**潛力**（可多方面發展），但**能力**較低（在大多數事情上，能力不及成人大腦）。然而，隨著修剪和髓鞘化，當兒童發育到成人階段，大腦神經元的連結會定型，讓大腦作業更有效率。這個定型過程會在不同的時間發生在大腦的不同部位，每次定型可能代表某個敏感期的結束。這就像水泥變乾、變硬的過程：如果在很溼潤的水泥上寫下你的名字，字很快會消失。如果等到水泥乾了，你也無法在上面留下任何字跡。如果能把握半乾半濕的過渡期，你的名字會永遠留存。[2]

進入青春期之後，神經元修剪和髓鞘化的速度會加快，孩童在這時期經歷的變化會對大腦產生深遠的影響。[3]發展心理學家勞倫斯・史坦伯格（Laurence Steinberg）在他針對青春期所寫的教科書中指出，青春期不見得是**壓力特別大**的時期。實際上，青春期的大腦**更容易**受到持續性壓力源的影響，讓青少年易陷入廣泛性焦慮症、憂鬱症、飲食失調和藥物（酒精）濫用等心理健康障礙。史坦伯格接著指出：

> 青春期對壓力更敏感的現象，足證青春期大腦更具「可塑性」（malleable, plastic）。影響所及，青春期既是有風險的時期（因為大腦的可塑性提高了壓力源對他們造成傷害的機率），同時也是改善青少年健康和心理狀態的機會之窗（因為同樣的可塑性，讓青春期成為心理健康介入措施更能發揮功效的時期）。[4]

因此，**我們應該特別關注孩子在青春期經歷了什麼**。包括營養、睡眠和運動的身體狀況，在整個童年和青春期都很重要。不過，青春期不只是文化學習的敏感期，也是大腦神經元開始加速重新調整連結的時期，因此青春期的最初幾年需要父母、師長特別的關注。

體驗阻斷器：安全至上主義和智慧型手機

肉食動物在演化過程中，靠著食用其他動物的肉吸收所需的營養素，但人類不一樣，人類是雜食動物。我們需要攝入各式各樣的食物，才能獲得所有必需的維生素、礦物質和植化素。只吃白色食物（義大利麵、馬鈴薯、雞肉）的孩子會營養不良，而且罹患壞血病（嚴重缺乏維生素C所致）等疾病的風險也會增加。

此外，人類是社會性和文化性適應力很強的生物，需要各種社交體驗，長大後才會具備靈活的社交技能。由於兒童具備反脆弱力，這些體驗必須包含恐懼、衝突和排擠的性質（雖然不要太多）。安全至上主義是體驗阻斷器，會妨礙孩童獲得他們所需的體驗和挑戰，這些體驗不僅量要夠、多元化，還必須在現實世界身體力行。

為了成長，孩子需要多少壓力和挑戰？史坦伯格表示：「有壓力的生活經歷可能造成傷害。」我寫信給他，問他是否同意兒童擁有反脆弱力，需要承受短期的壓力——例如，某天被排除在遊戲小組之外，才有助於發展適應力和情緒管控力？他同意兒童有反脆弱力，但是他對有壓力的生活經歷，增列了兩個附帶條件。

首先，史坦伯格指出，持續數天、數週、甚至數年的「慢性壓力」（chronic stress），要比「急性壓力」嚴重甚多。急性壓力指的是來得快、但持續不久的壓力，例如在遊戲場裡常見的衝突。他寫道：「在慢性壓力下，要適應、恢復並從挑戰中愈挫愈勇，就難多了。」他的第二個條件是，「壓力和身心健康之間的關係呈倒U型。少量的壓力對發展有益，但過大的壓力，無論急性還是慢性，都有害身心。」

不幸的是，從一九八〇年代開始，美國、英國和加拿大設法清除孩子生活可能面臨的壓力和挫折。許多家長和學校禁止**一切**有風險的活動（他們覺得有風險就禁），不僅包括可能造成身體傷害的風險，也包括引起心理痛苦的風險。安全至上主義要求禁止沒有大人監督的活動，尤其是戶外活動（譬如，若沒有成人擔任裁判，孩童禁止玩觸式橄欖球），因為這些活動可能會導致身體受傷和情緒受挫。

安全至上主義從一九八〇年代開始慢慢強加於千禧世代，並在一九九〇年代加快普及的腳步。[5]不過，直到二〇一〇年代初期之前，心理健康快速惡化的現象並沒那麼嚴重，而且主要集中在Z世代，不含千禧世代。[6]直到第二個體驗阻礙器——智慧型手機問世，這個惡化現象的曲線才急遽拉高。

當然，使用智慧型手機確實是一種生活體驗。它是進入維基百科、YouTube、ChatGPT等海量知識庫的門戶，讓年輕人接觸到興趣奇特的社群，話題可涵蓋烘焙、書籍、極端政治立場、厭食症等等。智慧型手機讓青少年可以一整天不斷線地與數十人保持聯繫，與網友一起讚美或羞辱他人。

智慧型手機和其他數位裝置為兒童和青少年提供各種有趣的體驗，但也導致一個嚴重的問題：**兒童與青少年對所有螢幕形式以外的體驗，興趣大減**。智慧型手機就像會下蛋在其他鳥巢的布穀鳥。布穀鳥的蛋比其他鳥蛋早孵化，破蛋而出的布穀鳥會立刻把其他鳥蛋推到巢外，以便吃掉不知情母鳥帶回來的所有食物。同樣地，當智慧型手機、平板電腦或遊戲機進入孩子的生活，其他大多數活動會遭到排擠。孩子每天花很長的時間盯著螢幕，而且動都不動（除了一根手指），漠視螢幕以外的一切（當然，父母可能也是這樣，所謂全家人「孤獨地一起」坐著）。

以螢幕為主的體驗，是否不如真實生活中「有血有肉的體驗」來得重要？如果談論的是大腦到了某個年齡層會期待獲得某些體驗的兒童，那麼答案絕對是肯定的。用文字搭配表情符號進行溝通，無法開發大腦的某些部位，因為這些部位「期待」的是在對話過程中靠著附帶的臉部表情、有變化的聲調、眼神接觸、肢體語言，來調整神經元連結。如果兒童及青少年的社交互動主要發生在虛擬世界，我們無法期待他們發展出與成人在真實世界差不多程度的社交技巧。[7] 同步視訊比較接近真實生活的互動，但仍然缺乏「身體參與」的體驗。

如果我們希望孩子健康度過青春期，首先得讓他們擺脫體驗阻斷器，讓他們累積所需的各種經驗，包括承受真實世界的壓力與挑戰，這是鍛鍊內在反脆弱力的必要過程，協助大腦神經元正常連結。然後，我們應該給孩子一條邁向成人階段的明確方向，一路上有挑戰、里程碑、愈來愈多的自由，以及責任。

成年儀式／通過儀式

說到人類社會普遍存在的現象，[8]以及檢視人類學導論的教學大綱，清單上通常少不了成人儀式（rites of passage）。因為社會需要透過儀式來標誌個人的地位轉變。舉行儀式是社區的責任，通常圍繞著人生大事打轉，包括出生（迎接新生兒和新母親）、結婚（公開宣布社會新增一戶家庭）和喪事（承認有人離開，近親內心悲痛）。多數社會也會替進入青春期的少男少女舉行正式的成年禮。

儘管人類文化和性別角色存在著巨大差異，青春期的儀式通常具有相似的結構，都試圖實現相同的目標：把女孩變成女人，把男孩變成男人，他們必須具備知識、技能、優良品德和社會地位，成為社會的中流砥柱，準備好不久之後可以結婚生子。一九〇九年，荷蘭裔法籍人類學家阿諾德·范·傑內普（Arnold van Gennep）指出，世界各地的成年禮（通過儀式）都會讓孩子經歷類似的三個階段。首先是**分離**階段（separation），年幼的孩子必須離開父母和童年的習慣。接下來是**過渡**階段（transition），由父母以外的成年人帶領青少年面對挑戰，有時甚至是磨難。最後，是**重新融入**階段（reincorporation），通常是社區（包括父母）歡天喜地舉行慶祝活動，歡迎青少年加入成人社群，成為新成員，儘管他們通常還得花幾年接受進一步的指導和訓練。

青少年的成年儀式反映成人社會的結構和價值觀。由於所有的社會都是高度性別化（直到最近才改觀），女孩和男孩的成年禮通常是不同的。

女孩的成年禮多半在初潮後不久舉行，目的通常是為了生育和做母親預做準備。例如，在美洲原住民當中，亞利桑那州的阿帕契人仍維持在女孩初潮後舉行「日出舞」（sunrise dance）。接受成年禮的女孩在一位年長女性的引導下（這位教母由女孩家人挑選，負責協助女孩完成儀式的重責），親手搭建一間臨時小屋，地點離主要營地有段距離。這些準備工作屬於分離階段，包括沐浴、洗頭並換上新衣，這一切都在強調淨化，以及去掉童年的一切痕跡。[9]

在過渡階段，女孩配合這位年長女性的鼓聲和唱誦聲連跳四天的舞，所有動作必須原封不動照著舞譜來。這些戲劇性的成年儀式充滿了神聖感。過渡階段完成後，女孩會在盛宴以及親友交換禮物的場合，被大家開心接納，加入成年女性的行列。她重新融入村莊和家庭，但現在有了新的角色、責任和知識。

在傳統社會中，男孩的成年禮儀式與女孩不同。由於男孩青春期可見的生理徵兆不如女孩明顯，因此舉行成年禮的時機比較彈性。在許多社會，男孩以團體的形式接受成年禮——某個年齡層的所有男孩，一起經歷磨難與考驗而讓彼此的連結更緊密。在經常與鄰近族群發生武裝衝突的社會，男性通常會養成尚武的精神。在成年禮的過渡階段，通常會讓男孩承受身體上的痛苦，包括穿刺身體或行割禮，藉此考驗並公開認證他們的男子氣概。在北美原住民部落中，譬如北美大平原的黑腳族（Blackfoot），過渡階段的考驗包括尋找願景，男孩必須獨自一人前往由長老選定的聖地，到了聖地後，必須禁食四天並向神靈禱告，祈求獲得神明的啟示，讓他知道自己的人生目的，以及他在族人中應扮演的角色。[10]

至於不用為男孩上戰場預做準備的社會，為男孩舉行的成年儀式顯然不一樣。在所有猶太社群中，男孩十三歲開始遵守《托拉》（Torah）的律法與戒律，他們身為猶太男子的主要職責之一就是研習《托拉》。因此，猶太男孩的成年禮——由男孩成為「律法之子」（Bar Mitzvah，bar 意思是兒子），活動之一包括接受拉比或學者（而非父親）長時間的教導，然後在十三歲生日過後的第一個安息日（週六）舉行成年禮。在這個大日子，男孩將取代拉比，負責安息日的讀經工作，他以希伯來語朗讀《托拉》和《先知書》的一段經文。[11]在某些猶太社區，男孩還會就他所朗讀的經文發表評論。對於外表看起來還像個孩子的男孩來說，這樣的公開演說充滿挑戰性。

至於猶太教女孩，則從十二歲開始遵守戒律；古人可能認為女孩比男孩早一、兩年進入青春期。除了最傳統的教會，所有猶太教會都會為女孩舉行類似男孩成年禮的儀式，稱為「律法的女兒」（Bat Mitzvah；bat 是女兒）。在過去，成年禮總有性別之分，但這並不表示今天的成年禮儀式必須有性別之分。

事實上，大多數社會以前都有這樣的成年儀式，這讓我覺得，我們現在新穎又非常世俗化的社會，可能因為我們放棄公開進行、動員家族與社區參與的成年儀式，而失去一些重要的東西。人類的小孩不會只因為生理上成熟就脫胎換骨，自動成為具備文化功能的成人。孩童需要楷模與榜樣（學習文化）、挑戰（刺激內在反脆弱力）、被公開承認每個階段的新角色與地位（改變他們在社會上的身分）、以及人生導師（不是他們的父母），上述這些條件能幫助孩童長成有能力、前程似錦的成人。有些可以證明兒童**需要**成年儀式的實例，譬如青少年會自發地舉行某種入門儀式，儘管這些儀式沒法在更大的文化背景下獲得大人的支持。事實上，人類學家指出，這種儀式之所以出現，正是因為社會「未能提供有意義的青少年成年儀式」。[12]

這類儀式也許在男孩團體最顯著，特別是這些男孩必須團結合作，以便在競賽中成功擊敗其他男孩團體的時候。想想大學兄弟會、祕密社團或街頭幫派為想加入的新人設計的入會儀式。[13]當男孩和年輕男性可以自由創造自己的儀式，經常看起來好像至少有一個人上過人類學導論。他們自發地創造了包含分離、過渡和融入（同輩群體）階段的儀式，我們外人會把這些儀式統稱為「欺凌」。由於男孩和年輕男子設計入會儀式時，鮮少（或沒有）獲得長輩指導，因此儀式可能變得殘酷而危險。想入會的年輕人嘗試以剝削或羞辱女性的方式，向其他兄弟展示自己的男子氣概時，由此衍生的風氣也會對女性造成危險。

女孩也會設計成年禮，例如大學姊妹會招收新會員時。不過，不像男孩的入會儀式，女孩的入會儀式通常不會讓身體承受太劇烈的疼痛，但往往要承受跟外貌和性魅力有關的心理打擊。新人表示她們在入會儀式上會被評分、被比較，並因為外貌特徵被羞辱。[14]

儘管參加入會儀式需要承受痛苦和羞辱，許多青少年仍願意參加，希望如願進入具有約束力的社團，擺脫童年對父母的依賴，過渡到以同儕為導向的青年期。這一點顯示，許多青少年對於歸屬感，以及創造和表達這種歸屬感的儀式有強烈的需求。我們能否利用這點來改善青少年過渡到成年的過程呢？

為什麼我們要阻擋過渡到成年的過程？

我用了一個比喻，青春期就像蝴蝶生命週期中的蝶蛹階段。這個期間，毛毛蟲會躲在蛹裡面，幾個星期之後才會蛻變成蝴蝶飛出來，而青春期的孩子必須花幾年的時間，公開進行過渡到成人的過程。在過去，有許多大人、規範和儀式協助孩子完成這個過程。可是自二十世紀初開始，學者注意到，在現代工業化的社會，青春期過渡到成年的儀式已經消失。仍保留的儀式現在大多和宗教傳統有關，例如猶太教男孩與女孩的成年禮，拉丁美洲天主教父母為女兒舉辦的十五歲生日派對（quinceañera），以及許多基督教會為青少年舉辦的堅信禮（confirmation ceremonies）。由於近幾十年來，宗教社團在兒童生活中的重要性不斷下滑，這些保存至今的儀式很可能不像從前對孩童具有深遠的影響力。[15]

即使沒有正式的成年禮，現代的世俗化社會直到最近仍保留一些標記成長階段的重要里程碑。我們這些在二十世紀美國類比世界長大的人，還記得當時有三個全國公認的年齡過渡階段（age transitions），每過渡到下一個階段，即可享有更大的自由，但也必須更加成熟：

- 滿十三歲，社會認為你已夠成熟，無須父母陪同即可去電影院看電影，因為你想看的電影多半屬於輔13級（PG-13）。
- 滿十六歲可以開車（美國大多數州的規定）。汽車對於美國青少年而言近乎是聖物，所以十六歲生日是大日子，在這之後，大門為你敞開，可以獨立去體驗不一樣的世界。在州政府和父母眼中，你必須是負責任的駕駛人，否則會被取消這項特權。
- 年滿十八歲，被視為成年人。你可以合法進入酒吧或在賣酒的商店買酒。[16]在大多數州，你可以購買香菸（各州規定不同）。你可以投票，而且如果你是男性，必須完成兵役登記。此外，高中畢業年齡約為十八歲，對多數人而言，這代表正規教育結束。高中畢業後，你可以選擇就業或上大學。無論哪種情況，都代表你將告別童年，向成年邁出一大步。

在現實世界，年齡的確重要。但隨著日常活動漸漸轉移到網路，年齡變得愈來愈不重要。從現實世界大規模搬移到虛擬世界，這現象始於直升機父母崛起，以及以玩耍為主的童年逐漸沒落。隨著一九九〇年代過度保護的情況和安全至上主義愈演愈烈，年輕人開始減少參與一些傳統上有助於青少年身心發展的活動。這些活動通常必須開車，可以自由出門，無須大人監督或陪伴。

圖4.1顯示美國高中畢業生（約十八歲）中，擁有駕駛執照、曾經飲酒、工作賺錢或有性行為的比例。如你所見，這些活動的下降趨勢並非始於二〇一〇年代初期，而是始於一九九〇年代和二〇〇〇年代初期。

在成人阻礙青少年體驗現實世界的同時，虛擬世界卻變得更容易進入，更具誘惑力。在一九九〇年代，千禧世代的青少年開始花更多時間使用可連上網路的家用型電腦。電腦變得更容易攜帶（筆記型電腦）、更快速（更高的傳輸速度）。在虛擬世界，使用者的年齡

青少年參與成人活動

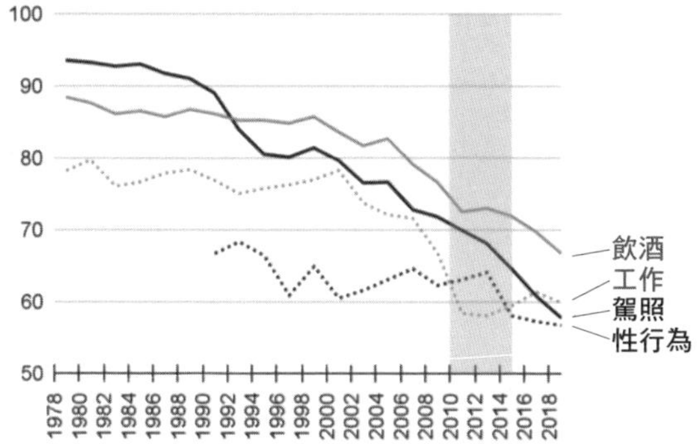

圖 4.1：自一九九〇年代或二〇〇〇年代初以來，亦即二〇一〇至二〇一五年大重塑期之前，美國高中畢業生參與四種成年活動的比例一直在下降。（資料來源：觀測未來、CDC 青少年風險行為調查）[17]

幾乎沒有人在乎。只要孩童可以使用網路瀏覽器，網路上的一切幾乎可任由他們存取。在二〇一〇年代初，青少年從基本款手機改用智慧型手機之後，可以整天掛在網上，想要體驗什麼就體驗什麼。不像電影，網路世界沒有輔13級、限制級、X級等分級制度。Instagram、Snapchat、抖音等社群媒體沒有實施十三歲最低年齡限制。[18]兒童可以隨心所欲地打電玩，與不認識的成人交換訊息和照片。色情網站也歡迎兒童，只要他們勾選已年滿十八歲的選項。早在兒童獻出初吻之前，色情網站恐怕就已示範如何肛交了。

一旦孩子上網，網路不存在年齡門檻，沒有規定用戶滿幾歲才能獲得更多的自主權或其他權利。在網路上，每個人都是一樣的年齡，沒有年齡之別。這是以手機為主的青春期和青少年需求嚴重不匹配的主因之一。

簡言之，今天成年人對Z世代做的許多事情，雖然往往是出於好意，卻阻礙了青少年體驗從依賴他人的童年過渡到獨立成年人的過程，而這個過程是社會上普遍參與並接受的。我們大人在一九八〇和九〇年代干預了青少年的成長，阻止他們玩有風險的遊戲，還進一步關注並監控他們的活動，卻讓他們不受限制地使用網路，取消曾經代表進入不同人生階段的所有年齡門檻。幾年之後，我們更提早在初中就給了他們弟弟妹妹智慧型手機。一旦更年輕的一代在進入青春期**之前**就對智慧型手機（以及其他數位設備）上癮，進入青春期後，他們的眼睛和耳朵就被串流訊息淹沒，幾乎沒有什麼空間留給現實世界的人生導師以及他們的指導。孩童只剩河流一般滾滾而來的數位內容可以體驗，這些專門為每個孩子量身打造的內容，為的是最大化平台的點擊率和廣告收入，而且孩童多半自己一個人待在房間裡消化這些內容。在新冠疫情大流行期間，「社交距離」和全面線上化，讓這一切變得更糟糕。

但事情不一定非如此不可。

建立從童年到成年的階梯

一個幅員廣大，種族、宗教和政治多元化的世俗國家，可能無法設計像阿帕契原住民「日出舞」那樣的成年禮，充滿道德性指導，要求族人共同參與。儘管我們社會存在差異，我們都希望孩子長大後能成為有社交能力、心理健康的人，有能力打理自己的生活、賺錢謀生、建立穩定的浪漫關係。如果我們在這個立場上達成共識，那麼我們能否在一些參考準則上（norms）也達成共識，並據此為通往成年這條道路制定一些措施呢？值得注意的是，這些是準則而非法律，所以家長可以選擇遵守，也可以選擇忽略。遵守廣泛被社會接受、符合參考準則的儀式，並與他人一起分享（慶祝）人生不同階段的里程碑，可能比每個家庭各自設計的作法更有效。

我有一個初步提議，歡迎大家一起討論。我建議大家聚焦在六到十八歲之間的**偶數年齡生日**。我們可以大張旗鼓地慶祝，把這些生日連結到愈來愈多的自由、責任，以及大幅增加的零用錢。我們讓孩子覺得過這些生日猶如在攀爬成長的階梯，每一階都有清楚的標示，而不光是舉辦有遊戲、蛋糕和禮物的派對。它可能像以下所描述的這樣：

六歲：擔負家庭責任的年紀。小孩被正式承認為家庭重要的一分子（貢獻者），不再只是被扶養的眷屬而已。例如，可以給他們一張家務小清單，根據他們能否完成這些家務，每週給他們少少的零用錢。[19]

八歲：在家附近自由活動的年紀。孩子可以在沒有成人監督的情況下，自由地和其他人一起玩耍或是聚會。他們應該具備互相照顧的能力，開始承擔一些近距離的跑腿任務，例如走路或騎腳踏車到住家附近的商店買東西。不應該給他們成人手機，但可以提供專為兒童設計的手機或手錶，讓他們打電話或發簡訊給少數人（如父母和兄弟姊妹）。

十歲：大範圍漫遊的年紀。十歲的孩子有更大的自由，可以到更遠的地方活動，也許就像他們的父母在八、九歲時那樣。他們應該展現良好的判斷力，並承擔更多的家務。由於他們的移動性和責任感增加，可以送他們一支翻蓋手機（或應用程式很少、不能上網的基本款手機）作為生日禮物。他們放學後的大部分時間不該塞滿大人安排的「才藝」活動；他們需要有自己的時間與朋友面對面聚會。

十二歲：學徒年紀。十二歲時，也是許多社會為孩童舉行成年禮的年紀，青少年應該開始「尋找父母以外的成人導師和角色楷模」。鼓勵青少年開始為鄰居或親戚做些家務賺錢，例如掃樹葉、到鄰居家協助照顧嬰幼兒。鼓勵他們多花些時間和可信賴的親戚相處，無須父母陪同。

十四歲：高中開始的年紀。十四歲大約開始就讀高中（九年級），這是一個重要的過渡期，這段期間更加獨立自主，但學業壓力、時間壓力和社會壓力也隨之上升。打工賺錢或加入運動校隊等活動，可以讓人發現努力工作會帶來具體而愉快的回報。以開始就讀高中作為青少年擁有第一支智慧型手機的最低年齡，作為全國施行的準則（而非法律），是個合理的目標。[20]

十六歲：網路成年的年紀。這是慶祝獨立的重要一年，前提是必須證明自己在上一階段實現了責任感與長大成熟。美國國會應該修正一九九八年所犯的錯誤；當時國會立法規定，兒童滿十三歲即可在父母不知情或未同意的情況下，與公司簽約開設帳戶，以及提供個資。我認為應該將年齡提高到十六歲，並強制執行。十六歲生日將成為一個重要的里程碑，這時我們可以對青少年說：「現在你可以考駕照，也可以簽一些法律不要求父母必須先同意才能簽的合約。你現在也可以在社群媒體註冊帳戶。」（有充分的論述主張應等到十八歲，但我認為十六歲是立法規定的**最低**合理年齡。）

十八歲：法定成年的年紀。十八歲生日的法律重要性，包括可以投票、有資格服兵役、有能力簽署合約，以及為人生做決定。在美國，由於這個生日接近高中畢業，所以按照范．傑內普的說法，既是與童年的**分離**，也是**過渡**到人生下一個階段的開始。

二十一歲：法律上完全成年的年紀。在美國和許多國家，二十一歲生日是最後一個具有法律重要性的生日（之後的生日不會有類似法律權利與義務的重大變化）。二十一歲可以買酒和香菸，可以進入賭場，也可以在體育博弈網站簽賭下注。從法律的角度看，現在是真正成年了。

這些是我對現代世俗社會兒童邁向成年之路的建議。你的環境可能有所不同，你的孩子可能需要不同的路徑與不同的速度，過渡到成年階段。但是我們不應該讓這些差異迫使我們取消**所有**共同的成長里程碑，因為沒有共同的參考標準，也沒有按年齡分級漸增的自由與責任，會導致孩子沒有方向地四處遊蕩。孩子不會自動長成身心完全健康的成年人，我們應該列出一些步驟，協助他們達成這個目標。

總結

- 在青春期初期，大腦會快速重塑，速度僅次於出生後的頭幾年。進入青春期後，神經元修剪和髓鞘化的速度非常快，同時受到青春期的經歷與行為的影響。我們應該關注這些經歷，而不是讓陌生人和演算法決定。
- 安全至上主義是一種體驗阻斷器。當我們將兒童的安全視為幾乎神聖，不允許孩童冒任何風險，會阻礙他們克服焦慮、學習管控風險，以及培養自我管理能力的機會，而這一切都是成為健康、有能力成年人的必要條件。

- 智慧型手機是第二種體驗阻斷器，一旦進入兒童的生活，會排擠或減少所有其他非手機形態的活動，而這些經歷正是青少年期待體驗的大腦部位最需要的。
- 成年儀式是人類社會為了幫助青少年過渡到成年人而安排的一系列活動與體驗。范・傑內普指出，這些儀式通常包含分離階段、過渡階段和重新融入階段。
- 西方社會取消了許多成年儀式，一九九〇年代開啟的數位世界埋葬了大部分的成長里程碑，模糊了邁向成年的道路。一旦兒童開始將大部分時間花在線上，發育中大腦接收到的輸入與刺激，就成了沒有年齡分級或年齡限制的無差別資訊洪流。
- 龐大、多元、世俗的社會（如美國或英國）仍然可以達成共識，制定一系列里程碑，標明一個人從童年過渡到成年逐步增加的自由和責任。

第二部分在此結束。我在這個部分介紹了二〇一〇至二〇一五年間發生童年大腦大重塑的序曲（lead-up）。我解釋了為什麼人類童年有其獨特的特徵，以及為什麼以玩耍為主的童年與這些特徵如此契合。我提供了一些證據，證明以玩耍為主的童年早在智慧型手機普及之前就已式微。接下來將進入第三部分，在這部分，我將講述青少年從基本功能的手機過渡到智慧型手機發生的過程。這個過程從二〇〇〇年代末開始，並且在二〇一〇年代初期加速進行。我會提出證據，證明那幾年出現、以手機為主的童年生活對兒童及青少年有害無益；我也會讓大家看到，那些傷害的影響遠超過精神（心理）疾病的患病率的增加。

第三部

童年大重塑

以手機為主的童年抬頭

5 四種根本性傷害：社交障礙、睡眠剝奪、注意力碎片化、上癮

二〇一六年的某個早上，我們全家前往佛蒙特州度假，六歲的女兒在車上用我的iPad打電玩。她喊了我一聲：「爹地，你能幫我把iPad拿走嗎？我試著把眼睛從iPad挪開，但是我做不到。」我的女兒被遊戲設計師應用的「變動比例增強時距」（variable-ratio reinforcement schedule）控制了，這是控制動物行為的最強大方式，僅次於把電極片植入大腦。

一九一一年，心理學家愛德華・桑代克（Edward Thorndike）做了一個基礎實驗，將飢餓的貓放進「迷箱」（puzzle box）。這些迷箱都是小籠子，只要貓做出特定的行為，像是扯到連接到打開迷箱門閂的拉環，就能逃出籠子並吃到食物。一開始，貓不斷掙扎亂竄，試圖逃出迷箱，最後意外碰到拉環逃了出去。但你猜下一次把同一隻貓放入迷箱時，

會發生什麼事？牠有沒有直接去扯拉環？桑代克發現貓再度四處亂竄，不過平均來說，牠們第二次進箱會快一些找到解決方法，反覆幾次後，每次速度都會稍微快一點，直到一進箱就能立刻扯環逃出為止。實驗顯示，總是有一條學習曲線，循序漸進。貓從來沒有在某個瞬間突然「頓悟」，牠們脫逃的時間也不會突然縮短。

桑代克對貓的學習做了如下描述，他說：「在許多偶然衝動中，其中一個衝動會引發快感，這個衝動因而被強化，並被烙下印記。」他說，動物的學習「不是基於理性意識做決定，而是大腦裡某一條路徑被逐漸磨平滑順」[1]。每次你看到任何人（包括你自己）在觸控螢幕上做著機械反射式重複動作，恍若出神時，請記住這句話，那是「大腦裡某一條路徑被逐漸磨平滑順」。

本書第三部分的目標，是從一系列廣泛的結果，剖析童年大重塑造成的具體傷害。從翻蓋手機（和其他基本功能手機）快速轉換到可以高速連網、使用社群媒體應用程式的智慧型手機，創造了以手機為主的新童年，在Z世代的大腦鋪設許多新的路徑。在本章，我將列出以手機為主的新童年，對所有年齡層的男孩、女孩造成的四種基本傷害：社交剝奪、睡眠剝奪、注意力碎片化和上癮。在第六章，我將解釋社群媒體對女孩特別有害的主要原因，包括無止境的比較與「關係型攻擊」（relational aggression）。在第七章，我將檢視男孩的問題，他們的心理健康狀態並未像女孩一樣突然惡化，但數十年來，他們持續從現實世界中退縮，把愈來愈多心力花在虛擬世界裡。在第八章，我將說明童年大重塑鼓勵小孩養成的一些習慣，恰恰與全球宗教和哲學長期累積的智慧背道而馳。我將說明如何借鑒古老的心靈修煉，協助我們在這個令人困惑、訊息超載的時代過好生活。但是首先我要解釋什麼是以手機為主的童年，以及它的根源。

以手機為主的童年出現

史帝夫．賈伯斯在二〇〇七年六月發表第一支 iPhone 時，形容它是「結合觸控功能和大螢幕的 iPod、革命性的行動電話，以及突破性的連網通訊設備」。[2] 以今天的標準來看，第一代 iPhone 相當簡單，我沒有理由認為它會危害心理健康。我在二〇〇八年買了一支 iPhone，發現它是一款不得了的數位版瑞士刀，裡面裝滿我需要時立刻可派上用場的工具，甚至還有手電筒！它的設計並不是為了要讓我上癮或獨占我的注意力。

但是蘋果推出軟體開發套件（SDK）後，這種情況很快就改觀了，因為第三方開發的應用程式（APP）可被下載到這個行動設備上。二〇〇八年七月，蘋果推出線上商店 App Store，一開始提供五百個應用程式供下載，將智慧型手機這個革命性產品推到了高點。Google 也在二〇〇八年十月跟進，推出 Android Market，但二〇一二年更名為 Google Play。在二〇〇八年九月左右，蘋果 App Store 已經擁有超過三千個應用程式，二〇一三年更突破一百萬個。[3] Google Play 商店緊追在後，在二〇一三年宣布旗下應用程式也突破一百萬大關。[4]

智慧型手機對第三方應用程式開放後，開發商（不論大小）爭相推出吸引人的應用程式。成功出線的贏家多半開放用戶免費使用，商業模式以廣告收入為主，因為若是競爭對手提供免費的應用程式，消費者鮮少會願意花二．九九美元購買自家產品。以廣告為主要收入的應用程式激增，改變了用戶使用智慧型手機的時間與方式。到了二〇一〇年代初，手機已從數位版的瑞士刀（需要時才拿出來的工具），搖身變成商家力爭黏住用戶眼球的平台，不讓他們轉台。[5]

意志力最薄弱、最容易被操控的人當然是兒童和青少年，他們的前額葉皮質尚未發育成熟。之前電視出現後，孩童被螢幕強烈吸引，但他們不能帶著電視去上學或到戶外玩耍。iPhone 出現之前，兒童盯著螢幕的時間有限，仍有時間和朋友玩耍或是面對面聊天。不過就在青少年從基本型手機轉換到智慧型手機的那幾年，Instagram 等應用程式暴紅，標誌童年的本質發生了質的變化。在二〇一五年左右，超過七〇%的美國青少年隨身攜帶觸控式螢幕，[6] 而且這些螢幕愈來愈能吸引他們的注意力，即使和朋友在一起，也會黏著螢幕不放。這就是為什麼我認為以手機為主的童年始於二〇一〇年代初。

正如前言中提到的，我說「手機為主」的時候，其實涵蓋廣義的設備，包括**所有能連上網際網路的產品**。到二〇〇〇年代末和二〇一〇年代初，許多這些設備，特別是電玩主機，如PS3和Xbox 360，都能連上網際網路，這些曾經封閉的電玩平台開始接受廣告和五花八門的行銷手段。此外，只要擁有可以高速上網的筆記型電腦，就能連上社群媒體平台、線上遊戲、可播放用戶自製影片的免費影音串流平台（包括YouTube與許多線上色情網站），這些也都涵蓋在以手機為主的設備裡。我使用「童年」一詞的時候，也是廣義的，涵蓋童年和青春期。

社群媒體及其演變

社群媒體隨著時間不斷演變其面貌，[7]但我們通常認為可以明確拿來當社群媒體舉例的平台，至少具備四大共同特徵：一，**用戶建立個人檔案**（用戶可以建立個人資料，分享個人資訊和興趣）；二，**用戶生成內容**（用戶製作並分享各式各樣的內容給廣大的觀眾，包括文字貼文、照片、影片和超連結）；三，**發展人脈網絡**（networking），用戶可以透過追蹤其他用戶的個人檔案、成為好友或加入相同的群組，與其他用戶建立連結）；四，

動性（用戶直接互動或分享某些內容；互動可能包括按讚、留言、分享、私訊）。代表性的社群媒體平台，如臉書、Instagram、推特（Twitter，現已更名為X）、Snapchat、抖音、Reddit 和領英（LinkedIn），都具備這四大特徵與功能；此外還包括 YouTube（雖然相較於社群功能，YouTube 更被廣泛視為全球最大的影音圖書館），以及現在很夯的電玩串流平台 Twitch。即使是成人內容網站如 OnlyFans，也具備這四大功能。不過 WhatsApp 和臉書 Messenger 等即時通訊軟體並不具備這四項功能，即使它們確實能讓用戶互動與交流，卻不被視為社群媒體。

社群媒體的本質在二〇一〇年左右發生了重大轉變，以至於對年輕人的傷害更大。在臉書、Myspace 和 Friendster（均於二〇〇二至二〇〇四年間成立）成立的初期，我們稱這些平台的服務是**社交人脈網絡系統**（social networking systems），因為它們的主要功能是協助用戶與其他人建立連結，比如失散多年的高中好友或某位樂手的粉絲。但是在二〇一〇年左右，一連串的創新徹底改變了這些服務。

首先，臉書在二〇〇九年，推出「按讚」按鈕，推特推出「轉推」按鈕。這兩項創新隨後被其他平台廣泛仿效，開啟病毒式的傳播。這些創新能將每篇貼文的成功率加以量化，鼓勵用戶精心編製每篇貼文，以達到最大的傳播效果；有時這意謂發表更極端的言論，或表達更強烈的怒氣與反感。[8] 同一時間，臉書開始使用演算法精選動態消息，其他平台不久也跟進加入競賽，精選最能吸引用戶的內容。臉書還在二〇〇九年推出「推送通知」服務，全天候隨時向用戶推送通知。透過 App Store，這些靠廣告收入營生的平台得以下載到智慧型手機。前置鏡頭（二〇一〇年）讓自拍照與自拍影片變得更容易，搭配快速普及的高速上網服務（二〇一〇年一月已覆蓋六一%的美國家庭[9]），讓每個人都能更輕鬆、更快速地消費這一切內容。

來到二〇一〇年代初，原本（主要用於）發展社群「人脈網絡」的系統，經過重新設計，變成社群媒體「平台」，（主要功能是）鼓勵用戶在平台上進行一對多的公開表演，爭取眾人的認證與肯定；眾人不僅包括朋友，也包括陌生人。即使用戶不積極貼文，也會受到社群平台設計的一系列獎勵機制所影響。[10]

這些改變解釋了，為何童年大重塑始於二〇一〇年左右，並且差不多在二〇一五年完成。由於全國家長得了躁症般，陷入過度保護孩子熱潮，影響所及，愈來愈多兒童和青少年被迫待在家裡，與外界隔離。他們發現可以連網的設備愈來愈多，也愈來愈習慣依賴這些設備，而這些設備提供更具吸引力、更多樣化的回饋。以玩耍為主的童年結束，以手機為主的童年登場。

以手機為主的童年的機會成本

假設一家 3C 商店的店員告訴你，他有一款新品適合你十一歲的女兒，這種產品娛樂性十足（甚至超過電視），而且沒有任何有害的副作用，可是除了娛樂價值，幾乎找不到其他好處。這個產品對你來說，值多少錢？

如果你不知道機會成本，就無法回答這個問題。經濟學家對機會成本的定義是：選擇這個選項而不是另一個選項時，會損失的潛在利益。假設你正在創業，考慮花費兩千美元在當地大學選修一門平面設計課，好讓公司的文宣資料看起來更具吸引力。你不能只問自己，將來做出更有吸引力的廣告傳單與網站，是否能把這兩千美元的成本賺回來。你必須把用同樣一筆錢可以做的所有事情都納入考慮；也許你要考慮更重要的事情是，拿來上課的那些**時間**，還可以用在哪些其他地方來提高公司的營收。

所以當那個店員告訴你產品免費的時候，你需要詢問機會成本。孩子平均會花多少時間使用這個產品？他說，對於像你女兒這樣年紀的青少年來說，每週約四十小時。對於十三到十八歲的青少年來說，每週接近五十小時。這時候，你會不會選擇轉頭離開商店？

這些數據（每天六至八小時）是青少年在各種 3C 數位設備上進行娛樂活動的時間。[11] 當然，在智慧型手機和網際網路成為孩童日常生活不可或缺的一部分之前，他們已經花了許多時間看電視和打電玩。針對美國青少年所做的長期研究顯示，一九九〇年代初，青少年每天觀看電視的時間平均不超過三小時。[12]在那十年間，大多數家庭靠著電話撥接方式連上網際網路。到了二〇〇〇年代使用高速寬頻上網，線上活動的時間增加，看電視的時間則變少。孩子也開始花更多時間打電玩，減少閱讀書籍和雜誌的時間。整體而言，相較於智慧型手機出現之前的生活，童年大重塑以及以手機為主的童年出現後，孩童似乎每天平均**多花**兩到三個小時使用3C數位產品。這些數據因下列背景而異：一，社會階級（低收入家庭比高收入家庭使用的時間更多）；二，種族（黑人和拉丁裔家庭比白人和亞裔家庭使用的時間更多）[13]；三，性少數族群（LGBTQ青年使用的時間更多；詳見註釋）[14]。

我得指出，研究員的測量結果很可能低估了青少年花在3C數位設備的時間。當這個問題換個方式詢問時，皮尤研究中心發現，有三分之一的青少年表示自己「幾乎一直掛在」某個主流社媒網站，[15]而四五％的青少年表示，他們「幾乎一直掛在」網路上。因此，即使青少年每天在3C設備上進行休閒活動的時間平均「只有」七小時，如果將他們在現實世界一邊處理其他活動，一邊積極**關注**社媒訊息的時間計算在內，就能理解為什麼近半數的青少年表示他們幾乎一直掛在網上。這表示他們每天約有十六小時（每週一百一十二小時），無法完全專注於周遭發生的事情。這種一直留在網上的使用方式，通常需要同時觀看兩到三個螢幕，而這種現象，在孩童可以把觸控式螢幕裝進口袋隨身攜帶之前，不可能出現。所以在多個螢幕間頻繁切換，會對認知、上癮和大腦神經路徑的重塑（被反覆刺激而磨平）造成嚴重影響，尤其在青春期這個敏感時期。

梭羅（Henry David Thoreau）在一八五四年出版的《湖濱散記》中寫道：「一樣東西的代價……是你用多少的生命去交換，不管是立刻或長期的交換。」[16]那麼，當兒童及青少年開始每天花六小時、八小時，甚至十六小時與他們的3C設備互動時，他們付出的機會成本是什麼？他們是否付出了生活中對其身心健康發展至關重要的部分？

傷害一：社交剝奪

兒童需要花大量時間面對面地玩耍，以利社交發展。[17]但是我在第二章提到，十二年級的學生中，表示「幾乎每天」與朋友相聚的比例，在二〇〇九年之後急遽下降。

你可以從圖5.1裡看出他們與朋友相聚時間下滑的細節，此圖出自一項針對美國不同年齡層如何使用時間所做的研究。[18]圖5.1顯示，不同年齡層的受訪者每天花在朋友身上的平均時間。毫不意外，最年輕的組別（十五至二十四歲）與朋友相聚的時間高於年紀較大的組別，可能是因為後者有工作或已婚之故。在二〇〇〇年代初，兩者之間的差異非常顯

每天與朋友相處的時間，不同的年齡組

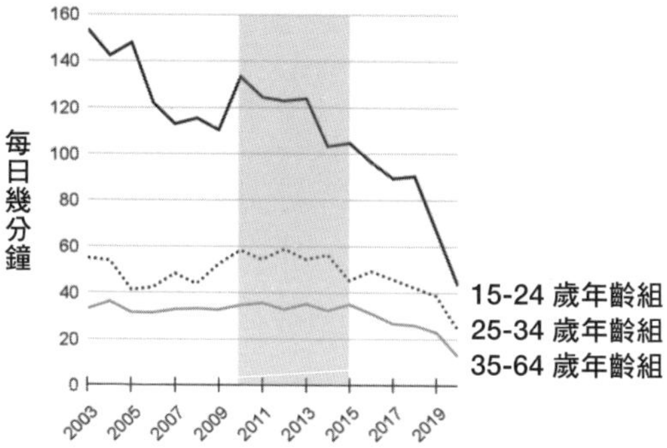

圖 5.1：每日與朋友相處的平均時間（以分鐘計）。只有最年輕的年齡組在二〇二〇年之前就出現大幅下降。二〇二〇年的數據是在新冠限制措施上路後，才開始收集的。（資料來源：美國時間使用調查）[19]

著，後來逐漸縮小，並在二〇一三年之後加速縮小。二〇二〇年的數據是在新冠疫情爆發後收集彙整的，這解釋為什麼兩個較年長組別的數據線在二〇二〇年向下彎曲。但最年輕組別在二〇一九年的數據線並未彎得那麼大。新冠限制措施上路第一年所造成的降幅，和新冠爆發前一年就有的降幅比起來，並沒有比較大。二〇二〇年，我們開始提醒每個人保持社交距離，避免靠近任何「圈外」人，但Z世代是從一拿到生平第一支智慧型手機開始，就和他人保持社交距離。

當然，當時的青少年可能不認為他們會失去朋友，心想只是將友誼從現實世界轉移到Instagram、Snapchat、線上

電玩平台罷了，兩者不是一樣嗎？不一樣。正如特溫格所指出，花更多時間使用社群媒體的青少年比較可能出現憂鬱症、焦慮症和其他心理疾病，而花更多時間與其他年輕人一起活動（例如參加團體運動或宗教社團）的青少年，則擁有比較健康的心理狀態。[20]

這是有道理的。兒童需要面對面、同步進行、身體參與的體能遊戲。在戶外進行的活動，偶爾還帶一點驚險刺激及冒險，才是最健康的遊戲。用手機與親密好友進行視訊通話也不錯，這就好像傳統的電話聊天，但新增了影像功能。相反地，獨自待在臥室裡不停地滑手機，瀏覽別人提供、多到看不完的內容，或是與頻頻更換的隊友和陌生人一起打幾小時的電玩，或是上傳自己的內容並等候其他同儕（或陌生人）點讚與評論，這都遠遠不是孩童所需要的，不應該被視為健康的青少年互動型式；這些替代品占去青少年大量的時間，減少了他們共處的時間。

與朋友相聚的時間銳減，其實低估了童年大重塑對社交剝奪造成的衝擊程度。即使青少年與朋友面對面相聚，以手機為主的童年也會破壞他們與朋友相聚的品質。智慧型手機太會瓜分我們的注意力，只要手機在口袋裡振動〇．一秒，許多人就會自動中斷面對面的談話，以免錯過重要的最新訊息。我們通常不會打斷對方，請對方稍等一下，而是掏出手機用手指在螢幕上點來點去一會兒，這會讓對方合理認為他沒有最新訊息來得重要。當交談對象掏出手機，[21]或者你的視線範圍內出現手機（甚至不是你自己的手機），[22]社交互動的品質和親密感就會下降。當以螢幕為主的數位設備，從我們的口袋（手機）移到手腕（智慧手錶）、耳麥和眼鏡（虛擬實境），影響所及，我們全神貫注與他人社交的能力可能會進一步下降。

無論什麼年紀，被忽略都是一件讓人痛苦的事。不妨想像自己是個青少年，正在努力尋找自己的定位與歸屬感的時候，遇到的每個人都間接地告訴你：你沒有我手機上的人重要。然後，再想像自己是個年幼的孩子。兒童雜誌《Highlights》在二〇一四年，針對六至十二歲的兒童進行了一項調查，結果六二%受訪兒童表示，當他們想要與父母交談，父母「經常會分心」。[23]被問及他們父母分心的原因時，使用手機是最常見的答覆。父母知道他們虧待了孩子。皮尤研究中心二〇二〇年的一項調查發現，六八%的家長表示，他們與孩子共處時，有時候或經常會因為手機而分心。這個比例在年輕和受過大學教育的家長中更高。[24]

童年大重塑摧毀了Z世代的社交生活，讓他們與全世界的人保持連結，卻讓他們與周圍的人脫節。加拿大一位大學生寫給我的信件，正好說明了這現象：

> Z世代非常孤立。我們的友誼淺薄，浪漫關係也顯得可有可無，這些關係在很大程度上被社群媒體影響和支配。校園幾乎不存在社群感，這種情況顯而易見。很多時候，我提

早進教室等著上課，發現教室已經坐了三十多名學生，大家全神貫注盯著自己的智慧型手機，整間教室靜悄悄，完全聽不到說話聲，害怕講話會被其他同學聽到。這進一步加深了孤立感，削弱了自我認同和自信心。我很清楚這一點，因為我親身經歷過。[25]

傷害二：睡眠剝奪

長期以來，家長為了趕孩子上床就寢，以免影響隔天上學而傷透腦筋，智慧型手機只會讓父母更難為。在青春期，人類自然的睡眠模式會出現變化。[26]青少年開始變得晚睡，但他們平日起床的時間是由學校何時開始第一堂課所決定，所以無法晚起。實際上，大多數青少年的睡眠時間少於他們大腦和身體所需要的時數。這是很可惜的，因為睡眠攸關學業成績與生活各方面的表現，尤其是在青春期，大腦自我調整的速度很快，超過青春期的前幾年。被剝奪睡眠的青少年，在注意力、專注力與記憶力方面，表現不如睡眠充足的青少年。[27]此外，睡眠不足也會讓學習和成績變差。[28]他們的反應時間、決策能力、肢體的動作與協調能力都會下降，這會增加發生意外的風險。[29]他們一整天都比較易怒和焦慮，因此人際關係也會變差。如果長期睡眠被剝奪，其他生理系統也會受到干擾，導致體重增加、免疫力下降，以及其他健康問題。[30]

睡眠不足七小時的青少年

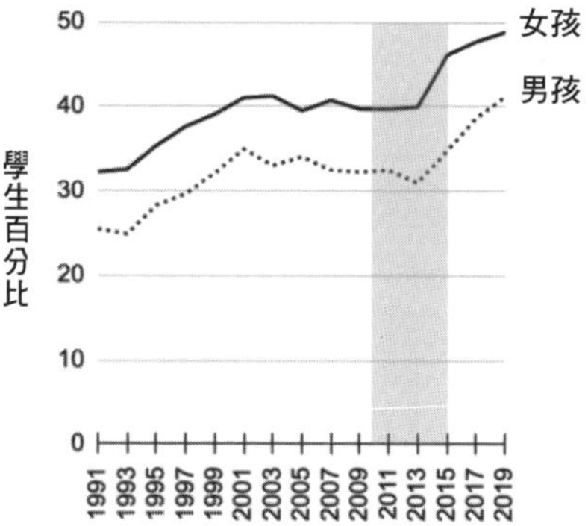

圖 5.2：美國學生（八年級、十年級和十二年級）大多數晚間睡眠時間不足七小時的百分比。（資料來源：觀測未來）[33]

青少年需要比成人更多的睡眠時間——吞世代每晚至少要睡九小時，青少年至少要睡八小時。[31]早在二〇〇一年，一位知名睡眠專家寫道：「幾乎所有青少年進入青春期之後，都成了行屍走肉，因為他們的睡眠時間太少了。」[32]他寫這句話時，睡眠剝奪的問題已持續上升了十年，如圖5.2所示。這個情況在二〇一〇年代初才穩定下來，二〇一三年之後又恢復上升的趨勢。

這只是巧合，還是有證據顯示，以手機為主的童年出現，與睡眠問題激增有直接關聯？的確有大量的證據佐證。一項綜述研究分析了三十六項相關研究後發現，大量使用社群媒體，與睡眠品質不佳及心理健康狀態不佳，都有顯著關聯。[34]這份分析報告也發現，如果一個人在某段時間大量使用社群媒體，可以預測他未來將出現睡眠問題和較差的心理健康狀態。另一個實驗發現，青少年如果在平日晚上九點後被禁止使用3C產品，持續兩週下來，他們的總睡眠時數會增加，入睡時間會提早，而且在需要集中注意力和快速反應的任務上，表現也會改善。[35]其他實驗也發現，深夜若使用各種不同的3C設備（包括電子閱讀器、電玩和電腦），睡眠會被干擾。[36]因此，睡眠剝奪與社群媒體（或3C產品）之間不僅存在相關性，還存在因果關係。

這個結果符合我們的直覺。特溫格及她的同事針對英國一組巨型資料集所做的研究發現，「大量使用3C產品，和睡眠時間變短、入睡需要的時間變長，以及睡眠中途醒來次數變多，都有關聯。」[37]在床上使用社群媒體或瀏覽網路的人，睡眠障礙最為嚴重。[38]

對Z世代來說，影響睡眠的不僅僅是智慧型手機上的社群媒體，其他高度刺激性的活動（包括手機遊戲和串流影片）因為唾手可得，也強化了睡眠剝奪的現象。[39]正如網飛的執行長在一次財報視訊會議上，被投資人問及網飛的競爭對手是誰時，他答道：「你知道的，想想看，當你觀看網飛平台某個節目並上癮的時候，你會熬夜追劇。我們是在與睡眠競爭，競爭很激烈。」[40]

睡眠不足會對青少年快速變化的大腦造成什麼影響？為了回答這個問題，我們可以參考「青少年大腦認知發展研究」（Adolescent Brain Cognitive Development Study）的結果。

該研究在二〇一六年掃描了一萬一千多名九歲和十歲青少年的大腦，並在他們進入青春期和少年期後，持續追蹤。根據這個大型合作計畫發表的學術論文多達數百篇，其中有幾篇研究了睡眠剝奪造成的影響。例如，二〇二〇年的一項研究發現，若青少年有比較嚴重的睡眠障礙和比較少的總睡眠時間，內化心理障礙（包括憂鬱症）的分數，以及外化心理障礙（包括攻擊和其他因無法控制衝動而做出的反社會行為）的分數都比較高。[41]研究員還發現，在研究開始時，睡眠障礙的程度「可顯著預測受訪者隨後一年出現憂鬱症，以及內化和外化心理障礙的分數」。換句話說，當你的睡眠被縮短或受到干擾時，你就比較可能出現憂鬱症和行為問題。睡眠剝奪對女孩的影響更大。

簡言之，兒童和青少年都需要大量的睡眠，以利大腦健康發育，或是隔天能夠保持注意力和穩定的情緒。然而，當3C設備可以帶進臥室，許多孩子會盯著螢幕直到三更半夜，尤其是如果螢幕很小，可讓孩子躲在被窩裡使用的時候。由於3C設備和睡眠的質與量下降相關，這很可能是二〇一〇年代初，許多國家被青少年心理健康問題大浪席捲的原因之一。

傷害三：注意力碎片化

寇特・馮內果（Kurt Vonnegut）一九六一年出版的短篇小說〈哈里森・布吉朗〉（Harrison Bergeron），故事以極度講究平等主義的未來美國為背景。根據憲法修正案，不允許任何人比其他人更聰明、更好看或擁有更強的體力。「身障將軍」負責確保大家的能力和表現一律平等。任何智商高的人都必須隨時配戴耳機，耳機每隔二十秒左右會發出各種高分貝噪音，打斷他們的思緒，以便他們的功能性智商降到一般人的水平。

幾年前，當我開始和我的學生討論手機如何影響了他們的工作效率，我想到了這個故事。自一九九〇年代末以來，年輕人就開始依賴簡訊作為基本的溝通方式。他們會把鈴聲設在「關閉」模式，這也表示手機整天都在反覆振動，尤其是參加群聊的時候。但實際情況遠比我想像的糟糕。大多數學生會收到數十個應用程式的通知，包括簡訊應用程式（如WhatsApp）、社群媒體應用程式（如 Instagram、推特），以及各種新聞網站的應用程式，這些網站會推送關於政治、體育和名人浪漫生活的「突發新聞」。我教的企管碩士學生（大多是二十多歲的年輕人），手機裡還下載一些與工作相關的應用程式，如 Slack。再者，大多數的學生會開啟手機裡電子郵件的通知，只要收到新郵件，手機就會振動。

一項研究顯示，將這些通知全部加起來，年輕人的手機平均每天會收到一百九十二通社媒和通訊應用程式發送的通知。[42]現在青少年每晚平均只睡七小時，因此醒著的時間，每一小時會收到大約十一個通知，相當於每五分鐘收到一個。這還只是與通訊有關的應用程式，如果加上其他數十個未關閉通知功能的應用程式，將大幅增加被干擾的次數。我們現在討論的對象只是**一般**的青少年，如果聚焦在重度使用者，例如年齡較大的青少女，她們使用簡訊和社群媒體的頻率之高，遠超過任何一個族群；她們幾乎每分鐘就被打擾一次。科技產業競爭激烈，積極爭取青少年注意力這項有限的資源，結果現在許多Z世代正活在馮內果描述的反烏托邦社會裡。

一八九〇年，偉大的美國心理學家威廉．詹姆斯（William James）對注意力的定義是：「從好幾個同時呈現的物體，或一連串的思緒中，以明白且清晰的形式挑選出一個來占據我們的心智……這表示要退出某些事物，以便有效處理其它事物。」[43]注意力是選擇專注在一項任務、一條思路、一條心路，即便有吸引人的岔路（匝道）在召喚我們，也不為所動。當我們無法做出這樣的選擇，並允許自己經常分心，我們最終會陷入「困惑、茫然、思緒散亂的狀態」，根據詹姆斯的說法，這些都是專注力的反義詞。

進入網際網路時代，我們大部分的閱讀移到線上後，專注走在一條路上就變得更困難。每個超連結都是一個岔路口，慫恿我們放棄幾分鐘前才做的選擇。尼古拉斯．卡爾（Nicholas Carr）在他二〇一〇年出版的書籍《網路讓我們變笨？》（*The Shallows: What the*

Internet Is Doing to Our Brains）中，慨嘆自己失去了專心走在一條路上的能力。依賴網路的生活習慣，改變了他大腦尋找資訊的方式，即使他離線要閱讀一本書的時候也無法專心。網路降低了他的專注力和反應能力，因為他現在渴望的是源源不斷的刺激：「我曾經是深入文字海洋的潛水夫，現在我就像騎著水上摩托車，咻地在海面上飛馳。」[44]

卡爾的書，寫的是他在一九九〇年代和二〇〇〇年代使用電腦連線網際網路的經驗。書裡他偶爾會提到黑莓機與 iPhone，這兩樣產品在該書出版的前幾年才開始流行。但是智慧型手機來電（訊）會振動或發出提示聲，比起被動的超連結，誘惑力大多了，對注意力的影響當然也致命得多。每個應用程式都是一個岔路（匝道口）；每個通知都是拉斯維加斯式的霓虹燈招牌，慫恿你轉動方向盤：「點一下這裡，我就會告訴你別人剛才說了你什麼！」

對成年人來說，堅持走在一條思路上已經夠困難，對青少年而言，那更是難得多，因為他們的前額葉皮質尚未發育成熟，因此拒絕其他岔路的能力有限。詹姆斯對兒童的描述如下：「兒童和青少年的注意力特徵是——容易被瞬間引起強烈的感官反應……兒童似乎不屬於自己（不是自己的主人），而是受控於每一個能吸引他注意力的物體。」克服這種動不動就分心的傾向是「教師首要克服的挑戰」。這就是為什麼學校應該規定學生在校期間禁用手機，若是帶手機到校，就必須放在手機置物櫃或可上鎖的袋子裡。[45]藉由「瞬間引起強烈的感官反應」來吸引孩童的注意力，是應用程式設計師的目標，而且他們非常擅長此道。

這種沒完沒了的干擾（注意力不斷被分散），會對青少年的思考能力造成傷害，並且可能在他們快速重新調整連結的大腦留下永久的烙印。許多研究發現，學生如果在課堂上使用手機，對老師的專注力會大幅下降。[46]我們無法真正做到同時專注於多項任務；我們能做到的是在不同任務之間來回切換注意力，而每次切換，大量的注意力會被浪費掉。[47]

不過，即使學生不查看手機的訊息，光是手機存在這件事就足以影響他們的思考力。在一項研究中，研究員將大學生帶進實驗室，隨機指定他們：一，將書包和手機放在實驗室的入口；二，將手機放進口袋或書包；三，將手機放在身邊的桌上。然後，研究員讓學生接受流體智力（fluid intelligence）測驗及工作記憶力測驗，例如在解數學題的同時，記住一串字母。研究發現，手機被放在另一個房間時，學生表現最好；手機能被看見的一組表現最差。手機重度使用者受到的影響更大。這篇研究報告的標題是「腦力流失：智慧型手機的存在減少可用的認知容量」（Brain Drain: The Mere Presence of One's Own Smartphone Reduces Available Cognitive Capacity）。[48]

當青少年在這個發育敏感期與智慧型手機頻繁接觸，可能會干擾他們尚在發展的專注力。研究顯示，有注意力不足過動症（ADHD）的青少年，使用智慧型手機和遊戲機的頻率更高。對此，多數人的共識是，過動症青少年更容易透過３Ｃ螢幕的畫面尋求刺激感，以及在電玩中找到高度的專注力。不過是否有可能出現反向的因果關係？以手機為主的童年會加重他們現有的ＡＤＨＤ症狀？

似乎確實如此。[49]荷蘭的一個縱向研究發現，在某個測量時間範圍內使用社群媒體、出現較多問題行為（如成癮）的青少年，在下一個測量時間範圍，會出現更強的ＡＤＨＤ症狀。[50]另一個荷蘭研究團隊使用類似的設計，也發現證據顯示，頻繁使用多個媒體來執行多個任務，會導致以後出現注意力問題，但研究員只在年紀較小的青少年（十一至十三歲）發現這種因果效應，而且對女孩來說尤其明顯。[51]

整個童年期，大腦都在發育，到了青春期會加速變化。青少年在初中和高中階段需要發展的主要技能之一是「執行功能」（executive function），指的是孩子漸漸學會制定計畫，然後完成計畫中各項任務的能力。執行功能的技能發展緩慢，是因為這些技能主要依賴額葉皮質，而額葉皮質是進入青春期之後，最後才完成重塑的腦區。執行功能所需的技能，包括自我控制、保持專注力和抵制分心。以手機為主的童年很可能會干擾執行功能的發展。[52]我不能說輕度使用３Ｃ產品對注意力有害，但是在重度使用者中，我們確實持續發現注意力較差的現象，部分原因是３Ｃ重度使用者多多少少已經達到上癮的程度。

傷害四：上癮

當女兒發現她的眼睛無法從我的 iPad 上挪開時，她的大腦究竟發生了什麼事？桑代克不知道神經遞質（neurotransmitters）的存在，但他正確地猜到，重複的小快樂對於在大腦闢出新路徑產生很大的作用。現在我們知道，完成某個動作後若得到不錯的結果（例如獲得食物、疼痛得到緩解，或只是達到一個目標），大腦中與學習相關的迴路會釋放一些多巴胺——這種神經遞質與愉悅和痛苦的感覺最相關。大腦釋出多巴胺會讓我們感到開心；我們就會把這份感覺記錄在意識層。但這並非被動式的獎酬，不會讓我們就此感到滿足，或是減少我們對愉悅的渴望。實際上，多巴胺迴路對於「想要」（wanting）的感覺扮演核心角色，就像「那感覺太棒了，我還想要更多！」。當你吃了一片洋芋片，大腦會釋出一些多巴胺，這就是為什麼你會想要再吃第二片，想要的程度甚至超出第一片。

玩吃角子老虎也是一樣：贏錢的感覺真讚，但這不會讓成癮的賭徒罷手，拿著贏來的錢，心滿意足地打道回府。實際上，贏錢的快感慫恿他們繼續賭下去。電玩、社群媒體、購物網站和其他應用程式也是一樣的道理，這些程式通常會讓使用者用掉遠高於原本打算花掉的時間或金錢。沉迷於社群媒體或電玩的行為上癮（behavioral addictions），不能和對古柯鹼或鴉片類藥品上癮的化學上癮（chemical addictions）畫上等號，因為兩者的神經基礎不盡相同。[53]然而，儘管兩者存在差異，都涉及了多巴胺、想要的渴望、強迫行為，以及我女兒所體驗的感受——無法按照自己的意識與意願行動。這是設計出來的結果。開發這些應用程式的人運用心理學家工具箱內的所有技巧，鉤住使用者的注意力不放，就像吃角子老虎牢牢鉤住賭徒，讓他們難以脫鉤。[54]

說清楚一點，絕大多數使用社媒 Instagram 或打電玩《堡壘之夜》的青少年並沒有上癮，但他們的渴望被駭了，因此行為受到操控。當然，廣告商早就想這麼做，只不過觸控式螢幕和網路連線為使用行為學派（behaviorist）技術打開了大量新的可能，行為和獎勵的循環間隔時間愈短，這些技術能發揮的作用愈大。史丹福大學教授福格（B. J. Fogg）在二〇〇二年出版《科技說服力》（*Persuasive Technology: Using Computers to Change What We think and Do*），並開設一門課，就叫「科技說服力」，教導學生如何將行為學派訓練動物的技巧應用在人類身上。他的很多學生後來創業成立社群媒體公司，或是在這類公司上班，Instagram 的共同創辦人麥克·克里格（Mike Krieger）就是其中一位。

這些塑造行為習慣的產品是如何讓青少年上鉤的？以一位十二歲女孩來舉例好了，她坐在家中的書桌前，正在努力試圖瞭解第二天自然科考試裡光合作用的原理。那 Instagram 到底如何吸引她分心，待在那個平台一小時都不離開？應用程式設計師通常會使用四步驟創造一個自我延續的循環，如圖5.3所示。

圖 5.3：鉤癮模式，出自尼爾・艾歐（Nir Eyal）二〇一四年的著作《鉤癮效應：創造習慣新商機》（*Hooked: How to Build Habit-Forming Products*）。艾歐在其中一章「操控的道德性」（The Morality of Manipulation）警告，濫用該模型的道德疑慮與影響。[55]

鉤癮模型引導程式設計師打造一個自我延續的循環，藉此讓用戶養成持續使用的習慣。

這個循環從一個外部觸發（external trigger）開始，比如收到通知，提醒有人評論了她一篇貼文。這是第一步，慫恿她離開原來的路徑，轉到另一個匝道。通知出現在她的手機上，自動觸發她做某個動作的欲望（步驟二）：亦即點開通知，進入 Instagram。之前她做這個動作時，獲得了獎賞（貼文被按讚，讓她開心）。這次打開 Instagram 後，可能會發生讓人開心的事，但不是次次都如此，這就是變動獎勵（步驟三）。

也許這次她會看到一些讚美或友好的評論，也許不會。

這是行為心理學的一項重要發現：最好不要**每次**動物做了你想要的行為，你就獎勵牠。如果你根據「變動比例時距」（variable-ratio schedule）的模式獎勵動物（例如平均每十次獎勵一次，但有時高一點，有時低一些），就會創造出最強烈、最持續的行為。當你把一隻老鼠放入籠子，讓牠學會壓桿就可得到食物之後，接下來牠就會期待獎勵而分泌大量多巴胺。牠會跑到桿子前開始按壓，即便最初幾次按壓都沒有得到任何獎勵，也不會打擊老鼠的熱情。相反地，當老鼠繼續按壓，多巴胺的濃度就會上升，因為牠預期獎勵會到來，而獎勵一定會隨時出現！獎勵「終於出現」時，感覺非常好，但是升高的多巴胺含量會讓老鼠繼續按壓桿子，期待獲得下一個獎勵，而下一個獎勵不知道要按壓多少次才會出現，所以繼續按壓就是了！在一個不斷載入內容的應用程式裡，沒有出口匝道；也沒有停止的訊號。

前三個步驟是經典的行為派理論，源於心理學家史金納（B. F. Skinner）在一九四〇年代教授的操作制約理論（operant conditioning）。鉤癮模型則增加了第四個步驟：投資。這步驟不適用於對老鼠的實驗。我們可以設計一些方法，讓用戶對應用程式投入一部分的自己，這麼一來，應用程式對他們會變得更重要。這個女孩已登入她的個人資料，上傳很多自己的照片，連結了自己所有的朋友與其他數百個 Instagram 用戶（她的哥哥也在隔壁房間準備考試，也已經花了數百小時累積數位徽章、購買「造型」，並在《堡壘之夜》和《決勝時刻》等電玩平台做了其他投資）。

在這個第四步驟，做了一些投資後，下一輪的行為觸發可能會由外轉向內。女孩不再需要來電通知，慫恿她打開 Instagram。當她重讀教科書上的一段艱深文字，她的腦海會突然冒出一個想法：「不知道有沒有人喜歡我二十分鐘前發的照片？」她的思緒出現一個吸引人的匝道（步驟一）。她試圖抵擋誘惑，專心準備考試，但僅僅是想到可能的獎勵，大腦就會分泌一些多巴胺，讓她**想要**馬上打開 Instagram。她有了想要的渴望。最後還是決定上網（第二步），結果發現沒有人按讚或評論她的貼文。她感到失望，可是升高的多巴胺讓她依然渴望得到獎勵，於是她開始翻看其他貼文、傳給她的簡訊、任何能讓她感到自己對其他人有意義的東西，或是搜尋能逗她開心的短片（第三步）。她瀏覽自己的 Feed 頁面，一一回覆朋友的留言。果然發現一個朋友在她最近的一篇貼文按讚。一個小時後，她繼續複習光合作用，但是精力已經耗盡，專注力下降。

一旦使用者的內心感受足以引發一種行為，並獲得變動的獎勵，使用者就受到了「鉤癮」。我們都知道臉書使用行為派理論刻意鉤癮青少年；這個消息曝光，要歸功於臉書檔案（Facebook Files），這份龐大的檔案是臉書的內部文件和員工簡報的螢幕截圖，在二〇二一年由吹哨人法蘭西絲．豪根（Frances Haugen）揭露。其中一份令人不寒而慄的文件顯示，臉書的三位員工發表了一份標題為「身分的影響力：青少年選擇 Instagram 的原因」的簡報，其目的是「協助臉書制定整體產品策略，以便吸引更年輕的用戶」。簡報中有一個小節，標題是「青少年的基本特徵」（Teen Fundamentals），深入探討了神經科學，顯示大腦在青春期逐漸成熟，但額葉皮質要到二十歲之後才會成熟。後面附了一張照片，顯示大腦的核磁共振造影圖（MRI），下方配了一段文字敘述：

> 青少年的大腦八〇%左右已經成熟。剩下的二〇%位於額葉皮質……在這個階段，青少年很大的程度依賴於他們的顳葉，而在顳葉中，情緒、記憶、學習及獎勵系統占主導的地位。

隨後的一張投影片顯示，臉書設計師努力在用戶身上創造的循環，並指出他們容易被影響的弱點（圖5.4）。

該簡報的其他投影片顯示，講者無意保護畫面中間這位年輕女孩，以免她使用過度或上癮；該簡報的目的是建議臉書的其他員工，如何利用獎勵、新鮮感和情感，讓她更長時間地「投入」。建議包括讓青少年更容易建立多個帳號，以及落實優化推薦，讓用戶「透過更流暢的路徑，更快速找到與其興趣相關的內容」。

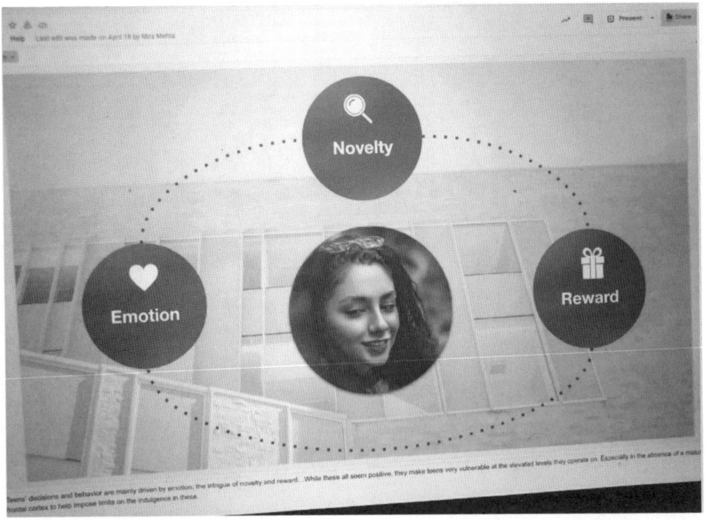

圖 5.4：這是臉書內部簡報的截圖，由吹哨者豪根披露。圖說寫著：「青少年的決定和行為主要受到情感、新鮮感和獎勵左右。雖然這三個驅動引擎看起來都是正面的，但若高強度作用在青少年身上，他們會非常容易受到傷害與影響，尤其是尚未發育成熟的額葉皮質無法抑制他們耽溺於這些誘惑。」（資料來源：The Facebook Files, section 42/15, p.53）[56]

史丹福大學成癮研究員安娜・蘭布克（Anna Lembke）在《多巴胺國度》（*Dopamine Nation*），解釋上癮如何發生在她的病人身上，這些病人患有各種藥物和行為上癮（賭博、購物、性交等等）。在二〇一〇年代，她開始治療愈來愈多出現數位成癮問題的青少年。一如對海洛因和大麻上癮的人，沉迷於數位活動的人發現，當他們沒在做自己偏愛的活動時，「沒有什麼能讓他們感覺開心。」原因是大腦為了適應長時間升高的多巴胺，會以各種方式改變自己，以維持體內平衡。最重要的適應方式是「下調」（downregulating）多巴胺傳輸。成癮患者需要增加藥物劑量，才能恢復快感。

不幸的是，當上癮者的大腦因為抗衡該藥物的作用而逐漸適應，一旦他**停止**服用該藥，大腦就會進入多巴胺不足的狀態。多巴胺的釋放令人愉悅，多巴胺不足則會令人不悅。如果沒有服用該藥，平常的生活會變得無聊，甚至令人痛苦。除了該藥，沒有任何東西能讓人開心。上癮的人處於戒斷狀態，只有當他們停止服藥的時間夠長（通常需要幾週），大腦的多巴胺水平才會恢復到預設狀態，戒斷症狀才會消失。

蘭布克表示：「戒除任何上癮物質時，普遍的戒斷症狀是焦慮、易怒、失眠和情緒低落。」[57]情緒低落（dysphoria）與亢奮（euphoria）相反，是一種普遍的不適或不安感。重度使用社群媒體或耽溺電玩的孩子，若在非自願的情況下被迫與他們的手機和遊戲主機分離，許多人都會說他們感受到上述戒斷症狀——這也是家長和臨床醫師觀察到的現象。傷心、焦慮和易怒等症狀，已被列為網路遊戲成癮者的戒斷症狀。[58]

蘭布克列出的普遍戒斷症狀顯示，上癮加重了其他三種基本傷害。最明顯的是，對3C產品上癮的人更不容易入睡，一來因為黏著3C螢幕不放，會直接占去睡眠的時間；二來因為3C螢幕在幾吋遠的地方會向視網膜發出高劑量的藍光，告訴大腦：「現在是早上！停止分泌褪黑激素！」[59]此外，儘管多數人會在夜間醒來好幾次，多半會馬上再度入睡，成癮的人醒來後卻常常拿起手機開始滑不停。

蘭布克寫道：「智慧型手機是現代版的皮下注射針頭，為連網世代全天候不打烊地注射數位多巴胺。」[60]她的比喻有助於解釋，為什麼從以玩耍為主的童年過渡到以手機為主的童年會有如此大的破壞力，以及為什麼危機會在二〇一〇年代初突然出現。一九九〇年代和二十一世紀初的千禧世代，可以在家裡用電腦進行各種讓人上癮的活動，其中有些人也確實上了癮，但他們無法隨身攜帶電腦。童年大重塑之後，下一代的青少年可以隨身攜帶「行動電腦」，也確實這麼做。

為了看清實體活動移轉到智慧型手機造成的深遠影響，不妨想像一個睡眠不足、焦慮、易怒的學生在學校與同學互動的情形。情況很可能並不順利，特別是如果她的學校允許她在校內隨身攜帶手機。她會在午餐及課間時間頻繁查看社群媒體，而不是和同學進行同步、面對面的交流（這對她的社交發展至為重要），結果進一步加重她的社交孤立感。

接著想像一個睡眠不足、焦慮、易怒、不善交際的學生正努力聚精會神寫作業，而她的桌上放著一支手機，螢幕朝上，正在向她招手，請她開下匝道。她那受損的執行能力會讓她很吃力，難以專注在作業上超過一、兩分鐘。她的注意力支離破碎。她的意識變成了「困惑、茫然、思緒散亂的狀態」，根據詹姆斯的說法，這些都是專注力的反義詞。

當我們在二〇一〇年代初期讓兒童和青少年使用智慧型手機，我們也讓企業有機會全天候不打烊地應用變動比率增強時距，在兒童大腦重塑最敏感的時期，像訓練小白鼠一樣訓練他們。這些公司開發了讓人上癮的應用程式，在兒童的大腦形成一些非常牢固的神經通路。[61]

論社群媒體對青少年的益處

二〇二三年，美國公共衛生署長維維克．莫西（Vivek Murthy）公布一份諮詢報告，討論使用社群媒體對青少年心理健康的影響。[62]該報告提出警告，稱社群媒體對「兒童和青少年的心理健康與幸福感，恐怕構成了影響深遠的傷害」。這份報告長達二十五頁，概述使用社群媒體的潛在代價和好處。關於好處，他指出：

> 社群媒體可以提供具正向影響力的社群，並與擁有相似身分背景、能力和興趣的人建立連結，這些對某些青少年是有益的。此外，社群媒體可以提供取得重要資訊的管道，建立個人表達自我的空間。在線上建立並維繫友誼，形成社群關係網絡，是青少年使用社群媒體的好處之一。不同於線下世界，這些關係網絡讓青少年有機會與多元化的同儕團體進行積極的互動，或是獲得社群大力的支援。來自線上社群網友的支持，有絕佳抗壓效果，

對於經常被邊緣化的青少年，包括種族、族群、性取向和性別認同的小眾，尤其重要。

這些好處聽起來都很有道理，的確，莫西引述的研究調查顯示，許多青少年表示他們從社群媒體獲得了這些好處。舉例來說，二〇二三年的皮尤研究中心發現，五八％青少年表示社群媒體讓他們覺得自己被更多人接納；七一％的青少年將社群媒體視為表達創意的平台；八〇％的青少年覺得社群媒體，讓他們能更頻繁參與朋友的生活。[63]二〇二三年，「常識媒體」的報告發現，七三％的女孩表示，每天看抖音影片很開心；三四％的女孩表示，如果不能使用抖音，她們的生活會變差。六三％的女孩表示，Instagram 讓她們天天開心，而二一％的女孩表示，如果沒有 Instagram，她們會過得比較糟糕。[64]

當然，這些數位平台不乏逗人開心的消遣與娛樂，就像電視為上一代人所做的一樣。社群媒體也為特殊小眾提供一些獨特的好處，例如性小眾青年和自閉症患者——在這些族群中，一些虛擬社群可以幫助他們緩解現實世界中被社會排擠的痛苦。[65]

然而，相關性、縱向、實驗性研究卻發現大量有害的證據，指出長期或重度使用社群媒體，對青少年心理健康**有益**的證據少之又少。[66]二〇一三年，當年輕人紛紛擁抱 Instagram，全球並沒有突然湧現心理健康與幸福狀態顯著改善的趨勢。青少年表示，社群媒體協助他們與朋友建立連結；這說法當然成立，但是從他們愈來愈覺得孤獨與孤立可以看出，透過社媒建立的連結似乎不如它所取代的面對面交流，效果那麼好。

我對社群媒體有益青少年的說法抱持懷疑的第二個理由是，這些說法往往把社群媒體，以及更廣泛的網際網路服務混為一談。在新冠疫情實施封鎖期間，我經常聽到有人說：「感謝社群媒體！如果沒有它們，年輕人要怎麼保持聯繫呢？」我對此的回應是：是啊，那何不讓我們想像一下，如果兒童和青少年只靠打電話、傳簡訊；或是使用Skype、Zoom、FaceTime等視訊軟體；或是收發電子郵件；或是直接到朋友家找他閒聊，或在外頭一起玩耍，又如何呢？然後再想像一下，青少年尋找資訊的管道，如果只有Google、Bing、Wikipedia、YouTube等應用程式，[67]以及網際網路的其他服務，包括部落格、新聞網站、各種關注小眾特殊興趣的非營利組織網站等，又如何呢？[68]

持懷疑態度的第三個理由是，被廣泛認為最能從社群媒體獲益的族群，也**最有可能**在這些平台上發生不愉快的體驗。二〇二三年「常識媒體」調查發現，LGBTQ青少年相較於非LGBTQ同儕，更傾向於覺得，如果沒有這些他們正在使用的社群平台，他們的生活會更好。[69]同一份報告也發現，相較於非LGBTQ女孩，LGBTQ女孩接觸到跟自殺和飲食失調相關的有害內容的機率是前者的兩倍多。在種族方面，二〇二二年皮尤研究中心的一份報告發現，黑人青少年認為他們的種族或族裔背景，讓他們成為網路霸凌目標的可能性是拉美裔或白人青少年的兩倍。[70]低收入家庭（年收入不足三萬美元〔含〕）

青少年表示，在網路受到人身威脅的可能性，是高收入家庭（逾七・五萬美元〔含〕）青少年的兩倍（分別是一六%與八%）。

我持懷疑態度的第四個理由是，這些有關社群媒體好處的討論鮮少考慮到孩子的年紀。對年紀較大的青少年來說，所有的好處聽起來都很合理，但我們真的認為十二歲的孩子需要靠 Instagram 或抖音，與陌生人保持「連結」嗎？難道不該直接和朋友見面嗎？我看不出有什麼理由不實施十三歲是在社群媒體平台開設帳號的最低年齡。

我們需要在心裡建立一個對數位世界有更深刻描繪的景觀。社群媒體不是網際網路的同義詞，智慧型手機不等於桌上型電腦或筆記型電腦，任天堂遊戲《小精靈》不是線上電玩《魔獸世界》，二〇〇六年版的臉書也不是二〇二四年版的抖音。大部分的數位產品對年紀比較輕的青少年的傷害，都大於年紀較大的青少年。我不是說應該禁止十一歲的孩子上網，我想說的是，童年大重塑，亦即以手機為主的童年取代以玩耍為主的童年，是導致全球青少年精神疾病流行的主因。我們需要謹慎考慮，哪些孩子在哪個年齡範圍可以接觸哪些產品，使用哪些設備。若是讓他們在任何年齡、任何地點都能不受限制地上網接觸各種內容，即使有一些好處，也已經證明是一場災難。

總結

本章指出以手機為主的童年造成了四種根本性傷害，這些傷害是因為二〇一〇年代初期技術快速發展所致，並徹底改變孩童的身心狀態。每一種傷害都是根本性的，因為它影響了社交、情感和心智等多種能力的發展。

- 青少年花在手機上的時間長得驚人，早在 iPhone 問世之前，他們花在螢幕的時間就已夠久，現在更是有過之而無不及。有關使用時間的研究反覆發現，青少年平均每天在３Ｃ產品螢幕上從事休閒活動的時間超過七小時（不包括上學和寫作業）。
- 以手機為主的童年會付出的機會成本：一旦孩童可以無限制地全天候上網，花在其他活動的時間就會變少。
- 第一個根本性傷害是社交剝奪。當美國青少年開始使用智慧型手機，與朋友面對面相處的時間立即銳減，從二〇一二年每天一百二十二分鐘降至二〇一九年每天六十七分鐘。由於新冠疫情的防疫措施，與朋友相處的時間進一步減少，但其實在新冠防疫措施上路之前，Z世代已經和朋友保持社交距離。
- 第二個根本性傷害是睡眠剝奪。當青少年淘汰基本型手機、改用智慧型手機，他們的睡眠無論是質或量都下降了，這個現象在已開發國家普遍存在。縱向研究顯示，是先出現智慧型手機的普及，然後才出現睡眠剝奪問題。

- 睡眠剝奪的研究非常充分與深入，睡眠剝奪的影響也非常廣泛，包括憂鬱、焦慮、易怒、認知缺陷、學習能力差、成績下降、意外事故增加，以及因事故致死的人數增加。
- 第三個根本性傷害是注意力碎片化。保持注意力指的是，當許多匝道在向你招手時，你的思緒仍能保持在原來的主幹道上。專注於一條道路，專注於一項任務，是成熟的特徵，也代表擁有出色的執行功能。但智慧型手機是注意力的剋星。許多青少年每天會收到數百則通知，代表他們很少有連續五到十分鐘的時間，可專心思考不被打斷。
- 有證據顯示，在青春期早期，由於使用社群媒體和打電玩，造成注意力碎片化，可能會干擾執行功能的發展。
- 第四個根本性傷害是上癮。行為學家發現，對動物來說，學習是「大腦裡某一條路徑被逐漸磨平滑順」。最成功的社群媒體應用程式，會使用進階的行為學理論「鉤癮」孩童，讓他們成為產品的重度使用者。
- 多巴胺的釋放會讓人愉悅，但它不會讓你感到滿足，實際上反而會讓你想要更多，因此你會重複剛剛觸發多巴胺釋放的動作。成癮研究員蘭布克說，普遍的戒斷症狀包括「焦慮、煩躁、失眠和情緒低落」。她和其他研究員發現，許多青少年已經出現行為上癮，就像賭徒對吃角子老虎機上癮一樣，上癮對於青少年的身心狀態、社交發展和家庭都有深遠的影響。

- 把這四種根本性傷害放在一起考慮時，就能解釋為什麼當童年變成以手機為主，青少年的心理健康會突然惡化得這麼嚴重。

6 為什麼社群媒體對女孩的傷害大於男孩？

艾莉西絲．史班斯（Alexis Spence）二〇〇二年出生於紐約長島。她在二〇一二年耶誕節收到人生第一台 iPad，那年她十歲。最初她拿 iPad 玩 Webkinz——這是一系列寵物填充玩具，買了實體寵物公仔後，可用它附帶的代碼登入 Webkinz 網站，與虛擬版的公仔一起玩耍。但是二〇一三年就讀小五的她被一些同學嘲笑，怎麼還在玩這種幼稚的遊戲，並慫恿她到 Instagram 註冊帳號。

她的父母對於小孩使用科技非常謹慎，嚴禁小孩在臥室使用用 3C 產品；艾莉西絲和哥哥必須在客廳共用一台電腦。父母會定期檢查女兒的 iPad，看她下載了哪些應用程式。他們禁止小孩使用 Instagram。

然而，就跟許多青少年一樣，艾莉西絲找到規避父母禁令的方式。她自己開了一個 Instagram 帳戶，雖然只有十一歲，她卻謊稱已經十三歲。她會下載 Instagram 應用程式，使用一段時間後再刪除，這樣就不會被父母發現。她還從 Instagram 其他未成年使用者身上學到將 Instagram 變裝，穿上手機主螢幕上計算機的圖示，這樣就不用再刪ＩＧ了。當她的父母最後還是發現她在ＩＧ有一個帳號，並開始監控並設定限制時，艾莉西絲註冊了第二個帳號，讓她可以在父母不知情的情況下貼文。

一開始，艾莉西絲對 Instagram 非常興奮。二〇一三年十一月，她在日記中寫道：「在 Instagram，我有一百二十七個人追蹤。耶！這麼說吧，如果十個追蹤粉絲讓我感到開心又興奮，那麼一百二十七人，這實在太讚啦!!!」不過接下來幾個月，她的心理健康狀態一落千丈，開始出現憂鬱症的跡象。她在ＩＧ建立第一個帳號五個月後，她畫下圖 6.1。

她在ＩＧ開設帳號之後的六個月內，Instagram 的演算法為艾莉西絲篩選推送的內容，從最初的健身，到模特兒的照片，再到節食建議，最後變成支持厭食症的內容。她在八年級因為厭食症和憂鬱症住院。她的青春期一直與飲食失調和憂鬱症抗爭。

艾莉西絲現年二十一歲。她已經能重新掌握自己的生活，並擔任緊急救護技術員，不過仍在與飲食失調抗爭中。我閱讀了艾莉西絲的父母帶頭起訴元宇宙公司的法庭文件，他們指控元宇宙未經他們同意，提供女兒危險的產品。我聯繫艾莉西絲的母親，與她交談後，進一步瞭解到她多次進出醫院的黑暗歲月，以及她的父母為了讓她遠離社群媒體所做的努力。有一段時間，她與社群媒體分開，竟然憤怒地在牆上打出一個洞。她的母親說，

圖 6.1：史班斯在二〇一五年四月（十二歲）繪製的插圖，筆記型電腦螢幕上寫著「沒用、去死、醜陋、愚蠢、自殺」。她的手機上寫著「蠢、醜、肥」。複製自《史班斯訴元宇宙》的法院判決書。[1]

女兒住院住了一段不短的日子，期間沒有使用社群媒體，又變回以前那個可愛的模樣，表示：「她變了一個人，很友善，客氣有禮。住院期間剛好碰到母親節，她做了一張最美麗的母親卡片送我。我們的女兒回來了。」

為什麼社群媒體對女孩具有如此大的吸引力？社群媒體究竟做了什麼讓她們沉迷其中，進而傷害了這麼多年輕的女孩，讓她們陷入憂鬱、焦慮、飲食失調，甚至產生自殺的念頭？[2]

正如我們所見，二〇一〇年代初，淘汰基本款手機改用智慧型手機之後，數位活動的多樣性和強度大幅增加，由此衍生的四種根本性傷害也隨之上升：社交剝奪、睡眠剝奪、注意力碎片化和上癮。二〇一三年左右，美國和其他盎格魯英語圈國家的精神科病房開始不成比例地塞滿女孩。[3]本章中，我將探討為何社群媒體對女孩的傷害大於男孩。在下一章，我將探討男孩使用３Ｃ產品的方式不同於女孩，他們受到的衝擊，多半表現在成績與成就下降，與現實世界的距離愈來愈遠，比較少見於精神疾病的發病率（儘管發病率確實上升）。在這兩章，我將聚焦討論美國和英國的數據，因為相關數據非常充分。[4]

社群媒體危害女孩的證據

社群媒體平台的定義，就像前一章所述，主要功能是廣泛傳播用戶生成的內容，並和其他用戶分享交流，但分享時，雙方不需要同時進行。在最具代表性的社群平台上，例如Instagram，用戶發布內容（通常是跟自己有關的事），然後等著別人評價與留言。貼文和等待回應，加上和他人比較，對女孩和年輕女性造成的影響與傷害遠甚於對男孩和年輕男性的影響，而且這種男女有別的影響在許多相關性研究中反覆出現。這類研究通常會詢問青少年的科技產品使用行為，以及心理健康狀態，然後觀察那些較頻繁使用某種科技產品的青少年，心理健康狀態是否較差。

我必須指出，有些研究並未發現有害的證據。一項著名的研究報告指出，數位媒體的使用行為與心理健康問題，兩者之間的相關性幾乎是零，小到跟「吃馬鈴薯」和有害心理健康的相關性差不多。[5] 但是當特溫格和我重新分析同樣的數據集，並聚焦在**社群媒體**的使用行為（不同於涵蓋看電視和擁有電腦等更廣泛的數位科技使用行為），與**女孩**（而非所有青少年）心理健康不佳之間的相關性時，我們發現了更顯著的相關性。[6] 和社群媒體使用行為影響程度相當的比喻不應是吃馬鈴薯，而是酗酒或吸食大麻。對女孩而言，[7] 大量使用社群媒體與精神疾病之間，存在著明確、持續、顯著的關聯性。[8] 但是在一些研究與文獻回顧中，這種相關性卻被掩蓋或小覷，因為這些研究與文獻回顧探討的是所有青少年的所有數位科技使用行為。[9] 記者報導說有害的證據薄弱，通常是指這類研究。[10]

你可以從圖6.2看到兩者之間存在相當大的關聯性，該圖的數據出自「千禧世代研究調查」（Millennium Cohort Study）。英國這項研究調查追蹤了一萬九千名在千禧年（二〇〇〇年）前後出生的孩童，瞭解他們在青春期的成長情況。根據英國青少年對憂鬱症量表上十三個問題的回答，圖中顯示他們被評估為憂鬱症患者的百分比，跟他們平日花在社群媒體上的時間有聯動關係。就男生來說，知道他們花多少時間在社群媒體上說明不了什麼，除非他們透露自己是重度使用者。男生只有當每天花在社群媒體的時間超過兩小時，

社群媒體使用時間與憂鬱症的患病率（英國）

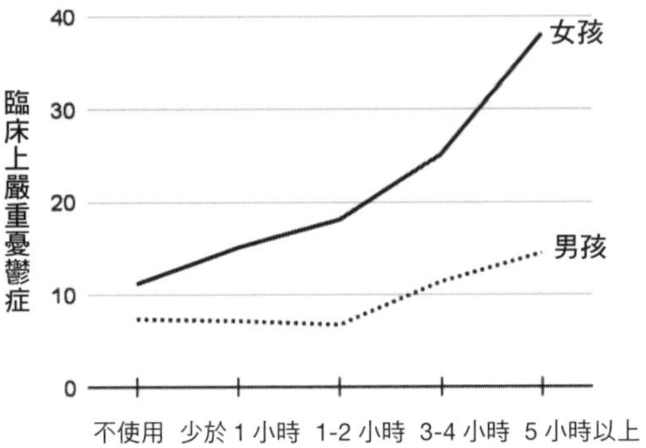

圖 6.2：英國青少年憂鬱症的比例與平日使用社群媒體的時數有關。大量使用社群媒體的青少年，相較於輕度使用或不使用社群媒體的青少年，更可能出現憂鬱症，女孩尤其明顯。（資料來源：千禧世代研究調查）[11]

曲線才會開始上升。

就女孩來說，社群媒體使用時間與憂鬱症之間的關聯性，就大很多、明顯很多。女孩花在社群媒體的時間愈多，愈有可能罹患憂鬱症。當女孩表示自己平日花在社群媒體的時間超過（含）五小時，罹患憂鬱症的機率是從不使用社群媒體女孩的**三倍**。

社群媒體是成因，或者只是相關因素？

相關性研究總是有多種解釋的可能性，譬如可能存在「反向關聯」（reverse correlation），亦即憂鬱症導致女孩使用社群媒體，而不是反其道而行。[12] 也可能存在第三個變項，例如遺傳因素、過度放任的教養方式，或是孤獨感，導致出現這兩種現象。要確定一件事**導致**另一件事發生，科學家主要靠實驗；在實驗中，一些人被隨機指派接受治療，另一些人則被隨機指派到安慰劑的對照組（醫學研究）或繼續平日生活的對照組（社會科學實驗）。類似的實驗有時稱為隨機對照試驗（RCT）。在一些社群媒體相關的隨機對照試驗中，一組年輕人被要求在幾天或幾週內減少或停止使用社群媒體；在其他的實驗組別，年輕人（通常是大學生）被帶入實驗室，實驗室會模擬各種社群媒體的使用活動（如滑手機瀏覽照片），然後觀察這些使用行為如何影響他們的各種心理特徵（變項）。

例如，一項研究隨機分配一群大學生大幅減少使用社群媒體（對照組則不減少），三週後再評估他們的憂鬱症症狀。撰寫該研究的作者表示：「相較於對照組，限制使用社群媒體的實驗組，在這三週內孤獨感和憂鬱症狀明顯下降。」[13]另一項研究隨機分配一群青少女瀏覽 Instagram 上的自拍照，這些自拍照有些維持未修圖的原始狀態，有些經過研究員修圖，變得更有吸引力。「結果顯示，接觸處理過的 Instagram 照片，會直接造成對自己身體形象的滿意度下降。」[14]整體來看，特溫格、勞許和我收集的數十項實驗，[15]證實並延伸了相關性研究所發現的模式：使用社群媒體是造成焦慮症、憂鬱症和其他疾病的成因，不只是**相關因素**。

社群媒體對群體和個人都有影響嗎？

以上所有的實驗都有一個明顯的侷限性：他們只研究每一個**個人在單獨的情況下**，受社群媒體的影響；就像我們在研究每個人吃糖對健康所產生的影響一樣。譬如把一百名青少年隨機分成兩組，其中一組青少年被要求三個月內減少糖的攝取量，然後與對照組比較，觀察他們的健康是否會因此受益。但社群媒體跟糖不一樣，影響對象不僅是使用它的每一個個體。二〇一〇年代初，社群媒體透過學生口袋裡的智慧型手機進入校園之後，迅速改變了整個校園文化（隨著社群媒體這樣的通訊網絡用戶持續增加，它們的影響力變得愈來愈強大[16]）。學生們在課間、休息時間或午餐時，互相交談的時間愈來愈少，把大部分時間都花在滑手機，看一些微影片（microdrama），經常一看就一整天。[17] 影響所及，他們彼此減少了眼神接觸，很少一起大笑，也失去練習交談的機會。因此，即使是遠離社群媒體的學生，社交生活也受到了衝擊。

這些群體層面的影響可能遠大於個體層面所受的影響，而且很可能會掩蓋或低估個體層面受影響的程度。[18] 如果一個實驗隨機分配一些青少年在一個月內不得使用社群媒體，而他們所有的朋友都繼續使用，那麼這一個月內，不能使用社群媒體的青少年會更孤立。然而即便如此，幾項研究都發現，停止使用社群媒體還是改善了他們的心理健康狀態。因此，想像一下，如果隨機指定的二十所中學的**所有**學生都禁用社群媒體一年，或者（更實際一些）每天早上沒收他們的手機，放進專用置物櫃保管，而另外二十所中學作為對照組，然後比較這樣的成效會有多大。這是我們最需要的實驗，以便研究社媒對群體層面的影響。

評估群體層面受到的影響裡，有一種雖然規模小、但很重要的實驗是，測量社群媒體在某個群體突然變得遠較普及的時候，**整個群體**會發生什麼變化？[19]例如，有一項研究利用臉書最初僅對少數幾所大學開放這一點，隨著臉書將服務擴展到更多的大專院校，觀察在接下來的一、兩年間，使用臉書的這些大學的學生心理健康狀態，與尚未使用臉書服務的學院相比，有沒有出現變化？結果發現，有的，狀態變差了，對女學生的影響更大。作者發現：

> 隨著臉書對某大學開放服務後，更多學生出現心理健康狀態不佳的症狀，尤其是憂鬱症，學校心理健康諮詢服務的使用率也跟著增加。我們還發現，根據學生的自評報告，心理健康下降導致學業成績下滑。此外，更多的證據解釋這個現象背後的成因，認為是臉書助長了愛與人比較的歪風所致。[20]

我找到五個研究，分別探討了全球不同地區推出高速連網服務後的情況，這**五個研究**

都發現心理健康受損的證據。數位資料傳輸速度很慢時，童年很難以手機為基礎。舉例來說，在西班牙，各地區鋪設光纖網路的進度不一，所以進入高速連網的時間也先後有別，這時的西班牙發生了什麼事？二〇二二年的一項研究，分析了「高速上網服務如何影響青少年行為與精神健康病例的出院診斷結果」。結論如下：

> 我們發現對女孩有顯著的影響關係，對男孩則沒有。探討這些影響背後的機制時，我們發現「高速網際網路時代出現」增加了對網路上癮的現象，並顯著減少睡眠、寫家庭作業，以及和家人、朋友社交的時間。再一次，這些影響在女孩身上尤其明顯與強烈。[21]

這些研究以及更多的研究顯示，[22]青少年的社交生活迅速轉移到社群媒體平台，這是導致二〇一〇年代初期憂鬱、焦慮、自殺念頭和其他心理健康問題增加的**原因**，而不僅是相關因素而已。[23]當一些研究員指出，兩者的相關性或影響程度太小，不足以解釋如此顯著的增幅時，他們指的研究多半**只測量單一個體所受的影響**，鮮少考慮快速改變的群體互動方式；現在，我就稱這種快速轉變是童年的大重塑。

但為什麼社群媒體對女孩的傷害大於男孩？社群媒體如何影響她們尚在發展的大腦和自我認同？

女孩比男孩更頻繁使用社群媒體

二〇一〇年代初，由於智慧型手機問世，男孩和女孩開始花更多時間上網，但他們花在網上的時間卻不盡相同。男孩更傾向於觀看 YouTube 影片、使用 Reddit 等文字型平台，更多的是玩多人線上遊戲。女孩則成為視覺導向平台的重度使用者，最受歡迎的是 Instagram，其次是 Snapchat、Pinterest 和 Tumblr。[24]

二〇一七年在英國進行的一項研究要求青少年評價幾個最夯的社群媒體平台對其身心健康的影響，包括焦慮、孤獨感、身體形象和睡眠等等。青少年將 Instagram 評為五大平台中最有害的社群平台，其次是 Snapchat。YouTube 是唯一獲得正面整體評價的平台。[25]

以視覺導向為主的平台，全都採用臉書開發的商業模式：把用戶留在平台的時間最大化，以便最大化取得用戶數據，進而提高用戶對廣告商的價值。圖 6.3 顯示，每週使用社群媒體平台超過**四十小時**的美國高中生比例。這就好比說，你是一名全職學生的同時，又打了一份全職的工。在二〇一五年左右，每七名美國女生就有一人達到這個驚人的程度。問卷裡的這一題是從二〇一三年才加入的。如果我們有二〇一〇年的數據（當時擁有智慧型手機的青少年少之又少），這個數字很可能接近零。在青少年可以將網際網路放在口袋隨身攜帶之前，要每週在社群媒體花上四十小時，幾乎是不可能的事。[26]

社群媒體超級用戶（每週 40 小時以上）

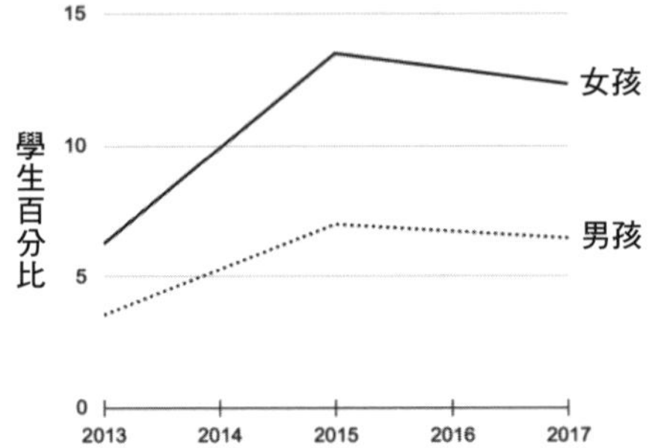

圖 6.3：每週花四十小時（含）以上在社群媒體的美國學生，其中八年級、十年級和十二年級生的百分比。（資料來源：觀測未來）[28]

女孩比男孩花更多的時間在社群媒體平台，[27]而她們主要使用的平台對心理健康的負面影響最大。因此，即使女孩和男孩的心理狀態完全相同，我們也可以預期看到女孩出現焦慮症和憂鬱症的增幅比男孩更大。

何況女孩和男孩的心理狀態並不完全相同。有許多原因可以解釋，為什麼女孩的核心發展需求比男孩更容易被社群媒體利用和顛覆，男孩的需求則更容易被電玩公司利用。

自主性與共融性

心理上，女孩和男孩在大多數方面都是相似的；一本基礎心理學教科書談到男女之別的地方不會太多。但是，有些性別差異是跨文化與跨時代的普遍現象。其中有一個拿來理解媒體影響力很有用，那就是自主性（agency）和共融性（communion）的區別，這兩者是普遍存在於每個人內心的兩套動機或目標。最近的一篇評論這樣定義它們：

自主性來自於努力實現個體化（individuate）和擴展自我，涉及提升自我的效率、能力和自信等特質。共融性源自於努力透過關懷他人，將自我融入到一個更大的社會單位，涉及善意、合作和同理心等特質。[29]

這兩種動機以不斷變化的面貌，互相交織在一個人的生命歷程中，而對於正在發展自我認同的青少年來說，這種交織尤其重要。自我認同的發展過程中，一部分靠你如何成功融入群體；一部分靠你如何展現自己作為個體的價值（重要性），例如擁有獨特的技能，受到群體青睞。[30]

長期以來，研究員發現男孩和男人比較專注於追求自主性，而女孩和女人比較看重共融性。[31]這些性別差異隨著時間推移而減弱的事實顯示，其中一部分是文化因素和影響力所致。這類性別差異在孩童早期的遊戲中就已顯現，[32]而且在其他靈長類動物的遊戲中，[33]也可看出這種男女有別的模式，這一點顯示，男重自主、女重共融的性別差異可能源於生物學的因素。就本書的目的而言，造成差異的原因並不重要，重要的是，科技公司知道這些差異，並利用它們來「鉤癮」核心用戶。社群媒體提供了嶄新、輕鬆的「連結」方式。社群媒體看似滿足用戶的共融需求，在很多方面卻讓用戶感到沮喪與消沉。

女孩特別容易受到負面影響的四個原因

針對女孩更看重共融性以及其他社交問題，社群媒體公司至少有四種方式，好好利用這樣的特質。我相信綜觀這四個途徑，就能解釋為什麼這麼多國家的女孩一拿到智慧型手機，並將社交生活轉移到 Instagram、Snapchat、Tumblr 等「共享」平台後，心理健康就迅速崩潰。

原因一：女孩更容易受到影像化的社會比較和完美主義影響

奧莉維亞・羅德里戈（Olivia Rodrigo）二〇二一年歌曲〈嫉妒心作祟〉（Jealousy, Jealousy）總結今天許多女孩瀏覽社群媒體的感受。這首歌的開頭是：

> 我想把手機丟到房間的另一頭，
> 因為我看到的女孩各個美得不像真的。

羅德里戈接著說，和有著完美身材與白淨牙齒的陌生女孩進行「比較」，正慢慢折磨著她。這首歌很具震撼力，希望你能撥冗聽聽。[34]

心理學家長期以來研究社會比較及其廣泛的影響。社會心理學家蘇珊．費斯克（Susan Fiske）說，人是「比較機器」。[35] 另一位社會心理學家馬克．李爾瑞（Mark Leary）更詳細描述這部機器：我們的大腦裡彷彿有一把尺，名為「社會量表」（sociometer），尺的刻度從〇到一百，時時刻刻提醒我們，在所屬的圈子裡，自己現在的人氣與地位排名。當指針刻度下降，就會觸發警報器——焦慮，刺激我們改變行為好讓指針回升。[36]

青少年特別容易受到缺乏安全感的影響。當他們從童年過渡到青春期，身體和社交生活會快速變化。他們努力在各自的性別圈子中，找到自己的人氣與地位排名。幾乎所有青少年都很在意自己的外貌，尤其是開始對浪漫關係感興趣時。他們都知道，自己的外貌多少決定了自己是會獲得青睞或被無視。對青春期女孩而言，外貌的利害關係更大，因為相較於男生，女生的人氣與她的外貌和性吸引力息息相關。相較於男孩，在社群媒體上，女孩的外貌和身材會受到更嚴厲、更沒完沒了的評價，她們面對的美貌標準也更難以企及。

我成長於一九七〇與八〇年代，當時的情況（外貌焦慮）已經夠糟了。女孩看到的美女來自經過修片或是修圖軟體處理過的照片，但那些美女都是成年的陌生人，不被女孩視為競爭對手。然而，當學校大多數的女生都擁有 Instagram 和 Snapchat 帳號，開始張貼經

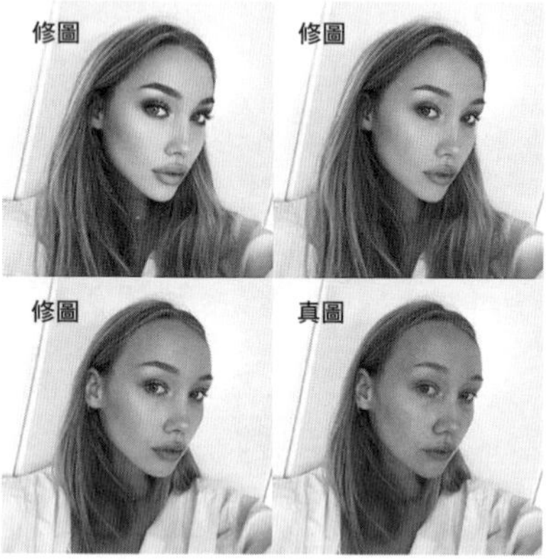

圖 6.4：美貌濾鏡可以讓你變成大美女，這增加了其他女孩提升自己美貌的壓力。（資料來源：Instagram 的 Josephine Livin，@josephinelivin）[37]

過精心剪輯的生活精彩花絮，以及用濾鏡和修圖程式美化過的虛擬美照和網路形象照，發生了什麼事？許多女孩的社會量表急速下降，因為大多數人現在的指針都低於看似平均水平的美貌值。在所有已開發國家，女孩心中的焦慮警報器差不多在同一個時間響起。

圖 6.4 顯示濾鏡和修圖應用程式的威力。Instagram 的網紅約瑟芬・李文（Josephine Livin）示範如何輕鬆轉動修圖程式的轉輪，將自己變成「騙」很大的美女。

這些修圖應用程式，讓女孩得以展現完美無瑕的肌膚、豐潤的嘴唇、更大的明眸和更細的腰圍（此外，她們本來就在炫耀生活中最「完美」的部分）。[38] Snapchat 在二〇一五年首次推出的濾鏡也提供類似的功能，用戶只要按一下濾鏡按鈕就能擁有豐唇、小

對自己感到滿意

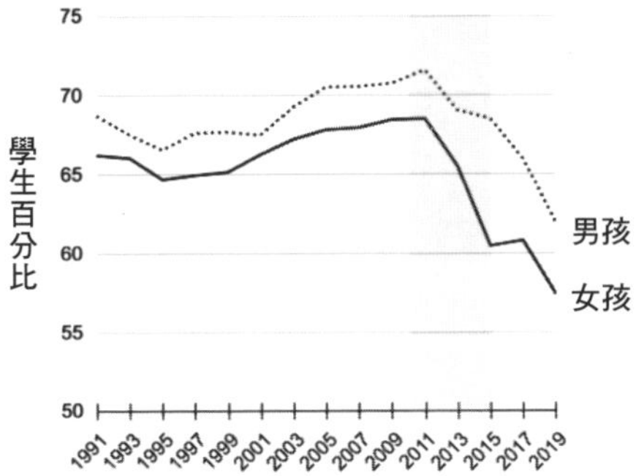

圖 6.5：二〇一二年社會量表暴跌。美國學生（八年級、十年級和十二年級）表示對自己感到滿意的百分比。（資料來源：觀測未來）

巧的鼻子和大眼。

圖6.5顯示，美國高三學生被問到「你對自己有多滿意」這個問題時，表示滿意或完全滿意的百分比，可以發現，他們的社會量表重挫。男生也出現同樣的情況，我將在下一章討論他們的生活出現了哪些改變。

女孩特別容易受到不停歇的社會比較之害，因為她們承受某種完美主義的壓力較大：**社會期許型的完美主義**，即一個人覺得自己必須達到他人或整個社會所期許的高標準[39]（**自我導向型的完美主義**則無性別差異，男女皆會因為無法達到自己設定的高標準而折磨自己）。社會期許型的完美主義與焦慮密切相關；焦慮的人更容易受到完美主義的負面影響。反之亦然，亦即完美主義的人更容易陷入焦慮，因為擔心自己所做的每一件事未能達到眾人的期許，因此而丟臉。本書寫到這裡，誠如你所料，在二〇一〇年代初期，社會期許型完美主義開始在英語圈國家愈來愈多。

潔西卡．托雷斯（Jessica Torres）經營一個大尺碼時尚部落格。她寫了一篇文章，題目是〈身為社群媒體網紅如何影響我的心理健康〉，她寫道：

為了一張IG照片花上數百美元和大量時間，感覺就是浪費。沒有什麼照片是完美、毫無瑕疵。雖然我一直向大家宣導要愛自己，我對自己的態度卻完全相反。我老愛拿自己的Instagram頁面和其他網紅比較，覺得她們的照片都比我美。我開始用照片的按讚數來衡量自我的價值和工作的價值。[40]

自從有了廣告，年輕女性就被慫恿追求看似「更好」的自己。但社群媒體每天都有上千、上萬張這類圖片，其中很多美女都美得不像真的，她們擁有完美的身材，過著完美的生活。接觸這麼多這類圖片，肯定會對比較心理產生負面影響。

法國研究員讓年輕女性觀看媒體上非常瘦的女性圖片或一般體型的女性圖片，[41]結果發現，接觸非常瘦的女性圖片後，年輕女性對自己的體型和外貌更加焦慮。但令人驚訝的是：那些圖片是在螢幕上一閃而過，出現的時間只有〇．〇二秒，快到年輕女性的大腦無法有意識地消化自己看到了什麼。作者做出的結論是：「社會比較是在我們不知不覺下進行，但會明顯影響對自我的評價。」這句話的意思是，儘管女孩不斷地互相提醒，強調社群媒體的內容經過編輯，不等於現實，這個提醒的影響力卻很有限，因為大腦裡與他人進行比較的那個區域，並不受知道內容被編修過的那個區域所支配。

Reddit上一名十三歲女孩形容她在社群媒體看到其他女孩的感受時，說了和史班斯以及羅德里戈相同的話：

> 我無法停止和其他人比較。情況到了想自殺的地步，因為我不喜歡自己現在的樣子，不管我怎麼努力，我還是很醜／感覺自己很醜。我一直為此感到傷心難過。這可能從我十歲時開始，現在我十三歲了。我十歲那一年，在抖音發現一個女孩，對她著迷不已。她真是完美無瑕，我記得自己羨慕她到難以想像的程度。在我的前青春期歲月，我對其他漂亮女孩「著魔」不已。[42]

努力追求卓越是好事，如果這能激勵女孩精進有用的技能，因應未來的生活。但社群媒體的演算法卻強調（並放大）女生想要變美的渴望，而所謂的美是符合社會預期的標準，包括纖細的身材。如果她們對減肥、美容，甚至只是健康飲食有興趣，Instagram和抖音會向她們推送非常瘦的女性圖片。「反數位仇恨中心」（Center for Countering Digital Hate）的研究員，在抖音註冊了十幾個十三歲女孩身分的假帳號。研究員發現在他們加入平台後，抖音的演算法在短短幾週內，就推送了數萬個減重影片給他們。[43]這些影片裡有許多枯瘦憔悴的年輕女性，慫恿追蹤她們的粉絲嘗試極端減肥法，例如「骷髏新娘」減肥法（corpse bride diet）或喝水減肥法。這是二〇二一年史班斯在 Instagram 上的經歷。

臉書本身也委外進行了一項研究，探討旗下 Instagram 如何影響美國和英國的青少年。研究結果從未對外公開，但吹哨者豪根偷偷帶出這個內部文件的截圖，並透露給《華爾街日報》的記者。該研究發現，Instagram 對女孩特別有害，稱：「青少年認為焦慮症和憂鬱症患病率增加，都是 Instagram 害的。所有群體在未受外界的引導或暗示之下，都一致有這種反應。」[44]研究員還指出，和其他競爭對手相比，Instagram 上的「社會比較更嚴重」。Snapchat 的濾鏡功能「將焦點放在臉上」，而 Instagram 則「非常注重身材和生活方式」。

原因二：女孩的攻擊行為以人際關係為主

長久以來，大家都相信男孩比女孩更具攻擊性；如果只看使用暴力和身體威脅，的確如此。[45]男孩也比較喜歡看體育、搏鬥、戰爭和暴力相關的故事與電影，這一切都符合他們對自主性的興趣和動機。傳統上，男孩決定誰的社會地位高、誰的社會地位低的時候，一部分取決於打架誰可以占上風，或者誰可以愛罵誰就罵誰，而不用擔心被暴力報復。但女孩因為有更強烈的共融性動機，所以真正傷害另一個女孩的方法是破壞她的人際關係。你可以散布她的流言蜚語，離間她和朋友的關係，降低她在其他女孩心目中作為朋友的價值。研究員發現，分析「間接攻擊」時（包括破壞他人的人際關係或名聲），女孩的攻擊性高於男孩，但僅限於童年的尾聲和青春期。[46]女孩若是感覺自己的價值下降，焦慮就會上升。如果她的社會量表指針下降得夠厲害，她可能會陷入沮喪並有自殺的念頭。對於憂鬱或被排擠的青少年而言，社交死亡（社死，social death）是人間地獄，肉體死亡則可終結痛苦。

研究證實，隨著青少年將社交生活轉移到網路上，霸凌的性質也跟著改變。一個研究系統性回顧了一九九八年至二〇一七年的研究，結果發現，男生之間面對面的霸凌行為**減少**，但在女孩之間（尤其是年紀較小的青春期女孩），霸凌行為則**增加**。[47]另一項研究在二〇〇六年至二〇一二年間，以麻薩諸塞州約一萬六千名高中學生為研究對象，結果發現，女孩之間面對面的霸凌行為沒有增加，男孩則是減少。然而，女孩的網路霸凌現象卻激增。[48]根據美國一項大型調查，在二〇一一和二〇一九年之間，網路霸凌現象一直維持在高水平（儘管沒有進一步上升）。在此期間，每年約有十分之一的高中男生和五分之一的高中女生遭到網路霸凌。[49] 換句話說，社交活動移到網路後，霸凌和騷擾在女孩的日常生活中占了更大的比重。

儘管在二〇一〇年代，每年自承受到網路霸凌的青少年**比例**可能沒有上升，但隨著青少年使用新的社群平台以及平台提供的新工具，讓他們更容易散播謠言和發動攻擊，影響所及，青少年發動和承受關係型攻擊（relational aggression）的**方式**卻改變很多。社群媒體讓任何年齡層都可輕鬆建立多個匿名帳戶，然後利用這些帳戶發表惡評，或是造謠破壞他人名聲。所有這一切都發生在一個虛擬世界，而家長和老師鮮少能進入或理解這個世界。此外，當智慧型手機貼身陪著青少年上學、上廁所和睡覺，霸凌他們的人也可以。

在二〇一八年，《大西洋》雜誌有篇報導披露 Instagram 的霸凌現象，[50] 記者泰勒・羅倫茲（Taylor Lorenz）講述十三歲女孩瑪麗的故事。她成功獲選加入啦啦隊，她的朋友卻沒有。這位（前）朋友於是利用 Instagram 的許多功能，破壞瑪麗在其他同學心目中的地位。瑪麗說：「朋友在 Instagram 上建立了一個群組，名稱就叫『瑪麗除外的全班同學』。他們在群組裡只會說我的壞話。」這個事件讓瑪麗第一次恐慌症發作。

社群媒體加重了關係攻擊的覆蓋範圍和影響力，讓女孩承受了巨大的壓力，必須時時刻刻注意自己的言行。她們意識到，任何一個失誤都可能迅速在網上蔓延，並留下永久的印記。社群媒體加劇青少年的不安全感，而青春期本來就是非常擔心可能被排擠的成長階段，結果讓Z世代的女孩從探索模式轉向了防禦模式。

英國Z世代女子佛雷亞．殷迪亞（Freya India）在一篇文章中描述青少女和她們的心理健康。以下內容出自〈社群媒體不僅讓女孩感到沮喪，還讓我們變得刻薄〉：

從IG匿名頁面上充滿仇恨的言論，到全面抵制某人的「取消文化」運動，現今的女孩可以利用各種創意方式互相打壓。接著還有被動攻擊，被動攻擊最新的方式包括subtweet（推文中提及某人時不@這個名字）、「軟封鎖」（soft block，封鎖某人後再快速解除封鎖，這樣對方就不再追蹤你）、已讀不回，甚至在一張醜照上公開標記某人。[51]

在二〇一〇年代初過渡到以手機為主的生活，再次顯示女孩的人際關係和生活被徹底改變。青春期本來就是一個充滿挑戰和焦慮的過渡期，更需要一些知己與密友。社群媒體出現後，關係型攻擊變得更容易，社會地位的競爭變得更普遍、更公開，以至於她們在青春期承受更多的壓力。許多青少女自殺都和社群平台的霸凌及羞辱直接相關，例如Ask.fm和NGL（Not Gonna Lie）等平台，鼓勵用戶匿名散播對他人的看法與評價。[52]

原因三：女孩更容易分享情緒和障礙

我們都知道親密的朋友會影響我們的情緒。但是你知道你朋友的朋友也會影響你嗎？社會學家尼古拉斯・克里斯塔基斯（Nicholas Christakis）和政治學家詹姆斯・佛勒（James Fowler），分析了對麻薩諸塞州佛拉明罕市（Framingham）居民所做的一項長期調查。[53]「佛拉明罕心臟研究」（Framingham Heart Study）主要關注身體健康，但克里斯塔基斯與佛勒利用該研究的內容，分析情緒在社群的傳播方式。他們發現，快樂傾向於發生在群體中，不只是因為快樂的人會互相吸引，而是當一個人感到快樂時，周遭朋友也感到快樂的機率就會增加。令人驚訝的是，這也會影響到他們朋友的朋友，有時甚至會延伸到朋友的朋友的朋友。快樂是會傳染的；它會透過社群網絡傳播。

在後續研究中，克里斯塔基斯與佛勒與心理醫師詹姆斯・羅森奎斯特（James Rosenquist）合作，使用相同的數據組，分析負面情緒（例如憂鬱）是否也會在人際網路中擴散。[54]他們的發現有兩個有趣的轉折。首先，壞情緒比好情緒的傳播力更強，這在心理學幾乎向來如此。[55]憂鬱的傳染力明顯高於快樂或健康的心理狀態。第二個轉折是，憂鬱只會由女性傳染給他人。當一位女性有憂鬱症，她的好友（無論男性或女性）罹患憂鬱症的機率會增加一四二％。但是當一位男性陷入憂鬱，他的朋友並不會受到顯著的影響。三位作者推測，造成這種差異的原因是，女性在關係中更善於表達感受，也更善於溝通情緒狀態。反之，男性聚在一起時，他們更傾向於一起做點什麼事情，而不是談論他們的感受。

「佛拉明罕心臟研究」計畫在二〇〇一年結束，當時社群媒體尚未出現。二〇一〇年之後，青少年的社交連結遠比佛拉明罕心臟研究中的成年人更緊密，你認為青少年社群會發生什麼變化？考慮到憂鬱與焦慮比良好的心理狀態更具傳染力，而且女孩比男孩更傾向於談論自己的感受，我們或許可預期，二〇一二年左右，大量的女孩加入 Instagram 或其他「分享」平台後，憂鬱症與焦慮症會突然暴增。

正如第一章所述，情況正是如此。在多個國家，女孩的憂鬱症患病率在二〇一〇年代初期快速上升，自傷率和住進精神科病房的比例也快速上升。但社群媒體傳播的不僅僅是憂鬱症。

一九九七年，時任美國疾病控制與預防中心的研究員雷斯莉．伯斯（Leslie Boss）發表了一篇有關「社會因素」（sociogenic）流行病的歷史與醫學文獻回顧[56]（「社會因素」的意思是「由社會力造成」，有別於生物因素）。伯斯指出，社會因素流行病有兩種變體在歷史上反覆出現。其中一種是「焦慮變體」（anxiety variant），最常見的症狀是腹痛、頭痛、頭暈、昏厥、噁心和過度換氣；另一種是「動作變體」（motor variant），最常見的症狀是「歇斯底里地舞蹈、抽搐、大笑和假性癲癇」。歷史學家稱這些是「跳舞瘟疫」（dancing plagues），曾經橫掃中世紀的歐洲村落，導致一些村民不停地跳舞，直到力竭而亡。[57]對於這兩種變體，當它們在最近幾十年發生時，醫學權威「找不到任何可能導致這些症狀的毒素或環境污染」，只是一再發現，青春期女孩比其他任何族群都更容易受到社會因素流行病的影響，而且當共同生活的一群人近期受到某些不尋常的壓力或威脅，這些社會因素流行病就更容易爆發。[58]

伯斯指出，這些流行病是透過面對面的交流在社交網絡中傳播。到了更近的年代，則是透過電視等大眾媒體的報導傳播。一九九七年，也就是網際網路剛開始上路的那幾年，她寫下這樣的預言：「大眾傳播出現新的方式，例如最近的網際網路，訊息傳播更方便，影響所及，提高了社會因素流行病爆發的威力。」

她很有先見之明。當青少年移到以圖像為主的社群媒體平台，尤其是以影片為主的平台，如YouTube及後來的抖音，他們互相連結，形成網絡，更加速心理疾病的傳播速度，例如焦慮症和憂鬱症的患病率在全球激增，尤以青春期的女孩最明顯。青少年心理疾病的瘟疫大流行，可能直接源於焦慮變體透過兩種不同的心理過程傳播。首先是簡單的情緒傳染，如佛勒和克里斯塔基斯所描述的。我們會從其他人那裡接收到情緒，而情緒傳染在女孩之間尤其強烈。其次是「聲望偏好」，即我在第二章所描述的社會學習規則：不要隨便找個人模仿；重要的是，找出最有聲望的那些人，然後模仿他們。然而在社群媒體上，增加粉絲和按讚數的捷徑是端出比別人更極端或更誇張的內容，因此言行比較極端的人很可能崛起得最快，成為其他人密切追蹤與進行社會學習的榜樣。這個過程有時被稱為**觀眾俘擄**（audience capture），過程中，博主或網紅等人被觀眾（粉絲）俘擄，為了迎合他們的需求，便朝更極端的版本發展。[59]如果一個人發現自己身處的網絡中，大多數人都跟進模仿某種行為時，那麼另一種社會學習過程也會開始發揮作用：從眾偏好（conformity bias）。

新冠肺炎在二〇二〇年爆發、繼而大流行時，疫情和封控都增加社會因素流行病的可能性。新冠肺炎是一種全球性的威脅和壓力源，封控措施導致青少年花更多時間在社群媒體上，尤其是相對較新的抖音。抖音對青少女特別有吸引力。一開始，抖音鼓勵女孩練習高度風格化的舞蹈動作，她們從其他女孩那兒模仿這些流行全世界的舞步。但抖音不只鼓勵女孩跳舞，它先進的演算法能捕捉到用戶對任何內容感興趣的跡象，並推送更多相關的內容，而且通常比原先內容更極端。任何人只要一透露自己對心理健康有興趣，很快就會被其他青少年講述心理疾病經歷並因此獲得社會支持的影片所淹沒。[60]二〇二三年八月，標記 #mentalhealth（心理健康）標籤的影片有超過一千億次的點閱。#trauma（心理創傷）標籤的影片則超過兩百五十億次點閱。

由克絲汀・穆勒－瓦爾（Kirsten Müller-Vahl）[61]領導的一群德國精神科醫師注意到，

年輕人就診的人數突然增加，他們聲稱自己患有妥瑞氏症（Tourette's Syndrome）；這是一種運動失調，患者會出現明顯的抽搐動作，例如頻繁眨眼或扭動頭頸，常會不由自主發出一些聲音與類似髒話的單詞。這種疾病被認為與大腦的基底核（basal ganglia）異常有關，而基底核與肢體運動有密切關係。此病通常好發於五至十歲兒童，八〇%的患者是男孩。

但這群德國精神科醫師發現，這些年輕人幾乎沒有一個是妥瑞氏症患者。他們的抽搐不同於典型妥瑞氏症的抽搐，小時候也沒有出現妥瑞氏症的症狀。最令人驚訝的是，他們的抽搐症狀竟驚人地相似。事實上，這些患者——最早前來就診的第一批患者（以年輕男性居多），都在模仿一位德國網紅的抽搐動作，而這位德國網紅確實患有妥瑞氏症，並且在自己高人氣的 YouTube 影片中示範抽搐動作。這些動作包括鬼吼「飛天鯊魚！」和「希特勒萬歲！」。[62]

穆勒－瓦爾等人寫道：「我們第一次觀察到一種新型大規模的社會因素流行病正在爆發，不同於之前所有的社會因素流行病，今天這種流行病完全是透過社群媒體傳播。因此，我們建議使用更專門的名詞——『大規模社群媒體誘發的疾病』。」

儘管妥瑞氏症的患者以男性為主，不過一旦成為社群媒體上的流行病，就會在女孩之間快速傳播。例如，盎格魯英語圈國家一些女孩，突然出現不由自主的搖頭動作或吼喊「beans（豆子）」。[63]這都是由一位英國網紅艾薇（Evie）帶頭造成的，她會模仿妥瑞氏症的抽動行為，突然大叫「豆子」。醫生開出的處方之一是遠離社群媒體。

有證據顯示，其他幾種疾病也正透過社群媒體快速傳播，尤其是抖音、YouTube 和 Instagram 等以影片為主的網站。解離性身分障礙（dissociative identity disorder, DID）之前被稱為多重人格障礙，一九五七年的電影《三面夏娃》（*The Three Faces of Eve*）以戲劇化的方式呈現這個病症。患者聲稱自己的內心存在多個不同的身分，也就是所謂的分身（alters），不同的分身可能有非常不同的人格、道德觀、性別、性取向和年齡。通常會有一個「壞」的分身，鼓勵患者對他人或自己使壞。

DID 在過去並不常見，[64] 但自從抖音出現後，DID 患者開始增加，患者以青春期少女為主。[65] 自稱有多重人格的網紅吸引了數百萬粉絲，導致愈來愈多人自認有 DID。抖音網紅艾許（Asher）自稱是二十九個身分「系統」中的一個，目前粉絲已突破一百一十萬。大家對 DID 的興趣愈來愈濃厚，這點可從帶有 DID 標籤的影片點閱數破數十億得到印證，例如 #did（點閱數二十八億）、#dissociativeidentitydisorder（點閱數十六億）、#didsystem（點閱數十一億）。[66] 心理健康聯盟（Mental Health Coalition）的研究主任娜歐米·托瑞斯－麥基（Naomi Torres-Mackie）將這股趨勢概括如下：「突然間，我所有的青少年病患都認為自己有〔DID〕，但事實並非如此。」[67]

最近性別不安（gender dysphoria）確診率增加，也可能和社群媒體的趨勢有部分關係。

性別不安（又名性別焦慮）是指當一個人的性別認同與其生理性別不一致時，所經歷的心理困擾。在世界各地，性別認同和生理性別不一致是長期存在的現象。根據最新的精神病診斷手冊，[68]在美國社會，性別不安的普遍率在過去不到千分之一，出生時被指定為男性（指出生時生理上是男性），出現性別不安的比例是出生時被指定為女性的數倍。但這個數據是以成年後尋求變性手術的人數為統計基礎，所以肯定大幅低估了實際具有性別焦慮的人數。過去十年來，因為性別不安被轉介到診所尋求治療的人數快速增加，尤其是出生時被指定為女性的Z世代。[69]事實上，Z世代青少年中，男女性別焦慮症的比例已經逆轉，出生時被指定為女性的患病率已高於出生時被指定為男性的患病率。[70]

性別不安確診率上升，有一部分肯定是因為年輕人「出櫃」使然。他們是跨性別，但之前可能沒有意識到這一點，或是害怕若表達自己的性別身分會受到社會羞辱與歧視。能夠自由表達性別身分，以及愈來愈多人理解性別的多元性，都是社會進步的表現。但是性別不安經常出現在社交網絡（例如一群關係親密的朋友之間）；[71]一些父母以及從跨性別身分回歸到出生性別的人士指出，社群媒體是他們獲得資訊和受到鼓勵的主要來源；[72]目前許多青少年被確診有性別障礙，但他們在孩童時期並無任何徵兆。[73]這些現象在在顯示，社群影響力和社會集體傳播可能也發揮了作用。

原因四：女孩更容易受到掠奪和騷擾

你聽過一些新聞報導，稱中年女性在遊戲平台與正值青春年華的男孩交友，然後寄錢給他們，要求他們提供陽具照，作為見面發生性關係的條件嗎？我也沒聽過。女性的性欲（有許多變體）鮮少是掠奪性的。

根據演化心理學家大衛・巴斯（David Buss）的說法，[74]男性和女性的大腦都具備某些情感反應（emotional responses）和感官敏銳性（perceptual sensitivities），幫助他們在古早時代的交配繁衍遊戲中「勝出」。今天，這兩套為適應環境演化而成的認知能力，仍會影響交配和約會的行為，但男性的認知適應力讓他們較容易使用脅迫、詭計和暴力與人發生性行為，並將青少年視為他們的目標。[75]

在虛擬世界，有些男人伺機對未成年少女下手。年紀較大的男性也會對年輕男孩虎視眈眈，他們會利用男同性戀和男雙性戀的線上約會應用程式尋找獵物。[76]但女孩在網路上偶遇性掠奪者的機率比男孩更高，因此需要更加依賴防禦模式。[77]

記者南西・喬・薩勒斯（Nancy Jo Sales）追蹤在美國郊區高中就讀的少女。她在二〇一六年出版的《美國女孩》（*American Girls*）一書中指出，由於手機應用程式幾乎不會或完全不會限制成年人與未成年人之間的互動，因此成年男性在網路上頻繁關注女孩的情況非常普遍。來自紐約花園市的高中生莉莉（Lily）這樣說：

年紀較大的掠奪者很容易在網上找到女孩……因為女孩想要第一多的朋友、第一多的粉絲、第一多的按讚數，所以，假使有人嘗試加她們為好友，她們會立即接受，甚至不知道對方是誰。即使對方是連環殺手，她們還是會加好友，甚至開始和對方聊天。這是很可怕的事，尤其很多女孩會張貼自己的照片，比如穿著胸罩和泳衣的清涼照，被她們加為好友的人都可以看到這些照片。[78]

莉莉和同齡女孩經常受到成年陌生男子的這種關注。但掠奪和剝削也來自她們的男同學。薩勒斯透露在許多初中和高中，裸照如何成為一種貨幣。新澤西州一名初中女生告訴她，同年級的男生試圖說服女生將裸照寄給他們，然後他們再將這些照片賣給高中學長，交換酒精飲料。薩勒斯在佛羅里達州訪問過一群高中女生，她們告訴她，索取和傳送裸照是家常便飯：

有多少比例的女孩會分享裸照？我問。「百分之二十……百分之三十？」她們推想。凱西說：「問題是，對於男生來說，如果你不發裸照給他們，他們會說你古板保守。」「或是說你害怕，」瑪姬說。有男孩子向她們要過裸照嗎？我問。「有。」她們說。凱西說：「他們勒索你，說：『哦，我有你的糗照，如果你不寄裸照給我，我就把它們上傳到社群媒體。』」[79]

當女孩的裸照被廣傳，可能會對她造成相當大的傷害，而且往往會伴隨一輪網路霸凌。反觀男孩的性器官照若被上傳到網路，他們不太會因此受苦。實際上，男孩經常把這種照片作為誘餌發給女孩子，以此交換對方的裸照。高中女生妮娜告訴薩勒斯：「女孩貼裸照，她就是蕩婦，但如果男孩上傳自己的裸照，大家只是笑笑而已。」[80]

在 Instagram 和 Snapchat 等社群媒體平台上，女孩會收到成年男子直接邀約的短訊。此外，她們還面臨另一種校園文化壓力——裸照成為男孩累積聲望的貨幣，女孩卻會為裸照付出蒙羞的代價。性掠奪和性氾濫，表示女孩和年輕女性在網路上必須比大多數男孩和年輕男性更加警惕。她們被迫在虛擬世界花更長的時間保持防禦模式，這也可能是她們焦慮程度在二〇一〇年代初急速上升的部分原因。

重量不重質

當今青少年普遍使用的社群媒體幫他們與更多人連結，但也降低了社交連結的品質（深度）及其保護性。佛雷迪·德波爾（Freddie deBoer）是一位撰寫教育相關文章的美國作家兼部落客，他解釋了其中的原因：

如果我們把一天的時間和心思分配給愈來愈多的人際關係，而不是像過去那樣，集中在較少數的關係上，那麼我們肯定會減少對每個關係的投入。數位化替代品取代我們在實體世界的社交互動，減少社交的動力，但並沒有滿足我們的情感需求。我認為這製造了一個非常強大的陷阱：數位形式的互動表面上滿足了與他人連結的動機，但這種連結是膚淺的、無關緊要，無法令人滿意。人類想見到其他人的衝動被削弱，無法獲得面對面連結那種讓人重新感到振奮的力量。[81]

二〇一〇年代初，當所有東西都轉移到智慧型手機上，不論是女孩還是男孩，他們的社媒連結（social ties）人數，以及維繫這些連結所花的時間都大幅增加，例如瀏覽和評論熟人的貼文，或是在 Snapchat 上維持與數十個非熟人的「儲火」（streaks）不滅。這種爆炸性成長必然導致關係密切的好友人數下降，友誼深度變淺，你可以從圖6.6看到這趨勢。

臨床心理學家麗莎・達摩爾（Lisa Damour）說，友誼對於女孩而言「質重於量」。最快樂的女孩「不是朋友最多的女孩，而是擁有牢固、互相支持友誼的女孩，即使她只有一個這樣的朋友」。[82]（她還指出，對男孩也是如此。）一旦女孩沉迷於社群媒體，並且減少了和一、兩個特別朋友長談的機會，會發現自己深陷在汪洋大海裡，周圍盡是短暫、不可靠、僅在好天氣才出現的「朋友」、粉絲與泛泛之交。如圖6.7所示，數量壓倒了質量，孤獨感飆升。男孩的孤獨感也上升，但正如我們之前多次看到的，上升率並沒有那麼集中在二〇一二年。

這是對社群媒體的一大諷刺：你愈是沉浸其中，就愈是孤獨和沮喪，不論是個人層面或集體層面都是如此。當青少年**整體上**減少在現實世界與友人聚會或一起活動的時間，他們的文化就改變了。他們的共融需求未得到滿足——即使不使用社群媒體的少數青少年，也是如此。

講完女孩特別容易受到傷害的四個原因之後，我們就能明白為什麼社群媒體是一個陷阱，誘捕的女孩超過男孩，它的誘惑力在於承諾能和朋友建立連結——這對有強烈共融需求的女孩來說，極具吸引力。但實情是，女孩掉入陌生的新世界，在這個虛擬世界，我們人類經年累月演化而成的社會行為與互動模式老是突槌，無法正常發揮作用。在虛擬網絡中，女孩面臨的社會比較之多，比人類女性在整個演化過程中所經歷的還要高出數百倍。由於社群媒體平台鼓勵並助長關係攻擊，導致女孩面臨更多殘酷的對待與霸凌。她們願意敞開心扉和其他女孩分享情緒，讓她們暴露在憂鬱症和其他疾病的風險中。社群媒體扭曲的誘因結構，獎勵表現最極端的行為和症狀。最後，許多社會在現實世界中努力減少性暴

擁有一些親密朋友

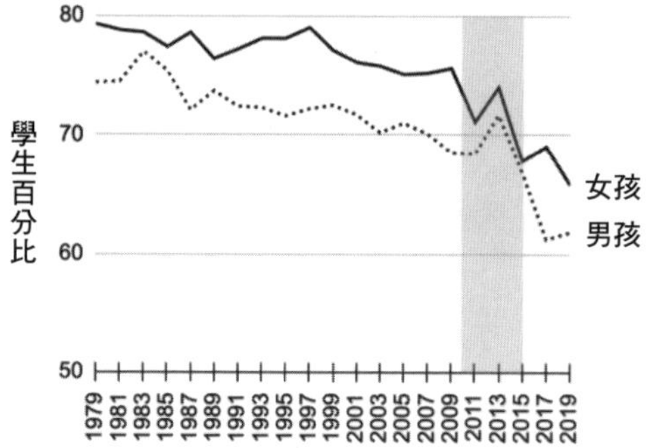

圖 6.6：美國高三生中，同意或基本同意「我身邊常有幾個可以一起聚聚的朋友」這句話的百分比。數據在二〇一二年之前緩慢下降，之後則快速下降。（資料來源：觀測未來）[83]

經常感到孤獨

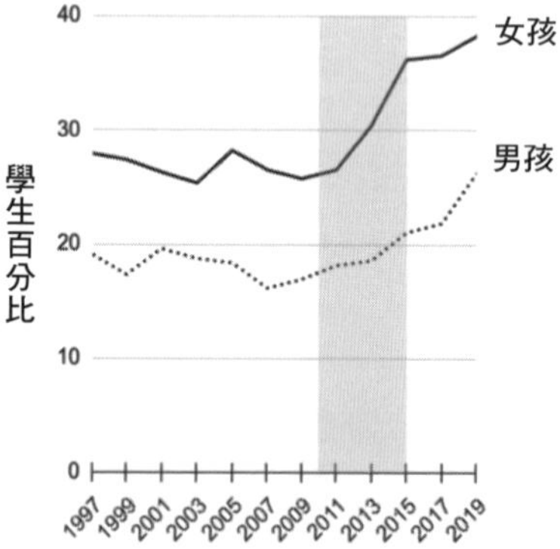

圖 6.7：美國學生（八年級、十年級和十二年級）同意或基本同意「我經常感到孤獨」這句話的百分比。（資料來源：觀測未來）

力和性騷擾所取得的進展，正被一些將利益凌駕於用戶隱私和安全之上，並暗助騷擾和剝削行為的企業所抵銷。

總結

- 社群媒體對女孩的傷害大於男孩。相關研究顯示，相較於輕度使用者或非使用者，社群媒體的重度使用者出現憂鬱症和其他精神疾病的比例更高。這種相關性在女孩中幅度更大、更顯著：重度使用者的憂鬱症患病率是非使用者的三倍。
- 實驗性研究顯示，使用社群媒體是導致焦慮和憂鬱的成因，並不只是相關因素。當受試者被隨機安排減少或停止使用社群媒體三週或更長的時間後，他們的心理健康狀態通常會有所改善。幾個「準實驗」顯示，當臉書進入校園，或是高速網路進入某些地區和省分時，心理健康會下降，尤其是女孩和年輕女性。
- 女生的社群媒體使用率遠高於男生，而且她們偏好以視覺為導向的平台，例如 Instagram 和抖音；這些平台相較於以文字為主的平台（如 Reddit），更容易產生社會比較。
- 動機有兩大類別，分別是自主性（渴望突出自我並對世界發揮影響力）和共融性（渴望與他人連結並產生歸屬感)。男孩和女孩都渴望這兩種動機,但是在幼兒的遊戲中就能看出性別差異:男孩選擇更多的自主性活動;女孩選擇更多的共融性活動。社群媒體迎合共融的渴望,但往往到頭來沒能滿足這個渴望,反而讓人感到消沉。

- 社群媒體對女孩的傷害大於男孩,至少有四個原因。首先,女孩對視覺比較更為敏感,尤其當他人讚美或批評她們的臉蛋和身體時。以視覺為導向的社群媒體是展示自我形象的重要平台,剛好非常適合壓低女孩的「社會量表」(一個人內心對自己在群體中所處位置的自我量表)。女孩也更容易形成「社會期許的完美主義」,亦即試圖達到他人或社會所期許、但不可能達到的高標準。
- 第二個原因是,女孩的攻擊行為通常表現在試圖傷害其他女孩的人際關係和聲譽,男孩的攻擊行為則更常體現在身體上。社群媒體為女孩提供無數種足以傷害其他女孩關係和名聲的方式。
- 第三個原因是女孩和女性更喜歡分享情緒。當一切都轉移到網路,女孩之間的連結更加廣泛與緊密,有焦慮症或憂鬱症的女孩可能會影響其他許多女孩,也出現焦慮和憂鬱的症狀。女孩也更容易出現「社會因素」流行病,也就是由社會因素而非生理因素所導致的疾病。
- 第四個原因是,網際網路讓男性更容易接近或跟蹤女孩和女性,並且在規避責任的情況下，對她們做出不當行為。年紀較輕的女孩在社群媒體註冊帳號時，經常被年紀較大的男性追蹤並聯繫，而她們在學校裡也會受到男生的壓力，被迫分享自己的裸照。

- 社群媒體是一個陷阱，誘捕的女孩多於男孩。它藉由承諾，提供連結和共融性誘惑女孩；儘管用戶增加了連結人數，卻也降低了人際關係的深度，同時更難在現實生活中和幾個親密的朋友共度時光。這也許就是為什麼在二〇一〇年代初，女孩的孤獨感會急遽上升，而男孩的孤獨感則相對緩慢上升。

7 男孩怎麼了？

在《誰偷走了你的專注力》（*Stolen Focus*）這本重要的書中，身為記者的作者約翰・海利（Johann Hari）描述了九歲乾兒子的轉變，稱這個可愛的孩子小時候迷上貓王（Elvis Presley），並懇求海利將來找一天帶他去貓王的故居「雅園」（Graceland），海利答應了他。但六年後到他家拜訪，海利發現這孩子變了，而且迷失了方向：

他幾乎所有醒著的時間都宅在家裡，面無表情地在螢幕間來回切換——手機、不斷推送通知與訊息的 WhatsApp 和臉書介面，還有他的 iPad。他用 iPad 漫無目標地看一連串 YouTube 影片和色情片。有時候，我還能在他身上看到之前那個開心唱著〈拉斯維加斯萬歲〉的殘餘痕跡，但眼前這個人彷彿已被分割成更小、更不連貫的碎片。他很難在一個話題上停留超過幾分鐘，不是突然轉頭看一下螢幕，就是突然切換到另一個話題。他似乎在以Snapchat的速度不停地轉動，置身於任何靜止或嚴肅的事情都與他無關的世界。[1]

海利的乾兒子是極端個案，但並非獨一無二。我聽過許多家長的心聲，講述他們兒子陷入類似的數位漩渦。克里斯（Chris）是我聘請來幫我這本書收尾的年輕人。他告訴我，他從小學開始就受到電玩和網路色情影片的困擾，一直持續到今天。他說，電玩與網路色情幾乎占據他醒來的每一分鐘，剝奪他與朋友玩耍、睡眠、學習，以及約會的時間。經過一番辛苦的努力，並且在朋友和家人的協助下，他在大學裡重新振作，找到了節制打電玩和網路色情的辦法。當他回首過去沉迷電玩的歲月，仍記得自己曾玩得非常開心，而且很感激電玩曾是他生命的一部分。但他很清楚自己犧牲了什麼：

> 我的生活錯過了許多東西——尤其是社交活動。我現在能感覺到這種影響：認識新朋友或與人交談時，我覺得互動無法像我希望的那麼順暢和自然。我對世界的知識（例如地理、政治等）不足。我以前也沒有花時間與人交談或是學習體育的相關知識。我經常覺得自己是個空洞的作業系統。

沒有成功的機會

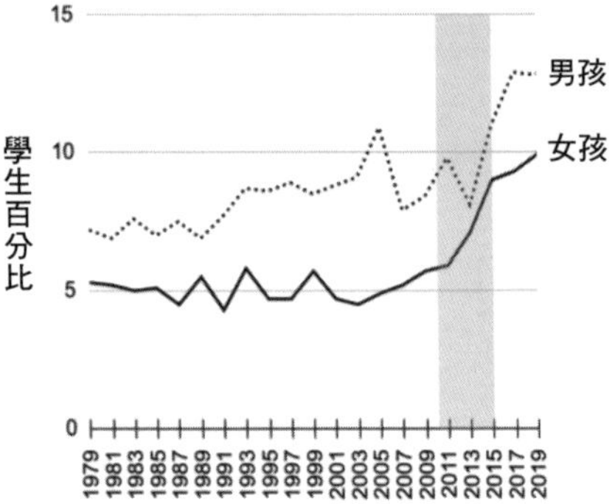

圖 7.1：美國高三學生同意或基本同意「像我這樣的人沒有太多成功機會」的百分比。（資料來源：觀測未來）[2]

在大腦重塑過程中，整體而言，男孩的發展路徑與女孩不同。長期以來，女孩比男孩更容易出現內化障礙（詳見第一章），不過當青春期的生活與活動紛紛轉移到智慧型手機和社群媒體時，這種差距進一步擴大。如果我們只分析憂鬱、焦慮和自傷率的圖表，可能會做出以下結論：相較於男孩，大腦重塑對女孩的影響更大。

然而，如果我們仔細分析更多的圖表，會發現不乏證據顯示，男孩也在承受痛苦。自二〇一〇年代初期以來，許多國家的青春期男孩罹患憂鬱症和焦慮症的比例持續上升，儘管絕對數字仍低於女孩。在美國、英國和澳洲，自殺率也在上升，男女皆然，但是男孩的自殺率一直遠高於女孩。[3]

還有其他警訊：早在二〇一〇年代心理健康狀態出現變化之前，男孩就已經出現與現實世界脫節的跡象。男孩與朋友相處的時間，在二〇〇〇年代初期開始下降，二〇一〇年之後則加速下降。女孩的比率在二〇一一年之前較為平穩，之後開始下降。也請注意青少年對於「像我這樣的人沒有太多成功的機會」所做的回應。如圖7.1所示，在一九七〇年代，只有五%的美國女孩同意這種說法，直到二〇一〇年代初期，這比例基本上沒有變化。但對男孩來說，情況就不同了。從一九七〇年代末到二〇〇〇年代，他們的同意率緩慢上升，然後在二〇一〇年代初更是快速上升。

換句話說，女孩的狀況更集中。對於女孩來說，心理健康的變化大多發生在二〇一〇年至二〇一五年之間，涵蓋多個國家，而且證據一再指出，智慧型手機與社群媒體的組合，是導致女孩的焦慮症和憂鬱症患病率增加的主因。相較之下，男孩的情況更分散，沒有那麼集中在某一個時期。他們與現實世界減少互動的時間開始得更早，心理健康狀態也更多樣化，而且我無法具體指出哪一項技術的發展是造成他們沮喪的主要原因。在本章，我將講述一個逐漸脫離現實世界，愈來愈沉浸在虛擬世界的情況。當大多數青少年在二〇一〇年代初擁有智慧型手機，隨時隨地能連線上網後，這種情況就達到了一個重要分界點。[4]因為我們對男孩的情況所知沒有女孩那麼多，所以這一章我講的故事，要比前一章關於女孩的故事多一些揣測的成分。

我會用「推拉理論」（push-pull）來講述這個情況。首先，我會說明，自一九七〇年代以來，現實世界發生了怎樣的變化，這些變化讓現實世界對男孩和年輕男子愈來愈不友善——導致許多人更沒有目標，覺得自己一無是處並隨波逐流。這就是對現實世界的推拒。然後，我會說明從一九七〇年代開始，接著在二〇一〇年代加速發展的數位世界，是如何提供男孩渴望的活動。這些協助他們培養自主性的活動包括探索、競爭、玩戰爭遊戲、精進技能，以及觀看愈來愈露骨的色情片。所有這些活動都是透過螢幕進行，而且還是可以放在口袋裡的螢幕。這就是拉力。

這種推拉造成的淨影響是，男孩愈來愈與現實世界脫節，轉而將他們的時間和才華投入虛擬世界。有些男孩會在虛擬世界闖出一番事業，譬如因為精通虛擬世界的運作，而在科技產業找到高薪工作，或是成為網紅。但對許多人而言，儘管虛擬世界可以讓他們遠離愈來愈不友善的現實世界，在虛擬世界成長的他們，可能會更缺乏在現實世界追求成功所需的社交技巧和能力。

男性的長期衰退

二〇二三年，理查德・里夫斯（Richard Reeves）辭去智庫「布魯金斯研究院」（Brookings Institution）政策分析師的職位（分析經濟不平等），因為他想另外成立一個關注男孩和男性問題的組織。[5]這是他在二〇二二年出版《論男孩與男人》（*Of Boys and Men*）之後做出的決定。該書列出證據，說明自一九七〇年代以來，美國男性的財富、成就和幸福長期下滑。下滑的一部分原因是社會結構和經濟出現變化，導致體力的價值與重要性下降。隨著美國和其他西方國家去工業化，工廠的工作被移往較不發達的國家，或者愈來愈常由機器人取代體力活。服務型經濟取而代之，在服務業就業市場，整體而言，女性比男性更具優勢。[6]

漢娜・羅辛（Hanna Rosin）在《男人的終結》（*The End of Men*）一書中，詳細解釋了這種轉變：「現在的經濟需要一整套不同的技能：你需要智慧，需要能靜下來的專注力、公開溝通與傾聽的能力，以及在遠比過去更流動多變的工作環境中作業的能力。這些都是女性做得非常出色的地方。」[7]她指出，到二〇〇九年左右，「在美國史上，勞動力的天平首次向女性傾斜後，今天女性持續占據全國大約一半的工作崗位。」[8]

里夫斯樂見女性財富增加，認為這是不錯的發展——是消除之前限制女性受教和就業後自然而然的成效。比如一九七二年，學士學位的比例中，女性僅占四二％；一九八二年左右，女性取得學士學位的比例和男性相當。但在接下來二十年，女性的大學入學率迅速攀升，男性的入學率卻沒有上升，因此到了二〇一九年左右，差距已經逆轉：女性取得學士學位的比例是五九％，而男性僅有四一％。[9]

不只是取得學士文憑。里夫斯指出，在各個教育階段，從幼稚園到博士學位，女孩都遠遠超過男孩。男生學業成績較差，過動症比率較高，較可能有閱讀障礙，也比較無法順利從高中畢業，部分原因是他們在學習過程中被退學或停學的可能性是女生的三倍。[10]在社經階梯最頂端的家庭，也就是最富有的家庭中，性別差異通常較小，但社經階級愈往下移，性別差異就愈大。

這是女孩和女性的勝利嗎？只有當你將生活視為兩性間的零和戰鬥，才是如此。實際上，正如里夫斯所說：「一個男性陷入困境的世界，不太可能是女性就蓬勃發展的世界。」[11]而種種數據顯示，我們現在正生活在一個年輕男性陷入困境的世界。[12]

里夫斯的書幫助我們看清導致男孩較難成功的結構性因素。他描述了一些因素，例如不再獎勵體力活的經濟模式、重視靜坐專心傾聽的教育制度，以及發揮正面影響力的男性楷模（包括父親）愈來愈少。里夫斯列出幾個因素後，接著說：「男性的困境與不適並非大規模心理崩潰的結果，而是深層結構性挑戰的結果。」[13]

我認為里夫斯聚焦結構性因素是對的，但我也認為他的分析遺漏了兩個心理因素。首先，安全至上主義在一九八〇年代和九〇年代興起，對男孩的影響大於女孩，因為男孩玩耍時會涉及更多粗暴的動作和更冒險的活動。當他們的玩耍時間被縮短、被拉進室內進行，或被過度監管時，男孩比女孩失去的更多。

第二種心理影響是，二〇〇〇年代後期，男孩開始玩線上多人遊戲，並且在二〇一〇年代初期開始使用智慧型手機；這兩個因素都讓男孩果斷遠離面對面的互動或肩並肩的合作。在這一點上，我認為我們**確實**看到了「大規模心理崩潰」的跡象，或者至少是大規模的心理**變化**。一旦男孩擁有多台連網裝置，許多人會像海利的乾兒子一樣，被徹底吞噬。許多男孩迷失在網路世界，這讓他們在實體世界變得更脆弱、更憂慮，更迴避風險。從二〇〇〇年代末和二〇一〇年代初開始，美國男孩的憂鬱症、焦慮症、自傷和自殺率開始上升。[14]整個西方世界的男孩開始出現令人擔憂的心理健康惡化問題。[15]大約在二〇一五年，他們當中有驚人的比例表示，自己沒有親密的朋友，覺得孤獨，生活沒有任何意義或方向。[16]

賴在家裡的男孩

美國人慣用「無法起飛」（failure to launch）來形容脫離軌道、找不到工作，最後賴在家裡長期與父母同住的人。在二〇一八年，接近三十歲的年輕男子中，二七%與父母同住，高於年輕的女性（一七%）。[17]一個更正式的名稱是尼特族（NEET, Not in Education,

Employment, or Training），由英國經濟學家所創，指沒有上學、沒有就業或沒有參加培訓的年輕人（介於十六至二十四歲）。這些年輕人的特徵是「經濟上不活躍」。在英國[18]和美國，[19]排除所有殘障人士或因為照顧孩子無法外出就業的男女，尼特族大多數是男性。

美國家長擔心兒子長大能否成才的比例，高於對女兒的擔心。[20]同時，相較於對兒子，家長可能更同意以下這句話用到女兒身上：「挫折不會讓他／她氣餒。他／她不會輕易放棄。」

父母的這些擔心是可以理解的。還有，男孩也更容易成為完全的宅男（shut-in），就像在日本發生的那樣。長期以來，日本社會對年輕男性施加了很大的壓力，要求他們在校表現斐然，畢業後找到不錯的工作並符合社會對「上班族」的期待。在一九九〇年代，當一九八〇年代的泡沫經濟破滅，成功的門檻變得更高時，許多年輕人退回他們童年的臥室，關起門來。由於經濟衰退，他們更難與外在世界積極互動；網際網路出現，讓年輕人有史以來第一次可以單獨在臥室，透過網路就能多少滿足他們對自主性與共融性的需求。

這些年輕人稱為「繭居族」（hikikomori），日語的意思是「向內縮」。[21]他們的生活方式就像隱士一樣，大多數在不尋常的時間才走出洞穴，因為這時間不太可能遇見其他人，包括家人。有些父母會在房門口為他們留食物。他們藉由待在洞穴裡平息焦慮，但是他們待在洞穴的時間愈長，就愈無法適應外面的世界，這也更加重了他們對洞外世界的焦慮。

他們被困住了。

多年來，精神醫學領域一直將「繭居族」視為日本獨有的現象。[22]但近年來，美國和其他國家一些年輕人的行為也跟繭居族一樣。有些年輕人甚至把日文 hikikomori 和英文 NEET 都當成族群認同的標記。在 Reddit，標記 r/NEET 和 r/hikikomori 的子版塊，討論內容從推崇宅男生活方式的電視節目，到如何在貓砂盆小便、以免離開自己的房間，五花八門。

《紐約雜誌》的記者艾麗・孔提（Allie Conti）訪問了來自北卡羅萊納的男子魯卡（Luca），他是 Reddit 的使用者，念國中時罹患焦慮症。十二歲時，母親讓他休學在自己的臥室上網學習。過去世代的男孩如果退縮到臥室，可能必須面對無聊和幾乎無法想像的孤獨，因而大多數宅在家裡的青少年最後不得不改變行為或尋求幫助。然而，魯卡在網路上找到了生動有趣的世界，讓他的大腦不至於挨餓。十年後，他仍然通宵打電玩和上網，白天都在睡覺。

魯卡解釋說，他並不以自己的生活方式為恥。事實上，他以此為傲；對照他與其他年輕人的工作形態，其他年輕人得被老闆指揮。他告訴孔提，他的房間是「監獄的反面，代表自由。這裡除了我，沒有別人。要做什麼就做什麼，什麼時候做，我說了算。走到外面就是監獄，但是在這個房間——這個房間通透無比。」

魯卡的世界觀之所以成為可能，多虧他能連上網路，提供他難辨真假的模擬，讓他體驗到許多現實世界的樂趣，例如社群連結、遊戲、學習和性，無須面對他的焦慮，以及現實生活中令人不安的不確定性。這種觀點也體現在男性主導論壇上充斥的趾高氣昂和攻擊性態度，例如 Reddit 子版塊、chans（4chan、8chan），以及一些線上社群（如 MGTOW–Men Going Their Own Way，男人走自己的路，謝絕女人）。

男孩的童年沒有機會體驗真實世界的風險

想像一下，在童年時期，所有的風險都被消除。沒有男孩會因為不顧大人告誡、偷偷爬樹而感到腎上腺素激增。沒有男孩會因為鼓起勇氣約別人出去而緊張到小鹿亂撞。想像一下，深夜和朋友一起外出冒險的時代已成過去。在這樣的童年，瘀傷、骨折和心碎的情況都會減少。這聽起來似乎是個更安全的世界，但你希望你的孩子生活在這樣的世界嗎？

大多數的父母都會說不。然而，不知何故，許多Z世代自小就生活在這樣的世界。過度保護、少了冒險的世界對所有孩子都不好，但似乎對男孩的影響更大。[23]

當我開始為這本書研究男孩心理健康的趨勢，我發現一個驚人的現象。在我的研究生涯中，眾所周知，當青少年進入青春期，男孩和女孩在因應心理健康挑戰時，會出現截然不同的模式。女孩罹患憂鬱症和焦慮症等內化型障礙的比例通常較高，因為她們會把情緒和痛苦轉向內心。另一方面，男孩通常有較高比例的外化型障礙，他們傾向將情緒向外發洩、參與高風險活動或做出反社會行為，而這些行為通常會影響他人，比如酒後駕車、動用暴力和濫用藥物。

但在二〇一〇年左右，前所未見的現象開始發生：不管男女都迅速轉向傳統上與女性相關的模式。對於這個與內化型障礙相關的說法（「我覺得我做什麼都不對」），男女雙方表示同意的比例都顯著增加，而女生的同意比例增加得更快，如圖7.2所示。同一時間，對於和外化型障礙相關的說法（例如「你有多常故意破壞學校設施？」），男女同意的比例都大幅下降，男生的下降幅度更顯著。二〇一七年左右，男生的反應與一九九〇年代的女生差不多。

Z世代最廣為人知的特質之一，是他們不再像過去青少年一樣做那麼多壞事。他們比較少喝酒，車禍比較少，超速罰單也變少。他們爆發肢體衝突或意外懷孕的情況也少很多。[24]當然，這些都是正向趨勢，畢竟沒有人希望車禍有增無減。但是，**許多危險行為**的改變速度實在太快，我也對這些趨勢感到憂慮。如果這些變化不是因為他們變得更理智，而是因為他們撤出現實世界呢？如果他們整體上參與的活動都是風險較低的活動（不論是健康或不健康活動），以至於較無機會學習如何管控現實世界的風險呢？

內化型和外化型症狀（美國青少年）

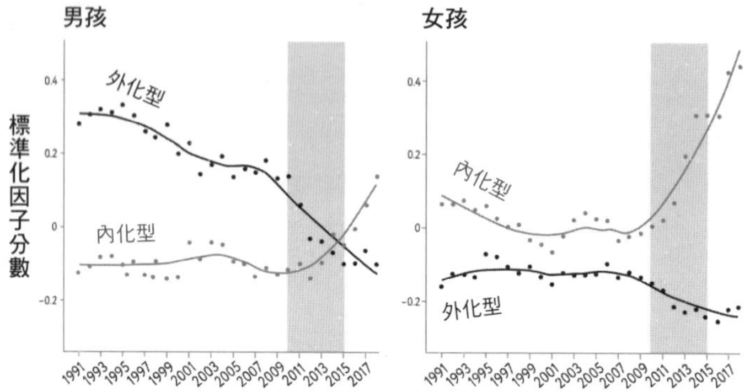

圖 7.2：美國高三生內化型和外化型障礙的症狀。在二〇一〇年代，兩性外化型障礙的比例都下降，內化型障礙比例則上升。（資料來源：Askari 等人〔2022〕，數據出自觀測未來）[25]

對於參與有風險活動的喜好程度

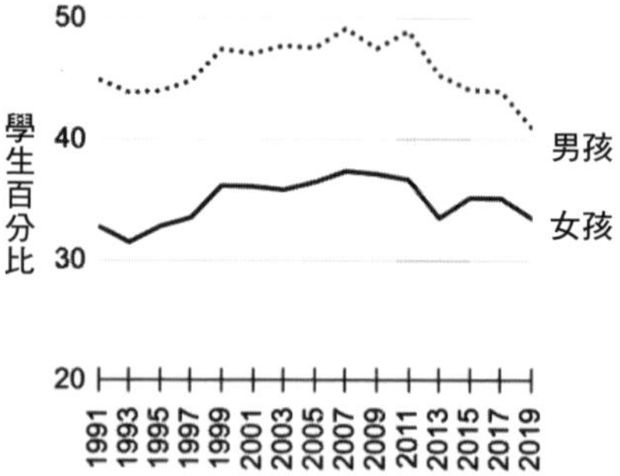

圖 7.3：同意「我喜歡不時做些有點風險的事來考驗自己」這句話的美國學生比例（八年級、十年級和十二年級）。在二〇一〇年代，男孩對參與有風險活動的喜好程度，下降得比女生更快。（資料來源：觀測未來）[26]

看來這就是發生的事情，至少一部分是這樣。圖7.3顯示，同意以下這句話的美國學生比例（八年級、十年級和十二年級生）：「我喜歡不時做些有點風險的事來考驗自己。」

如你所見，男生過去可能更同意這種說法，而且圖中的兩條線在二〇〇〇年代都保持穩定，之後才出現變化，開始下降，而且是男女皆然，只不過男生下降的幅度更大。到了二〇一九年左右，男生的反應與十年前的女生差不多。[27]

男孩不僅改變他們談論或思考風險的方式，也確實減少涉險的頻率。圖7.4顯示，四個年齡組意外受傷的住院率，左側為男性，右側為女性。如果我們只看二〇一〇年之前，會發現所有年齡組的男性與女性住院率都低於每十萬人中有一萬人，只不過年輕男性除外。在二〇一〇年之前，十至十九歲的男性與二十多歲的男性住院率遠高於其他年齡組，部分原因是他們參與的風險活動較多，也做了較差勁的決定。

二十一世紀發生了一些變化。年輕男性受傷率在二〇〇〇年代開始緩慢下降，二〇一二年之後下降速度加快（女性也開始出現同樣情況）。二〇一九年左右，青春期男孩意外受傷的比例低於二〇一〇年的青春期女孩。實際上，青春期男孩現在的受傷比例與青春期女孩，或五十至六十歲的男性並無太大差異。[29]

更多的證據顯示這個變化：一項具有全國代表性的研究發現，從二〇〇一年到二〇一五年，因跌倒而骨折（如手指和手腕骨折）的人數緩慢而穩定地下降，男女皆然，

意外受傷住院人數

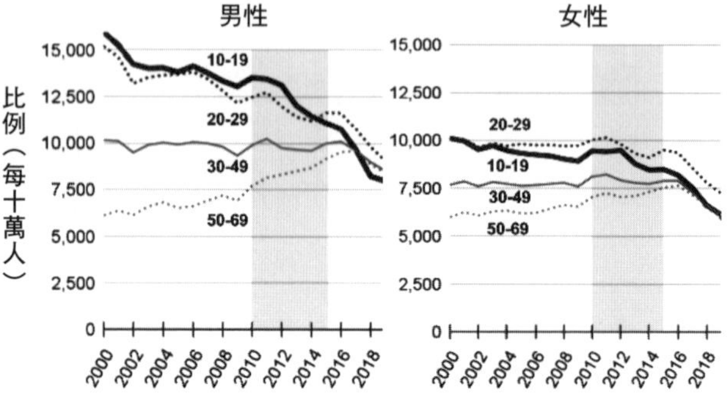

圖 7.4：左圖：每年美國男性因意外受傷住院的比例，依年齡組畫分。右圖：每年美國女性因意外受傷住院的比例。黑線為十至十九歲年齡組，此年齡組過去受傷住院率最高，現在則是最低的年齡組之一。（資料來源：美國疾病控制與預防中心）[28]

但有一個族群很突出——十至十四歲的男孩，骨折人數在二〇〇九年之後急遽減少，顯示這群人大幅減少可能導致跌倒的活動，例如騎腳踏車越過跳台或爬樹。[30]

男孩出現了什麼變化？為什麼他們在現實世界中遠離風險？為什麼這些趨勢在二〇一〇年之後會加速？我們可以從圖7.2找到一個可能的線索。男孩**外化**態度下降，似乎分成兩個階段：一九九〇年代後期開始緩慢下降，以及二〇一〇年之後開始加速下降。從男孩受傷住院的比例，也可看到相同的兩階段下降模式：二〇〇〇年代緩慢下降，二〇一〇年代之後加速下降。我們在女孩身上，兩類數據的第一階段都看不到這種下降。而男孩內化態度上升只發生在第二階段，與女孩的時間相近。

因此我們不妨分析一下這兩個階段對男孩造成的影響。一九八〇年代和一九九〇年代的安全至上主義（伴隨男性社會價值下降），以及二〇〇〇年代和二〇一〇年代初期，男孩改而擁抱線上遊戲，接著智慧型手機出現，兩者攜手進一步把男孩推離現實世界、拉進虛擬世界，這些因素如何加劇他們的心理健康危機？

虛擬世界歡迎男孩

在愈來愈過度保護的現實世界，男孩愈來愈難以找到機會發揮自主權，難以透過帶有危險性的玩耍發展友誼，也無法投入無人管束的冒險活動，卻在虛擬世界發現建立自主權和友誼的機會愈來愈多。故事開始於一九七〇年代初電子遊樂場裡的電玩機台遊戲，例如一九七二年的乒乓（*Pong*），該遊戲後來有家用版，可以連到家中電視上玩。第一台家用電腦在一九七〇年代和八〇年代問世。在這個時期以及整個一九九〇年代，電腦和視訊遊戲對男生的吸引力大於女生。

虛擬世界真正開始綻放是在一九九〇年代，網際網路透過網路瀏覽器 Mosaic（一九九三年）和 AltaVista（一九九五年）等向大眾開放，並開發了完整的３Ｄ圖形介面。新的視訊遊戲類型被開發出來，包括「第一人稱射擊遊戲」（如《毀滅戰士》〔*Doom*〕），以及後來出現的大型多人線上遊戲（如《盧恩傳奇》〔*RuneScape*〕和《魔獸世界》〔*World of Warcraft*〕）。

二〇〇〇年代，一切都變得更快、更亮、更好、更便宜、更富隱私。Wi-Fi 技術的出現，提高了筆記型電腦的實用性與普及性。寬頻高速網際網路在這十年間迅速普及，可更方便在 YouTube 或 Pornhub 網站上觀看影片；再者，新上市的遊戲機 Xbox 360（二〇〇五年）和 PS3（二〇〇六年），提供讓人一玩就黏著不放的線上多人電動遊戲。這些與網際網路連線的遊戲主機讓青少年獨自在房間裡，長時間與來自全球、不斷變換的陌生人電競。在此之前，男孩在玩多人電動遊戲時，其他玩家都是自己的朋友或兄弟姊妹，大家坐在一起共享著亢奮、笑話和食物。

隨著男女青少年有了自己的筆電、手機和可以連接網路的遊戲主機，每個人都愈來愈能自由地退到私人空間裡，隨心所欲做自己想做的事。對男孩來說，這開啟了許多新的方式，滿足他們對於自主性和共融的需求。尤其是，這意謂男孩可以花更多的時間，獨自在臥室打電玩、看色情片，不再需要在客廳使用家用桌上型電腦或遊戲機。但是這種嶄新的生活方式——獨自待在臥室，同時與他人進行虛擬互動，真能滿足他們對自主性或共融的需求嗎？

虛擬世界吞噬男孩

隨著男孩愈來愈沉迷在身歷其境的電玩世界裡，至少在二〇〇〇年代末和二〇一〇年代初之前，我們看不到他們的心理健康有任何下降的跡象。[31]在這之後，自殺、憂鬱和焦慮的比率都開始上升。這個時間點，讓我們不得不仔細分析智慧型手機如何改變了男孩使用科技的方式，以及他們和數位設備之外的世界的互動模式。在智慧型手機取代掀蓋手機之前，只有在孩子坐在電腦前或使用遊戲機時，企業才能抓住他們的注意力。但到了二〇一〇年代初，擁有智慧型手機的青少年在每一個清醒時刻，都成了企業的目標。

這就像美國政府突然開放阿拉斯加全州，允許進行石油鑽探，石油公司激烈搶地，希望占據最有利的地段，然後開始鑿井。現在人們常說「資料是新的石油」。但注意力也是。

由於每個人口袋裡都有一支智慧型手機，各家公司迅速轉向手機應用程式，提供青少年無止境的高刺激活動。電玩製造商、色情內容供應商和社群媒體平台，採用免費使用、廣告驅動的經營策略。[32]遊戲業者還增加付費升級的選項——直接瞄準玩家的錢包（或父母的信用卡），讓孩子上癮，不斷花錢。

如同青少女趨勢的翻版，男孩也漸漸將建立地位、社交生活和娛樂活動搬到網路上。他們徘徊在不同的應用程式之間，包括社群媒體、線上社群、串流平台、遊戲、色情內容等，等到他們年紀稍長，還會登入博弈和約會應用程式。到了二〇一五年，許多男孩發現自己受到的刺激，以及注意力被消耗的程度，是十五年前無法想像的。

打從進入數位時代開始，科技產業就找到愈來愈具吸引力的方式，來滿足男孩做他們想做的事，且無須承擔為了滿足這些需求必須面對的社交和身體風險。隨著傳統上「男子氣概」須具備的技能和特質，在經濟和文化上愈來愈不受重視，加上安全至上主義的文化當道，虛擬世界直接滿足了這些需求，但是並沒有協助男孩發展過渡到成人所需的技能。以下，我將簡短討論在色情和電玩這兩個主要領域，這種現象是怎麼發生的。

色情

網路上露骨的色情內容提供了一個很好的例子，說明商家如何綁架深層的演化驅力。人類在千千萬萬個世代的演化過程中，只有當追求某些事物和行為，會比不追求、不做這些努力的人能留下更多後代的時候，這些事物和行為才會對我們產生強烈的吸引力和成就感（通常伴隨著大腦釋放少量的多巴胺）。性吸引力和交配，是漫長的演化留給我們無可抗拒和強烈渴望的兩個領域。

在之前的世代裡，異性戀男孩[33]看裸女的主要管道是我們現在認為品質不佳的色情雜誌（不能賣給未成年人的紙本雜誌）。進入青春期後，隨著性欲增加的驅動，男孩會做一些令他害怕和尷尬的事，例如嘗試和女孩說話，或在大人舉辦的活動中邀女孩共舞。

另一方面，網際網路非常適合傳播色情圖像。隨著數據傳輸速度提高，露骨色情影片也跟著大量增加。一九九〇年代末，網際網路有高達四〇%流量是色情內容。[34]二〇〇三年開演的百老匯長壽劇目《Q大道》（*Avenue Q*），甚至有一首歌，由五彩繽紛的布偶唱道：「網際網路是為了色情而存在的！」

一旦男孩有了筆電和高速網際網路，就可以在夜間觀看無限供應的高品質影片，這些影片呈現各種想像得到的動作、身體部位和癖好，可以每天私下觀看許多次。一項瑞典研究發現，在二〇〇四年，有一一%的男孩每天觀看色情內容，而這個比例在二〇一四年增加到二四%。[35]另一項研究指出，在觀看色情影片的少男當中，五九%形容觀看色情片「總是讓人興奮」；二二%表示他們「習慣性」觀看；一〇%表示這會降低對潛在現實生活伴侶的性興趣；一〇%表示這是「一種癮」。[37]當然，許多少女也會觀看色情片，但調查發現，男孩的觀看率明顯更高，無論他們是異性戀，還是性取向或性別身分的少數族群。[38]當我們分析每日觀看色情片或對色情片上癮到已經影響日常作業的受訪者，男女比例分別會超過五：一或十：一，如圖7.5所示。

問題不只在於，現代色情影片提高了色情成癮的風險，還在於大量觀看色情片會導

每天消費色情內容的瑞典十二年級生

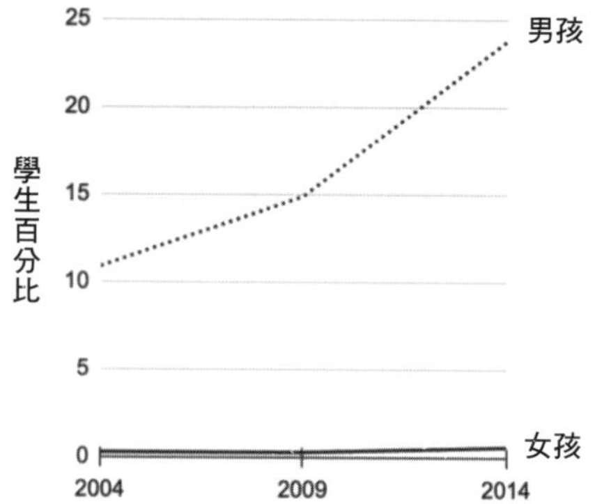

圖 7.5：「每天或多或少」觀看色情片的瑞典十二年級生百分比。（資料來源：Donevan 等人，2022）[36]

致男孩選擇容易的性滿足方式（看色情片），而不願嘗試進入更不確定、更有風險的約會世界。此外，證據顯示，大量觀看色情片會影響男孩和年輕男性的浪漫關係與性關係。舉例來說，多項研究指出，異性戀男性在看過色情片之後，發現現實生活中的女性（包括他們自己的伴侶）比較不具吸引力。[39] 色情片強迫症患者（以男性居多）更可能避免和伴侶有性互動，性的滿足感也容易比較低。[40] 二〇一七年，一項涵蓋十個國家、五十多個研究、五萬多名受訪者的綜合分析發現，消費色情內容「與較低的人際關係滿意度有關，而且這個結果在跨領域調查、縱向調查和實驗都得到印證」。值得注意的是，這種關聯性只有在男性才比較顯著。[41]

色情片把演化的誘惑（性歡愉）和現實世界的獎勵（性關係）分開，影響所及，有可能讓重度消費色情內容的男孩，長大成人之後，較難在現實世界「找到性、愛、親密關係和婚姻」。

隨著元宇宙、空間影片（spatial video）和生成式人工智慧的出現，這些趨勢可能會更嚴重。現在Meta（臉書）和蘋果公司推出的頭戴式裝置，可以讓用戶在他人設計的各種虛擬世界當中漫遊，例如三度空間色情片展現的「完美」人體，勢必成為更難抗拒的誘惑。新一代人工智慧已能製造出虛擬女友和男友，像是人工智慧虛擬女友CarynAI，她是二十三歲Snapchat網紅卡琳（Caryn）的ＡＩ版分身，是卡琳利用她在YouTube上數千小時的影片，所打造的一款以自己為原型的ＡＩ版性愛聊天機器人。[42]愈來愈多人瘋狂愛上這些聊天機器人，不僅跟它們打情罵俏，還與它們分享祕密。[43]

隨著生成式ＡＩ機器人的互動表現愈來愈好，並且應用到愈來愈逼真的性愛娃娃和性愛機器人身上，[44]影響所及，愈來愈多異性戀男性可能會發現，與其在約會應用程式上被成千上萬的女性「左滑」（被拒），或是在現實世界嘗試接近一個女孩或女子並約她外出、必須承受的社交風險，倒不如找個可編寫程式的ＡＩ女友，當個繭居族（家裡蹲）。但那些都是年輕人應該冒的健康風險，才能讓他們更熟練、更成功地發展浪漫關係。

我不是說所有的色情片都是有害的；我是說，在男孩大腦的性中樞正在重新建立連線（重塑）的敏感時期，讓他們整天沉浸在可無限下載的露骨色情片裡，對他們的性和浪漫關係發展，或者對他們未來的伴侶來說，可能並不是多好的事。

電玩

網路色情的問題很嚴重，至於電玩，情況就更複雜。我開始寫這本書時，我揣測電玩對男孩的影響，可能類似社群媒體對女孩的影響，結果不出所料。的確，一項系統性回顧數十個研究的綜合分析證實，全球男性的「網路遊戲障礙」患病率遠高於女性，而女性的「社群媒體成癮」患病率則遠高於男性。[45]但是在深入媒體研究領域中，規模最大、爭議最多的（電玩）領域後，我並未發現有明確的證據，足以支持全面警告家長完全禁止男孩接觸電玩的作法。[46]這種情況跟許多研究發現女孩、社群媒體、焦慮症和憂鬱症之間的關聯性並不同。[47]

有別於網路色情，研究人員發現，電玩對青少年有著諸多**好處**。有些研究顯示，打電玩與提高認知／智能有關，例如改善工作記憶、反應抑制，甚至在校的綜合表現。[48]一項實驗發現，當實驗組被指定每週打三次電玩、每次三十分鐘，持續一個月後，憂鬱症狀顯著減少。[49]其他研究則發現，合作打電玩可以鼓勵玩家在遊戲之外也彼此合作。[50]

儘管如此，電玩至少有兩大危害。首先，電玩會對克里斯這類重度使用者造成嚴重的問題，關鍵不只是量的問題，而是電玩在他們生活中扮演的角色。[51]舉例來說，在新冠大流行期間進行的一項系統性回顧研究發現，打電玩有時會在短期內緩和孤獨的感覺，卻讓一些玩家陷入惡性循環，因為他們利用電玩分散自己對孤獨感受的注意力。久而久之，他們對電玩產生了依賴，不再努力建立長期的友誼，結果導致長期的壓力、焦慮和憂鬱的症狀。[52]當然，在新冠期間，與人見面建立關係並不容易，但這些研究結果和新冠大流行之前的研究結果相符，都發現孤獨感與不當使用電玩有相關性。[53]

使用「青少年電玩上癮量表」（Gaming Addiction Scale for Adolescents）的七個評量項目，研究人員發現可將玩家分成四組：成癮玩家、有問題的玩家、投入型玩家和玩票型玩家。[54]成癮玩家承認出現評量表列出的所有上癮症狀：復發、戒斷、衝突，以及打電玩對生活造成負面影響。成癮玩家失去對打電玩這種習慣的控制力，就像其他成癮行為一樣。他們會「一心專注於電玩，為了電玩而說謊，為了打電玩而失去對其他活動的興趣，為了打電玩而遠離家人和朋友，並利用電玩作為心理逃避的手段」。[55]加拿大一名法官在二〇二三年裁定，一群家長可以向電玩公司 Epic Games 提告，指控該公司推出的電玩《堡壘之夜》讓他們的兒子上癮，完全占據他們的生活，導致他們長期忽略吃飯、洗澡、睡覺[56]

（我注意到研究員對於電玩成癮本身是獨立的一種障礙，抑或顯示內心深層的障礙，如憂鬱症或焦慮症，看法分歧）[57]。

根據這四組分類，「有問題的玩家」符合四種成癮症狀中的兩到三個。他們因為大量打電玩，導致生活受到負面影響，但不至於到失去控制的程度。「投入型玩家」會花很長的時間打電玩，但不符合任何一種上癮症狀。電玩成癮的流行程度，至今沒有一致的統計結果，[58]但二〇一六年的一項研究發現，一％或二％的成年玩家符合上癮玩家的標準，七％是有問題的玩家，四％是投入型玩家，八七％是玩票型玩家。[59]若根據另一套標準，二〇一八年一項綜合性的回顧研究發現，[60]七％的青春期男孩可被歸類為患有「網路遊戲障礙」。確診患者符合以下這個標準：個人生活的多個面向「明顯受到損害或困擾」。[61]（青春期女孩的確診比例僅略高於一％。[62]）

不同的研究得出不同的統計數字，但七％似乎是一個可以接受的中間估值，代表過於沉迷電玩、導致在現實世界的生活（包括學校、工作、人際關係）受到嚴重損害的少男比例，相當於每十三人當中就有一個。[63]

與電玩相關的第二個主要危害是，電玩會造成龐大的機會成本；它們會占去大量時間。「常識媒體」二〇一九年的報告（新冠大流行之前）指出，四一％的青春期男孩每天打電玩超過兩小時，一七％男孩表示每天打電玩超過四小時。[64]就像女孩花很長的時間在社群媒體，這些電玩時間勢必得從其他活動擠出來。[65]這些重度遊戲玩家錯過了睡眠、運動，以及與朋友、家人見面維持互動。[66]正如我認識的一位年輕人遺憾地說：「我真希望爺爺過世前能多瞭解他，而不是每次他來看我，我總是在打電玩。」

遊戲只有螢幕，沒有（真實世界的）體驗

面對面社交互動的大幅減少，對於理解大重塑對男孩的影響尤為重要。當然，男孩多半和其他男孩一起玩耍，所以捍衛電玩的一方可能會說，相較於線上遊戲出現之前，男孩現在有更多的社交互動，就像女孩透過社群媒體有了更多的社交互動。但線上遊戲對發展社交能力的助益，是否與面對面和朋友相處的助益相同？還是電玩和社群媒體一樣，重量、但不重質？

電玩在虛擬世界進行，目的是把玩家花在平台上的時間最大化，就像社群媒體一樣。電玩的目的不是建立數目不多、但持久的友誼，也不是協助玩家發展社交技能。彼得・格雷和其他遊戲研究員指出，自由玩耍有個非常重要的好處，孩子必須扮演立法者（共同制定規則）、法官與陪審團（有人打破規則時該怎麼處理）等角色。但是在多人線上遊戲中，這些角色都由平台代勞。不同於現實世界的自由玩耍，大多數電玩不提供玩家練習自我管

理的機會。

電玩無法像實體世界的冒險遊戲，做不到克服恐懼的好處。電玩是沒有身體參與的（disembodied）。儘管電玩也會讓人感到興奮刺激，但方式不一樣，無法像坐雲霄飛車、打全場籃球，或在冒險遊戲場（adventure playground）用錘子猛砸東西那般，讓人的身體實際體驗恐懼、刺激和心跳加速的感覺。跳下飛機、持刀互鬥、慘遭殺害，對於《堡壘之夜》或《決勝時刻》（*Call of Duty*）的玩家來說，這些不過是每天都會發生數十次的事，然而，這些事無法教會男孩如何在現實世界中判斷和管理風險。當電玩取代了與好友在真實世界一起探索和冒險時——正如電玩對那些重度玩家造成的影響，往往會讓男孩感覺自己錯過了什麼，就像本章開頭的克里斯那樣。

再者，如果電玩真的對建立友誼有好處，那麼今天的男孩和年輕男子應該比二十年前擁有更多的朋友，也比較不會感到孤獨，但實際情況剛好相反。二〇〇〇年，二八%的十二年級男生表示他們經常感到孤獨。到了二〇一九年，這個比例上升到三五%，顯示美國男性出現廣泛的「友誼衰退」現象（friendship recession）。在一九九〇年代，只有三%的美國男性表示沒有親密朋友。到了二〇二一年左右，這個比例上升了五倍，達到一五%。二〇二一年另一個調查詢問美國民眾：「過去六個月，是否曾與某人談論重要的個人私事？」結果二八%的年輕男子回答沒有，是表現最差的一群人。[67]當然，這些問卷的問題無法證明，二〇〇〇年代線上遊戲問世**導致**全國男性孤獨感的比例上升，但對以下的說法提出質疑：當男孩和年輕男子將社交生活交給電玩公司後，他們進入了社交連結的黃金時代。

一如女孩的友誼轉移到社群媒體平台，男孩轉到電玩後，友誼雖然變多，卻失去了品質。當男孩有一群穩定可靠的朋友支持，他們會茁壯成長。當他們與同一個團隊或穩定的朋友群，一起面對風險或迎戰競爭隊伍，可建立最堅強、最持久的友誼。虛擬團體產生的連結則弱得多，不過愈來愈孤獨的男孩緊緊抓住它們不放，並珍惜這些關係，畢竟那是他們唯一擁有的友誼。正如克里斯對我說的，他們的朋友都在那裡。

科技、自由、無意義

那麼為什麼男孩的心理健康在二〇一〇年代變差？為何正好在他們獲得了隨時隨地、不受限制且能免費存取所有內容的時候呢？也許是因為對**任何人**來說，隨時、隨地免費接觸一切內容，都不是一種健康的狀態。

一八九七年，法國社會學家涂爾幹（Émile Durkheim，也許是對社會本質有著最深刻見解的思想家）寫了一本書，探討自殺的社會原因。他根據政府當時剛開始彙整的統計資料，指出在歐洲，一般的通則是：人們所屬的社區愈是緊密連結，並且受到道德權威約束欲望，他們自殺的可能性就愈低。

涂爾幹的核心概念是「失範」（anomie）或「無規範」（normlessness），意思是缺乏穩定且廣被大家遵守的規範與規則。涂爾幹擔心，現代化造成快速且令人迷失方向的變化，以及削弱傳統宗教影響力的傾向，不僅加劇失範，自殺率也跟著上升。他寫道，當我們覺得社會秩序正在變弱或崩潰時，我們不會感到解放；我們會感到迷失和焦慮：

> 如果這個〔具有約束力的社會秩序〕解體，如果我們不再感受到它在我們周圍且優於我們的存在與影響力，那麼我們內心的一切社會性會失去所有客觀的基礎。剩下的只是人為組合的虛幻圖像，只要稍微反思就會消失的幻影秀；也就是說，沒有任何東西可以成為我們行動的目標。[68]

我認為這就是Z世代經歷的情況。他們比歷史上任何一代人都更難以在實體**社群**中生根立足——這些社群是由相互熟悉的人士組成，一年後彼此都還續留在社群裡。社群，是社會環境（social environments），是人類和人類童年演化的舞台。相比之下，在大重塑之後長大的孩童，習慣在多個**網絡**中穿梭，這些網絡的節點由已知和未知的人士所組成，

生活常讓人覺得沒有意義

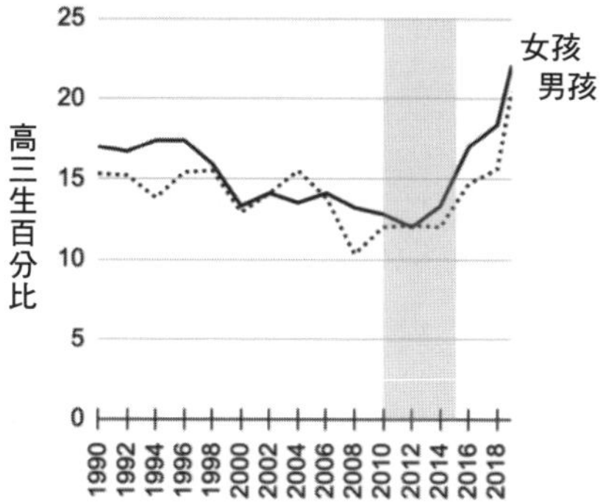

圖 7.6：美國高三學生同意或大抵上同意「生活常讓人覺得沒有意義」的百分比。（資料來源：觀測未來）

有些人會使用假名，有些人會使用虛擬分身，其中許多人明天或明年就會消失。這些網絡往往每天都在上演龍捲風式的流行哏（迷音）、一時的風潮和走馬燈式的微短劇，由數百萬個臨時小角色輪流擔綱演出。他們沒有深厚的根基支撐或滋養他們，也沒有一套明確的規範約束他們，引導他們走向成人之路。

涂爾幹和他提出的「失範」概念，足以解釋為什麼在二〇一〇年代初期，男孩和女孩都開始更強烈地認同「生活常讓人覺得沒有意義」這句話。

男孩和女孩選擇不同的路徑，體驗被智慧型手機重塑的青春期，但不知何故，他們最終都掉進了同一個深淵，深陷失範和絕望的困境。單靠自己的力量，在多個

「不需身體參與」的網絡中漂流，想要努力建構一個有意義的人生，是一件非常困難的事。就像約翰·海利的乾兒子一樣，他們的意識「被打碎成互不相連的更小片段」。人類孩童和人類身體需要在人類社群中扎根、汲取養分。孩童必須先在地球上健康成長，我們才能將他們送往火星。

總結

- 與女孩一樣，在二〇一〇年代初期，許多國家的男孩變得更沮喪和焦慮。與女孩不同的是，自一九七〇年代以來，男孩在學校、工作和家庭生活中的成就以及參與程度，就已經緩慢下降。
- 男孩和年輕男子將大量的時間和精力從實體世界中抽出來（實體世界愈來愈反對沒有大人在旁監管的玩耍、探索和冒險），並將時間與精力投入快速成長的虛擬世界。
- 男孩比女孩更容易面臨「無法起飛」的風險。他們更有可能成為尼特族，全稱是「沒有上學、沒有就業或沒有參加培訓的年輕人」。一些日本男性更極端，一輩子足不出戶地窩在自己的臥室，被稱為「繭居族」。
- 二〇一〇年代初期，美國青少年的思考模式從傳統的模式（外化認知和行為）轉變為女孩更常見的模式（內化認知和行為）。此外，男孩也開始迴避風險（表現得比女孩還明顯）。

- 男孩參與戶外或離家的冒險活動減少，開始花較多時間在家中的3C設備螢幕上，他們的心理健康在一九九〇年代和二〇〇〇年代並未下降。但是到了二〇一〇年代初期，情況有所變化，他們的心理健康開始下降。
- 一旦男孩有了智慧型手機，跟女孩一樣，將更多的社交活動搬到網路上，他們的心理健康也跟著下降。
- 智慧型手機加上高速網路，對男孩生活的影響之一是提供無限下載、免費、可隨時隨地存取的露骨色情內容。色情內容讓大家看到，科技公司如何讓男孩輕鬆滿足演化形成的強烈欲望，無需發展任何能協助他們過渡到成年的技能。
- 電玩為男孩和女孩提供了許多好處，但也存在一些危害，特別是對那些最後變成問題用戶或成癮用戶的男孩（大約七％）。對他們來說，電玩的確導致身心健康下降、家庭糾紛和其他生活領域的問題。
- 就像女孩使用社群媒體一樣，每天花費好幾個小時在網路上與他人「連結」，會增加社交互動的次數，卻降低社交關係的品質。男孩跟女孩一樣，在大重塑期間變得更孤獨。有些男孩利用電玩強化他們在現實世界的人際關係，但對其他許多男孩來說，電玩讓他們更容易退縮到臥室裡，而不是在現實世界中努力變成熟。

- 童年大重塑讓年輕人離開實體世界的社群（包括自己的家庭），另外創造一種在多個快速變化的網路社群穿梭的新童年。其中一個不可避免的結果，是失範或不受常規約束，因為當所有東西（包括網路社群的成員）都處於流動狀態，無法形成穩定且具約束力的道德規範。
- 正如社會學家涂爾幹指出的，失範會導致絕望和自殺。這也許是為什麼男孩和女孩在大重塑時期，即使選擇不同的路徑，最後殊途同歸，對生活感到毫無意義的比例，無論男女都突然快速竄升。

8 道德昇華與退化

在前三章，我介紹了大量研究，佐證以手機為主的童年對兒童和青少年造成的傷害。但接下來的書寫，我不再僅僅是以社會科學家的身分，更是以一個普通人的身分，自二〇一四年以來就感到一種深層的無力感，而且看不到盡頭。感覺起來，二〇一〇年代好像發生了一些非常深刻的變化。在大學校園，很多人都似乎從探索模式轉成防禦模式。在美國政壇，事情變得更奇怪。我一直想努力弄清楚：我們到底發生了什麼事？科技如何改變了我們？從那時起，我的大部分研究都是為了回答這些問題。一路走來，我從不同領域的學術資源和幾個古老的傳統中，找到了靈感和見解。我認為我可以用一個社會科學領域鮮少使用的詞語，精準表達發生在我們身上的事：**靈性**（spirituality）。以手機為主的生活，不只在青少年身上，而是在我們每個人身上，都製造了靈性退化的現象。

在《象與騎象人》一書，有一章名為「有神論與無神論的神性」（Divinity with or

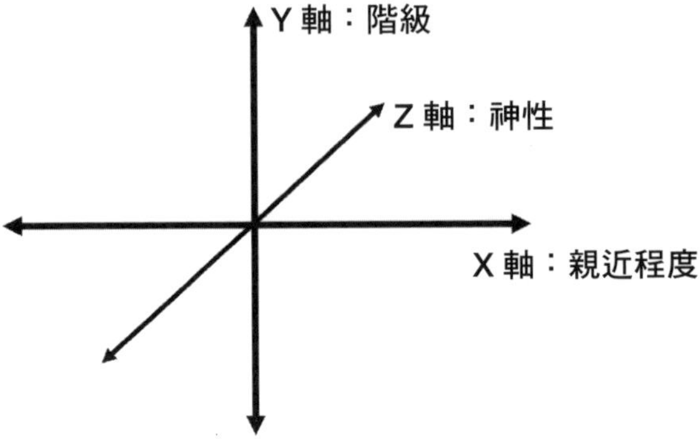

圖 8.1：社會空間存在三個向度。

Without God），我提出自己對厭惡、道德昇華、敬畏等道德情緒的研究，指出人會感受到社會空間存在三個向度。在每個社會，你會發現，我們將人區分為覺得親近的人 vs. 比較不親近的人；這是水平的向度（圖 8.1 的 X 軸）。此外，我們會將人區分為等級或社會地位較高的人 vs. 等級較低的人，前者受到後者的禮遇與尊重；這是階級的垂直維度（圖 8.1 的 Y 軸）。許多語言規定，說話時須標記這兩個向度，例如說法語時，必須決定用 vous 還是 tu 來稱呼他人。

但還有另一個與 X 軸和 Y 軸垂直、形成立體效果的軸線，如圖 8.1 的 Z 軸，我稱它為神性軸，因為許多文化都明白指出，德性高尚的行為會讓人向上，更接近神；而低劣、自私或令人厭惡的行為則會讓人墮落，遠離神，有時甚至會走向與神性對立，變成惡魔。無論神是否存在，人**確實會**感知到某些人、地點、行動和事物神聖、純潔和昇華；而其他的人、地點、行動和事物則令人感到厭惡、有污點和墮落（字面意思是「降一階」）。

一七七一年，美國開國元勳湯馬斯・傑佛遜（Thomas Jefferson）對Z軸做了世俗化的描述。他在寫信給一位親戚，建議他應該為圖書室添購什麼書時，力勸他將小說和戲劇納入書單。為了證明他的建議有道理，他解釋偉大的文學作品能帶給人深刻的感受：

> 舉例來說，當任何慈善或感恩的行為出現在我們視線或想像裡，我們會被它的美深深打動，並在自己心中產生強烈的意願，也想模仿這些慈善和感恩的行為。反之，當我們看到或讀到任何殘忍的行為，我們會對其醜惡感到厭惡，並對惡行深惡痛絕。

傑佛遜特別將道德的昇華與厭惡做了對比。然後，他想到一部與他同時代的法國戲劇，詢問道，劇中男主角呈現的忠誠與慷慨等美德——

> 難道無法擴大〔讀者〕的胸襟並昇華他的情操，就像真實歷史中任何一起類似事件？〔讀者〕在閱讀這些故事時，難道不覺得自己是更好的人，並私下立誓要仿效這個理想的榜樣嗎？

傑佛遜用「昇華」一詞，傳神地捕捉了我們每個人多少被「提升」的感覺。相反地，目睹他人卑劣的行為，或者看到他人做了一些讓人在身體與感官上反感的事情，會引起我們強烈的厭惡感，覺得自己多多少少被「往下拉」。我們會閉上眼睛，轉身離開。這些行為與我們崇高的天性不相容。這就是我使用「靈性」一詞的理由。它的含義是，一個人努力活出靈性，讓Z軸的刻度遠超過零。基督徒會問：「耶穌會怎麼做？」世俗的人可以考慮誰是自己的道德榜樣（我應該告訴大家，我是無神論者，但我發現有時我需要宗教的用語和概念，才能理解身而為人的生命體驗，這次就是如此）。

所以，現在我想問：在這個垂直的向度上，以手機為主的生活會把我們往上提升還是往下拉？如果是向下墮落，那麼即使不是焦慮或憂鬱的人，也會付出代價。如果是向下墮落，那麼無論是成人或青少年，甚至那些自認心理健康正常的人，都會遭受**精神上**的傷害。如果社會上更多的人花更多的時間生活在Z軸的零點以下，連帶也會對社會造成危害。我們會感受到一種難以言喻、整個社會普遍向下墮落的現象。

接下來，我將借鑒古代傳統以及現代心理學，試著解釋以手機為主的生活如何阻礙提升靈性的六種練習，進而抵銷或影響我們身而為人的靈性。這六種提升靈性的練習是：集體的神聖體驗（shared sacredness）；身體參與（embodiment）；靜止、安靜和專注；自我超越；緩怒快恕；對自然心存敬畏。

靈性練習

社會心理學家大衛・狄史丹諾（David DeSteno）在二〇二一年出版了一本書，書名滿大膽的——《神如何運作：宗教益處背後的科學》（*How God Works: The Science Behind the Benefits of Religion*）。[1] 狄史丹諾在書中回顧心理學領域針對靈性練習（諸如冥想、祈禱、懺悔和贖罪儀式）效用所做的研究。雖然研究員並沒有發現證據，證實禱告能改變現實或現況，例如治癒罹患癌症的孩子，狄史丹諾發現有大量證據顯示，保持某些靈性練習，能改善人的身心狀態與幸福感。背後機制通常涉及，減少關注自我、降低自私行為、心胸更開放，更願意與自我以外的事物產生交集。當一群人一同參與這些靈性練習，尤其是能夠同步行動時，會讓彼此增加凝聚力和信任感，也就是說，會讓他們減少無所適從與孤獨的感覺。[2]

觀察這六項實踐，可以幫助我們看到，當我們的生活與數位助理更緊密交織時，我們許多人失去了什麼。這些實踐提供一些方式，協助我們改善自己以及兒童和青少年的生活。無論我們相信宗教與否，這些是我們每個人都可以做的練習，讓我們在這個焦慮和碎片化的時代，得以茁壯成長並與他人建立連結。事實上，對於那些不相信宗教、沒機會在宗教團體接觸到這些實踐的人，這些實踐可能更為重要。

一、集體的神聖體驗

涂爾幹認為，智人（*Homo sapiens*）也可以被稱為雙重人（*Homo duplex*）或雙層人（two-level man），因為我們人存在於兩個非常不同的層次。我們這一生的大部分時間都在追求自己個人的利益。他把這個層次稱為「世俗」（profane）的領域，也就是我們非常關心自己的財富、健康和名聲的日常生活領域。但涂爾幹指出，幾乎所有社會都創造了一些儀式和集體活動，將人們暫時「提升」到神聖的領域，在這個神聖的領域，自我會退位，集體利益會占上風。想想基督徒每個週日在教堂一起唱聖歌；想想穆斯林在麥加的天房（Kaaba）繞圈；想想倡議民權的遊行人士邊遊行、邊唱誦。證據顯示，每個人都可以獲得這種雙層性的體驗，無須有宗教信仰。就連球隊的粉絲，在比賽前也會使用類似的方式將大家團結在一起，包括誓師大會、唱加油歌、集體改變意識（通常透過酒精），伴隨各種類似宗教的儀式、迷信的行為和身體標記。[3]每當球隊進球或觸地得分，成千上萬的球迷會齊聲高歌、同步跺腳。成為球迷之中的一員，是一件令人興奮的事。涂爾幹稱這種活力充沛的共融狀態是「集體亢奮」。

這是社會學的奠基性見解之一：強大的社群不會光是因為一群人聚集和溝通，就神奇地出現。最強大、最令人滿意的社群，能夠藉由某種力量與活動，將成員從較低的層次提升到較高的層次，讓他們獲得強大的集體體驗，同時一起進入神聖的領域。當他們回到世俗的層次，花費大部分的時間處理生活的大小事時，由於他們在神聖領域共同度過的時光與共享的體驗，彼此有更大的信任感和感情。此外，他們也比較快樂，自殺率也比較低。相較之下，沒有用戶以身體參與、非同步互動的臨時網絡，無法像自古以來人類社群那樣凝聚在一起。只生活在網絡平台而非實體團體中的人，比較難以茁壯成長。

為了讓信徒獲得神聖的集體體驗，各個宗教會指定某些日期（如安息日和聖日）、場所（神殿、教堂、廟宇）和物品（十字架、聖經、古蘭經）是神聖的。它們（時間、場所、物品）與世俗世界是分開的，信徒必須保護它們不受褻瀆。希伯來文「kadosh」（聖潔）的字面意思，就是「分開」或「分別」。

但是，當社群生活虛擬化、每個人都透過螢幕互動，會發生什麼事呢？一切都模糊不清，沒有清楚區隔的界線。沒有共感的空間（consensual space）——至少沒有任何人類大腦感覺是真實的空間；人類大腦經過演化，可以掌握地球三度空間的前進方向和路徑。在虛擬世界，沒有每日、每週或每年的行事曆，規定我們何時可以做、何時不可以做什麼。在虛擬世界，什麼都不會打烊或關閉，每個人都能按照自己的時間表行動。[4]

簡而言之，在虛擬世界，沒有大家共同遵循的時間、空間或物體的結構，用戶無法像在實體世界，可以利用古老的神聖模式成立宗教或類宗教團體。在虛擬世界，一切隨時隨地供所有人存取，幾乎不需要付出任何努力。沒有安息日，沒有聖日，一切都是世俗的。

生活在一個缺乏結構的失範世界，青少年更容易被線上激進的政治運動招募，這些運動提供了明確的道德觀、道德化的環境，進而吸引他們進一步遠離身體所在的群體。

如果我們能重新配合曆法和所屬團體的節奏，我們就能為自己和孩子創造更健康的環境。這可能包括定期參加宗教儀式，或是加入其他標榜道德、慈善或靈性訴求的團體。此外，不妨建立家庭儀式，比如數位安息日（每週至少有一天減少或不使用數位科技，並結合讓人開心的面對面活動）。或是定期與其他家庭一起慶祝節日。這些作法都會讓時間和空間重新找回一些它們失去的社會意義。

二、身體參與

一旦時間與空間被結構化並有了神聖性，就可以進行儀式，而儀式需要身體做些動作。祈禱或冥想時可以靜默不動，但各宗教通常會規定一些動作，顯示該動作是虔誠的，並增加它的象徵意義。基督徒跪著；穆斯林向聖城麥加的方向叩頭跪拜；蘇菲教徒有「旋轉舞」；猶太教徒有「誦經」（daven），就是一邊大聲祈禱、一邊移動或搖晃身體。信眾一起唱歌跳舞，讓彼此的心意相通，也和神相連。[5] 狄史丹諾指出，宗教儀式中，信眾同步動作不僅常見，經實驗證明，也是一種能增進共融、相似和信任感的方式。也就是說，它能讓一群相異的個體感覺彷彿融為一個整體。[6]

凡是在新冠流行期間參加過在 Zoom 舉行的線上婚禮、葬禮或宗教儀式的人都知道，當儀式搬到了線上，會失去太多東西。人類透過面對面、集體同時做相同的動作，逐漸演化成宗教性的生物。網路大重塑減少了同步化的身體動作（甚至是所有的身體動作），而新冠封控期間，更是進一步減少集體、面對面做相同的動作。

能把許多人聚在一起，有身體參與的活動裡，最重要的也許就是吃飯了。大多數重要的聖日和成年禮儀式都會舉行宴會，至少是大家共享一餐，通常會食用為聖日當天或儀式所準備的食物。想像一下，如果你是美國人，感恩節當天，家中有個人說他餓了，要在晚餐前一個小時，先拿著他那份火雞肉、填料和蔓越莓醬，到另一個房間吃飯；然後，他會在全家人正式用餐時回來，陪家人一起吃飯。你會有什麼感覺？這當然不行。聚在一起的家人和朋友必須一起享用食物，這是人類最普遍的習俗之一：一起「分食麵包」的人會產生一種連結。[7]一起吃飯這個簡單的行為，特別是從同一個盤子或碟子取食，會強化這種連結，減少發生衝突的可能性。不管虛擬實境（VR）有多逼真，這是虛擬世界永遠無法克服的缺陷。

很多靈性練習須透過身體的動作和彼此身體接近的情況下，才能夠放大靈性的效果。當所有的事情都在螢幕上完成，也許還是獨自在臥室裡完成，就無法活化伴隨靈性練習一起進化的神經迴路，[8]因此要進入涂爾幹形容的神聖領域就更難了。比較健康的生活方式，應該是多參與面對面的團體活動，尤其是讓人覺得有崇高或道德目的的活動，並且活動中須包含一些同步的身體動作，例如宗教儀式，或是有忠實粉絲當觀眾的現場演唱會。特別是在新冠疫情之後的這幾年，我們許多人應該改變在疫情期間養成的習慣，不要總是選擇方便的遠距方式。

運動並不完全是靈性練習，但是團隊運動仰賴一些靈性練習的關鍵要素，譬如集體協調的肢體動作、一起慶祝達到目標等，成功將團員凝聚在一起。研究一致顯示，參與團體運動的青少年比沒有參與的青少年更快樂。[9] 人類靠「身體」體驗生活，以手機為主的生活卻少了身體的參與。螢幕讓我們忘記身體的重要性。

三、靜止不動、安靜與專注

參與靈修練習，身體不會一直在動；有些練習要求保持靜止不動，不過即使保持不動，身體也還是在使力。冥想會規定坐姿、呼吸，以及如何觀想身體。佛陀遵循「八正道」開悟。第八個要素與其他要素相互作用，稱為**三摩地**（samadhi），通常譯為「禪定」或「入定」。如果沒有經過訓練，心思會像跳躍的猴子一樣四處蹦跳。在我們多螢幕、多工的生活中，猴子跳得更瘋狂，就像約翰・海利的乾兒子一樣。佛陀的基本教導之一是我們可以訓練我們的心思。

冥想有助於安撫蹦跳的心思。長時間練習之後，即使沒有在冥想，意識經驗（conscious experience）的本質也會改變。對佛教僧侶的研究顯示，他們長時間密集的冥想練習，持久改變了他們的大腦，降低大腦裡與恐懼和負面情緒有關的腦區活躍程度。這表示他們已經逐漸活在保持開放的探索模式，而不是保持戒備的防禦模式。[10]

這就是為什麼許多宗教都有寺院和僧侶。尋求靈性成長的人，透過讓自己遠離喧囂和複雜的人際互動，遠離喋喋不休的言語和世俗的煩惱，從中得到莫大的好處。當人能夠在同樣禁語的同伴陪伴下練習靜默，他們會安靜地反思並關注內在狀態，這有益心理健康。集中注意力和冥想已被證明可以減少憂鬱和焦慮。[11]你不需要出家或加入修道院；許多普通人在冥想營，和其他人一起發願靜默一天、一星期或更長的時間，也能獲得這些好處。即使是簡短的正念冥想（每天十分鐘），也可以減少易怒、負面情緒和外在因素造成的壓力。[12]事實上，源自於靈性領域的正念練習，現在已被例行性引進精神科和醫學的實務中，並有愈來愈多的實證佐證正念冥想的功效。[13]

佛陀形容三摩地是一種「意識歸一」（mental unity）的狀態。他說：「當你獲得三摩地時，心思不會散亂，就像那些保護自己、不受洪患淹沒的人，在保護堤防一樣。」[14]智慧型手機與社群媒體粉碎了堤防，不斷發出的通知聲以及無關緊要的內容淹沒了意識，各種聲音充斥耳朵，注意力碎片化，思緒不連貫。[15]以手機為主的生活，讓我們與他人相處時，難以全神貫注，而在獨處時，也難以安靜地與自己相處。如果我們想要體驗心靜和安靜，培養專注力和意識歸一，就必須減少進入我們眼睛和耳朵的刺激。我們必須找到充足的機會安靜地坐下，無論是靜坐冥想，[16]或是花更多時間與大自然相處，還是在長途開車時看著車窗外思考，而不是一直聽著什麼東西，或是一路上都在看影片（尤其坐在後座的小孩）。

四、自我超越

想想你上一次的靈性體驗，也許是對大自然感到敬畏的時刻，也許是目睹了道德善行，讓道德獲得昇華或受到啟發的時刻。那一刻，你對自我關注的程度是更多，還是變少了呢？

自我超越是靈性體驗的核心特徵之一，而自我超越（遺忘自我，無我）原來是有神經學根據的。當我們以自我中心的觀點處理事情，大腦裡有一組相互連結的結構會比較活躍——思考**我**想要什麼、**我**下一步要做什麼，或是其他人怎麼看**我**。這些大腦結構太常同時被活化，因此被統稱為預設模式網絡（default mode network, DMN），意思是大腦通常處於ＤＭＮ開啟的狀態，除非特殊時刻才會關閉這個網絡。[17]

我們可以稱ＤＭＮ為世俗模式網絡。研究發現，人們在參與各種靈修活動時，包括冥想、祈禱，以及（在有人支援的環境下）使用迷幻類藥物（psychedelic drugs），例如迷幻蘑菇（psilocybin），這是全球原住民宗教活動上最廣泛使用的一類藥物，[18] DMN的活躍度會變得比較低。社會心理學家達契爾・克特納（Dacher Keltner）在他二〇二三年出版的新作《敬畏》（*Awe*）中寫道：

> 其他研究顯示，當我們的預設自我消失時，敬畏感會讓我們放棄互相競爭與狗咬狗（自相殘殺）的心態，改而覺察到我們是相互依存、相互合作網絡裡的一分子。我們感知到自己是家庭、社群、文化歷史中的一個篇章，是生態系統的一部分。[19]

當DMN比較不活躍時，我們就比較能與自我以外的事物建立更深入的連結。社群媒體對DMN有什麼影響？社群媒體「平台」幾乎可以說是一個完全圍繞「我」打轉的地方。你在這個舞台上發布內容，影響他人對你的看法。社媒幾乎是完美的設計，可以將DMN優化到最大，並讓它一直保持活躍的狀態。這對我們任何人來說都不健康，對青少年來說更是糟糕。[20]

佛教和道教經典描述很多自我如何成為開悟路上的阻礙。我們的意識被世俗的煩惱所左右。在道家經典《呂祖全書・清微三品經上卷》中，我們發現了這一段話：

蓋此魔障，或生於心，或著於境，或動於物，或屬於身：生於心者，為人我見，為榮辱見，為得失見，為是非見，為強弱見，為利名見，為好勝見，塵賓靈臺，罔能解脫。

社群媒體是煩惱之源，讓我們的思考方式漸漸背離世界歷史文化累積的智慧傳統：首先想到的是自己；看重物質與享樂、愛批判、誇耀、瑣碎而膚淺；努力累積按讚數和粉絲量，將其視為個人的榮耀。很多用戶可能認為，Instagram 等平台隱含的胡蘿蔔和大棒子不會影響他們，但實際上很難避免在不知不覺間受到影響。不幸的是，大多數年輕人都是在文化學習的敏感階段（大約是九至十五歲），成為社群媒體的重度使用者。[21]

為了有更多的超我體驗，我們需要減少生活中那些會啟動世俗模式網絡，並將我們緊緊與自我綁在一起的事物，例如花在社群媒體上的時間。我們需要尋找具有相反效果的環境和活動，一如大多數的靈性練習，包括祈禱、冥想、正念，以及某些人可能會借助的迷幻類藥物，愈來愈多人發現這類藥物能有效治療焦慮症和憂鬱症。[22]

五、慢怒快恕

《道德經》將「是非觀」列為煩惱。我三十五年來鑽研道德心理學領域，發現這是人類最大的問題之一：我們太快發怒，太慢寬恕。我們也是偽君子，一方面嚴厲批判他人，另一方面卻自動為自己的不良行為辯解。正如耶穌在《登山寶訓》（*Sermon on the Mount*）中所說的：

> 不要論斷人，免得你們被論斷。因為你所給的判語就是你所得的判語，你所給的量度就是你所得的量度。[23]

耶穌不是要我們完全避免論斷他人；祂是提醒我們要深思熟慮後才下論斷，並要留意，勿採嚴以律人、寬以待己的雙標。祂接著說：「為什麼你們看見鄰居眼裡的木屑，卻不注意自己眼中的樑木呢？」[24]他敦促我們在批評他人之前，先糾正自己的缺點。社群媒體卻訓練我們做相反的事。它鼓勵我們快速而公開地論斷他人，卻鮮少考慮批評對象身為人的特質，不瞭解他們行為背後的實際情況，也沒有意識到自己做過同樣的事，現在卻反過來公開羞辱他們。

佛教和印度教的傳統甚至更進一步，規勸我們完全不做判斷。以下是八世紀中國禪宗大師僧璨對道德心理學最深刻的見解之一：

> 至道無難，唯嫌揀擇；但莫憎愛，洞然明白。毫釐有差，天地懸隔。

欲得現前，莫存順逆，違順相爭，是為心病。[25]

我們不能完全照著僧璨的建議去做，也無法完全不做道德區隔與判斷（事實上，一神教充滿了道德與不道德的區隔與評斷）。但我相信僧璨的觀點是，我們的心識若不加以控制，會對一切立即做出道德判斷，影響我們接下來的思考，結果更難發現真相。直覺第一，策略性推理次之，這種見解構成道德心理學的首要原則，我也寫在《好人總是自以為是》一書裡。換句話說，我們對某事或某人會迅速形成一種直覺，然後事後再編一個故事，佐證我們的直覺判斷正確無誤——通常故事內容會把我們自己描繪成好人。

世界上的主要宗教都建議我們減少批判的態度，多一點寬恕。在《摩西五經》（Torah），上帝命令以色列菁英：「不要尋求報復，也不要對任何一個族人懷恨在心，要愛鄰如己。」[26]數千年後，馬丁．路德．金恩運用猶太－基督教教義宣揚的寬恕精神，激勵民權運動人士展現崇高的行為，以期改變眾人的態度與看法：

我們必須培養並保持寬恕的能力。沒有寬恕能力的人，也沒有愛的能力。最壞的人也有好的一面，最好的人也有壞的一面。當我們發現了這一點，就不會那麼容易仇視我們的敵人。[27]

當然，宗教有時也會鼓吹信眾要殘酷，支持種族主義和種族滅絕。宗教信徒就像所有人一樣，經常是偽善的。儘管如此，宗教戒律——要信徒慢一點批判、快一點寬恕，是有助於維繫人際關係和改善心理健康的。社群媒體訓練我們做相反的事：必須快速且公開地批判，否則你可能因為沒有和大家一起譴責那個公審對象而被批判。不要寬恕，否則你的群組會攻擊你，覺得你是叛徒。

從精神與靈性的角度來看，社群媒體是一種心病。療法是參與靈性練習，實踐美德，諸如寬恕、恩典和愛。正如佛陀所言：

於此世界中，從非怨止怨，唯以忍止怨；此古聖常法。彼人不了悟：「我等將毀滅」。若彼等知此，則諍論自息。28

六、在大自然找到敬畏感

大自然令人驚歎的壯闊景致對人類靈性的重要性，無論如何強調都不為過。聖經〈詩篇〉第十九篇寫道：「諸天述說神的榮耀，穹蒼傳揚祂的手藝。」以下則是拉爾夫．沃爾多．愛默生（Ralph Waldo Emerson）在一八三六年描述他在森林漫步時，感嘆大自然的鬼斧神工：

在森林裡……在出自上帝手藝的莊園裡，莊重與聖潔高高在上。當我站在空曠的大地，頭腦陶醉在愉悅的空氣中，身體輕飄飄升騰於無垠的空間，一切卑微的自我消失殆盡。我變成了一隻透明的眼球；我渺小之至，卻洞悉一切；宇宙生靈匯成一股洪流在我體內流淌；我成為上帝或大或小的一部分。[29]

二〇〇三年，克特納和我發表了一篇論文，回顧有關敬畏感的文獻，我們認為敬畏是由兩個同時存在的感知啟動：第一，你所看到的東西在某種程度上是巨大的；第二，你無法將其納入現有的心識結構。[30]兩者的組合似乎會讓人產生一種渺小的感覺，讓人產生深刻的愉悅感（雖然有時也會感到恐懼）。敬畏讓我們打開心，願意改變既有的信念、效忠對象和行為。

克特納後來成為敬畏領域的傑出學者。他和他的學生從世界各地收集了數以千計與敬畏體驗相關的描述，並將它們歸納為八種最常見的類型，取名為「生命的八大奇蹟」。分別是道德之美、集體亢奮、大自然、音樂、視覺設計、靈性和宗教敬畏、生死，以及頓悟（突然之間開竅，獲得全新而偉大的見解）。

有許多方式可以讓你心生敬畏感，但大自然之美是最可靠、也最容易獲得的方法。聽了克特納在一次播客對談中[31]提及，他透過「敬畏散步」哀悼因癌症去世的兄弟，我決定在紐約大學大學部的課程「繁榮」中，加入一堂關於敬畏與美的課程。我告訴學生，聽完克特納的播客之後，到戶外任何一個地方散步，慢慢走，期間不可拿出手機。他們那一週作業交上來的書面心得，是我擔任教授三十年來讀過最動人的報告之一。

有些學生緩慢地沿著紐約大學周圍的格林威治村街道走，第一次注意到他們多次擦身經過的十九世紀建築的裝飾（視覺設計）。但最震撼的報告來自那些在公園散步的人。學生怡美（音譯）在華盛頓廣場公園開始她的敬畏散步，該公園是紐約大學校園的綠色心臟。時值非常宜人的四月天，櫻花盛開：

春天的公園美麗之至，讓我非常陶醉，我花了一些時間坐在長椅上，欣賞公園內的美景，感受心靈的喜悅，同時也對周圍走動的人心懷關切，當他們看著我時，我也對他們回以微笑。

在熟悉的公園體驗全新的感受，給了她很大的啟發，於是她又去了紐約的中央公園，雖然沒必要這麼做也能寫報告。在中央公園，湖面反射的太陽金光令她驚豔，「湖上灑滿閃亮亮的金光，好像為湖面戴上飾品，還有樹上也灑滿金光。對我來說，一切彷彿都有了生命。」

有幾位學生寫道，開始進行敬畏散步之前，他們鮮少花時間欣賞周遭世界的美。華盛頓廣場公園是美國最美麗的都市公園之一，紐約大學的學生經常穿梭其中，但許多人之前並未真正見過它的美。

很多學生都有焦慮的問題，其中幾位發現大自然的美能夠有效治療焦慮。以下也是怡美的感想：

伴隨著美和敬畏的感受，我變得更慷慨，更能融入當下。過去那些瑣碎的擔憂突然變得平淡無奇，對未來的憂慮也變得沒必要，因為我現在覺得很安全、很平靜。這期間我好像進入一種狀態，我對自己和我的焦慮說：「一切都會好起來。」此外，內心還湧出幸福感，渴望與人連結交談。

在二〇二三年發表的一篇報告裡，克特納和一位同事列出五點，解釋心存敬畏為何能提升幸福感：敬畏會導致「神經生理學的變化，漸少對自我的關注，增加與他人互動，更融入群體，加深生命存在的意義」。[32] 怡美在兩個公園裡安靜散步時，體驗了這一切。

人類在自然界演化。我們對美的感知能力是在演化過程中逐漸形成的，目的是讓我們被提供生存和繁衍機會的環境所吸引。例如，有樹有水的草原是美的，因為那裡有豐富的食草動物；或是海岸線是美的，因為有豐富的海洋資源。偉大的演化生物學家威爾遜（E. O. Wilson）說過，人類是「親生命的」（biophilic），意思是人類有「與其他生命形式結盟的衝動」。[33]這就是為什麼我們喜歡到奇特壯麗的自然景點踩點。這也是知名景觀建築師歐姆斯德（Frederick Law Olmsted）為何將中央公園設計成現在你看到的模樣，有草地、森林、湖泊，還有一個小型動物園，我的孩子喜歡在那裡餵食綿羊和山羊。這是為什麼孩子喜歡探索森林，掀開石頭，看看下面有什麼東西在爬。這也是為什麼花時間徜徉在美麗的自然環境裡，可以減少焦慮症患者的病情。[34]因為感覺就像回到家一樣。

然而，在手機大重塑的童年，最具代表性的特徵之一是，花在戶外的時間大幅減少，即使孩童到了戶外，也往往盯著或想著他們的手機。如果遇到美麗的景象，例如水面上的陽光反射，或是櫻花在溫柔的春風中飄盪，他們的第一個本能反應就是拍照或錄影，也許是要上傳到某個平台。很少有人像怡美一樣，敞開心扉，陶醉在那一刻。

使用智慧型手機時，我們當然可以生起一些敬畏之心。事實上，你可以在YouTube上看到大量呈現英雄壯舉（道德之美）的影片，也可以找到世上最美的地點拍出來的美照和影片。這些體驗都是寶貴的。但正如我們之前所見，手機讓我們被大量的資訊淹沒，品質也因而下降。你看了一個道德崇高的短片，覺得很感動，然後繼續滑到下一個短片，看到有人對某件事火冒三丈。你看到一張無人機拍攝的維多利亞瀑布照片，照片上的景色比你在現場拍攝的還要好；然而，由於整張照片都顯示在只有你手掌大小的螢幕上，而且你也沒有付出任何努力就看到了瀑布，因此這張照片所觸動的敬畏感，遠遠不及你親自徒步到更小的瀑布所觸動的敬畏感。

如果我們想讓敬畏在生活中扮演更重要、更有益的角色，我們就得為它騰出空間。我的學生練習敬畏散步的同一週，我自己也到戶外體驗敬畏散步，現在當我走進公園或親近自然時，都會把藍牙耳機摘下來。我不再用比正常速度快一．五倍的速度播放 iPod，以便把有聲書和 Podcast 的資訊盡量塞進大腦。至於我們的孩子，如果我們想讓敬畏和自然之美在他們的生活中發揮更大的作用，就需要刻意帶他們或送他們到美麗的大自然。遠離手機。

像上帝形狀的洞

法國哲學家布萊斯．巴斯卡（Blaise Pascal）在一六六二年過世前不久，寫下一段話，大意是「每個人心中都有一個像上帝形狀的洞」。[35] 我相信這句話是對的。在《好人總是自以為是》一書中，我參考了達爾文和生物學家大衛．斯隆．威爾遜（David Sloan Wilson）的著作，[36] 解釋天擇如何刻出這個洞：人類經歷了一段所謂多層次選擇（multilevel selection）的漫長時期；在這段期間，群體與群體之間互相競爭，同時個體與個體之間也互相競爭，由最有凝聚力的群體勝出。人類透過生物演化和文化演化，發展出一種讓群體更有凝聚力的適應優勢：宗教性（包括對神的敬畏和敬愛）。

我許多有宗教信仰的朋友並不同意像上帝形狀的洞是源於天擇演化；他們相信洞之所以存在，是因為我們是上帝的創造物，我們渴望與創造者連結。儘管我們對它的起源有不同的看法，我們對它的含意看法一致：我們心中都有一個洞、一種空虛感，我們努力想填滿它。如果這洞沒有被高尚的東西填滿，現代社會很快就會用垃圾填滿它。從大眾媒體時代來臨，情況就是如此，但是到了二〇一〇年代，垃圾訊息的影響力更是膨脹了百倍。

我們接觸什麼內容很重要。古人普遍同意這一點。以下出自佛陀的話：「我們就是我們所想的。我們的一切源於我們的思想。」[37]馬可・奧理略（Marcus Aurelius）說道：「你思考的內容決定你心識的品質。你的靈魂呈現你思想的顏色。」[38]

在以手機為主的生活中，我們接觸到大量的內容，其中大部分是由演算法篩選，並透過通知推送給我們，提示聲不停打斷我們正在做的事情。推送的內容太多，很多內容會讓我們的靈性向度下降。如果我們希望靈性向度大部分時間都維持在零以上，我們需要重新掌控我們接收的資訊。我們需要重新掌控我們的生活。

總結

- 當我們看到道德高尚的行為，會覺得自己好像被提升——在被稱為神性的垂直向度上得到提升。反之，當人們看到道德操守上令人厭惡的行為，會覺得自己被拉低，或是被降級。
- 以手機為主的生活通常會把人往下拉，它改變我們的思考、感受、評斷，以及與他人連結的方式。根據狄史丹諾等人的研究，以手機為主的生活和許多宗教或靈性團體規定的行為與作法不相容，其中有些行為與作法，已被證實能改善幸福、身心狀態、信任感與團體凝聚力。我描述了六種提升靈性的作法。
- 首先，涂爾幹指出，人類在兩個層次之間上下移動：世俗與神聖。世俗是我們平常關注自我的意識狀態，神聖則是集體的領域。當一群個體參與儀式，一起進出神聖的領域時，他們會成為一個有凝聚力的團體。相比之下，虛擬世界沒有結構化的時間或空間框架，完全是世俗的。這就是為什麼，虛擬社群通常不如真實世界的社群那麼令人滿意，或提供深刻意義的原因之一。
- 第二，宗教儀式需要具有象徵意義的身體動作，而且通常是與其他人同步動作。一起吃飯有一種特殊的影響力，可以將人們連結在一起。根據定義，虛擬世界無須身體在現場；再者，大部分虛擬活動都是非同步進行的。

- 第三，許多宗教和靈修活動都使用靜止不動、安靜不語和冥想來安撫猶如「心猿意馬」的意識，並對他人、神或開悟保持開放的心態。冥想已被證明可以促進身心健康，即使在完全世俗的環境中進行簡短而定期的冥想，也有這個好處。反之，以手機為主的生活，心識被一連串沒完沒了的通知、警訊與干擾打斷，變得支離破碎；還被訓練在每一個清醒時刻都被手機的訊息占據或填滿。
- 第四，靈性的一大特徵是自我超越。大腦的預設模式網絡（DMN，由多個結構組成的網絡）在自我超越的時刻，會變得不那麼活躍；換言之，DMN等於是世俗心識的神經學基礎。社群媒體會讓人把注意力聚焦在自我、自我的言行舉止表現、自我的品牌形象和社會地位上。社群媒體的設計與功能，幾乎完全阻礙了用戶超越自我。
- 第五，大多數宗教勸我們減少批判，但社群媒體卻鼓勵我們以人類史上前所未見的閃速，對他人指指點點。宗教教導我們要慢點憤怒、快點寬恕，社群媒體卻鼓勵我們反其道而行。
- 第六，壯闊宏偉的大自然是體驗敬畏和悸動，最普遍也最容易的途徑之一，敬畏感與靈性練習和進步息息相關。在自然環境中簡單地散步，就能讓人進入自我超越的無我狀態，尤其是當一個人專注且沒有接聽電話的時候。對Z世代來說，在大自然環境中湧出敬畏的感受，可能特別寶貴，因為這可以抵銷手機重塑的童年引發的焦慮感和過於在乎自我的心識。

- 每個人的心中都有一個「像上帝形狀的洞」。或者，至少許多人的內心都渴望追求意義、連結和靈性的昇華。以手機為主的生活，往往會以瑣碎、低俗的內容填補這個洞。古人建議我們要更謹慎選擇我們所接觸的內容。

第三部分在此進入尾聲，在這一部分，我闡述了以手機為主的童年（以及以手機為主的成年）造成的危害。現在，我們準備進入第四部分，討論我們可以採取哪些措施。我將說明，如果我們集體行動，就可以改變現狀。

第四部

為了更健康童年的集體行動

9 為集體行動做準備

當我說我們需要延後兒童使用智慧型手機和註冊社群媒體帳號的年紀時，最常聽到的回應是：「我同意你的看法，但為時已晚。」由於十一歲的孩子走路不忘低頭盯著自己的手機、滑看讀不完的訊息已是太普遍的現象，以至於很多人就算想改，也無法想像真能改變什麼。他們告訴我「船已經出海」，或是「火車已經離站」。但是對我來說，這些交通工具的比喻正代表我們需要馬上行動。我搭過已經駛離登機口、準備起飛，但因為發現安全問題又被召回檢修的航班。鐵達尼號在一九一二年沉沒後，它的兩艘姊妹船被暫停營運並進行改裝，提升安全性。當新的消費性產品被發現有危險時，尤其是對兒童有危險時，製造商會召回這些產品，將它們下架，直到改正設計為止。

二〇一〇年，青少年、家長、學校，甚至科技公司都不知道智慧型手機和社群媒體會造成這麼多有害的負面影響。現在我們知道了。二〇一〇年，幾乎不存在心理健康危機的跡象，現在卻遍布我們周圍。

我們並非束手無策，儘管因為智慧型手機、社群媒體、市場力量和社會影響力共同作用，把我們拉入陷阱，讓我們經常有那種感覺。靠每個人單打獨鬥，會覺得做正確的事太困難或成本太高，但如果能一起行動，成本會大幅降低。

在這簡短的一章，我將解釋什麼是集體行動問題，並介紹一些常用的解決機制。接著在第四部分的其他各章，我會說明政府、科技公司、學校和家長可以採取什麼行動，針對以玩耍為主的童年轉變成以手機為主的童年的災難，予以逆轉。

集體行動問題

社會科學家有些長期研究的陷阱：每個人都在做看似對自己最有利的事（例如在當地的池塘濫捕），但每個人都做出相同的選擇時，卻會導致對所有人不利的結果（池塘不再有魚）。如果這個群體能夠協調（例如規定每個居民最多可捕撈多少魚），長遠來看，每個居民都能得到更多的魚。這種陷阱稱為**集體行動問題**（collective action problems，有時也稱為社會困境）。當孩童升上小六，到校的第一天，看到班上有些同學已經擁有智慧型手機，甚至上課期間也在使用 Instagram 和 Snapchat，他們就會陷入集體行動問題。他們受到同儕壓力，也想要擁有智慧型手機和社群媒體，儘管沒有這些東西，每個學生都會過得比較好。

艾莉西絲．史班斯向我解釋，為什麼她在小六時不顧父母反對，極力想擁有 Instagram 帳戶：

> 我如此上癮，只是想融入我的同儕而已。我不想錯過任何事情；如果我錯過了什麼，我會被排除在圈子之外；如果我被排除在圈子之外，其他同學會嘲笑我，或者取笑我在狀況外，什麼都不明白。我不想被排除在外。

一旦少數學生擁有智慧型手機和社群媒體帳號，其他學生就會向父母施壓，結果讓父母也陷入困境。聽到自己的孩子說：「**其他每個人**都有智慧型手機。如果你不給我買，我就會被孤立，被排除在**所有事情**之外。」這讓父母很痛苦（當然，「每個人」可能只是指「其他一些孩子」）。鮮少有父母希望青春期的孩子沉迷於手機，但是看到孩子成為團體的棄兒更令他們痛心。許多父母因此屈服，在孩子十一歲或更小的時候，就給他們買了智慧型手機。隨著愈來愈多的父母退讓，剩下的孩子和父母承受的壓力也愈來愈大，直到集體達到一個穩定、但不幸的平衡狀態：每個小孩都擁有智慧型手機，每個人都沉迷於手機，以玩要為主的童年因而結束。

在數位世界，技術普及的速度非常快，有些科技公司也發現自己陷入集體行動的困境。一方面，他們必須快速行動，盡可能吸引更多的兒童和青少年；一方面，要符合公司的政策和美國法律要求用戶必須年滿十三歲或以上的規定。影響所及，任何一家確實核對新用戶年齡的公司，等於把十三歲以下的青少年用戶拱手讓給競爭對手，這些競爭對手對於非法招攬未成年用戶可是毫無顧忌。

至於兒童的獨立性，家長也面臨集體行動問題。過去，讓孩子自由出去玩很容易，因為大家都這麼做，但是在沒有人這麼做的社區裡，要成為第一個就很難。如果父母讓孩子在沒有大人看管的情況下，一個人在公共場所散步或玩耍，有可能被誤會的鄰居打電話報警，警方可能會將案件轉介給兒童保護部門，該機構就會以「疏於照顧」孩子為由，對父母進行調查。於是所有的父母都決定，最好做其他父母都在做的事：讓孩子受到大人監督，即使這樣會阻礙孩子的發展。

我們該如何擺脫這些陷阱？集體行動的困境需要集體的回應。有四種主要的集體回應方式，每一種都能顯著改善目前的困境：

一、自願合作協調

父母給十一歲的孩子添購智慧型手機時，會讓其他持保留態度的家長承受額外的壓力；同理，當家長團結一致，彼此可以互相支持打氣，貫徹決策。一個名為「等到八年級」（Wait Until 8th）的團體是體現這種協調機制的最佳榜樣：當孩子上小學時，這些家長簽下承諾書，保證八年級之前不會給孩子智慧型手機。只有在同校或同年級有十個家庭簽署這份承諾書的時候，承諾書才真正具有約束力，因為這樣可以確保簽字家庭的孩子有一起玩耍的對象，不會覺得自己是「唯一」被排除的圈外人。於是，陷阱被打破，這十個家庭一起擺脫困境（雖然只到八年級，還是有些太早，我希望他們能改名為「等到九年級」）。

二、社會常規與道德化

一個團體或社區可以將原本是個人的決定，上升到涉及道德的層次，並對其表達反感或譴責，例如（幸好）譴責酒駕，或是（不幸）譴責一個母親，讓九歲的兒子在沒有成人陪同下搭乘地鐵。[1] 我們可以扭轉對兒童自主性的負面道德批判，讓九歲孩子在沒有成人的陪伴下四處走動成為再正常不過的事——其實情況本來一直如此，直到不久前才改觀。

三、技術解決方案

新產品或新發明可以同時改變或影響社群裡每個人的選項和動機，例如推出可上鎖的手機袋，開發快速簡便的年齡核對辦法，或是推出更好的基本款手機。這些都可以減輕父母在孩子上高中前給他們智慧型手機和使用社群媒體的壓力。

四、法律和規定

政府可以制定法律，例如要求所有社群媒體公司核對新用戶的年齡；或者釐清疏於照顧兒童的法律條文，確保父母讓孩童獨立行動，並不代表他們是疏於照顧。再者，相關機構可以制定政策，譬如學校可以要求**所有**學生在校期間禁用手機，將手機放在手機櫃統一保管。

接下來三章，我將提出一個計畫，政府、科技公司、學校、家長和年輕人可根據該計畫，透過共同努力，突破許多集體行動困境。我邀請朋友兼合作對象蘭諾・史坎納茲（Lenore Skenazy）幫我撰寫這三章。蘭諾是二〇〇九年暢銷書《學會放手，孩子更獨立》（*Free-Range Kids*）的作者，[2]我和妻子在二〇一二年讀了此書，改變我們養育孩子的方式。我們提早讓他們獨立，進而讓他們對自己更有信心，這反過來也讓我們對孩子更有信心。

後來，我與蘭諾、彼得・格雷，以及丹尼爾・舒克曼（Daniel Shuchman）共同創立了一個組織，叫作「放手讓孩子成長」（Let Grow），該組織的使命是「父母可放心、適當、合法地放手，讓孩子獨立成長，成為有能力、自信又快樂的成年人」。你會發現，其中一些關於減少過度保護和增加玩耍的部分，遣詞用字的語氣與我不同。我感謝蘭諾領導「放手讓孩子成長」的運動，感謝她在接下來的三章分享她的智慧。蘭諾和我特別聚焦在好幾個「放手讓孩子成長」所開發的專案，但還有許多其他的組織，與我們有著相同的目標。[3]

幾點提醒

在我提出任何建議之前，我必須先說明幾點注意事項，並承認一些不足之處。

首先，以下三章提出的建議，相信對大多數家庭和學校都有幫助，但每個孩子、家庭和學校都是獨一無二。我所引用的大多數心理原則，雖然都是廣泛適用，但我建議的實踐方式也有可能不適合你。請盡量創新、即興發揮，並嘗試衡量實施的成效。

其次，在某些觀點上，我肯定會犯錯。我的建議是基於前八章所寫的內容，參考了許多研究，但是研究有時候無法複製，社會科學家之間對研究的含義有不同的見解，而新的研究有時會為我們指出新的方向。請參閱 AnxiousGeneration.com 的線上最新補充資料，我會盡力糾正我所犯的任何錯誤，並加入其他建議。我也會繼續在線上發表平台Substack的「巴別塔之後」部落格發表文章，[4]介紹與本書相關的最新研究和想法。

最後，我承認現今父母、教師、學校行政人員、教練或其他任何與兒童和青少年打交道的人有多難為。青少年就更難為了。我們都在努力扮演好自己的角色，希望做到最好，但又苦於科技知識不足，無法因應瞬息萬變的科技世界，被它分散了注意力，也被它改變了人際關係。我們難以理解發生了什麼，也不知道該怎麼因應。但無論如何，我們必須採取行動，必須嘗試新的政策並衡量實施成效。

我的一些建議特別具有挑戰性，因為它們需要透過立法改變現狀，而在美國，因為政治兩極化，導致做任何事都變得困難。但就連在美國兩黨涇渭分明的國會，保護兒童免受網路傷害，也是少數有希望達成跨黨派共識的領域之一。如果我們能夠理解集體行動問題的本質，就可以順利推動立法，針對性地打破阻礙行動的陷阱並改變按讚等獎勵機制。如果我們採取集體行動，就能逆轉以手機為主的童年，多多少少回歸到更健康、以遊戲為主的童年。

10 政府與科技公司可以做些什麼？

「我們怎麼做，才能盡可能占據你的時間和注意力？」

這是臉書第一任總經理西恩．帕克（Sean Parker）在二〇一七年一次訪談中的談話。[1] 他透露了二〇〇〇年代臉書和其他主要社群媒體平台創辦人的思考過程。

在第二章，我引用了這次訪談的另一句話，帕克解釋這些公司如何利用「人類心理上的弱點」，實現「社群認可回饋循環」。這些社媒應用軟體需要「藉著有人對你的照片、貼文或任何內容點讚或留言，不時給你一點多巴胺，這會讓你繼續貢獻更多的內容，也會讓你……獲得更多的點讚和留言。」他說，他本人、祖克伯（Mark Zuckerberg）、凱文．斯特羅姆（Kevin Systrom，Instagram 共同創辦人）、其他同業都「清楚這一點，但我們還是這麼做了」。他還說：「只有上帝才知道這對我們孩子的大腦造成什麼影響。」

為什麼會有人這樣對待他們的客戶？因為對大多數社媒公司來說，使用者並不是真正的客戶；當平台提供用戶免費資訊或服務的時候，通常使用者本身就是產品。使用者的注意力是社媒公司可壓榨並出售給付費客戶（廣告商）的寶貴資源。這些公司為了爭取使用者的注意力而互相競爭，就像賭場一樣，他們會不擇手段抓住使用者的注意力不放，即使在過程中傷害他們也在所不惜。我們需要改變這類鉤癮機制，讓社媒公司採取不同的作法，就像其他產業也曾被迫改變作法。想想「進步時代」推出的食品安全法規，或者一九六〇年代的汽車安全法規，這兩條法規都讓兒童死亡率長期下降。[2]

在本章的第一部分，我描述許多科技公司，尤其是社群媒體公司，如何運用這些鉤癮功能，回應帕克訪談提出的問題——如何占據使用者更多的注意力，進而瓜分他們本該花在現實世界的時間。我將繼續闡述政府該如何修法，激勵業者改變行為和設計選項，進而降低社群媒體的有害影響，讓父母更容易決定孩子該如何、以及何時可進入虛擬世界。在本章的後半部，我將建議政府如何透過修法與制定政策，以免家長和學校被迫在現實世界過度保護孩子。我還建議政府如何讓現實世界對孩童更具吸引力，更能滿足他們對玩耍、建立自主性和責任感的需求。

我們會看到，政府的政策如何導致玩耍為主的童年式微（尤其是過度執行含糊不清的父母照顧疏失法，動不動讓父母吃上官司），並造成手機為主的童年崛起（尤其是將網際網路的成人年齡門檻定得太低，而且沒有確切落實年齡驗證）。如果有新的立法和新的執法政策，可以有效協助不知該如何以更健康的方式養育孩子的家長。*

為了抓住使用者注意力，不惜一再刷新道德底線

崔斯坦・哈里斯（Tristan Harris）擅長分析科技公司商業模式中的獎勵機制，他曾是谷歌的設計倫理學家，在二〇一三年，他為Google同仁製作一份PPT簡報，標題是「呼籲減少干擾並尊重使用者的注意力」。[3]哈里斯指出，光是谷歌、蘋果和臉書這三家公司所設計的產品，是如何大幅影響並操弄大多數人有限的注意力，而且不經意或故意劫持使用者的注意力。哈里斯堅稱，科技公司設計產品時所做的選擇與取捨，導致全球人類對螢幕以外的注意力崩塌。

哈里斯在二〇一五年離開谷歌，後來創立「人性科技中心」（Center for Humane

* 本章有關科技技術的部分，幸得朋友兼長期的研究合作夥伴拉維・艾耶（Ravi Iyer）的協助，他曾在臉書（現更名為Meta）擔任產品經理、數據科學家和研究經理四年，之後到南加大馬歇爾商學院的「尼利倫理領導力與決策中心」（Neely Center for Ethical Leadership and Decision Making），鑽研科技改革。我也參考了自己參與的兩個非營利科技改革組織的建議：「自由專案」（Project Liberty）和「負責任社群媒體委員會」（Council for Responsible Social Media）。本章「現實世界」的部分，在蘭諾的協助下順利完成。

Technology），這個重要的組織一直針對這點提出警示，並提供解決方案。二〇二〇年，他受邀出席美國參議院一個消費者保護委員會的聽證會。在聽證會作證時，哈里斯解釋企業在爭取消費者注意力的激烈競賽中，面臨哪些驅動力。他解釋，有許多心理上的弱點可被科技公司不當用來吸引使用者的注意力，其中有些弱點與我們最基本的心理需求有關。他說，這些公司陷入了名為「競相秀下限」（race to the bottom）的集體行動問題中，因為如果某家公司沒有善用可利用的心理弱點，恐會讓自己處於劣勢，輸給其他更不擇手段的競爭對手。[4]

在注意力經濟的時代，注意力是有限的資源，而廣告商業模式總是想要獲得更多的注意力，因此演變成一場競相比爛的逐底競賽……一切都是由小開始。首先，為了吸引使用者的注意力，我加入吃角子老虎的「下拉刷新」獎勵機制（pull to refresh），這會讓你稍稍上癮。接著，我移除停止提示，造成「無限滾動」，讓你的腦子忘記時間到了該去做其他事。但這樣還不夠。隨著注意力的競爭愈來愈激烈，我們不得不更深入你的腦幹直達你的身分認同，讓你沉迷於獲得其他人的關注。透過顯示追蹤人數和按讚數量，科技駭入並操控我們希望獲得社群認可的需求，讓我們著魔於從他人那裡不斷得到反饋。這助燃了青少年的心理健康危機。[5]

廣告驅動的商業模式把使用者變成了產品，讓他們上鉤和持續留在平台。個人化（客製化）的內容，讓社群媒體的影響力遠大於傳統的廣告驅動產業（如報紙和無線電視台）。如果我們聚焦在這一點，就能看清立法可以發揮哪些有益並且有針對性的功能，不僅規範社群媒體，也規範電玩和色情網站，這些網站使用諸多類似的設計手段，吸引未成年用戶的注意力，並收集他們的個人數據。

對那些依賴在用戶生成的內容旁邊投放廣告獲利的企業來說，他們需要實現以下三個基本條件：一，爭取更多用戶；二，讓用戶花更多時間使用這個應用程式；三，鼓勵用戶張貼更多的內容並與其他用戶發布的內容互動，進而吸引更多用戶到這個平台。

這些公司獲得更多用戶的方式之一，是不執行禁止十三歲以下孩童使用的規定。二〇一九年八月，我與祖克伯進行視訊通話，他主動聯繫不同背景的人，包括像我這樣批評臉書的人士，這一點值得肯定。我告訴他，我的孩子進入中學後都跟我說，班上大多數的孩子（六年級的年紀是十歲或十一歲）都有 Instagram 帳號。我問祖克伯打算怎麼處理這個問題。他說：「但我們不允許任何十三歲以下的孩童註冊帳號。」我告訴他，在我們視訊之前，我假裝自己是十三歲女孩，在 IG 註冊了一個假帳號，而且平台完全沒有驗證我提供的年齡資訊是否屬實。祖克伯說：「我們正在處理這個問題。」在寫這一章的時候（二〇二三年八月），我不費吹灰之力註冊了另一個假帳號。儘管驗證年齡技術在過去四年已經有了顯著進步，[6] IG 仍然沒有落實驗證年齡的程序，也沒有任何阻止青少年謊報年齡的措施。

如果 Instagram 真的努力封鎖或趕走未成年用戶，恐怕會讓他們被抖音或其他平台吸收。年輕的用戶特別有價值，因為他們早期形成的習慣往往會影響他們的一生，所以公司需要年輕的用戶，確保他們未來會繼續使用其產品。影響所及，企業將年輕用戶市占率縮水視為生存威脅。[7] 因此，生產青少年產品的公司陷入另一項逐底競賽，努力爭取沒有最年輕、只有更年輕的用戶。臉書吹哨者豪根揭露的內部文件顯示，Meta 早就開始研究如何吸引青少年，甚至考慮將觸手伸向年僅四歲的兒童[8]（類似的逐底競賽在菸草公司將廣告對準青少年時也出現過，只不過他們否認了）。

至於第二個必要條件——讓用戶花更多的時間在應用程式，這些公司採取的作法是，使用人工智慧來篩選要推送給用戶的內容。人工智慧根據用戶觀看不同類型內容所花的時間，判斷他們的偏好，為他們提供更多類似的內容。[9] 這就是為什麼抖音和 Instagram Reels 等短片平台會讓人上癮的原因：它們能夠快速發現用戶在瀏覽時停下來的原因，也就是說，演算法能捕捉到用戶自己可能都還未意識到的潛在願望和興趣。這可能導致未成年接觸到不當的性內容。[10]

技術設計師早就知道，減少磨合或使用難度可增加用戶的使用時間，因此自動播放和無限滾動等功能，會讓用戶以不加思考、猶如殭屍般的方式消費內容。當用戶被問到，在哪些平台上花費的時間超出他們原本想花的時間，結果「贏家」多半是帶有這些功能的社群媒體平台。[11] 現代電玩業者使用不同的手段吸引用戶一直玩下去，例如免費玩遊戲的商業模式、認可回饋循環、「戰利品箱」（loot boxes，實際上是一種賭博），以及永不喊停的多人遊戲。

為了達到第三個目標——鼓勵用戶張貼更多內容，平台會利用青少年非常在意自己在同儕中的社會地位和亟需社群肯定的特質。Snapchat的「儲火」功能將社群互動遊戲化，鼓勵用戶每天上傳一張照片給朋友，以免被「斷火」。Snapchat的儲火功能會施壓孩子，讓他們花上超出自己意願的更多時間與社群保持連結，結果減少了與現實世界互動的時間。另一個例子是，將用戶的隱私設定預設為公開；如此一來，他們張貼的內容會被更多的用戶看見。

未成年人應該受到保護，避免接觸到意圖讓他們上癮的產品。我希望各家公司能自發地以更謹慎的態度對待兒童和青少年，但考慮到市場誘因與商業慣例，可能需要透過立法強制他們這麼做。

政府與科技公司該如何終止腦幹底層的逐底競賽

政府和科技公司可以從四方面著手，為青少年創造更安全的虛擬世界。

一、強制落實保護責任

二〇一三年，英國女導演碧班・基德蓉（Beeban Kidron）拍攝了一部紀錄片《InRealLife》，描述青少年在網路世界的生活。當她認清科技公司如何利用與剝削青少年，她感到非常震驚。拍攝這部紀錄片期間，她獲得英國國會上議院授予終身貴族爵位，這頭銜讓她有了另一個關切青少年網路生活的管道。她把網路的兒童安全視為首要任務。廣泛諮詢各方意見後，她制定了一份設計標準清單，供科技公司參考採納，希望減少線上活動對兒童和青少年的傷害。這份清單被稱為「適齡設計法規」（Age Appropriate Design Code, AADC），並於二〇二〇年六月在英國生效。

該法規的革命性在於，強制落實公司對待未成年用戶的方式，須負有一定的道德和法律責任。規定公司有責任以兒童的「最佳利益」為出發點，設計其服務。該法對兒童的定義是所有未滿十八歲的人。舉例來說，一般情況下，為了保護兒童的最佳利益，公司應將產品關於隱私權的所有預設值設定在最高標準。但是符合公司最大利益的作法則是，兒童發布的內容應盡可能讓最多的群眾看到。因此AADC規定，未成年用戶隱私的預設設定必須是不公開的；如果兒童希望陌生人看到她的貼文，必須主動選擇變更設定。即時定位追蹤也是一樣；預設值應該是沒有人可以從孩子的貼文或使用中的APP得知他們的所在位置，除非兒童選擇公開這些資料。另一項規定是：平台必須透明且清楚說明他們的作法，以兒童容易理解的語言（或影片），解釋隱私政策和家長監控功能的作用。

儘管該法規僅適用於在英國提供的服務與產品，但已經產生兩種更廣泛的影響。首先，許多科技公司認為在不同的國家提供不同版本的產品過於麻煩，所以更改了一些作法，讓產品適用於全球的規定。其次，美國加州推出自己版本的AADC，法案在二〇二二年正式成為法律，隨後其他州也跟進，通過自己版本的AADC。[12]當然，由於網際網路範圍廣泛、無地域限制，由美國各州分別制定自己的法律，其實意義不大。若由美國聯邦國會採取行動會更可取，目前幾項重要法案都獲得兩黨鼎力支持，例如「兒童網路安全法案」（KOSA），其中包含許多AADC的構想。[13]但是，由於美國國會長期處於癱瘓狀態，因此只能由各州和州長嘗試保護州內兒童，免受掠奪性線上行為之害。

有些批評者擔心，如果由政府立法規範，代表政府會規定大家在網路上可以說什麼、不可以說什麼，而政府很可能會對政治光譜某一端或另一端的言論進行審查。這種恐懼並非無的放矢。[14]但平台造成的傷害，多半並非源自其他用戶發布的內容（平台對這難以監控[15]），而是源於平台的設計決策（這點百分之百屬於平台的權限），這些決策誘發或擴大了有害的影響。[16]最近生效的法律（如ＫＯＳＡ）關注的是設計而非內容。設計上的改變，例如將隱私偏好的預設值設在最高保護級別，並不會對政治光譜的任何一方創造優勢。當抖音為了回應英國的法規，限制陌生人透過私訊聯繫青少年，[17]或是當臉書減少廣告商向未成年用戶投放的客製化廣告，[18]這些都是「立場中立」的改變。[19]

二、將網際網路成人的年齡提高到十六歲

一九九〇年代後期，網際網路逐漸成為生活的一環，但是對於兒童上網卻沒有特別的保護措施。公司可以在兒童父母不知情或未同意的情況下，收集和出售兒童的資料。因此，美國聯邦貿易委員會建議國會立法，規定網站在收集兒童的個人資訊之前，必須先取得家長同意。麻薩諸塞州眾議員（現為參議員）艾德．馬基（Ed Markey）起草了這樣一個法案，涉及數據收集時，任何人只要不滿十六歲都被視為兒童。當時的電子商務公司反對這項規定，還與公民自由團體合作，擔心新法案會讓青少年比較難找到有關節育、墮胎或其他敏感話題的資訊。[20]

在協商過程中，雙方達成共識，將成人年齡降至十三歲。這項決定與青少年的大腦發育或認知成熟度毫無關係，只是政治妥協的結果。儘管如此，最終仍決定十三歲是美國

「網際網路成年人」的標準年紀，實際上也是全世界「網際網路成年人」的年紀。任何年滿十三歲的人，或至少自稱年滿十三歲的人，都被視為成年人，可讓企業對其收集數據。參議員馬基後來表示：「十三歲還是太小。我當時知道這年紀太小，但這是我能做到的最好結果。」[21]

除了年齡定得太低，名為「兒童線上隱私權保護法」（Children's Online Privacy Protection Act, COPPA）的法案，也沒有規定公司必須驗證用戶的年紀。公司只被要求若握有直接證據，證明用戶未滿十三歲時，不得收集他們的數據。國會在一九九八年通過該法，當時的網際網路和今日大不相同，自此之後，國會沒有採取進一步行動（雖然二〇二三年，國會將幾個法案排入議程，包括更新COPPA，考慮將成年年齡恢復到十六歲）。

COPPA明定十三歲是成年人年紀，等於向家長傳遞一個訊息：政府認為十三歲是兒童註冊帳號和使用這些網路服務的適當年齡。這聽起來類似「美國電影協會」的「輔13級」電影（適合十三歲以上的小孩觀看，十三歲以下則須父母陪同），但是準備好可以看一部電影的能力，和具備自控力，以及做出明智選擇的能力，來因應那些大公司令人上癮、占據注意力的技術，是大不相同的。

到底網路成人的年紀，幾歲才合理？請注意，我們**不是**在討論兒童可以瀏覽網頁或在YouTube、抖音上觀看影片的年齡。我們談論的是未成年人幾歲可以與公司簽約，使用他們公司的產品。我們談論的是兒童幾歲可以在 YouTube 或抖音**註冊帳號**，並開始上傳他們自己的影片，以及接收平台推送的高度客製化訊息。或是允許公司根據服務條款，使用並販售用戶的個資。

即使是那些用心讓孩子遠離 Instagram 的父母，也經常失敗，例如第一章提到的波士頓母親，以及第六章的史班斯父母。當我與史班斯的父母交談，她的母親這樣描述自己面對的挑戰：「我對抗的是人工智慧，但我贏不了它。我無法擊敗一台比我聰明的電腦，而它正在教導女兒如何智取我。」我們不能把監督未成年遵守最低年齡限制的責任，全部推給父母，就像青少年嘗試買酒時，不能只靠父母把關。我們期望賣酒店家確實執行年齡限制。同理，我們期望科技公司也應如此。

我不認為我們應該將網際網路的成人年齡提高到十八歲。我認為馬基最初敲定十六歲是未成年人可以同意服務條款並提供個資的最低年齡是正確的。十六歲的青少年還不是成年人，但是他們比十三歲時更成熟、更有能力，也剛過了社群媒體可能對其造成傷害的最敏感時期（女孩為十一至十三歲，男孩為十四至十五歲[22]）。

另一方面，十六歲青少年的額葉皮質仍在發育，依然很脆弱。社群媒體、電玩、色情內容和其他讓人上癮的活動，仍會以各種方式傷害他們。所以我並不是說，現在的虛擬世界，若沒有任何防護措施，對十六歲的青少年來說是**安全的**。我只是說，如果我們要將最低年齡寫入法律，讓它成為可強制執行的全國標準，那麼十三歲這門檻太低了，而十六歲是更合理且可行的折衷方案。相較於把門檻提高到十八歲，十六歲會獲得更多政治和社會方面的支持。在此，我想補充一點，十六歲和十七歲的青少年仍是未成年人，任何版本的「適齡設計法規」涵蓋的保護措施對他們還是適用。因此，我認為美國國會應該修正一九九八年所犯的錯誤，將網際網路的成人年齡從十三歲重新調回到一開始草案主張的十六歲，然後要求公司確實執行。

那麼，那些大公司要如何才能做到這一點呢？

三、方便年齡驗證

大家聽到「年齡驗證」一詞時，似乎普遍認為用戶必須出示政府核發的身分證，例如駕照，才能開立帳戶或進入網站。這是其中一種方式，也是路易斯安那州在二〇二三年新法規定的方式。該法規定，資訊若超過三分之一是色情內容，網站必須驗證訪客年滿十八歲，而訪客必須透過該州的數位錢包應用程式，證明持有路易斯安那州的駕照。當然，很少有色情網站的訪客願意向網站提供真實姓名，更不用說駕照了。為此，Pornhub 乾脆封鎖看似路易斯安那州居民的人士進入該網站的訪問權。

社群媒體平台是否可以要求所有用戶出示身分證，證明他們已達年齡的門檻、可以開設帳號？理論上可以。各州可以輕易地為還沒有駕照的青少年提供身分證。但實務上，由於社群平台經常被駭客入侵，資料庫也會被賣給竊賊或張貼在網路上，因此對隱私與個資的威脅相當大。很多人因此不使用這些平台提供的實用服務。我反對在法律上強制規定使用政府核發的身分卡，進入非政府機關或組織營運的網站。

是否有方法驗證年齡，但仍然允許用戶匿名使用網站？有。年齡驗證的第二個方法，是讓網站將驗證工作外包給另一家公司，該公司只需向平台回報：是或否。年齡已達或未達門檻。[23]如果年齡驗證公司遭到駭客攻擊，外界只會知道他們資料庫中的人曾經接受過年齡驗證，但不會知道他們參訪過 Pornhub 或其他網站。

有些公司已開發了下列幾種方法，驗證用戶的年齡：

- 利用人際網絡互相擔保（例如，說謊的人會失去擔保資格）。
- 任何人只要透過可靠的單位（或方式）取得年齡驗證，即可獲得區塊鏈代幣。代幣的功能就像駕照，證明持有者已超過一定年齡，但代幣不附帶持有者的個人資訊，因此即使數據被駭，也不會洩漏任何資訊。
- 使用生物識別技術確認身分。Clear 公司因為提供機場的快速身分驗證服務而聞名，現在也用來快速驗證客戶的年齡（因為他們之前已在 Clear 系統完成年齡驗證），證明他們有資格在體育館觀看賽事時購買酒類飲品。

現在有許多公司提供不同的年齡驗證方式。這類公司為數眾多，甚至成立自己的同業公會。[24]隨著時間進展，這些驗證方法的品質、可靠性和安全性，肯定會不斷提高。我希望那些有意執行最低年齡限制的公司開始提供一份可供用戶選擇的**選單**，[25]有些方法只需短短幾秒鐘。如果路易斯安那州的法律允許公司提供多種可靠的驗證選項，而不是強制公司使用政府核發的駕照，那麼像路易斯安那州的法律所造成的隱私問題，就會小得多。

目前並沒有任何百分之百理想的方法，可以一體適用於所有的年齡驗證。沒有任何方法，可以完全可靠地用於所有網站的訪客，也沒有任何一種方法，不會引起公民權團體或捍衛隱私團體的反對。[26]如果我們不需要一個**通用或統一**的解決方案，而是將重點放在幫助希望網際網路能為其子女設置年齡門檻的父母，那麼第三種方法就有可能出現：家長應該有辦法標記孩子的手機、平板電腦和筆電，顯示這些裝置屬於未成年用戶。這個標記可以寫入硬體或軟體，就像一個記號，告訴實施年齡限制的公司：「此人未成年；未經父母同意，請勿允許他們進入。」

要做到這一點，一個簡單的方法就是讓蘋果、谷歌和微軟（它們開發的作業系統幾乎涵蓋所有的3C設備）在現有的家長監控功能中增加一項。例如，在蘋果的iOS，父母已經可以成立家庭群組（family accounts），買給孩子第一支 iPhone 時，就輸入孩子正確的出生日期。從蘋果**提供的服務中**，父母已經可以選擇是否只允許孩子從**中**下載適合他們年齡的應用程式、電影和書籍。那為什麼不擴大這項功能，讓所有實施年齡限制的平台或法律規定必須有年齡門檻的平台，都該尊重家長在家庭群組所做的設定？（家長已經有能力封鎖特定網站，不讓子女進入，但這方式將責任推給家長，父母必須知道要封鎖哪些網站和網站別，除非家長密切監控子女的線上活動，並時時關注網站和網路趨勢，才能瞭解這些訊息。[27]）

蘋果、谷歌和微軟可以開發一個名為「年齡檢查」（age check）的功能，當父母在家庭群組為十八歲以下孩童註冊帳號時，該功能預設在「開啟」狀態。家長可以選擇關閉年齡檢查的功能，但如果預設是已開啟，那就會被廣泛使用（不像目前手機裡雖然有許多家長控制功能，但多數父母都不知道如何開啟）。如果年齡檢查功能是開啟的，那麼當任何人使用該手機或電腦嘗試新增帳號或登入帳號，網站只需與該裝置通訊，驗證兩個問題：一，年齡檢查功能是否已經開啟？如果是，那麼二，此人是否符合我們的最低年齡要求？（例如，十六歲才能註冊或登入社群媒體帳戶，十八歲才能觀看色情內容。）

這種透過裝置來進行驗證的方式，讓父母、科技公司和平台共同承擔年齡驗證的責任。這種方式也可以幫助艾莉西絲．史班斯的父母，讓他們十歲的女兒遠離占據她生活的社群媒體平台。這也會減少艾莉西絲的同儕壓力，因為這樣她的同學就會很少使用Instagram。它還可以讓網站為特定的功能實施年齡限制，例如上傳影片或與陌生人聯絡的功能。值得注意的是，透過裝置的驗證**不會對其他人造成不便**。成年人造訪使用年齡驗證的網站時，不需要做任何事或提交任何資訊，因此網際網路對他們而言沒有任何改變，也不存在任何隱私威脅。如果父母讓子女註冊社群媒體帳號或訪問色情網站，只需將年齡檢查功能關閉即可。

四、鼓勵校園禁用手機

在下一章談到學校能做什麼的時候，我會提出從小學到高中的所有學校，都應該實施校園無手機政策，這不僅能改善孩童心理健康，也能提高學業表現。各級政府，從地方到聯邦，不難支持這種轉變，例如編列小額預算，幫學校購買手機保管櫃或可上鎖的小袋子，確保上課時間手機能遠離學生的口袋和手掌。州和聯邦層級的教育部門可以支持相關研究，分析學校禁用手機造成的影響，證實此舉是否有益學生的心理健康和學業成績。

政府如何鼓勵孩童更常（以及更健康地）參與實體世界的活動

南卡羅萊納州的單親媽媽黛伯拉．哈瑞爾（Debra Harrell）是麥當勞員工，二〇一四年夏天，因為女兒正在放暑假，就帶著她一起上班。九歲的雷吉娜（Regina）整天與筆電為伍，但是筆電在家被偷後，她央求媽媽讓她到鄰近的熱門景點嬉水公園玩耍。在公園時，她身邊有很多朋友陪伴，他們的父母也在場，感覺很安全，充滿夏天氣息。所以黛伯拉答應了她。

但是雷吉娜第三天到公園玩耍時，公園裡有位女士問她媽媽在哪裡。她說「在上班」時，那個女人竟撥打九一一報警。警方控告黛伯拉遺棄，並將她關進監獄，若被定罪，最高可判處十年徒刑。雷吉娜因此被迫與媽媽分開了十七天。[28]

這個案子跟其他許多類似案例，讓父母感到恐慌，影響所及，開始過度監護孩子。政府此舉實際上是把一九九〇年代之前以玩耍為主的童年視為犯罪。

一、停止懲罰允許孩子在現實世界自由活動的父母

黛伯拉的經歷，以及其他家長因為讓孩子在戶外玩耍[29]，或讓孩子自己從公園回家[30]而受到調查的新聞，導致非營利組織「放手讓孩子成長」展開一場運動，呼籲制定「給

孩童合理獨立性」的法律。目前大多數州有關疏於照顧孩童的法律都很模糊，只規定「家長必須提供適當的監護」。的確，父母當然應該這樣做，但是大家對這一點的理解與解讀差異頗大。僅僅因為某個路人不允許**她**九歲的孩子在外面玩耍，不代表州政府有權調查任何一位允許孩子在外面玩耍的父母。

《社會政策報告》刊登的一篇研究發現，美國現行的法律條文和詮釋方式，和孩童在某個年齡已具備的能力幾乎沒有關係。[31]在世界各地，傳統上認為兒童在六、七歲已經發展出一些能力，也更有責任感，這時他們通常會被交代要負責照顧年幼的弟妹和動物。然而在美國的一些州，如康乃狄克州，法律規定孩子十二歲之前絕對不能單獨留在公共場所，這意謂十一歲的孩童仍需要保母。事實上，康乃狄克州有位母親就是因為讓十一歲的孩子在車裡等她，她自己匆忙跑入商店採購而被捕。[32]然而，紅十字會其實是從十一歲就開始訓練小孩當保母，我的姊妹和我也是十一歲開始就替鄰居當保母。「放手讓孩子成長」，成功遊說康乃狄克州在二〇二三年修改刑事危害法。但其他州有關疏於照顧的法律仍然模稜兩可，讓當局有很大的裁量權干預。

《社會政策報告》這篇研究指出：「父母若不讓孩子透過獨立活動，提供孩子體能與認知接受刺激的機會，才恐怕會在這些層面上『疏於照顧』孩子。」因此，缺乏成人照護，不應成為衡量是否疏於照顧的唯一標準。事實上，當國家強制要求父母過度保護孩童，也許國家才是犯了疏於照顧之罪。

「給孩童合理獨立性」的法律，明確解釋疏於照顧的含義：疏於照顧是父母明顯、蓄意或粗心忽略孩童所面臨的危險，而這種危險顯而易見，任何理智的人都不會允許孩子參與這種活動。換句話說，如果你只是暫時將視線從孩子身上移開，不算是疏於照顧。這樣的澄清保護了那些為了讓孩子更獨立而讓孩子一個人活動的父母，也保護了出於經濟需要而讓孩子一個人活動的父母，比如黛伯拉。

二〇一八年，猶他州成為美國第一個通過這類法律的州。之後，德州、奧克拉荷馬、科羅拉多、伊利諾、維吉尼亞、康乃狄克和蒙大拿，也陸續通過類似法律。這些法案通常獲得兩黨的共同支持，而且在議會多半無異議通過。這些法律獲得不同政治光譜族群的青睞，畢竟若是沒有充分的理由，沒有人希望政府插手干預他們的家庭生活。

政府的職責是保護孩童不受實際的虐待，而非干涉他們童年的日常活動。各州必須修改疏於照顧法。他們必須停止對那些父母採取任何執法行動，只因為他們唯一的過錯就是決定給予孩子和其年齡相符的合理獨立性。請呼籲你所在的州（或國家）的立法委員制定「給孩子合理獨立性」的法律吧。[33]

二、鼓勵學校增加玩耍時間

在下一章，我將提出證據，說明美國學校正在剝奪孩子的玩耍時間，以便騰出時間加強學習訓練或是準備考試。但是這樣做反而適得其反，因為被剝奪玩耍時間的孩子會變得焦慮，注意力也不集中，到頭來，學習成效反而變差。州長辦公室和各州教育局，應該重視有關玩耍的研究結果，認真看待自由玩耍的整體好處，特別是在課間的休息時間。[34] 當局應該規定學校提供更多的遊戲機會，包括增加上學前和放學後的玩耍時間，尤其是在小學和中學階段。[35]

三、設計與畫設公共空間時，須考慮孩童的需求

如果我們希望孩童能互相面對面地交流，並多和真實世界互動，而不只是和螢幕打交道，那就應該讓世界及生活其中的人也能輕易地讓孩童接近。專為汽車設計的世界往往對孩童不太友善。都市和鄉鎮可以做得更好，有完善的人行道、行人穿越道和交通號誌。當局可以安裝車輛減速設施，也可以改變分區規畫，允許更多的複合式開發。當商業、休閒和住宅區更緊密結合在一起，街道上會有更多的活動，也有更多地方可讓孩子步行或騎自行車前往。反之，如果孩子前往商店、公園或朋友家的唯一方式是靠「家長計程車」，結果是讓更多的孩子待在家裡黏著螢幕不放。一項研究發現，可以騎腳踏車或步行到遊樂場

的孩子，相較於需要有人開車接送的孩子，去遊樂場的機率高了六倍。[36]因此，請將遊樂場分散在社區各處，並考慮把其中幾個設計為冒險遊樂場（詳見下一章）。

歐洲城市想出一種創新且低成本的方式，幫助孩子（和家長）提高社交能力——在上課前和放學後的一小時，封鎖學校前方的街道。[37]在這些暫時沒有車輛進出的街道上，家長互相交流，孩子一起玩耍，同時減少塞車、空污和道路危險等問題。要實現這個目標，城市可簡化申請封街的流程。在社區凝聚力衰退、孤獨感上升的時代，都市與鄉鎮應讓當地居民更容易取得封街許可權，以利舉辦街區派對或其他社區活動，例如「玩耍街」（Play Streets，部分時段封街，讓孩童能像過去一樣在街上玩耍）。[38]

當局在考慮交通運輸、區域畫分法、許可證及新建案時，請記住孩童也是人。他們希望到得了有熱鬧活動的地方——那些交通便利的混合用途空間，讓每個人，不論老幼，都能在此聚會、看人、被人看、玩耍、購物、用餐、放電、累了可坐在長椅上休息，每個人都能更積極地和螢幕以外的實體世界互動。

四、增加技職教育、學徒培訓和青年發展計畫

美國的教育體系愈來愈側重學科培訓，協助學生順利進入大學就讀。結果在職業與技術教育（career and technical education, CTE）方面，開設的課程和學生人數隨之下降。這

些技職課程提供大量實際操作的機會，涵蓋商店、汽車維修、農業和商業等領域。知名作家理查・里夫斯說，研究顯示，將男生送入專門提供技職教育的高中，對男孩的好處最為顯著。相較於就讀傳統高中的男生，在技職高中就讀的男生，無論是畢業率還是日後的收入，都顯著高於前者。女生則沒有顯示這些好處。[39]這些結果進一步證明，普通高中沒法激發許多男生的學習興趣，導致他們的潛力被大大浪費。

學徒制也證明可以有效幫助年輕人從高中過渡，成為有薪的受雇族。在一個勞工頻繁轉換職場的勞動市場，企業沒有太大的動力聘雇未曾受過培訓的年輕人，也不太願意花錢投資他們，擔心他們完成了培訓卻跳槽到其他公司。政府可透過贊助計畫，在年輕人受訓期間，補貼企業部分的工資，一來協助公司降低培訓年輕員工的成本，二來提高年輕人對公司或未來雇主的價值。[40]

政府也可以資助高中畢業生壯遊（gap year）或參與「志工服務」計畫（year of service），特別是針對那些沒有明確目標的大學生。例如像美國志工團（AmeriCorps）的計畫提供年輕人協助當地社區的同時，也能學習新的技能。野外體驗計畫也證實有益青少年；[41]這些計畫不僅讓年輕人陶醉在大自然美景當中，也直接提供反脆弱訓練。這類計畫通常由非營利或營利公司策畫執行，但康乃狄克州當局自一九七四年開始，為全州青少年提供免費的荒野體驗計畫。[42]

政府有權也有責任解決集體行動的困境。不完善的法律以及莫衷一是、無所適從的執法，進一步惡化這些問題。政府可以制定法規，改變企業的營運行為。政府可以設定年齡限制，防範業者為了吸引未成年用戶而相互競爭。政府可以修法，讓家長和學校放手讓兒童和青少年享有更多自由而不會觸法，這將在接下來的兩章中討論。當政府、科技公司、學校和家長以互補的方式合作，即可共同解決難題，包括改善青少年的心理健康。

總結

- 各級政府需要改變危害青少年心理健康的政策，支持可以改善青少年心理健康的政策。在美國，州政府和地方政府，要為現實世界中大人過度保護兒童負上部分責任（例如管太多又模糊不清的疏於照顧法）。聯邦政府則要為在虛擬世界中對兒童的保護不足，負上部分責任（譬如在一九九八年通過一項無效的法律，但隨著網路危險日益明顯，卻未適時更新修正）。
- 為了糾正虛擬世界保護不足的問題，國家和聯邦政府應該制定類似英國率先通過的法律，要求企業以不同於成年人的方式對待未成年人，承擔額外的保護責任。各國政府也應將網路上的成人年齡提高到十六歲。

- 科技公司可以成為解決問題的重要一分子，例如開發更有效率的年齡驗證程式，或是增加一些功能，比如允許家長指定子女的手機和電腦在達到最低年齡門檻之前，不得造訪有年齡限制的網站。這類功能有助於解決父母、孩子和平台面臨的集體行動困境。
- 為了糾正現實世界大人過度保護孩童的現象，州政府和地方政府應該縮小疏於照顧法的適用範圍，讓父母放心；他們可以給予孩子一些獨立活動的時間，不會因此面臨被捕或國家干預家庭生活的風險。
- 州政府和地方政府也應鼓勵學校增加孩童自由玩耍和課間休息時間。此外，他們應該在區域畫分法和業者申請許可證時，考慮兒童的需求，並增加對技職教育的投資，以及資助其他證明可幫助青少年（尤其是男孩）過渡到成年的計畫。

11 學校可以做些什麼？

二〇二三年四月，《華盛頓郵報》刊登了一篇報導，標題是「一間學校解決心理健康危機的方法：什麼都試」。[1]這篇報導的主角是俄亥俄州鄉間一所K－12學校（幼稚園至十二年級），學校的領導層聘雇比較多的治療師，添購一套新的社會情感學習課程，課程內容涵蓋正式教授「同理心和信任等特質，培養建立人際關係和做決策等技能」。學校鼓勵孩童（最小只有幼稚園）在音樂課上唱出他們的情緒。學校還養了馬，讓學生在課後負責照顧打理，馬匹是由一個推廣「創傷敏感」（trauma-sensitive）體驗式學習的組織所提供。

玻里尼西亞人有個諺語：「站在鯨魚背上釣小魚」。有時，做一件大事比做許多芝麻蒜皮的小事更有用；有時，大魚就在腳下，你卻視而不見。要解決這一代人普遍存在的焦慮，學校有兩隻鯨魚就在腳下，換言之，學校可以利用他們現有的資源提出兩個重要的解決方案。這兩隻鯨魚分別是在校禁用手機，以及給學生更多自由玩耍的時間。如果同時做這兩件大事，我相信它們的效果，會超過學校目前為改善學生心理健康而採取的其他所有措施的綜效。

學校禁用手機

科羅拉多州杜蘭戈（Durango）的山岳中學（Mountain Middle School）早在二〇一二年就實施校園無手機政策，當時正值心理健康開始出現危機。尚恩・佛斯（Shane Voss）接任該校校長時，學校所在那個郡的青少年自殺率居高不下，在科羅拉多州數一數二。學生們飽受網路霸凌、睡眠不足和過度的社會比較之苦。[2]

佛斯實施手機禁令。學生從進了學校一直到放學為止，手機一律得放入後背包，不能放在口袋裡或拿在手上。如果在校期間被發現手機不在背包裡，學校會有明確的政策和實際的懲處措施。[3]措施上路後，成效顯著而深刻。在進教室或等老師來上課前的空檔，學生不再只是悶不吭聲坐在同學旁邊滑手機。他們不是互相交談就是和老師交談。佛斯說，每當他進入沒有實施手機禁令的學校，感覺「像殭屍末日，走廊上所有孩子都不交談。氣氛非常不一樣」。

學生的學業也進步了。幾年後，該校名列科羅拉多州學業表現最高的等級。八年級學生亨利解釋禁用手機的影響。他說，到校後前半個小時，他的心思還放在手機上，「但是一旦開始上課，手機彷彿被扔到窗外，不會再對它念念不忘。所以上課時，手機不會讓我分心。」換句話說，手機禁令緩解了以手機為主的童年四大基本傷害中的三個：注意力碎片化、社交剝奪和上癮。減少了社會比較心理，也減少了虛擬世界的拉力。創造了共融與社群。

這是當然的。智慧型手機及其應用程式是吸引注意力超強的磁鐵，半數的青少年表示他們「幾乎一直」上網。如果學校裡各個學生幾乎無時無刻都在使用或想著手機，互傳短訊、滑看社群媒體、上課時玩手遊、午餐也繼續玩手遊，那還有誰會懷疑這所學校為什麼學習風氣差、戲劇性事件偏多、共融感和歸屬感都偏低呢？

美國大多數公立學校都**聲稱**校園已禁用手機；根據二〇二〇年所做的一項調查，七七%的學校表示已實施手機禁令。[4]這通常意謂著，學校只是禁止學生**在上課時間**使用手機，因此學生上課的時候如果想偷偷使用，就得把手機擱在大腿上或藏在書本後方。即使有老師高度警覺，嚴格執行這樣的禁令，在教室逐排巡查學生是否偷用手機，下課時間一到，大多數學生仍會掏出手機，查看短訊和動態消息，無視身旁的同學。如果學校准許學生把手機放在口袋裡，那檢查是否偷用手機就會變成老師的「全職」差事，而這是老師最不需要增加的工作負擔。許多老師最終會選擇放棄，睜一隻眼、閉一隻眼，容忍學生公然使用手機。[5]誠如一位中學老師在寫給我的信中透露的心聲：「給老師一個機會。禁用智慧型手機吧。」

僅限上課時間禁用手機的「禁令」幾乎毫無成效可言。這就是為什麼校方應該規定，從進入校門一直到放學，一整天都禁用手機。學生到校時，他們要把手機放入專用的手機保管櫃或可上鎖的手機袋。放學時，再從櫃子裡取回手機，或者使用一個裝置，解鎖手機袋（有些家長反對此舉，認為若發生緊急情況，例如校園槍擊事件，他們需要立即聯繫到孩子。身為家長，我理解這種需求。但是，如果在緊急情況下，大多數學生都在給家長打電話或發簡訊，那麼這所學校的安全性，很可能並不如只有大人有手機而學生專心聽從大人指示並注意周圍動靜的學校[6]）。

學生把手機放口袋裡會干擾學習的證據已非常明顯，因此二〇二三年八月，聯合國教科文組織（UNESCO）發表了一份報告，討論數位技術，尤其是手機，對全球教育造成的負面影響。[7]該報告承認網際網路對於線上教育，以及讓難以接觸到的偏鄉學子也能順利受教，功不可沒。但報告也指出，支持數位技術能提高上課學習效率的證據出奇地少。此外，使用行動電話會降低學業表現，擾亂上課秩序。[8]因此，落實校園無手機政策是關鍵的第一步。此外，每間學校還要考慮傳統筆電、學用筆電（Chromebook）、平板電腦和其他數位設備的影響，學生仍然可透過這些設備互傳短訊、上網，或是被數位世界吸引而分散注意力。無手機、甚至無螢幕教育的價值，可從許多科技公司高階主管選擇孩子就讀的學校看出端倪。例如矽谷的「半島華德福學校」（Waldorf School of the Peninsula）禁用所有的數位設備，包括手機、筆電、平板電腦。這和許多公立學校的作法形成強烈對比，這些學校正在推廣一比一科技計畫，努力讓每個孩童擁有一台自己的數位設備。[9] 華德福的作法可能才是對的。

手機可能干擾美國教育與學習的事實，可在二〇二三年「全國教育進展評估」（NAEP，又稱全國成績單）進一步獲得佐證。評估結果顯示，新冠疫情期間，學生的測試成績大幅下滑，抹去多年累積的進步。然而，如果仔細分析數據，會發現成績下滑始於更早的時間。[10] 從一九七〇年代開始，一直到二〇一二年，考試成績一直穩步上升，然後在二〇一二年開始逆轉。新冠封控措施和遠端教學擴大了下滑的幅度，尤其是數學，但二〇一二年到新冠肺炎爆發之間成績下降的幅度，相當顯著。這種逆轉與青少年將翻蓋手機換成智慧型手機的時間點相符，導致上課時注意力分散的現象大增。但這和馮內果筆下平均主義的反烏托邦預言不同，小說裡，成績前段的學生必須戴上擾亂他們思緒的耳罩。相反地，二〇一二至二〇二〇年間，考試成績下滑最多的是**墊底的四分之一**學生，這些學生不成比例地多是來自低收入家庭，其中非裔與拉丁裔學生尤其占大多數。

研究顯示，與富裕家庭和白人家庭的兒童相比，低收入家庭的非裔和拉丁裔孩童平均花更多時間在3C螢幕上，數位生活也更少受到監督與把關（整體而言，單親家庭的孩童使用3C設備的時間比較長，也比較不受監督[11]）。這個現象顯示，智慧型手機正在**加劇社會階級和種族之間的教育不平等**。「數位鴻溝」已不再是二〇〇〇年代初擔心貧窮小孩和少數族裔沒有網路**使用**權；現在擔心的是他們受到的**保護**較少。

但智慧型手機傷害的不僅是學習，也會破壞社交關係。在第一章，我說明了全球學生在二〇一二年之後，突然開始更頻繁地不同意「我在學校有歸屬感」這樣的說法。由於當今的青少年渴求社群與共融，禁用手機的學校或許能迅速改善學生在校的社交關係與心理健康。[12]

當然，網際網路本身是教育的福音；只要想想可汗學院（Khan Academy）這樣的平台對全球所做的深遠貢獻就知道了。看看可汗學院現在是如何利用人工智慧，讓每個學生都有自己專屬的家教，每個老師都有自己的助理。[13]此外，學生需要網路做研究，老師也需要借助網路的資源，諸如創新的課程、示範和影片，作為教學素材。學校應該幫助學生學習程式設計，並且應用能擴展能力的技術與工具，諸如統計軟體、平面設計，甚至是聊天機器人ChatGPT。

因此，我絕不會說，我們需要沒有網路的學校或完全不使用網路的學生。學生在校期間不離身的數位個人裝置，才是問題所在，成本效益也最差。學生的手機下載了各種勾引年輕人注意力的應用程式，來訊通知把他們的注意力從課堂拉到虛擬世界，這對學習成效和社交關係造成莫大的殺傷力。任何一個學校的領導人，如果重視培養學生的歸屬感、共融性或心理健康，卻沒有落實禁用手機，形同站在鯨魚背上釣小魚，捨近求遠。

成為寓教於玩的學校

凱文·史坦哈特（Kevin Stinehart）任教於南卡羅萊納州鄉下一所小學——「中央美術學院」（Central Academy of the Arts），擔任四年級的老師。他發現自己不斷與教師和家長重複同樣的對話。學生學得辛苦，其中許多學生似乎缺乏韌性、毅力或與他人合作的能力。大人不斷談論學生有多脆弱，卻沒有人知道該怎麼辦。凱文也一籌莫展，直到他參加了附近克萊門森大學（Clemson University）舉辦的會議，討論看起來非常簡單卻不乏好處的活動：自由玩耍。有了學校的支持，以及「放手讓孩子成長」組織的協助下，凱文開始將自由玩耍融入學生的日常生活。他做了三個改變：

一、延長下課時間，在這期間大人盡量不要介入干預。

二、學校在正式上課前開放操場半小時，讓學生有時間在上課前玩耍。

三、提供「玩耍俱樂部」。學校每週開放一至五天，讓不同年齡的孩子「自由組合」地自由玩耍（包括球類運動、用粉筆在地上畫畫、跳繩等），通常是在操場活動，天氣不好時則改在體育館（假使學校可以連其他教室也開放，如美術教室，那就太好了！）。從下午二點半到四點半（可依各校的作息表而異），孩童可以先不回家（回家後的活動，不外乎使用3C設備或跟大人一起活動），而是和同學一起玩耍。這期間禁止使用手機！孩童擁有幾乎完全的自主權，但須遵守兩個規則：不能故意傷害任何人；不能在沒有告知負責人的情況下擅自離開。這位負責人不會規畫任何活動或解決任何紛爭，而是像救生員一樣，只在緊急情況下才介入（「放手讓孩童成長」的網站提供免費的玩耍俱樂部實施手冊）。

這些改變上路後，凱文在第一個學期就注意到學生變了：

> 我們的學生變得更快樂、更善良，問題行為更少，交到更多朋友，更能掌控自己每天的活動和生活。有些學生的改變非常戲劇性，從會霸凌同學、經常被叫到校長辦公室訓誡，到完全不再霸凌同學，也沒有再被叫到校長辦公室。[14]

因此下個學期，他擴大開辦，每週提供兩次「玩耍俱樂部」。他說：「因為我們看到的好處實在太顯著，不容忽視。」有多顯著？與前一年相比，曠課次數從五十四例下降到三十例，違反校車規定事件從八十五起下降到三十一起。凱文表示：「過去任何一個學年，轉介到校長室的個案大約有二百二十五件，現在增加了這麼多活動與玩樂後，下降到只有四十五件左右。」

凱文認為，玩耍俱樂部造成這些變化的原因如下：

沒有結構的自由玩耍，能直接解決交友、學習同理心、情緒調節、人際關係技巧等問題。並藉由幫助學生「在學校社群中找到一個健康的位置」，大幅提高他們的能力。此外，自由玩耍還能教導他們生活中最重要的技能，包括創造力、創新、批判性思考力、協調合作、溝通、自我導向、毅力和社交技能等。

老師們也看到學生顯著的變化，結果有十三位老師自願督導玩耍俱樂部。校長和助理校長也加入行列。

值得注意的是，光靠自由玩耍，就達到了俄亥俄州那所「試遍所有方法」的學校希望達到的社會情緒學習（SEL）目標。在那所學校，社會情緒學習還是由成人教授，屬於眾多結構化課程之一。相較之下，中央藝術學院藉著自由玩耍，達成快速學習的目標，因為它是自然的方式，透過孩子最喜歡做的事——一起玩耍，順帶教會孩子SEL技能。

這就是那兩隻鯨魚：禁用手機、大量非結構化的自由玩耍。校園落實無手機政策、大量增加玩耍時間，屬於預防性投資。減少現實世界中對孩童的過度保護，有助於培養孩子的抗脆弱性。此外，學校也鬆綁對虛擬世界的依賴，鼓勵學生在現實世界有效地學習，以及強化人際關係。如果學校兩者都不做，很可能會難以應付學生陷入嚴重焦慮的問題，並需要花費大量經費，治療學生愈來愈嚴重的心理困擾。

此外，我還提供了其他措施供學校參考，可以和禁用手機與大量增加玩耍搭配使用，截長補短。[15]

放手讓孩童成長計畫

許多美國孩子，即使上了中學，也從未被允許走出自家的街區，或在大型賣場裡走遠，與父母隔幾個通道。蘭諾認識幾個七年級生（大約十二、三歲），他們從未被允許自己切肉，因為刀子太鋒利很危險。

這就是為什麼，除了成立玩耍俱樂部、延長下課時間、在正式上課前開放操場之外，蘭諾和我還建議學校落實「放手讓孩童成長計畫」。[16]這是一種家庭作業，告訴幼稚園、小學，乃至中學的學生：「放學回家後，做一件你從未做過的事，像是遛狗、做飯、跑個腿。」學生可以與父母商議計畫的內容，必須親子雙方都同意。

當孩子成功完成任務（最終幾乎都會成功達陣），關係和身分就會開始發生變化。父母認為他們的孩子更有能力，孩子自己也覺得如此。透過漸進地施壓父母放手，給孩子多一點獨立性（以及隨之而來的責任感），這個計畫主要解決一個具體問題。許多父母不知道何時可開始讓孩子自己做事，所以乾脆不讓孩子自己動手。過去，像五歲這麼小的小孩都可以自己走路上學。負責交通導護的糾察隊則是十歲的孩子，他們配戴橙色飾帶，有權攔下行車，讓孩童安全穿越馬路。但這些代表獨立性的標記，在媒體煽動（炒作）的恐懼下逐漸消失。

我們不應該責怪父母「直升機育兒」。我們應該責怪（並改變）導致直升機育兒現象的文化，因為這種文化告訴家長，必須成為直升機父母。有些學校不讓孩子下校車，除非有大人在下車處等著，一路護送孩子走回家。[17]有些圖書館不允許十歲以下的孩子離開父母的視線範圍。[18]有些父母僅僅因為讓孩子在外面玩耍或走路去商店而被捕。當父母無法不盯著孩子，而孩子連一件事也不能自己做的時候，結果就是焦慮和懷疑交織的雙重螺旋。許多孩子害怕嘗試新事物，父母也對孩子能否完成新事物不抱信心，影響所及，父母更加過度保護孩子，進而加重孩童的焦慮症狀。

這是蘭諾到紐約州薩福克郡（Suffolk），參觀七年級某班上健康教育課時聽到的話。資深老師朱蒂．莫里奇（Jodi Maurici）告訴她：「他們的父母讓孩子什麼都怕。」這班的學生都很開朗可愛，但他們害怕無論自己嘗試動手做些什麼，最後都會以災難收場。許多人說他們不敢做飯，因為他們不想燒壞食物（或房子）。有幾個人說他們不敢遛狗，如果狗跑到馬路上怎麼辦？有些孩子害怕和女服務生說話，因為他們可能會「搞砸」（mess up）——這是他們反覆使用的詞彙。日常生活成了暗藏失敗和羞辱的地雷（類似社群媒體）。這也是為何朱蒂安排了「放手讓孩童成長」的作業。

實際上，朱蒂非常擔心學生的焦慮程度，所以她要求每個學生在一年內完成二十份「放手讓孩童成長」的作業。她給學生一長串的選項：步行到鎮上、洗衣服、搭公車……，當然他們也可以加入自己的選項。學年接近尾聲時，朱蒂發現學生的焦慮程度顯著下降，於是邀請蘭諾到校，花一個下午的時間與孩童聊聊他們的計畫。

一個女孩告訴蘭諾，這是她第一次沒有父母陪同，和朋友一起去公園玩，心得是：「太**好玩**了！」一個男孩做了四道菜的晚餐，包括烤了一個派，他感到非常有成就感。一個從未做過任何運動的女孩參加了游泳校隊的甄選，並成功入選。孩子們結伴出去吃披薩、自己騎腳踏車去商店、當保母，從中獲得全新的感受。這不僅僅關乎自信，還關乎對自我的全新認識，一個女孩不自覺地解釋了這一點。那一年完成的二十個計畫中，她最喜歡的計畫是有天早上，她被允許沒有父母的陪伴下留在家裡，幫五歲的妹妹準備上學。

當她幫妹妹穿好衣服、餵她吃完飯、送她上校車後，這位七年級生說：「我覺得自己長大了！」但不僅如此。「照顧她看似是很小的事。但在那一刻，我看著她上校車，車開走後，我覺得自己對她真的很重要，對某個人很重要。」這對她來說是全新的感受。終於，她不再覺得自己只會依賴別人，而是被需要。

當我們願意信任孩子，他們就會飛躍。信任我們的孩子，讓他們到外面的世界冒險闖蕩，這可能是成人所能做的最具改造力的事情。但是對大多數家長而言，單靠自己的力量很難做到這一點。如果你的女兒去公園玩，卻發現公園沒有其他小孩，她會馬上回家。如果你八歲的兒子是鎮上唯一一個沒有大人陪同，自己走路回家的小孩，可能會有人報警告發你。

重新恢復孩童的獨立性需要集體行動，而集體行動最容易由當地學校帶頭推動。當整個班級、學校或學區都鼓勵家長鬆綁韁繩，當地的文化風氣就會改變。家長不再因為放手而感到內疚或奇怪，他們會想，這是老師指定的家庭作業呀，其他家長也都這麼做啊。不用多久，你就會看到孩子們在萬聖節又會自己挨家挨戶討糖否則就搗蛋，自己去商店買東西，甚至自己走路上學。

孩童能做的事遠超過我們允許的範圍。社會瀰漫的恐懼文化讓我們無法認清這個真相。孩童就像被關在馬廄裡的賽馬，是放他們出去馳騁的時候了。

改善下課時間和遊樂場

有三大方法可以改善課間休息時間：延長下課時間、改善遊樂場、減少規則。

我們都該對美國小學生每天平均只有二十七分鐘的下課時間感到驚訝。[19] 在美國戒備等級最高的聯邦監獄，囚犯每天都有兩小時的戶外活動時間。當某個電影製片人問囚犯如果放風時間縮減到一小時，他們會有什麼感受，結果他們的反應非常負面。一位囚犯說：「我認為這會點燃更多的怒火。」另一位說：「那會是折磨。」當他們獲悉世上大多數孩子每天在戶外玩耍的時間不到一小時的時候，他們非常震驚。[20]

一九八三年的重磅報告《國家面臨危機》（*A Nation at Risk*）問世以來，美國學校的下課時間，以及孩童在校外的自由活動時間，一直在萎縮。該報告警告，美國孩童的考試成績和學術表現落後其他國家的孩子。[21] 該報告建議，學校應增加學科的上課時間，並大幅延長學年週數，藉此提高學生的學術水準。學校對此做出回應，下課時間、體育課、美術課和音樂課的時間都縮短了，以便騰出更多時間給數學、自然科學和英語等核心學科。

雖然《國家面臨危機》並未呼籲校方一心聚焦在提高考試成績上，實際結果卻是如此。提高考試成績很快成為全國著魔的焦點，因為新的改革措施上路後，會根據考試成績懲罰或獎勵學校。例如，二〇〇一年國會通過「不讓任何一個孩子落後」的法案（No Child Left Behind Act），以及更近期通過的「美國各州共同核心標準」（Common Core State Standards），都讓學校為了提高考試成績而承受莫大的壓力[22]（壓力之大，有些學區甚至偽造學生的考試成績，以符合目標[23]）。孩子的玩耍時間最容易被犧牲，以便騰出時間讓學生做更多的練習以及備考。學年延長（縮短暑假），作業量增加（連低年級都不例外），下課時間縮短或乾脆取消。

身為一名教授，我當然支持能提升學業表現的改革措施，但是過於在意考試成績，卻讓教育系統牴觸我們在以下領域的研究結果：兒童發展、自由玩耍的好處、戶外活動的價值。美國兒科學會（American Academy of Pediatrics, AAP）在二〇一三年發表了一份報告，標題是「不要小看下課時間」（The Crucial Role of Recess in School）。該報告解釋自由玩耍對孩童社交和認知發展的諸多好處，接著指出：「諷刺的是，縮短或取消下課時間可能會對學業成績產生反效果，因為愈來愈多的證據顯示，下課時間不僅能促進身體健康和社交發展，還能提高認知表現。」[24]這些益處對男孩來說可能特別明顯，[25]這也暗示，為何自一九七〇年代以來，男孩愈來愈不喜歡上學的原因之一。

改善下課時間的第一步是延長下課時間，讓學生有更長的時間自由活動。充分的下課時間應該延伸到初中，甚至連高中也該有下課時間（根據美國疾病控制與預防中心的建議[26]）。美國兒科學會建議學校**不要**用取消下課作為懲罰不當行為的手段，一部分是因為行為有問題的孩子恰恰最需要下課時間。美國兒科學會的報告也建議，午餐時間是午餐時間，**午餐前**的下課時間仍有存在的必要，而非將午餐與下課時間合併在一起，導致學生狼吞虎嚥吃完午餐，好擠出寶貴的幾分鐘自由玩耍。

改善下課時間的第二步是改善遊樂場（操場）設施。在美國，特別是城市裡，典型的遊樂場通常鋪著柏油地面，上面有幾個耐用、安全的金屬材質或塑膠製設施，多半還會闢出一塊草地區供運動之用。歐洲人設計的**冒險遊樂場**可謂領先全球，這些遊樂場以刺激孩童的想像力為主要目的，其中有一種叫廢棄物遊樂場，因為它堆滿了雜七雜八的東西，諸如建材、繩子、各種「可移動的物件」，加上一些工具，就像磁鐵一樣吸引孩子的注意力。

紐約市的總督島就有這麼一個遊樂場，也是我的孩子覺得最好玩的遊樂場。[27]遊樂場周圍的標語（圖11.1）提醒家長不要介入干預。身為家長，我知道很難。任何人看到孩子辛苦奮戰，都會忍不住想伸手幫忙，這是人之常情。這是父母或師長在現場看到孩子受挫、稍稍進行冒險或行為不當時的自然反應。這就是為什麼，讓孩子有一段時間離開父母、老師或教練的身邊這麼重要，這幾乎是他們唯一的機會，被迫獨自解決問題，進而認識自己的能力與程度。

在冒險遊樂場，孩童攜手合作蓋塔、築堡壘、專注投入遊戲中。有一次，我看到一個男孩敲釘子時敲到了拇指，但他並未跑去找大人哭訴，只是甩了甩手幾秒鐘，然後繼續敲釘子（現場有大人監護，防範任何嚴重的安全風險）。

雖然學校不需要將操場變成廢棄物遊樂場，還是可以擺放一些可移動的物件，不一定是錘子和鋸子，但可以放輪胎、水桶和木板等等。《危險遊戲大冒險》（*Adventures in Risky Play*）一書的作者魯斯提．克勒（Rusty Keeler），建議可放乾草捆和沙袋等東西。他說，這些東西又大又重，拖著它們走，「可不知不覺鍛鍊上半身的力量。」[28]他說，因為孩子一個人搬不動乾草捆，所以幾個孩子最後會一起合作，自然而然利用下課時間培養社交能力和協作精神。至於「可移動物件」遊樂場，其重要性在於孩子擁有對環境（空間與物件）的掌控權，也有自主權。在提供固定設施的遊樂場，孩子對設施的興趣與專注力無法持續太久。但是可移動物件能讓孩子的注意力維持數小時之久，不僅讓他們建造堡壘和城堡，還能培養他們的專注力、妥協能力、合作精神與創造力。

第二類冒險遊樂場是自然遊樂場，如圖11.2所示。它使用天然材料，尤其是木材、石頭和水，打造能刺激小孩「親生命」反應的環境。有關「親生命」這一點，請參見第八章。

人類童年的演化發生在草原上、森林裡、溪流與湖泊旁。所以，當孩童置身在自然環

圖 11.1：紐約市總督島的廢棄物遊樂場，由 play:groundNYC 設計營運。[29]

圖 11.2：伊利諾州諾莫爾鎮的柯林胡斯（Colene Hoose）小學，擁有最先進的自然遊樂場，在二〇二三年正式啟用。[30]

境裡，會本能地進行探索，並自發性地發明遊戲。大量研究顯示，與自然環境為伍，有益孩童的社交、認知和情緒發展，[31]而且隨著如今青少年愈來愈沉迷在虛擬世界，焦慮程度不斷上升，大自然的好處顯得更加重要。一份針對自然遊樂場影響力的回顧研究，得出以下結論：

> 提供年輕人與自然環境接觸的機會，特別是在學校這樣的教育環境裡，有助於強化他們的認知功能。學校具備絕佳條件，可提供學生亟需的「綠色」學習環境和體驗，協助緩解認知超載和壓力，並優化他們的身心健康與學習成效。[32]

改善下課時間、進而改善學生心理健康的第三個方法，是減少規則以及多些信任。基本上，第三章提及柏克萊某間小學的作法不可取，學校應反其道而行才是。柏克萊的那所學校詳細規定孩子玩「鬼抓人」、四格球（four square）和觸身式橄欖球等遊戲的規則，其中一條規定是，在沒有成人擔任裁判的情況下，學生不得玩觸身式橄欖球。

若要瞭解柏克萊小學的對照組，不妨參考紐西蘭史旺森小學（Swanson Primary School）「零規則下課時間」（No Rules Recess）。[33]「零規則下課時間」上路之前，學生被禁止爬樹、騎腳踏車或做任何有風險的活動。但之後，這所學校參加了一項研究，研究人員要求八所學校減少對下課時間的規定，並增加課間「冒險和挑戰」的機會。另外八所學校則被要求維持原狀，不改變對下課時間的規定。史旺森被分配到減少規則的組別，不過校長布魯斯・麥克勞克蘭（Bruce McLachlan）決定做得更徹底：取消所有規則，放手讓學生自己制訂規則。

結果如何？操場亂象變多、活動變多、推擠也變多，但快樂和人身安全不降反升。受傷、破壞公物和霸凌的比率都下降，[34]就像瑪麗安娜・布魯索尼（Mariana Brussoni）和其他遊戲研究者所預測的結果。[35]當孩子能真正為自己的安全負責，他們會主動承擔這個責任，而不是依賴大人在周圍來回巡視把關。[36]

美國小學能仿效史旺森的作法嗎？目前為止，能辦到的學校少之又少。許多學校面臨訴訟的威脅和家長抗議的壓力太大。擔心下課會剝奪備考時間的恐懼也太高。所以，這又是一個集體行動困境：如果學校可以放鬆韁繩，讓孩子以更自然的方式玩耍，學生整體上會更健康、更快樂、更聰明，受傷和焦慮的比例也會降低。但是除非學校、家長和政府能夠找到合作的方法，否則我們無法實現這個目標。

讓男孩重拾學習的興趣

自一九七〇年代以來，根據某些指標，男孩與年輕男子的成就一直在走下坡。我在第七章指出，這是因為他們逐漸脫離現實世界（受各種結構性力量的影響），同時又被不斷升級、迎合他們需求的先進科技吸引，被拉進了虛擬世界。根據里夫斯的研究，男孩在學業成績、畢業率、大學文憑，以及幾乎所有衡量教育成果的指標，都呈現落後的趨勢。愈來愈多男孩認為，學校根本沒用。

里夫斯提出了許多政策性改革，希望協助男童扭轉下滑的趨勢，改革包括增加職業訓練和CTE（參見前一章）。此外，里夫斯呼籲學校聘請更多男教師。他指出，美國K－12的教師人數，男性占比僅二四％，低於一九八〇年代初期的三三％。在小學，男性教師占比只有一一％。他指出，缺乏男性教師會加速男孩失去對學校的興趣，這可從兩方面得到印證。首先，明確的證據顯示，有男性教師的教導，男生的學業成績會更好，尤其是英文課。[37]這可能是角色楷模的效應使然，因為男孩在學校通常鮮少遇到可模仿的男性榜樣。一位進步主義教育研究員指出：「同時有男老師和女老師授課，可能對學生較有好處，原因與他們受益於種族和族群多元化的教師群相同。」[38]由於生活中沒有正向的男性楷模，許多男孩轉而在網路上尋求指導，他們很容易被吸引到兔子洞，進入可能讓他們思想極端化的網路社群。

男女教師比例失衡對男孩造成傷害的第二個原因是，這向男孩傳遞一個訊息（在小學階段尤其強烈），教育和照護這兩種職業是女性的領域，導致男孩不太可能對這些職業感興趣。然而，正如里夫斯指出的，數十年來，這些職業的就業率成長強勁，而且將繼續成長，反觀需要體力、以男性為主的工作崗位將繼續減少。里夫斯認為，學校可以、也應該引導男孩進入「HEAL」領域，亦即健康、教育、行政和素養。[39]只要男學生鮮少在校看到男教師或男性行政人員，他們對這些工作的興趣可能會更低。

我們亟需的教育實驗

二〇一九年五月，我受邀到紐約市郊的高中母校演講。演說開始前，我和校長及高階行政人員會面。我聽說，該校和美國大多數高中一樣，正在努力因應最近學生心理疾病大量增加的問題。主要的診斷結果是憂鬱症和焦慮症，自傷的比例也愈來愈高；女生尤其容易受到傷害。他們告訴我，這些心理健康問題在學生升上九年級前就已存在：中學畢業後，許多學生已經開始焦慮並陷入憂鬱。許多人還對手機上癮。

十個月後，我受邀到中學母校演講。到了學校，我也見到了校長和高階行政人員，聽到同樣的現象：學生的心理健康問題最近變得更嚴重。甚至許多剛從小學畢業、升上六年級的學生，都已經開始焦慮和憂鬱。一些學生已對手機上癮。[40]

我們必須及早在小學和中學開始預防，防範小孩心理健康亮紅燈。在中小學，可輕易實施無手機校園、充分玩耍的政策，而且不太花錢，至少遠低於雇用更多治療師或購買新課程等標準化的作法。[41]

讓我們對這兩種作法（兩隻鯨魚）進行實驗，進而瞭解這些方法是否有效，以及哪些變體成效表現最佳。讓我們在整個校園推動這些干預措施，觀察學校文化出現哪些變化，而不是針對個別兒童或校內某個班級進行測試。[42]

以下是進行實驗的可行方式：學區督學、州級教育專員或州長（任何一位至少對幾十所中小學有影響力的人）將號召一批有興趣的學校。這些學校將隨機[43]分配到四個實驗組：一，沒有手機組；二，玩耍組（玩耍俱樂部搭配下課時間）；三，沒有手機加玩耍組；四，控制組，每所學校繼續以前的作法，而且不得改變原先的手機政策或下課政策。[44]短短兩年內，我們就能發現這些干預措施是否有效，其中某種措施是否比其他的更有效，以及將某些措施合併實施起來是否更有效。

這個基本實驗有許多變化可能，你可以增加或減少某些條件，或以不同的方式實施干預政策。[45]「放手讓孩童成長」計畫可以納入玩耍組的實驗組別，因為該計畫和自由玩耍的訴求一樣，都希望培養孩童的自主性、冒險性和獨立性。或者，研究員可以簡單地比較實施「放手讓孩童成長」計畫的學校和沒有實施該計畫的學校，找出兩者有何差別。

自二〇一〇年代初以來，有焦慮和憂鬱症的學生已經從初中畢業，進入高中，高中正在辛苦做出因應，大學也不例外。但我們可以阻止這種趨勢。如果我們能讓智慧型手機完全遠離中小學，同時騰出更多時間與空間讓學生自由玩耍並培養自主性，那麼幾年後進入高中的學生會更健康、更快樂。如果學校採取這些措施，同時家長配合在家中採取相關措施，政府也修法支持這些努力，那麼我相信從二〇一〇年代初青少年心理困擾激增的現象，是可以扭轉的。

總結

- 自二〇一〇年代初以來，美國初中和高中生罹患精神疾病和受到心理困擾的個案持續增加。許多學校都在實施各種因應政策。
- 玻里尼西亞人有句諺語：「站在鯨魚背上釣小魚。」有時候，你要找的東西就近在腳下，無須捨近求遠。我提出兩隻近在腳下的鯨魚，學校可以馬上實施，幾乎不需要額外的資金：無手機學校，以及增加玩耍時間。

- 大多數學校都說他們禁用手機，但這項政策通常只限於禁止在課堂上使用手機。這並非有效的政策，因為反而變相鼓勵學生藏著手機偷偷使用，或是趁下課拚命使用，結果更不容易和周圍的孩童建立友誼。
- 更好的政策是進入校園後直到放學，全天禁用手機。學生抵校後，應該將手機放進專用的手機保管櫃或可上鎖的手機袋。
- 第二隻鯨魚是成為寓教於玩的學校。在K－8學校（幼稚園至八年級），簡單地加入「玩耍俱樂部」，讓學生午後在學校操場上自由玩耍——沒有手機、有許多可移動的物件，並盡量減少大人的監督。這可能比任何教育計畫更能有效教導學生社交技巧，以及減少焦慮，因為自由玩耍是以自然的方式協助孩子達成這些目標。
- 學校可從三方面改善下課時間，讓自己變成寓教於玩的學校：增加下課時間與次數、改善遊樂場（例如擺設可移動的物件、「廢棄物」或更多自然的元素），以及減少規則。
- 「放手讓孩童成長」計畫，似乎是另一個可以減少焦慮的活動。這是一項家庭作業，要求兒童與父母達成協議之後，「可獨自做一件他們從未做過的事。」這能增強兒童的自我能力感，同時增加父母對子女的信任，進而願意放手，給予他們更多的自主權。

- 當一個社區或鎮上的所有家庭，都放手讓孩子自由玩耍與獨立行動，就解決了集體行動的困境：家長不再害怕讓孩子在無大人監督下自由玩耍和獨立行動，而孩子需要這些活動，克服正常的童年焦慮，並長成健康的年輕人。
- 學校可採取一些措施，扭轉男孩對學校逐漸喪失興趣，以及相較於女孩、學業表現退步的現象。學校可開設更多的實作課、職業和技術訓練，聘請更多的男性教師，這些都有助於讓男孩重拾對學習的興趣（改善低年級的下課時間，也是有效的措施）。
- 一盎司的預防勝過一磅的治療。如果幼稚園至八年級的學校能做到禁用手機、寓教於玩，並搭配「放手讓孩童成長」計畫，就能有效達到事前預防之效，進而減少憂鬱和焦慮的學生湧入高中。

12 父母可以做些什麼？

發展心理學家艾莉森·高普尼克（Alison Gopnik）在《園丁與木匠》（*The Gardener and the Carpenter*）一書中指出，「教養」一詞在一九五〇年代之前基本上沒什麼人用過，直到一九七〇年代才開始流行。在歷史的長河中，人類幾乎一直都能在成長的環境裡，觀察許多成年人是如何照顧孩子。有很多養兒育女的智慧，可以直接向他們取經，不需要育兒專家指導。

然而，到了一九七〇年代，家庭結構發生變化。小家庭愈來愈多，流動性也愈來愈大；大家用來工作和上學的時間愈來愈長；為人父母的時間一延再延，通常延遲到三十多歲。新手父母失去向周遭人士取經的機會，只能更依賴專家。這麼做的時候，他們發現自己習慣以在學校和職場取得成功的心態來處理為人父母的角色，心想：如果我受過適當的訓練，就能做好父母這份工作，做出絕佳的成品。

高普尼克說，父母開始採取跟木匠一樣的思維，對於想要達成的目標有著清楚的想法。他們仔細觀察孩子的特質，一如木匠檢視手中的材料，而他們的工作是將這些材料組裝成成品，至於成品的好壞可根據明確的標準加以評斷：直角是否完美？門能用嗎？高普尼克指出：「混亂和多變是木匠的敵人；精準和控制才是木匠之友。測量兩次，下刀一次搞定（三思而後行）。」[1]

高普尼克說，以園丁的思維養育孩子更好。父母的工作是「創造一個受保護和充滿養分的環境，讓植物茁壯成長」。這需要一些努力，但你無須做到十全十美。替花園除草、澆水，然後退後一步，植物就會自然生長，結果難以預測，但經常帶來令人愉快的驚喜。高普尼克呼籲父母欣然接受混亂和不可預測性：

> 身為父母，我們的工作不是養出某種類型的孩子。實際上，我們的工作是提供一個有愛、安全、穩定的環境，讓各種不可預測的孩子都能茁壯成長。我們的工作不是塑造孩子的思想，而是讓他們的思想自由探索世界上的各種可能性。我們的工作不是告訴孩子怎麼玩，而是提供他們玩具……我們無法逼孩子學習，但是我們可以讓他們想學就能學。

我在本書指出，在現實世界，我們過度保護孩子。用高普尼克的話說：我們許多人用一種過度控制的木匠心態，導致孩子無法茁壯成長。同時在虛擬世界，我們對孩子的保護卻遠遠不足，任其自生自滅，沒有善盡除草之責。我們任由網際網路和社群媒體接管花園，讓年輕人在數位社群網絡中成長，而不是在實體社群建立穩固的關係網絡。然後，我們驚訝地發現，孩子感到孤獨，渴求真正的人際連結。

我們需要在現實世界和虛擬世界都用心的園丁。接下來的幾頁，蘭諾和我根據孩子的年齡，提出具體的建議（雖然有些建議適用於不只一個的年齡組）。[2]

給幼兒（零至五歲）家長的建議

新生兒和幼兒正在發展基本的感知和認知系統（包括視力、聽力和語言處理能力），並學習掌握基本技能（走路、說話、精細動作，以及攀爬和跑步等敏捷的行動能力）。幼兒時期，除了給孩子一個「夠好」的環境，包括均衡的營養、呵護他們的大人和玩耍的時間之外，父母想要養出超出一般水平的兒童，能做的有限。[3]年幼的孩子需要大量的時間與你互動，與其他有愛心的大人、與其他孩子互動，也和實體世界互動。零至五歲期間，尤其是在美國，育兒像是涉及許多瑣碎細節、令人煩心的拼圖遊戲。但上述這些比較大方向的目標是我們需要牢記在心的。

增加（並改善）現實世界的體驗

正如我在第三章提到的，依附理論主張，兒童需要一個安全的環境——包括可靠並且愛他們的大人，在需要的時候陪伴他們。但是安全基地的功能是作為離開基地、向外探險的出發點，最有價值的學習就發生在基地以外的世界。最好的探險都發生在和其他孩子一起玩耍時。當孩童一起玩耍，若有年齡較大的孩子加入活動，會加深孩童的學習成效，因為孩子可以試著學習稍稍超出目前能力範圍的事情（換句話說，就是稍大一點的孩子正在做的事）。年紀較大的孩子與年紀較小的孩子互動時，會扮演老師或年長兄姊的角色，也可從中獲益。因此身為家長，最好的作法就是給予孩童足夠的玩耍時間，與不同年齡層的孩童互動；此外，也要提供孩童一個安全、充滿愛的基地，讓他們從那裡出發，展開探險和玩耍。

至於你自己與孩子的互動，不一定要「一百分」。你不必讓每一秒都很特別或具有教育意義。互動是為了建立關係，而非上課。但你**所做的**（身教）往往比你**所說的**（言教）重要許多，所以請注意自己的手機使用習慣。做一個好榜樣，不要分散注意力，一下子關注手機、一下子關注孩子。

此外，要相信小孩強烈渴望擔任幫手。即使孩子只有兩、三歲，也可以幫忙把叉子擺在餐桌上或把要洗的衣物放入洗衣機。讓孩子在家中擔起責任，會讓他們覺得自己是家庭中不可或缺的一分子，而隨著他們的成長，讓他們負起更多的責任，以免日後覺得自己一無是處。事實上，現在有愈來愈多青少年同意「我的人生沒有多大用處」這個說法。[4]

減少（並改善）在虛擬世界的體驗

智慧型手機、平板電腦、電腦和電視不適合年紀很小的孩子。相較於其他物件和玩具，這些３Ｃ設備會傳送強烈並且會夠癮人的感官刺激。同時，還會讓小孩的行為變得更被動，以及被動地消費（接收）資訊，影響並延遲孩子的學習。這就是為什麼大多數專家建議，在兩歲前不要讓螢幕成為孩子日常生活的一部分，並在六歲前盡量少用螢幕。[5]孩子的大腦「期望」一個三度空間、五種感官刺激的世界，並且透過與真人真物互動，協助大腦神經元建立連結。

但有一種螢幕時間可能具有價值：透過 FaceTime、Zoom 或其他視訊平台與家人或朋友進行虛擬互動。針對３Ｃ螢幕對幼齡兒童有何影響的相關研究，發現一個關鍵現象：在螢幕上與他人進行**主動**、同步的互動，也就是所謂的視訊聊天，有助於促進語言學習和情感連結。但是**被動**觀看非同步播放的事先預錄影片，好處微乎其微，在某些情況下甚至會影響並干擾語言學習，尤其是對兩歲以下的幼兒而言。[6]

在西方世界，專家對３Ｃ螢幕的使用建議明確且一致。[7]美國兒童及青少年精神醫

學學會（AACAP）提出一系列具代表性的建議，在我看來有理有據：[8]

- 孩童一歲半之前，3C螢幕僅限於和大人視訊聊天之用（比如與在外地的父母視訊）。
- 孩童在一歲半至兩歲之間，螢幕時間應該限於和照顧者一起觀看教育性節目。
- 二至五歲的兒童，非教育性的螢幕時間應限制在週間每日約一小時，週末約三小時。
- 對於六歲（含）以上的兒童，鼓勵他們養成健康的生活習慣，並限制包括螢幕在內的活動。
- 家人用餐和外出時，關閉所有的螢幕。[9]
- 學會並使用家長控制功能。
- 避免將螢幕當作安撫奶嘴、保母或制止孩童哭鬧的工具。
- 在睡前三十至六十分鐘關閉螢幕，並將3C設備拿到臥室外。

我瞭解當你張羅晚飯、接工作電話或需要休息時，還要一邊照顧幼兒有多辛苦。若有數位螢幕充當幫手，幫忙安撫年幼孩子，確實方便許多。孩子從襁褓開始一直到學會走路的這段期間，我和妻子曾經依賴電視節目《天線寶寶》幫我們安撫孩子。但人生如果可以重來，我們會減少對它的依賴。

給六至十三歲（小學、中學）學童家長的建議

幼兒掌握基本技能之後，就需要出門迎接更高階的挑戰，包括社交挑戰。他們更在意社會規範以及同儕對他們的看法。與學齡前相比，羞愧和尷尬是現在更普遍的感受和痛苦來源。[10]這個年齡層的兒童和青少年正處於文化學習和風險評估的敏感期。在小學階段，兒童開始全力應用我在第二章提及的學習機制：從眾偏見（做其他人都在做的事）與聲望偏見（模仿大家崇拜的人）。由於兒童對社會學習有強烈渴求，家長必須思考誰是健康的學習榜樣，以及如何讓這些榜樣融入孩子的生活。

增加（改善）在現實世界的體驗

為了讓這階段的兒童和剛進入青春期的青少年順利學習到社交技能，不妨藉由一起活動（如玩耍），以及和身邊的大人一起完成任務，累積大量的經驗，而不是獨自一人盯著螢幕，觀看影片、玩遊戲或瀏覽他人的貼文。

為了減少在現實世界過度保護子女，鼓勵他們走出保護傘探險，增長見聞，請考慮以下蘭諾的七點建議。

1. 練習讓孩子離開你的視線，距離要夠遠，讓他們沒有辦法就近向你求救。當你邀請朋友來家裡作客，準備晚餐時，讓你的孩子帶著朋友的孩子去附近商店買些大蒜（即使你不需要）。只有讓孩子離開視線，不受拘束自由行動，你才會發現這是可行的，而且是相當不錯的作法（這可能是你八歲時就做過的事）。這個練習會讓你更放心讓孩子獨立行動，也可以讓你推遲給他們手機的時間，因為你已經親眼目睹，沒有手機，他們也能順利完成任務。只要讓孩子帶著一張紙條，上面寫著他們已得到你的允許，獨自外出。若有其他大人問起，可以拿這張紙條給他們看。你也可以到 LetGrow.org 網站，將寫有「我沒有走失或被疏於照顧！」的卡片列印出來，並附上你的電話號碼。[11]

2. 鼓勵孩子參加睡衣派對，同時不要過度干涉。如果有人帶手機到你家，暫時替他保管，直到他離開，否則小孩的過夜派對就會變成以手機為主的聚會。

3. 鼓勵孩子結伴走路上學。如果學校離家夠近，而且有較年長的孩子可以負責照管，可以讓孩子從一年級就開始走路上學。名為「安全上學路線」[12]的組織，協助確保學校附近有停車標誌、自行車專用道、交通警察等，讓孩子平安抵達學校。如果學校離家太遠，無法走路或騎自行車，可以考慮「開到五分鐘接送點」的策略（drive to five）。你將孩子和他們的同伴送到距離學校五分鐘路程的地方，讓他們自行走完最後一段路（學校可協助組織這種活動，這也能減少學校附近塞車的問題）。

4.放學後讓孩子自由玩耍。盡量不要讓多數的下午放學時段被成人主持的「課外輔導」活動占滿。想辦法讓你的孩子跟其他孩子一起玩耍，譬如參加玩耍俱樂部（參閱第十一章），或到彼此的家裡玩。週五尤其適合自由玩耍，因為孩子可以趁機安排或計畫隔天的聚會。把週五定調為「自由玩耍日」。

5.到外地露營。來到營地，孩子通常比在家裡感到更自由，原因如下。首先，他們擺脫了平日按表操課的束縛。其次，他們平日和父母住在狹小的空間裡——到了戶外，難以抵擋戶外環境的吸引力！第三，到了露營地，他們可和其他孩子一起跑來跑去。如果你不喜歡露營，下次出遊時，可以考慮邀請育兒想法相仿的家庭同行，這樣兩家的孩子可以一起玩耍。

6.讓孩子參加過夜夏令營；營區沒有數位設備，也沒有安全至上保護主義。許多夏令營可以讓兒童和青少年遠離數位設備和網路，徜徉在大自然一、兩個月。在這樣的環境裡，孩童會充分互相關心，建立友誼，參與稍具風險且刺激的戶外活動，這些活動可能將他們緊緊連結在一起。避免參加與暑修沒兩樣的夏令營，因為這類夏令營通常離不開學科輔導，還會提供網際網路服務。也要避免參加不讓兒童共同承擔社群責任的夏令營。試著尋找看重獨立性和責任感等價值的夏令營。[13]可能的話，每年暑假都讓孩子報名參加，從三、四年級一直到八、九年級（也可以一直延續到高中，如果他們想從學員轉為輔導員）。[14]假使主辦單位承諾**不會**每天上傳夏令營的照片，更值得考慮。夏令營可讓父母和孩子暫時中斷頻繁聯繫的習慣，尤其是父母，可以暫時放下對孩子永遠操不完的心。

7. 建立兒童友善的社區與玩耍社群。即使你住的社區現在感覺空蕩蕩，沒有人氣，不代表一直會這樣。如果你能找到另一戶人家加入你的行列，即可採取簡單的步驟，實現鄰里共同的願望，並重新活化街區或社區。舉辦街區派對，加入一些兒童專屬活動。然後將鄰里變成「玩樂里」（playborhood），[15]這是矽谷家長麥克・蘭札（Mike Lanza）創造的名詞；他將自家院子變成附近孩童聚集玩樂的地方。如果你也想這麼做，他建議你邀請鄰居到自家的院子聚餐，然後放一些可讓孩子玩的東西，比如巨大的紙箱、呼拉圈，他們自然而然就玩在一起了。向鄰居宣布，你很樂意開放院子，邀請附近的孩子在週五下午或任何你可以的時段進來院子玩耍。關鍵是要保持規律性：如果孩子知道其他孩子會來，他們就會現身。[16]**另一個選項**：讓家長每週選一天下午輪流坐在戶外，其他家庭就會放心讓孩子出門玩耍，因為有大人在場因應緊急狀況。

我第一次閱讀《學會放手，孩子更獨立》時，身為心理學家，我知道蘭諾的建議言之成理。但是接下來的幾年，每次我和妻子潔恩想落實她的建議，都必須克服自己明顯的焦慮。兒子麥克斯四年級時，我們第一次讓他自己走路上學（在此之前我已「尾隨」他幾天，跟他保持二十碼的距離）。我和妻子屏住呼吸，看著手機上代表他的小藍點，在繁忙的第七大道稍作停頓，然後緩緩穿過馬路（他開始走路上學時，我們給了他一支 iPhone。以我們現在的知識，當時應該給他一支可打電話的手錶或基本款手機）。女兒六歲那年，第一次送午餐到我的公司，她必須穿過一條街，這對我來說很提心吊膽，對她來說卻很刺激。她左右來回看了五次車流（我躲在辦公樓的拐角處偷偷觀察），然後跑進接待大廳，興奮得跳上跳下，我的午餐差點從餐袋裡飛出來。

治癒父母焦慮的辦法是暴露療法（exposure）。多體驗幾次這種焦慮，刻意去留意自己最擔心的事情並沒有發生，就會知道孩子比你預想的更有能力。每一次，焦慮感都會減弱。在兒子步行上學的五天後，我們不再盯著手機上的小藍點看。我們愈來愈放心他在城市裡穿梭的能力，不久之後，他也學著掌握地鐵系統。事實上，如果我們沒有在多年前遵循蘭諾的建議，麥克斯可能錯失某個關鍵的成長時刻。麥克斯十二歲時，對網球產生濃厚的興趣，我帶他去看在皇后區球場舉行的美網公開賽。從我們的公寓搭乘地鐵費時四十分鐘，而且只需轉車一次。第二年他十三歲，想一個人去看美網某晚的比賽。潔恩和我都很

「這六年來能和你保持互動，真是太開心了。給你，這是為你準備的第一台數位設備。」

圖 12.1：H. Lin，《紐約客》雜誌。[17]

猶豫，但麥克斯向我們保證他沒問題，而且他確實比我們更瞭解地鐵系統。這時，我們腦海浮現蘭諾的建議，於是點頭同意。

麥克斯看得非常盡興，比賽一直進行到晚上十一點才結束。一開始都沒問題，他跟著興奮的人群走到附近的地鐵站。問題出在轉乘站；他要搭的轉乘列車當晚停駛。麥克斯很緊張，但他隨機應變。他步出地鐵站後，攔了一輛黃色計程車——我曾教過他如何攔車，但他從來沒有自己試過，最後順利在凌晨一點安全到家。從那天起，他變了一個人，有了更多的自信。從那天起，我們對他的態度也變了，給他更多的自主權。如果多年前我們沒有放手讓麥克斯走路上學，逐漸學會信任他，不再時時刻刻用手機追蹤他的足跡，我們不會答應他一個人去看美網賽。

減少（和改善）螢幕體驗

小學和中學階段的孩子需要大量學習，3C螢幕可以發揮重要的角色。然而，對許多孩童來說，花在螢幕上的時間就像氣體一樣不斷擴散，填滿每個可用的時刻，而氣體的內容幾乎清一色是娛樂，不具教育意義。因此光是把孩童擁有第一支智慧型手機的時間延後到高中是不夠的；家長還需要限制孩童花在數位設備的總時數，因為這些活動造成的機會成本極高，而且會養成習慣。家長也應該注意自己的身教。[18]

八至十二歲的孩童，每天平均花四至六小時依賴螢幕進行休閒活動，[19]這就是為什麼大多數醫學權威和國家健康機構，建議家長限制這個年齡層的螢幕休閒活動時數。魁北克政府提供了具代表性的作法，形式簡潔，也保留一些彈性，方便實際操作時加以調整：

六至十二歲的孩童：一般而言，建議每天的螢幕休閒活動時間不超過兩小時。不過這取決於活動的內容（社群媒體、電玩、聊天、追劇等）、情境（使用螢幕的時段、是否是多工作業），以及孩童的個人特質（年齡、身心健康狀態、分析能力、批判性思考力）。因此，家長的監督必須以這些標準為基礎。對於年幼的兒童，內容應以教育為主，而且螢幕應該在公共區域使用，而不是孩童自己的臥室，方便家長控管內容與活動類別。

根據各種建議清單，以及本書前面介紹的研究，我提出以下的補充建議：

一、**學習如何在家中所有的數位設備上設定家長控制功能和內容過濾工具**。你希望孩子在十八歲左右能夠自我管理和自我控制，不再需要家長控制或監控，但這並不代表你應該在他們的前額皮質完全發育成熟、能自我管控之前，立即對他們開綠燈，讓他們完全自主地使用網路。科技公司使用的工具會鉤癮孩童，因此如果小孩是這個年齡層，父母應善用家長控制功能進行反擊。如果對你們家有意義的話，也要設定螢幕休閒活動的總時數。設定使用時數可能會很複雜，如果限制門檻過高，可能會適得其反（孩子會試圖「用完」所有可用的時間[20]）。但如果不限制使用時數，平台會占據小孩愈來愈多時間，包括睡眠時間。有些家長使用監控程式，讓他們閱讀小孩的簡訊和其他通訊內容。也許在某些情況下，這是必要的，但一般而言，我認為最好避免監控私人對話，反而應聚焦在阻止小孩造訪不符其年齡的網站與應用程式，並規定小孩可以和不可以使用裝置的時間。在虛擬世界，也是可能出現過度保護的問題，特別是當它從保護逐漸越界，有時甚至在孩子不知情之下變成監控的情況。請造訪CommonSenseMedia.com，學習如何使用家長控制功能。[21]

二、與其控制螢幕使用時間，不如重視面對面的活動和睡眠。大多數螢幕活動造成的主要傷害是機會成本。沉溺於3C設備，直接導致第五章列出的四大傷害中的兩個：社交剝奪和睡眠剝奪。如果你的孩子花很多時間和朋友打成一片，例如參加體育校隊、一起玩耍或聚會，加上若有充足的睡眠，而且使用數位設備沒有上癮跡象或濫用的問題，那麼不妨放寬螢幕使用時間的限制。小孩和朋友聚在一起打電玩（而且是有節制地玩），總比獨自關在房間裡玩還好。《浮萍男孩》（*Boys Adrift*）的作者利奧納德·薩克斯（Leonard Sax）建議，週間每晚的螢幕時間不超過四十分鐘，週末每天不超過一小時。[22]然而許多家庭的規定是，允許週末有比較長的使用時間，平日則比較嚴格。一如社群媒體，如果你是唯一實施時間限制的家庭，成效可能會打折，也不易執行，因此試著和其他家長協調。許多家庭合力實施類似的限制時，就可擺脫集體行動困境，每個人都會過得更好。

三、規定每天和每週的上網時間。正如第八章所示，結構化的時間和空間是舉行儀式和集體活動的先決條件，這些規律舉行的儀式和活動可以強化群體的歸屬感，即便是兩人家庭也需要歸屬感。共同進餐時不應使用手機，以便家人互相關注。定期舉辦家庭電影之夜也不錯。在孩子年幼時，盡量不要允許他們在臥室使用數位裝置，但如果你同意他們這麼做，所有設備應在指定的時間之前離開臥室，至少應在預定就寢時間前三十分鐘。[23]考慮每週進行一次「數位安息日」：一整天都不使用螢幕裝置。每年也可考慮來一次無螢幕週，不妨在美麗的大自然度假時進行。

四、尋找上癮或不當使用的跡象。螢幕活動充滿趣味，尤其是電玩，幾乎所有這個年齡層的兒童都喜歡。我在第七章指出，適量的電玩對大多數兒童似乎無害，但仍有不少兒童和青少年（約七％）最終會上癮，或出現所謂的不當使用跡象；換言之，這些螢幕活動會干擾其他方面的功能。色情、社群媒體和電玩是最可能導致青少年不當使用行為的三類活動，多年的不當使用可能造成長期的改變，就像克里斯在第七章所說，覺得自己像是一個「空洞的作業系統」。美國心理學協會（American Psychological Association）提供一些指標，用以識別「不當使用社群媒體的行為」，不過這些指標也可以識別其他螢幕活動是否有不當使用的跡象。

若出現以下情況，你的孩子有可能不當使用社群媒體：

- 已經干擾他們日常的例行活動，以及該履行的責任，譬如學業、工作、友誼和課外活動等。
- 他們會強烈渴望查看社群媒體。

- 為了上網，他們會說謊或欺騙。
- 他們偏好社群媒體，而不是和朋友面對面進行社交互動。
- 社群媒體讓他們每晚無法有至少八小時的優質睡眠。
- 妨礙他們參加定期的體能訓練與體育活動。
- 即使他們想要停止使用社群媒體，還是忍不住繼續使用。

如果你的孩子出現上述一種或多種跡象，你應該和他們聊聊。如果他們無法立即自我調整，或出現多個使用不當的跡象，你應該採取措施，暫時限制他們使用網路或社群媒體，以便進行數位排毒，讓大腦多巴胺恢復到正常值。可參考一些專門治療電玩和社群媒體成癮問題的諮詢網站。[24]

五、延後到十六歲再讓孩子在社群媒體註冊帳號。協助孩子順利進入青春期，度過最脆弱的前幾年，再讓他們註冊抖音或 Instagram 等影響力強大的社群平台。這不代表他們完全看不到這些網站的任何內容；只要他們能使用網路瀏覽器，就可以進入這些平台。但在瀏覽器上**觀看**抖音影片與在抖音上**註冊帳號**是兩回事，有了帳號，你可以隨時透過智慧型手機的應用程式打開抖音觀看內容。註冊帳號是一個重要的步驟，這時青少年需要向平台提供個人資料，將自己置於由演算法選擇的客製化內容流中，目的是最大化用戶在這個平台的參與度，於是用戶也開始上傳內容。將這致命的一步推遲到高中吧。

六、和快進入青春期的孩子討論上網的風險，並聽取他們的想法。即使沒有社群媒體帳戶，所有兒童仍會在網路上遇到與年齡不符的內容。接觸到色情內容，肯定無法避免。和你家快進入青春期的孩子談談上傳公開內容到網路，或在網路分享個人資訊（包括色情短訊與網路霸凌）的潛在風險。問問他們從同儕的上網習慣看到什麼問題，並詢問他們自己該如何避免。[25]

你終究必須放手讓孩子上網。但如果能讓孩子在童年和青春期初期（六至十三歲）盡量減少上網時間，並提高上網的品質，就能為他們騰出更多與實體世界互動的機會，也能為孩子的大腦發育爭取時間，協助他們養成更高的自控力與注意力。

給十三至十八歲（初高中）青少年家長的建議

青少年升上初高中是人生重要的里程碑，不論是在現實世界還是虛擬世界，他們都擁有更多的自由，但也承擔更多的責任。這一點與通往成年之路的概念相符。

增加（改善）在現實世界的體驗

當青少年升上中學，幾乎都已進入青春期，這時也是憂鬱症和焦慮症患病率開始急速上升的階段。我在前面的章節指出，得讓青少年感覺自己有用，並協助他們與現實世界的社群建立連結。這對他們的社交和情緒發展非常重要，因此必須讓青少年承擔一些成人等級的挑戰和責任。在這段期間，尋找父母以外的角色榜樣也深具意義。

一、**提升他們的移動能力**。讓青春期孩子駕馭或熟悉你居住地區常用的交通工具：自行車、公車、地鐵、火車等。隨著他們長大，活動範圍也應跟著擴大。鼓勵他們在符合資格後盡快考駕照，送他們上駕訓課，鼓勵他們學會開車（如果你有車的話）。鼓勵他們多出門，和朋友到戶外活動。讓青少年孩子到「第三地」（不是家裡或學校）玩耍，例如青少年活動中心、購物商場、公園、披薩店，基本上就是一個他們可以和朋友相聚，不受成人監督的地方。否則他們唯一可以自由社交的地方就是網路。

二、**多依賴青少年幫忙家務**。青少年可以做飯、打掃、騎腳踏車，或是搭乘大眾運輸工具、幫父母跑腿，等到年滿十六歲，就可開車幫忙接送或跑腿。依賴青少年，不僅可作為灌輸工作倫理的途徑，也可以避免Z世代青少年愈來愈覺得自己一無是處。一位十三歲女孩告訴蘭諾，當她開始自己獨立完成更多事情，包括幫媽媽去藥店買藥，以及在沒有人開車接送的情況下自己去一些地方時，她開始意識到媽媽花了很多時間做一些枯燥乏味、得不到感激的事情，例如拼車共乘、忍受天寒地凍在場邊觀看她的足球比賽。一旦她開始體諒媽媽並主動幫忙，兩人就不再頻繁爭吵，因為在某種程度上，她們現在是同一個隊伍的隊友。

三、鼓勵青春期小孩找一份兼職工作。老闆換成父母之外的人是很好的體驗，雖然有時會有不愉快的經歷。即使是單次的工作也不錯，比如幫鄰居的車道鏟雪，需要和大人交談、商量費用並完成任務。自己賺錢、自行決定該怎麼花，讓年輕人覺得被賦予掌控生活的權力。

四、協助青春期的小孩找到培養能力和領導力的方法。任何需要指導或照顧年幼孩子的工作都是不錯的選擇，例如擔任保母、營地輔導員或助理教練。即使他們自己需要導師，仍可以擔任年幼孩子的導師。藉由幫助年幼的孩子，似乎能啟動同理心的開關和領導力基因。蘭諾第一次看到這情況，是她十一歲的小兒子參加童軍過夜露營活動時。他非常興奮，但他準備得一點都不充分：他忘了帶睡袋。當他意識到這一點，他哭了，以為會被遣送回家。這時一位年紀較大的童軍（中學生）說：「別擔心！我每次都會多帶一個睡袋來應付這種情況！」蘭諾的兒子非常感激，她聽到這事後也非常感激。多年之後，蘭諾得知那位年長的童軍其實根本沒有多帶一個睡袋，她更是感激不已。他當時自己去睡了又冷又硬的地上。這就是成為領袖的過程。

五、考慮參加高中交換計畫。這些活動歷史悠久。早在一五〇〇年，一位到英國的訪客寫道：「每個人，無論多富有，都會把孩子送到別人的家裡，而他，作為回報，也會接待陌生人的孩子。」[26]沒錯，即使在中世紀的英國，大家已意識到這樣的經歷能拓展孩子的世界觀。對孩子來說，也比較聽得進父母以外的人的話。美國交流計畫（American Exchange Project）是值得考慮的計畫之一。[27]該計畫讓全美各地的高三生到另一州的家庭生活一週，希望將趨於兩極化的國家重新凝聚在一起。而且免費！此外，「美國戰地服務團」（AFS）這個海外交換計畫組織，數十年來協助將高中生送往全球各地，[28]讓青少年住在當地的接待家庭，就讀當地學校。再者，你也可以接待國外的學生。[29]由兒童心理學家桃樂絲·艾倫（Doris Allen）創辦的「CISV國際」組織，透過交換計畫和其他青少年專案，促進青少年建立跨文化友誼，而且從十一歲就開始。CISV在全球六十多個國家設有分會。[30]

六、在大自然體驗更大的刺激。讓家裡青少年一起跟著朋友或團體進行更大規模、更長時間的旅行：背包客自助旅行、攀岩、划獨木舟、健行、游泳等，讓他們走入大自然，體驗真實世界的刺激、奇妙驚喜並增強自己的能力。可以考慮讓孩子參加由「外展」（Outward Bound）和「全國戶外領導力學校」（National Outdoor Leadership School）等組織舉辦的活動。這些活動為期一個月或更長的時間，旨在培養學童自立、社會責任感、自信和團隊精神（而且不要求事先有戶外經驗）。此外，還有許多免費或政府出資贊助的計畫，[31]請參考第十章。[32]正如外展的創辦人柯漢（Kurt Hahn）所做的解釋：

我們的能力遠高於自己所知的。如果能讓我們看出這一點，或許我們這輩子都不會甘於將就。每個人的內心都有澎湃的熱情、不尋常的冒險欲，渴望在生命旅程中活出大膽與精彩。

七、高中畢業後給自己一年的空檔。許多年輕人高中畢業後直接進入大學，根本還沒有真正瞭解外面的世界有多大。他們這年紀怎麼知道自己的人生要做什麼，上不上大學是否是他們最好的選擇？讓孩子發掘更多自己的興趣，並探索這個世界。在這個空檔年，他們可以找份工作存些錢，或是旅行、當志工。這些不會影響他們上大學的前景，反而讓他們更有機會找到自己想走的路，提升他們在任何道路上前進的能力。空檔年的目的不是延遲年輕人走向成年的過渡，反而會加速這個過程。這是青少年發展技能、責任感和獨立性的一年。你可以參考 gapyearassociation.org，上面列出一些組織，可幫助你家的青少年規畫空檔年。通常還會提供獎學金和補助金。[33]

上述建議一致的出發點是：讓青少年透過參與實體世界的活動，變得更有自信也更有能力。鼓勵他們參與舒適圈以外的活動。你也一樣！無緣無故冒上受重傷的風險，這是蠢。但是帶上**一些**風險，是任何英雄旅程都少不了的；何況，就是不肯踏上旅程的話，風險也很多。

減少（和提升）螢幕體驗

孩子進入青少年後，應該放寬限制，因為青少年逐漸成熟，愈來愈有能力抑制衝動和自我控制。雖然前額葉皮質直到二十多歲才會完全發育成熟，十六歲的青少年應該比十二歲的孩子擁有更多的自主權和自決權。

青少年把基本型手機換成智慧型手機時，務必和他們溝通，並觀察換機後出現哪些狀況。你應該繼續設定一些界限，在這範圍內，他們擁有自主權，譬如繼續規定何時可以、何時不可以使用手機和其他數位裝置。高中生比初中生更容易睡眠不足，因此請幫助你家的青少年養成良好的晚間作息習慣，每晚固定在某個時間前將手機拿到臥室外。我大多數的學生表示，他們每晚睡前所做的最後一件事就是查看簡訊和社群媒體。這也是他們早上醒來下床前做的第一件事。不要讓你的孩子養成這種習慣。

當你答應孩子在社群媒體註冊帳號，請留意是否有使用不當或上癮的跡象。詢問他們的線上生活如何幫助或阻礙他們達成目標。透過「青少年工具包」和「人性科技中心」等資源，讓小孩瞭解社群媒體的運作方式，以及它們如何鉤癮和傷害許多用戶。[34]

最後我想指出另一個重點：智慧型手機如何影響親子關係。大約在二〇一二年，當青少年開始擁有智慧型手機（焦慮症的統計數據急速竄升），這時還出現另一件事：他們的父母也開始使用智慧型手機。智慧型手機讓父母新增一項超能力，這是他們使用翻蓋手機時沒有的——靠手機定位功能，隨時追蹤孩子的動向。蘭諾對我說，這可能是孩童焦慮上升和信心下降的部分原因。家長開始隨時監控孩子的行蹤，無論是上學的路上，還是放學後和朋友出去玩。如果發現任何不尋常的跡象，家長可以馬上打電話或傳簡訊給孩子，或是等孩子回到家拷問她做了什麼。無論我們把手機視為「世界上最長的臍帶」還是「隱形圍欄」，當孩子開始使用智慧型手機，自主權便一落千丈。就算父母鮮少使用手機定位追蹤的功能，就算孩子從來不會因為腳踏車車鏈壞了而打電話向母親求救，但是有這些可能性本身，就一直讓孩童和青少年比較難感覺到他們被信任、可以獨當一面、具備解決問題的能力。這也讓父母更難放手。

蘭諾和我就追蹤的好處辯論了多年。潔恩和我一換智慧型手機就開始追蹤孩子，我們知道這讓我們比較放心，敢放手讓他們更早開始在紐約市過著自由自在的童年。但是當我聽到蘭諾描述父母對孩子的監控愈來愈普遍，以及電腦輔助功能讓父母監控孩子的學業表現，有時還會收到孩子成績的即時通知，以及每日課堂的行為表現，我開始感到不安。儘管我們孩子還小的時候，定位追蹤功能讓我和潔恩對孩子比較放心，現在也可以幫助我們管理家庭的日常事務，例如每個人何時回家吃晚餐等等，但我們會關閉定位追蹤功能嗎？應該關掉嗎？我不知道答案。

總結

- 為人父母永遠要面對挑戰，而在這個社會與科技快速變遷的時代，父母也變得愈來愈難為，愈來愈具挑戰性。然而，為了成為更好的「園丁」，父母可做的事情很多——創造有利孩子學習和成長的空間。不要成為「木匠」，直接塑造並決定孩子的形狀。
- 如果你想要在現實世界中成為更好的園丁，應該做的一件事就是讓孩子有更多不受監督的自由玩耍時間，就像你自己在他這個年紀很享受的那種。亦即讓他們擁有一個更長、更充實、以玩耍為主的童年，並逐步增加他們的獨立性和責任感。
- 如果想在虛擬世界做一個更好的園丁，應該延遲孩子擁有第一支智慧型手機（或任何「智慧型」設備）的時間，亦即延後他們進入完全以手機為主的童年。就讀高中之前，只給他們基本款手機，並嘗試與其他家長協調，以免你的孩子覺得自己是中學裡唯一沒有智慧型手機的人。

- 還有其他許多方法可以讓孩子多和現實世界接觸並融入團體，包括送他們參加禁用數位設備的過夜夏令營、露營活動，以及幫助他們找到更多可和其他不攜帶智慧型手機的孩子一起玩耍的機會。
- 孩子漸長，增加他們的移動性，鼓勵他們兼差並尋找向其他成年人學習的機會。可考慮參加交換生計畫、暑期野外活動、停學一年探索世界。
- 自由放養的童年，更有可能培養有自信、能幹、焦慮程度較低的青少年，反觀孩童若因為父母擔憂而被過度保護與頻繁監控，會比較沒有自信也比較容易焦慮。最大的障礙是父母放不下焦慮，擔心讓孩子離開視線、不受成人保護。這需要練習，但是信任孩子最終帶給你的快樂與滿足，遠遠超過放手暫時產生的焦慮。
- 大多數權威機構建議，幼兒一歲半至兩歲期間，盡量少用或不要用螢幕（除非與家人視訊通話），並在孩童五、六歲前限制螢幕使用時間。
- 面對小學和國中的孩子，使用家長控制功能，提供明確的使用限制，並指定某些時段和某些地點禁用數位設備。留意不當使用或上癮的跡象。

- 身為家長，你的行為有助於解決集體行動困境。如果你帶頭推遲給孩子智慧型手機的時間，其他家長也比較容易跟進。如果你給孩子更多的獨立性，也會影響其他家長，比較願意跟你採取一樣的行動。如果你和其他家庭同步執行，一切會變得更容易也更有趣。

結論　讓孩子的童年回到地球

我最初沒有打算寫這本書。二〇二一年底，我開始寫一本關於社群媒體如何破壞美國民主的書。按照原先規畫，先用一章講述社群媒體對Z世代的影響，解釋社群媒體如何干擾他們的社交生活，以及導致精神疾病患病率激增。接下來的章節分析社群媒體如何更廣泛打亂社會現狀。我會一一剖析社群媒體如何分裂公共論述、國會、新聞報導、大學和其他民主機構。

然而，在我寫完第一章（亦即本書第一章）後，我意識到青少年心理健康的問題比我想像的嚴重甚多。這不僅是美國的問題，也是許多西方國家普遍的現象。這不僅關乎女孩，也涉及男孩。這不只是社群媒體的問題，更是關於童年被徹底改造、變成以手機為主的童年：冷漠且缺乏互動。

隨著助理札克和我把相關研究歸納成十幾篇回顧文件，其中一篇彙整了所有**其他**論述中關於導致心理健康危機的理論與證據，[1]我們愈來愈確信，關鍵禍首是二〇一〇年至二〇一五年期間、童年經歷產生的快速轉變。雖然其他許多因素也對美國Z世代的心理健康構成挑戰，但除了童年大重塑理論，沒有任何一個理論能解釋，為什麼其他國家的Z世代也在同一時期出現類似問題。除非有人找到某個化學物質，在二〇一〇年代初被釋放到北美、歐洲、澳洲和紐西蘭的飲用水或食物供應中；這種化學物質對青春期女孩的影響最大，但對三十歲以上成人的心理健康卻影響甚微，否則大重塑理論仍是最主要的理論。

我決定把正在寫的書拆成兩本。先寫這本是因為青少年的心理健康危機非常急迫，加上我們今天還有太多可以扭轉局面的作法。身為社會學家、教師和兩名青少年的父親，我不想再等下去。我希望我們立即展開行動。如果以手機為主的童年是造成全球心理疾病流行的主因，那麼家長、老師和Z世代成員可以合力採取幾項明確而有力的行動，逆轉以手機為主的童年。

在第四部分，我提出了數十項建議，但最基本的四項改革是：

一、高中之前不使用智慧型手機
二、十六歲之前不使用社群媒體
三、校園禁用手機

四、大幅增加自由自在的玩耍（無大人監護），以及放手讓孩子獨立

這些是根本性的改革，因為它們解決了多個共同行動困境。每一位採取行動的家長，多少都能影響社區的其他家長，跟進採取一致的行動。真正禁用手機的學校能解放所有的學生，擺脫智慧型手機的束縛，更積極地參與互動與學習。如果一個社區或群體同時實施上述四項措施，很可能會在兩年內看到兒童和青少年的心理健康得到實質的改善。[2]

至於如何實現這些改革，我提出兩點建議：**勇於發聲**與**建立連結**。

勇於發聲

一九六八年一項經典的社會心理學實驗，研究員比布・拉丹（Bibb Latane）及約翰・達利（John Darley）將哥倫比亞大學的學生帶到實驗室，學生以為這是要討論都市生活面臨的問題。[3]其實真正的實驗發生在等候室。在這個房間裡，學生一邊等待，一邊填寫初步的問卷，幾分鐘後，一股奇怪的煙霧從通風口湧入等候室。這些學生到底該起身找人反映，還是繼續坐在位子上填寫問卷？

在控制組中，等候室裡只有一個學生。在這種情況下，七五％的受試者採取了行動；

其中一半的受試者發現煙霧後，兩分鐘內就離開等候室去尋找負責實驗的研究員（研究員透過雙面鏡監看並側錄室內的一切動靜）。

在對照組中，每次有三名學生被帶進等候室，分別坐在不同的桌子。研究員想知道：當不只一個人目睹煙霧的時候，這會增加還是減少採取行動的可能性？答案是：減少。在這個對照組，二十四名學生中只有三個人起身反映室內有煙霧，而且只有一人在四分鐘內站起來對外反映，儘管那時煙霧已遮住大家的視線。

值得注意的是，這些煙不是東西著火冒出的煙，而是用來製造煙幕彈的二氧化鈦。[4]這一點非常重要：在那間等候室裡，沒有人清楚到底發生了什麼事。當情況不明確時，大家會觀察其他人的反應，把其他人的反應當成線索，據此判斷情勢。這是緊急情況嗎？如果其他人只是繼續坐在原位，那麼每個人都會認定：不，這不是緊急情況。

數位科技滲入孩童的生活，就像煙霧擴散到自家。我們都看到一些奇怪的事情正在發生，只不過不明白是怎麼回事。我們擔心這些煙霧會對我們的孩子造成負面影響，但是當我們環顧四周，卻發現沒有人對此採取行動。

當前最重要的行動就是大聲說出來。如果你認為以手機為主的童年有害孩子的成長，你希望回歸以玩耍為主的童年，請大聲說出來。大多數人跟你有同樣的疑慮，但不知道該怎麼做。把你的疑慮告訴朋友、鄰居、同事、你的社群媒體粉絲和民意代表吧。

如果你勇於發聲並支持這四項根本性改革，你會鼓勵許多人加入你的行列。如果你是Z世代的一分子，社會更迫切需要你的聲音。你的意見極具影響力。

建立連結

如果你已經為人父母，應與其他同樣看重以玩耍為主的童年，還有兒童獨立性的父母建立連結。許多優秀的組織號召相同理念的家長，為這個訴求共同努力，例如「放手讓孩子成長」、「戶外玩耍」（Outsideplay）、「公平競賽」（Fairplay）等等。[5]也有許多出色的組織把理念相同的家長團結在一起，提供他們想法和資源，延緩以手機為主的童年，或盡量減少其傷害。請參閱「公平競賽」、人性科技中心、常識媒體、「螢幕強健」（ScreenStrong）等網站，我也會在線上補充資料，列出其他組織。[6]請和你孩子朋友的父母交流。他們很可能與你有類似的疑慮，如果你們一起行動，延遲孩子使用智慧型手機和社群媒體的時間，那麼你跟孩子比較容易拒絕過度依賴手機的童年，選擇與現實世界的社群打交道。

如果你的孩子已經上學，請偕同其他家長，直接向校長或學校負責人建言，呼籲他們落實第十二章的重要想法：校園禁用手機、鼓勵孩童培養獨立性和責任感，以及增加自由玩耍時間。我可以向你保證，大多數校長、行政人員和老師都討厭手機，但校方在做出這樣的改變之前，需要聽到家長力挺的聲音。

如果你是一位教師，對智慧型手機和社群媒體造成的社會亂象和干擾學習的現象感到忍無可忍，不妨與其他教師建立連結，攜手行動。與同校老師交流討論，然後呼籲學校的領導層，不僅要重新考慮手機的使用政策，還要規範所有讓學生在課堂上互傳簡訊或瀏覽社群媒體的裝置。你不應該在課堂上和網際網路競爭，搶回學生的注意力。此外，看看校方能否與老師協調看法，共擬訊息給家長，懇請他們支持改革。如果教師統一口徑，呼籲家長一起協助教育子女，成功的機率會大幅提高。

如果你是Z世代的一分子，請考慮加入你們這個世代成員所成立的組織，大家一起推動改革。譬如，請參考Z世代組織「以我們為中心的設計」（Design It For Us）採取的合作模式。[7]這是一個由年輕人領導的團體，倡議從改革政策著手，以保護兒童、青少年和年輕人的線上安全。正如共同主席艾瑪·蘭布克（Emma Lembke）在美國參議院委員會作證時，所說的：「儘管我們每個人的經歷可能不同，但我們有一個共同的感受，都不喜歡被看成是大型科技公司掌控下無力反抗的被動受害者。我們已準備好成為改變現狀的積極行動者，為下一代建立全新並且更安全的網路空間。」[8]

本書一開始，我用了一個充滿想像的虛構故事，講述一位科技企業家未經兒童父母同意，將孩童送往火星定居。現實世界裡，我們難以想像竟會發生這種事。但在某些方面，它確實在發生。我們的孩子雖然沒有移居火星，但他們也沒有完全與我們生活在同一個世界。

人類的演化發生在地球上。童年的演化與發育必須依賴身體參與的玩耍與探索。孩童必須在現實世界的社群裡扎根，才能茁壯成長。若成長在欠缺身體互動的虛擬網路，會增加焦慮、失範（脫序、反常）和孤獨感。從以玩耍為主的童年變成以手機為主的童年，這種童年大重塑已經是一場災難性的挫敗。

現在是結束這場實驗的時候了。讓我們把孩子帶回家吧。

進一步學習

如果你想進一步瞭解本書涵蓋的主題，可參考以下三大資源：

一、AnxiousGeneration.com

這是一個提供焦慮世代相關資源的主要平台。我在這裡收集了各種研究和建議，針對父母、學校、Z世代、靈性實踐（參見第八章），提供專門的網頁。該網站也包含進入以下兩種資源的連結。

二、線上補充資料

本書的每一章都有一個獨立的 Google Doc。札克和我附上許多書中沒有的圖表。我們會根據新的研究結果，不斷更新這些頁面。我也會指出我犯的任何錯誤或改變主意的地方。札克在補充資料裡也附上書中大多數圖表的數據集連結，可參考：anxiousgeneration.com/supplement。

三、Substack 平台的部落格「巴別塔之後」

本書篇幅有限，但我想說的還很多。我曾想在本書增添更多章節，因此會在訂閱平台 Substack 的部落格「巴別塔之後」，發表這些章節的簡短版。請免費註冊登入 www.afterbabel.com。我會持續發表更多這類主題的文章：

- Z世代給Z世代的建議（*Advice from Gen Z for Gen Z*）
- 在時時刻刻的監控下成長（*Growing Up Under Constant Surveillance*）
- 大學現在能做什麼（*What Universities Can Do Now*）

- 雇主現在能做什麼（*What Employers Can Do Now*）
- 社群媒體如何影響男孩（*How Social Media Affects Boys*）
- 色情內容如何影響女孩（*How Pornography Affects Girls*）
- 大重塑如何改變浪漫生活（*How the Great Rewiring Changed Romantic Life*）
- 為什麼宗教保守派受大重塑的影響較小？（*Why Were Religious Conservatives Less Affected by the Great Rewiring*）
- 邊緣資本主義：數百年來市場力量如何鉤人上癮（*Limbic Capitalism: How market forces have incentivized addiction for hundreds of years*）

新科技每年加速擾亂我們的生活。請和我一起加入「巴別塔之後」，研究正在發生的變化、變化對我們的影響，以及如何在混亂中養育成長中的孩子。

致謝

這本書是團隊合作的結晶，所以首先讓我頒發特別獎給三位隊友。

第一位是札克．勞許（Zach Rausch），他是我在二〇二〇年聘請的研究助理。札克和我一樣熱中於將社會心理學應用於剖析複雜的社會問題。他率先提出兩個我需要解答的問題：國際間發生了什麼事？男孩發生了什麼事？當我在二〇二二年秋天開始寫這本書時，札克已成為我的思想夥伴和編輯。這十四個月，我們緊密合作，他甚至在許多深夜和週末，不停地筆耕這本一開始我們以為會是短文的書。這段期間，札克從心理學碩二生進化到一流的研究員和知識分子。沒有他，我不可能完成這本書。

第二個特別獎要頒給蘭諾．史坎納茲（Lenore Skenazy）。自從讀了她的書《學會放手，孩子更獨立》之後，蘭諾就成了我的育兒繆斯，以及我的摯友。我向蘭諾請教，徵詢她的意見，認為我在這本書應對家長說些什麼才好。她用 Google Doc 寫了一份文件，裡面有許多精彩的想法，因此我邀請她一起撰寫第十二章，然後繼續合作第十一章關於學校該怎麼做，以及第十章關於政府該怎麼做。如果這本書能說服家長、學校和國會議員給予孩子更多的獨立性，那得感謝蘭諾作為「放手讓孩子成長」的總裁，多年來在這個問題上所做的努力，以及她對本書第四部分所做的巨大貢獻。

第三個特別獎頒給我在企鵝出版社的編輯維吉尼亞・史密斯（Virginia Smith）。自從二〇一六年我和格雷・魯基亞諾夫（Greg Lukiauoff）開始與她合作《為什麼我們製造出玻璃心世代？》，她一直指導並改進我的寫作。維吉尼亞對本書的每一章都用心、深入地編輯。她與副編輯凱洛琳・席尼（Caroline Sydney）合作，儘管我常無法按時交稿，幸虧有她們，本書得以順利完成。

我還要感謝團隊中其他許多成員，他們在這本書的出版過程中扮演重要的角色。艾利・喬治（Eli George）是Z世代作家和知識分子，他在整個專案中與我密切合作，協助質化研究、提供創意想法和出色的編輯。拉維・艾耶（Ravi Iyer）是我的朋友，也是YourMorals.org的長期合作夥伴，他對第十章提供寶貴意見並撰寫幾個關鍵段落，說明科技公司和政府可以採取什麼措施。克里斯・塞塔（Chris Saitta）負責所有的註解，幫助我們瞭解男孩正在經歷的事情。塞德里克・沃尼（Cedric Warny）協助札克創建本書所需的資料庫。戴夫・西西雷利（Dave Cicirelli），我這位為《All Minus One》製作插圖的酷藝術家朋友，再次發揮他的魔力，為本書製作封面。

二〇二三年夏天，我將初稿寄給數十個朋友和同事，請他們指出錯誤和疏漏之處。許多人透過各種方式協助這本書變得更好。我感謝以下人士：Trevor Agatsuma、Larry Amsel、Mary Aviles、John Austin、Michael Bailey、Barbara Becker、Arturo Bejar、Uri Bilmes、Samantha Boardman、Dave Bolotsky、Drew Bolotsky、Maria Bridge、Ted Brugman、Mariana Brussoni、Maline Bungum、Rowan Byrne、Camille Carlton、Haley Chelemedos、Carissa Chen、Jim Coan、Grace Coll、Jackson Davenport、Samantha Davenport、Michael Dinsmore、Ashlee Dykeman、Lucy Farey、Ariella Feldman、Chris Ferguson、Brian Gallagher、Peter Gray、Ben Haidt、Francesca Haidt、Max Haidt、Jennifer Hamilton、Melanie Hempe、Alexandra Hudson、Freya India、Andrea Keith、Nicole Kitten、Sena Koleva、Bill Kuhn、Elle Laub、John Lee、Anna Lembke、Meike Leonard、Lisa Littman、Julia Lombard、Sergio A. Lopez、Mckenzie Love、Greg Lukianoff、Joy McGrath、Caroline Mehl、Carrie Mendoza、Jamie Neikrie、Evan Oppenheimer、Pamela Paresky、Yejin Park、Robbie Pennoyer、Maria Petrova、Kyle Powell、Matt Pulford、Fernando Rausch、Richard Reeves、Jayne Riew、Jeff Robinson、Tobias Rose-Stockwell、Arthur Rosen、Nima Rouhanifard、Sally Satel、Leonard Sax、Rikki Schlott、David Sherrin、Yvette Shin、Daniel

Shuchman、Mark Shulman、Bennett Sippell、Ben Spaloss、David Stein、Max Stossel、Jonathan Stray、Alison Taylor、Jules Terpak、Jean Twenge、Cedric Warny和Keith Winsten。

在這一長串的名單中，以下幾位達到超級編輯的水平，他們對每一頁都做了詳細的評論：Larry Amsel、Grace Coll、Michael Dinsmore、Brian Gallagher、Nicole Kitten、McKenzie Love、Maria Petrova、Jayne Riew、Mark Shulman和Ben Spaloss。

我很幸運能成為紐約大學史登商學院的教授。院長拉古·桑達拉姆（Raghu Sundaram）和系主任巴提亞·維森菲爾德（Batia Wiesenfeld），在充滿挑戰的時期給予我堅定不移的支持。史登商學院的商業與社會學程是一個令人振奮的領域，提供我們機會，研究商業如何影響、甚至有時顛覆社會。

我最要感謝的是我的妻子潔恩（Jayne Riew），是她讓我對生兒育女有了期待，而今我和她一起看著兩個孩子走出舒適圈，進行愈來愈大膽的冒險，並且分享看著他們成長的喜悅。

註釋

前言　在火星長大的世代

1. Hamm et al. (1998); Milder et al. (2017).
2. Grigoriev & Egorov (1992); Strauss, M. (2016, November 30). We may finally know why astronauts get deformed eyeballs. *National Geographic.* www.nationalgeographic.com/science/article/nasa-astronauts-eyeballs-flattened-blurry-vision-space-science。
3. 請參閱 Meta 對豪根揭露臉書內部文件後的回應：Zuckerberg, M. (2021, October 5). Facebook. www.facebook.com/zuck/posts/10113961365418581。另請參閱，我對祖克伯聲稱研究顯示，使用 Instagram「對心理健康普遍有正面影響」的反駁：Fridman, L. (2022, June 4). Jonathan Haidt: The case against social media. *Lex Fridman Podcast #291* (video). YouTube. www.youtube.com/watch?v=f0un-l1L8Zw&ab_channel=LexFridman.
4. 一旦男孩長大，其他公司便開始把鉤子伸向他們，包括運動博弈平台和約會應用程式。
5. See here to learn about COPPA: Jargon, J. (2019, June 18). How 13 became the internet's age of adulthood. *Wall Street Journal.* www.wsj.com/articles/how-13-became-the-internets-age-of-adulthood-11560850201. 二〇二三年，兩黨突然對保護兒童遠離社群媒體之害產生很大的興趣，其中加州和猶他州做出顯著的努力，美國國會也提出各種法案，我將在第十章討論這些法案。
6. Thorn & Benenson Strategy Group (2021); Canales (2021, May 13). 40% of kids under 13 already use Instagram and some are experiencing abuse and sexual solicitation, a report finds, as the tech giant considers building an Instagram app for kids. *Business Insider.* www.businessinsider.com/kids-under-13-use-facebook-instagram-2021-5.

7. 在第十章，我將討論英國的「適齡設計法規」，加州也制定了類似該法規的版本。美國有幾州也在二〇二三年通過年齡驗證要求和其他法規。

8. Drum, K. (2016).Lead: America's real criminal element. *Mother Jones*. www.motherjones.com/environment/2016/02/lead-exposure-gasoline-crime-increase-children-health/; Kovarik, B. (2021, December 8). A century of tragedy: How the car and gas industry knew about the health risks of leaded fuel but sold it for 100 years anyway. *Conversation*. theconversation.com/a-century-of-tragedy-how-the-car-and-gas-industry-knew-about-the-health-risks-of-leaded-fuel-but-sold-it-for-100-years-anyway-173395. 含鉛汽油的歷史及其對大腦發育和日後犯罪的影響，請參閱這兩篇文章。油漆和水管是另外兩個鉛中毒的來源。

9. 皮尤研究認為一九九七年是Z世代的元年，但我認為一九九七年有點太遲；二〇一四年進入大學的新鮮人明顯出現新的行為模式，請參閱 Parker & Igielnik (2020). 珍・特溫格選擇一九九五年為「i世代」元年。當然，世代與世代之間的區隔並非一條明線；然而，正如特溫格在她二〇二三年的著作《跨世代報告》所指，世代與世代之間是有區別的。

10. 當然，人工智慧看似會改變一切，所以我們很可能在二〇二〇年代看到另一個新世代出現。由於人工智慧很可能會讓兒童更加遠離現實世界，我的預測是，如果我們現在不採取行動扭轉「童年大重塑」，這將導致焦慮程度上升。

11. 她在《跨世代報告》（Twenge, 2023a）一書中闡述了這一點。另請參閱她較早出版的著作《i世代報告》（Twenge, 2017）。

12. 這個故事，請參閱 Haidt, J., & Rose-Stockwell, T. (2019). The dark psychology of social networks. *Atlantic*. www.theatlantic.com/magazine/archive/2019/12/social-media-democracy/600763/。我注意到 Tumblr 曾在二〇〇七年推出「reblog」功能，但與推特在二〇〇九年推出的「retweet」相比，效果甚微。

13. Steinberg (2023, Introduction).

14. 例子包括附上情緒觸發警告、成立安全空間和偏見回應小組，這些討論都涵蓋在《大西洋雜誌》的這篇文章裡。

15. Twenge, Martin, & Campbell (2018).
16. 請參閱我的研究摘要：Haidt (2023, February)。
17. Durocher, A. (2021, September 2). The general history of car seats: Then and now. *Safe Ride 4 Kids*. saferide4kids.com/blog/the-general-history-of-car-seats/.
18. Food and Drug Administration (2010).
19. Epictetus (1st–2nd century/1890, chapter 33). *The Enchiridion*.
20. Marcus Aurelius (161–180 CE/2002, book 3, chapter 4).
21. 自二〇一〇年以來，美國、加拿大、英國和澳洲的成年人（50歲〔含〕以上）自殺率普遍上升，但這些變化整體上低於年輕人的變化（相對而言）。值得注意的是，我們在二〇一〇年代看到成年人自殺率上升，多半是在一九八〇年代和一九九〇年代自殺率下降數十年之後發生的。見 Rausch & Haidt (2023, October)。
22. 請參閱我與 Eric Schmidt 共同撰寫的文章，談論人工智慧如何為社群媒體現有的四大問題增添柴火。Haidt, J., & Schmidt, E. (2023, May 5). AI is about to make social media (much) more toxic. *Atlantic*. www.theatlantic.com/technology/archive/2023/05/generative-ai-social-media-integration-dangers-disinformation-addiction/673940/.

第一章　洶湧的痛苦

1. 為保護隱私，姓名和次要細節已作更改。
2. 不符這種說法的例外是美國青少年的自殺率。這些比率在二〇〇〇年代初普遍下降，並在二〇〇七年跌到低點。自二〇〇八年起，自殺率開始上升，但直到二〇一〇年之後才回升到二〇〇〇年代初的水平。我將在稍後的章節討論自殺率。如果再往前追溯，會發現自一九五〇年代以來，美國青少年的憂鬱症、焦慮症和其他失調症的比例一直在上升，期間難免有波動。但並沒有像二〇一〇年代初出現的「曲棍球桿式」上升，你會在本章和本書看到這種情況。請參閱 Twenge et al. (2010)。
3. Data through 2021: Substance Abuse and Mental Health Services Administration. (2023).
4. 就人口變化的研究紀要：自二〇一〇年以來，美國所有族群的青少年罹患精神疾病的比例都呈現明顯上升的趨勢，不論是以性別、種族、性取向或社會階級等面向來看都是如此。整體而言，黑人青少年的焦慮、憂鬱、自傷和自殺率長期以來都低於白人青少年，但自二〇一〇年以來，這兩個族群的精神病比例都急遽上升。白人青少年的絕對升幅較大，而黑人青少年的相對升幅（百分比）則較大（因為他們的基本比率比較低）。有關社會階級的資料很少，但不同階級的憂鬱症上升趨勢相似，都是從二〇一〇年開始急遽增加。與異性戀青少年相比，LGBTQ青少年在上述所有指標中的比例都明顯較高。不過，自二〇一〇年以來，支持LGBTQ青少年的自傷與自殺率的證據並不充分。有關這些統計數據的來源及其他內容，請參閱線上補充資料或參考 Adolescent Mood Disorders Since 2010: A Collaborative Review。

5. 該過程包括了我在二〇一九年與珍・特溫格合作一項「文獻綜述」。這是一個公開可見的谷歌文件，我們收集了我們能找到的所有研究、調查和數據集，這些資料說明了從二〇二〇年代初到現在，美國和英國青少年的心理健康發生了哪些變化（你可以在 www.anxiousgeneration.com/reviews 網站查閱這份文件，以及我在本書提到的其他文件）。
6. Zahn-Waxler et al. (2008).
7. Askari et al. (2021).
8. 被ACHA納入的大學必須透過ACHA自己設計的標準化調查，獲得具有代表性的樣本。問題的確切措辭是：「在過去十二個月內，你是否曾因下列任何一項情況，接受專業人員的診斷或治療？」
9. 美國大學健康協會（無日期）。你可以在線上補充資料中看到分別繪製的女學生和男學生統計圖表。兩者模式相同，但女性在焦慮症和憂鬱症的比例和增幅要高很多。
10. 圖1.2的每個確診率都上升，但只有三種內化型障礙的增幅超過一〇〇%（飲食失調的厭食症與焦慮有關，因此被歸類為內化型障礙）。
11. 該問題的確切措辭是「在過去三十天，你多常感到緊張」，此圖呈現的數字是從五個選項中，選出兩個最高分選項「一直如此」或「大多數時間如此」的百分比。這問題只詢問十八歲或以上的高中準畢業生。U.S. National Survey on Drug Use and Health, re-graphed from Goodwin et al., 2020.
12. American Psychiatric Association (2022, p. 215).

13. Parodi et al. (2022). 具有全國代表性的NSDUH調查發現類似結果，十八至二十五歲女孩的比例從二〇一〇年的二六・一三%上升到二〇二一年的四〇・〇三%，而男孩比例則從一七・三五%增加到二〇・二六%。
14. 與憂鬱症相應的數據為一六%「經常」或「大部分時間」、二四%「約一半時間」、六〇%「少於一半時間」或「從未」。
15. LeDoux (1996) 的研究顯示，視覺資訊在大腦中有兩條路徑。其中一條路徑的神經訊號幾乎會立即傳到杏仁核和下視丘，另一條路徑的資訊則會到達枕葉皮質的視覺處理區。
16. 有關焦慮和焦慮症的回顧，請參閱 Wiedemann (2015) and Szuhany & Simon (2022)。
17. 我對憂鬱症的描述主要參考《DSM-5-TR》中討論憂鬱症的章節，American Psychiatric Association (2022)。
18. 莎士比亞，《哈姆雷特》第一幕第二景一三三至一三四行。
19. Friedman, R. (2018, September 7). The big myth about teenage anxiety. *New York Times*. www.nytimes.com/2018/09/07/opinion/sunday/teenager-anxiety-phones-social-media.html.
20. U.S. Centers for Disease Control, National Center for Injury Prevention and Control. 我在 Mercado et al. (2017) 的研究裡，首次發現這圖表的一個版本，後來找到原始資料，添加更近年分的資訊。
21. 你可以在線上補充資料看到這些趨勢的圖表。在那段期間，所有二十四歲以上女性的自傷率下降了二五%。
22. Centers for Disease Control and Prevention. (n.d.).
23. 年紀較大的青少年也出現非常類似的圖表，你可與線上補充資料的其他許多圖表一併對照檢視。
24. 女孩罹患憂鬱症的比例較高，企圖自殺的比例也較高，但她們傾向使用可以挽回的方式，例如割腕或服用過量安眠藥。男孩企圖自殺的比例較低，但是當他們企圖自殺時，更傾向使用無法挽回的方式，如開槍或跳樓。
25. Ortiz-Ospina, E. (2019, September 18). The rise of social media. Our World in Data. ourworldindata.org/rise-of-social-media.

26. 我注意到，全球自由民主國家的數量在那十年達到高峰，我將在下一本著作《巴別塔之後的生活》（*Life After Babel*）討論這現象。
27. 第二章、第五章和第六章解釋社群媒體危害心理健康的許多機制。
28. Lenhart (2012).
29. Lauricella et al. (2016).
30. Rideout (2021).
31. 該報告指出：「這種狂熱獲取訊息的現象大多是行動裝置所導致。」(Lenhart, 2015)。
32. 接收青少年注意力的五大平台是：YouTube、抖音、Instagram、Snapchat 和臉書。事實上，三五％的美國青少年表示，他們「幾乎不斷」使用其中至少一個平台 (Vogels et al., 2022)。
33. Turkle (2015, p. 3).
34. 三星在二〇〇九年曾推出使用 Android 作業系統的智慧型手機。
35. Systrom, K. (2013, February 5). Introducing your Instagram feed on desktop. Instagram. about.instagram.com/blog/announcements/introducing-your-instagram-feed-on-desktop.
36. Protalinski, E. (2012, May 1). Instagram passes 50 million users. *ZDNET*. www.zdnet.com/article/instagram-passes-50-million-users/.
37. Iqbal, M. (2023, May 2). Instagram revenue and usage statistics (2023). *Business of Apps*. www.businessofapps.com/data/instagram-statistics/.
38. Sandy Hook 小學槍擊案是美國眾多大規模校園槍擊案中最駭人的喋血案之一。一名患有精神病的年輕男子衝進康乃狄克州紐頓市這所小學，殺害二十名兒童（均為六或七歲）和六名成人。
39. Vermeulen (2021). 另請參閱 Twenge (2023, October 24)，她在文中列出十三種其他理論，這些理論都針對青少年心理健康危機提出可能的解釋，以及為什麼其中十二種理論禁不起檢驗。值得注意的是，特溫格和我都認為其中一個理論正確且重要。理論六：「因為兒童和青少年沒有那麼獨立。」
40. U.S. Bureau of Labor Statistics. (n.d.). 憂鬱症數據出自 Substance Abuse and Mental Health Services Administration.

(2023). *National Survey on Drug Use and Health*。

41. 這是 Durkheim (1897/1951) 在其巨著《Suicide, a Study in Sociology》的發現之一。後來的研究也證實這一點，例如 Rojcewicz (1971) and Lester (1993)。
42. Bauer et al. (2016).
43. Klar & Kasser (2009). The quotation is from Petré, R. (2010, May 12). Smile, you're an activist! *In These Times*. inthesetimes.com/article/smile-youre-an-activist.
44. Conner, Crawford & Galiotor (2023); Latkin et al. (2022).
45. Belsie, L. (2011). Why Canada didn't have a banking crisis in 2008. National Bureau of Economic Research. www.nber.org/digest/dec11/why-canada-didnt-have-banking-crisis-2008.
46. 請參閱我的綜述型文章：The Coddling of the Canadian Mind? A Collaborative Review, www.anxiousgeneration.com/reviews. See especially Garriguet (2021, p. 9, chart 6)。
47. Garriguet (2021). Portrait of youth in Canada: Data report.
48. 請參閱線上補充資料。自二〇一〇年以來，加拿大青春期女孩的自殺率持續上升，但男孩並沒有。如果是男孩，以下是我在許多國家發現的模式：憂鬱症和焦慮症的比例往往會一起上升，而自殺率的變化較大。如果是女孩，焦慮症、憂鬱症、自傷和自殺率往往同時出現。在盎格魯圈的五個國家中，女孩的自殺率一直在攀升。請注意，自殺是複雜且罕見的行為，受到許多因素的影響，例如家中有槍的普及率、獲得精神科緊急照護的難度，以及社會融合團結的程度（正如涂爾幹所示）。到目前為止，這是最嚴重的心理健康結果，但並非人口整體心理健康最可靠的指標，見 Rausch & Haidt (2023, October 30)。
49. 請參閱我的綜述型文章 Adolescent Mood Disorders Since 2010: A Collaborative Review，你可在線上補充資料找到連結，裡面涵蓋數十個針對英美趨勢所做的研究。見 Cybulski et al. (2021)。
50. 不同於美國，英國男生自傷率的相對升幅高於女生，但絕對升幅仍遠低於女生。另外我還注意到，英格蘭和威爾斯的自殺率自一九八〇年代以來，整體一直在下降，到二〇二〇年代初仍相對穩定。只不過在這種下降的背景下，自二〇一〇年代起，整體自殺率卻在緩慢上升，尤其是十多歲的少男少女（以及五、六十歲的成年男性）自殺率上升得更快。請注意，英格蘭和威爾斯青少年的自殺率基本比率遠低於美國。不例外地，青少女（十五至十九歲）的相對增幅大於其他任何一個群體。見 Rausch & Haidt (2023, October 30)。

51. 我重新繪製了數據圖，將男孩和女孩放在同一張圖表中。你可以在線上補充資料找到其他年齡組的圖表。Cybulski et al. (2021). 感謝 Lukasz Cybulski 傳送摘要數據給我。

52. Rausch & Haidt (2023, March 29). 另請參閱札克・勞許和我針對多個國家所整理的國際綜述型文章，網址 www.anxiousgeneration.com/reviews。

53. Australian Institute of Health and Welfare (2022). 儘管這個數據集始於二〇〇七年，但其他評量心理健康結果的方式（例如對心理問題的自評結果）顯示，在二〇二〇年代初這現象並未增加，而是在二〇一〇年左右開始增加。更多資訊，請參閱線上補充資料。

54. 札克對北歐國家心理健康變化的完整分析，參閱 Rausch & Haidt (2023, April 19)。圖1.11的高度心理困擾指的是，自評在過去六個月，每週至少一次感到三種或以上心理困擾的人。這些疾病是從四種心理疾病表單選出來的。

55. 只有極少數的全球性調查研究青少年心理健康的長期趨勢，其中PISA和學齡兒童健康行為研究（HBSC）是主要的來源。HBSC始於一九八三年，主要涵蓋歐洲和北美洲青少年。根據HBSC資料，Cosma等人（二〇二〇年）發現自二〇〇二年以來，青少年的心理健康略有下降。然而，這種下降趨勢在北歐、西歐和加拿大更為明顯。

56. Health Behaviour in School-Aged Children (HBSC) (2002–2018). 圖表和數據資料由 Thomas Potrebny 和 Zach Rausch 負責整理與建立。

57. 我感謝 New Zealand Initiative 的 Oliver Hartwich，是他告訴我這些問題。

58. Twenge et al. (2021).

59. Twenge et al. (2021). 數據資料出自PISA。有關校園疏離的調查數據不包括二〇〇六年和二〇〇九年。PISA數據可供下載：Organization for Economic Cooperation and Development (OECD). *PISA survey* [Data sets]. www.oecd.org/pisa/data.

60. 札克跟我花了很長時間尋找其他解釋。除了智慧型手機與社群媒體之外，還有沒有其他原因可以同時影響全世界的青少年？例如在二〇一二年左右廣泛外洩的新化學物質？又或者是發生在一九九〇年代中期、影響子宮內胎兒的環境污染？我們在綜述型文章 Alternative Hypotheses to the Adolescent Mental Illness Crisis: A Collaborative Review, www.anxiousgeneration.com/reviews 中，考慮了一些這樣的可能性。
61. 我們正在收集國際資料，札克也負責撰寫一系列上傳到 Substack 的文章，分析世界各地的心理健康趨勢。你可以在本章的線上補充資料找到這些文章的連結，以及我們在國際上的最新發現。

第二章　小孩在童年該做什麼

1. 有關與朋友相處的時間快速減少的證據，請參閱 Twenge, Spitzberg & Campbell (2019)。
2. Walker et al. (2006).
3. Tanner (1990).
4. 有一些黑猩猩傳承「文化」的例子被記錄下來。在黑猩猩社群，食物採集或處理加工的技巧被一代代傳承下去。但這些實例少之又少；文化學習似乎不是黑猩猩主要的學習形式。請參閱 Tomasello (1994, pp. 301-317)。
5. 這句話多數人認為應是出於偉大的發展心理學家皮亞傑（Jean Piaget）或蒙特梭利教育運動創辦人瑪麗亞・蒙特梭利（Maria Montessori），兩人都鼓吹提供兒童盡興自由玩耍的機會。就我所知，沒有人能找到這兩人確切寫下這句話的出處，但這句話與他們的理念一致。
6. 參閱 Peter Gray 的研究，特別是 Gray et al. (2023)；另見我的綜述型文章 Free Play and Mental Health: A Collaborative Review，網址：www.anxious generation.com/reviews。
7. Gray (2018).
8. Gray (2011, p. 444).
9. Brussoni et al. (2012).
10. Gray (2013).

11. 見原則七。Child Rights International Network. (1959, November 20). UN *declaration on the rights of the child (1959)*. archive.crin.org/en/library/legal-database/un-declaration-rights-child-1959.html.

12. 該敘述的措辭在二〇一八年做了些改變，因此無法提供較近的數據資料。該調查就學生「多久與朋友非正式聚會」，提供了五個回應選項，範圍從「從不」到「幾乎每天」。進一步研究，詳見 Twenge, Spitzberg & Campbell (2019)。

13. 研究筆記：本書中，我會呈現一系列札克．勞許和我根據「觀察未來」（Monitoring the Future, MTF）調查資料所繪製的圖表（如圖 2.1）。MTF 每年都會針對八年級、十年級和十二年級學生的許多態度和行為進行調查。我做的圖表通常會綜合三個年級的平均數據，希望最全面反映美國青少年的情況。男生和女生的數據資料幾乎都是分開繪製。MTF 從一九七六年開始收集十二年級的資料，但八年級和十年級的資料則在一九九一年才開始收集，而且有些變數是後來才加入的；例如，在二〇一三年加入了每週使用社群網路的情況。有時候，我會單獨呈現十二年級生的數據，以便將我們的歷史視角延伸至一九七〇年代。儘管數據資料可追溯至二〇二一年，我仍刻意讓大部分的圖表結束在二〇一九年，因為 COVID 疫情導致數據波動較大，往往會分散我們對大重塑期間（二〇一〇至二〇一五年）一些重大現象的注意力。此外，二〇二〇年和二〇二一年的樣本規模要小得多，因此可靠性較低。所有圖表顯示的數據資料都已套用建議的加權方式，並分為兩年一組（例如，二〇一八年和二〇一九年的數據取兩者的平均值）。之所以這麼做，是因為繪製每一年的圖表，往往會導致線圖出現尖峰或劇烈波動，掩蓋潛在的趨勢。將兩年的數據成對合併呈現，可以有效讓線圖更加平滑，進而顯露趨勢。然而，為了完整呈現數據資料，我也在線上補充資料中呈現另一個版本——每一年的圖表版本，並且一直延續到二〇二一年。對於我在文中只顯示十二年級生的圖表，如果有較低年級的數據資料，我會在補充資料中提供三個年級的數據合併在一起呈現的圖表。你可以在 github.com/AfterBabel 下載 MTF 數據資料，以及本書使用的所有其他資料。

14. Sherman et al. (2009).

15. Cohn & Tronick (1987); Beebe et al. (2010); Wass et al. (2020).

16. Auxier et al. (2020, July 28).

17. National Institute of Play. (n.d.). *Attunement Play*. www.nifplay.org/what-is-play/types-of-play/attunement-play.
18. Ehrenreich (2006); McNeill (1995).
19. Durkheim (1912/1951).
20. Wiltermuth & Heath (2009).
21. 例如，請參閱 GlobalWebIndex (2018)，該報告在二〇一八年就估計十六至二十四歲青少年每天使用社群媒體三小時。在二〇二一年的報告中，GlobalWebIndex 發現，除了亞太地區，Z世代在全球所有地區每天使用社群媒體平台的時間為三到四小時；「常識媒體」（二〇二一年）的普查報告發現，美國青少年的數據較低：在自稱使用社群媒體的青少年中，男生平均每天使用一小時四十二分鐘，女生平均每天使用兩小時二十二分鐘（Rideout et al., 2022）。
22. George & Haidt (2023).
23. Richerson & Boyd (2004). 基因—文化共同演化的理論由 Boyd & Richerson (1985) 提出；喬．亨里奇是博伊德的學生，他進一步發展了這個理論。
24. 在第五章，我將提出社群媒體的定義。雖然 Netflix 和 Hulu 等串流媒體平台有助於社會化，但社群媒體的獨特性，如社群認可、頻繁強化某些行為、公開展示粉絲數與按讚數，以及看得到比用戶年紀稍長且聊得來的人的個人資料，皆讓社群媒體更具影響力。
25. 亨里奇與 Francisco Gil-White (2001) 共同撰寫了關於聲望偏差的第一篇論文。亨里奇在後來發表的多篇論文中，闡述此一論點，包括他的書籍 *The Secret of Our Success* (2015)。
26. Sean Parker in *Axios*: Allen, M. (2017, November 9). Sean Parker unloads on Facebook: "God only knows what it's doing to our children's brains." *Axios*. www.axios.com/2017/12/15/sean-parker-unloads-on-facebook-god-only-knows-what-its-doing-to-our-childrens-brains-1513306792.
27. 根據維基百科，這個短語最早由英國記者 Malcolm Muggeridge 在一九六七年開始使用，他寫道：「在過去，如果某人出名或惡名遠播，是因為某些原因，如身為作家、演員或罪犯；或是因為某些才能、傑出表現或可惡行為而成為名人。今天，一個人因為出名而出名。在街上或公共場所，當民眾走近某位名人、希望獲得對方注意，幾乎總會說：『我在電視上見過你。』」

28. Black et al. (1998).
29. McAvoy, T. D. (1955). 洛倫茲博士在 Woodland Institute 研究鴨和鵝非學習性習慣的照片。來源：Shutterstock。
30. McCabe (2019).
31. 關於敏感期，見 Zeanah et al. (2011)。
32. Johnson & Newport (1989).
33. Minoura (1992).
34. Minoura (1992, p. 327).
35. Orben et al. (2022). 請注意，男女在十九歲左右都意外出現一個敏感期，但咸信這與生活環境有較大關聯，因為青少年通常會在這個年齡離家，而非顯示生物學上的敏感期。
36. 另請參閱 Sapien Labs 的一項研究計畫，該計畫在二〇二三年調查全球數萬名年輕人。他們發現，年輕人收到第一支智慧型手機的年齡，與他們成年後的心理健康有直接的線性關係：那些被父母延後提供智慧型手機的年輕人，幾乎在每項指標上都比那些在小學或中學就擁有智慧型手機的年輕人，心理健康狀態更佳。這項關於擁有手機年齡的研究並未發現特定的敏感期；實際上，它發現手機對整個童年期造成的累積性傷害（Sapien Labs, 2023）。

第三章　探索模式，以及兒童需要有風險的遊戲

1. Ingraham, C. (2015, April 14). There's never been a safer time to be a kid in America. *Washington Post*. www.washingtonpost.com/news/wonk/wp/2015/04/14/theres-never-been-a-safer-time-to-be-a-kid-in-america; Let Grow. (2022, December 16). Let Grow takes a look at crime statistics. letgrow.org/crime-statistics/.
2. Bowles, N., & Keller, M. H. (2019, December 7). Video games and online chats are "hunting grounds" for sexual predators. New York Times. www.nytimes.com/interactive/2019/12/07/us/video-games-child-sex-abuse.html.

3. Horwitz, J., & Blunt, K. (2023, June 7). Instagram connects vast pedophile network. *Wall Street Journal*. www.wsj.com/articles/instagram-vast-pedophile-network-4ab7189.
4. Richerson & Boyd (2004).
5. BIS-BAS 理論由 Gray (1982) 率先提出。較近期的回顧，請參閱 Bijttebier et al. (2009)。
6. 我使用的「探索模式」和「防禦模式」這兩個標籤，出自 Caroline Webb 在二〇一六年出版的一本好書《好日子革新手冊》(*How to Have a Good Day*)。
7. See, for example, Petersen, A. (2016, October 10). Students flood college mental-health centers. *Wall Street Journal*. www.wsj.com/articles/students-flood-college-mental-health-centers-1476120902.
8. 此圖表首次出現在《華爾街日報》：Belkin, D. (2018, May 4)。Colleges bend the rules for more students, give them extra help. *Wall Street Journal*. www.wsj.com/articles/colleges-bend-the-rules-for-more-students-give-them-extra-help-1527154200. 札克・勞許和我從ＨＥＲＩ獲得數據，並重新製作這張圖表，增加更多年分。Higher Education Research Institute (HERI). (2023).
9. 請見 *The Coddling of the American Mind* (2018) 當中的案例，也參考 Gosden, E. (2016, April 3). Student accused of violating university “safe space” by raising her hand. *Telegraph*. www.telegraph.co.uk/news/2016/04/03/student-accused-of-violating-university-safe-space-by-raising-he。
10. 參閱我的綜述性文章：The Coddling of the Canadian Mind? A Collaborative Review, www.anxiousgeneration.com/reviews。
11. Taleb (2012).
12. Gilbert, D. (2004). The surprising science of happiness. TED. www.ted.com/talks/dan_gilbert_the_suprising_science_of_happiness.
13. Phelan (2010).
14. Raudino et al. (2013); Shoebridge & Gowers (2000). 綜述與最新名單，請參閱 Free Play and Mental Health: A Collaborative Review 第七部分，網址：www.anxiousgeneration.com/reviews。

15. Sandseter & Kennair (2010). 另參閱他們近期的論文：Sandseter et al. (2023).
16. Poulton & Menzies (2002a, 2002b).
17. Sandseter et al. (2023).
18. 獲得 Dallas History & Archives Division, Dallas Public Library 授權使用。
19. 電玩固然充滿挑戰性且令人感到興奮刺激，但無法像涉險玩耍一樣，具有抗恐懼的效果（雖然虛擬實境在治療特定類型恐懼症時，可作為暴露療法的一部分），見 Botella et al. (2017)。
20. 請參閱以下的照片集：The dangerous playgrounds of the past through vintage photographs, 1880s–1940s. (2023, January 29). Rare Historical Photos. rarehistoricalphotos.com/dangerous-playgrounds-1900s.
21. Kitzman, A. (2023). *Merry go round* [Photograph]. Shutterstock.
22. 請參閱 Rosin, H. (2014, April) 關於「冒險遊樂場」的研究。The overprotected kid. *Atlantic*. www.theatlantic.com/magazine/archive/2014/04/hey-parents-leave-those-kids-alone/358631/. See Barry, H. (2018, March 10). In Britain's playgrounds, "bringing in risk" to build resilience. *New York Times*. www.nytimes.com/2018/03/10/world/europe/britain-playgrounds-risk.html; Whipple, T. (2019, January 25). Taking risk out of children's lives is putting them in danger. *The Times*. www.thetimes.co.uk/article/taking-risk-out-of-children-s-lives-is-putting-them-in-danger-v7fzcs8b7.
23. Sagdejev, I. (2009). *Hampton forest apartment homes playground* [Photograph]. Wikimedia Commons. commons.wikimedia.org/wiki/File:2009-04-21_Hampton_Forest_Apartment_Homes_playground.jpg.
24. Photo by Jayne Riew.
25. Nauta et al. (2014).
26. 布魯索尼的影片和計畫參閱 outsideplay.ca/。
27. Brussoni et al. (2012, p. 3134).
28. Hofferth & Sandberg (2001); Kemple et al. (2016).
29. Tremblay, M. S., & Brussoni, M. (2019, December 16). If in doubt, let them out- children have the right to play. *Conversation*. theconversation.com/if-in-doubt-let-them-out-children-have-the-right-to-play-128780. 另請參閱步行上學

的人數減少 (Buliung et al., 2009)；加拿大家長和立法人士應該閱讀瑪麗安娜・布魯索尼的文章，網址是 spph.ubc.ca/faculty/mariana-brussoni/。

30. O'Brien & Smith (2002); Dodd et al. (2021); Shaw et al. (2015).
31. 感謝 Eli Finkel，他在《The All-or-Nothing Marriage》一書中重新製作（Ramey & Ramey，2009）的原始圖表，繼而提供我相關數據點，讓我製作自己的圖表。
32. Hofferth & Sandberg (2001).
33. Mullan (2018, 2019).
34. Doepke et al. (2019) 的論文也聚焦在愈來愈嚴重的競爭與不平等現象。
35. Lareau (2003).
36. DeLoache et al. (2010).
37. Ishizuka (2018).
38. See, for example, Putnam (2000).
39. Gemmel et al. (2023). 此外，家庭規模變小，意謂可一起玩耍的孩子也變少。
40. Furedi (2001).《為什麼製造出玻璃心世代》中有一章的標題是「偏執教養」，這一章受到福瑞迪的影響，但非常遺憾，我們沒有直接引述福瑞迪的原話。
41. See summary in Tiffany, K. (2021, December 9). The great (fake) child-sex-trafficking epidemic. *Atlantic*. www.theatlantic.com/magazine/archive/2022/01/children-sex-trafficking-conspiracy-epidemic/620845/.
42. 有關托育中心性虐待兒童所導致的社會恐慌及不實指控，請參閱 Casey, M. (2015, July 31)。How the day care child abuse hysteria of the 1980s became a witch hunt. *Washington Post*. www.washingtonpost.com/opinions/a-modern-witch-hunt/2015/07/31/057effd8-2f1a-11e5-8353-1215475949f4_story.html. See also Day-care sex-abuse hysteria. (2023, June 23). In Wikipedia. Accessed June 28, 2023, en.wikipedia.org/wiki/Day-care_sex-abuse_hysteria.
43. Furedi (2001, p. v).
44. Hillman et al. (1990).

45. Coughlan, S. (2014, December 23). Childhood in the US "safer than in the 1970s." BBC. www.bbc.com/news/education-30578830.

46. 最近一個令人憤怒的例子，見 Skenazy, L. (2022, November 16)。Suburban mom handcuffed, jailed for making 8-year-old son walk half a mile home. *Reason*. reason.com/2022/11/16/suburban-mom-jailed-handcuffed-cps-son-walk-home/.

47. 有關剝奪玩耍和自主權會增加焦慮症風險的綜述型研究，請參閱 Gray et al. (2023)。

48. Haslam (2016).

49. 有關「情緒安全」一詞的 Ngram 圖表，請參閱線上補充資料。

50. Edmondson (1999).

51. Haefeli, W. (2004) We've Created a Safe poster. *The New Yorker* © Condé Nast.

52. Lukianoff and Haidt (2018, p. 27). 我們感謝 Pamela Paresky 發明了這個詞。

53. Photo by Robert Strand.

54. 家長同意兒童外出自由玩耍的年齡，受到他們認為鄰近地區安全程度的影響，但影響不大。一些家長稱自家社區是養育孩子絕佳或很棒的環境，但他們同意的年齡，只比我在文中列出的年齡小一歲。類似的結果，請參閱 Grose, J., & Rosin, H. (2014, August 6)。The shortening leash. *Slate*. www.slate.com/articles/life/family/2014/08/slate_childhood_survey_results_kids_today_have_a_lot_less_freedom_than_their.html.

55. Fay, D. (2013). Diagram of a secure attachment [Photograph]. In *Becoming safely attached: An exploration for professionals in embodied attachment*. dfay.com/archives/3134. 方框和右側文字敘述由海德特添加。

56. 請參閱 Ames 和 Ilg 於一九七九年出版的著作《Your Six-Year-Old: Loving and Defiant》第七章，列出六歲孩童在小一左右應該能夠做的事情，包括：「可以自己一個人前往附近（四到八個街區以內）的商店、學校、遊樂場或朋友家嗎？」

第四章　青春期與過渡到成人期遭受的挫折

1. Hebb (1949).
2. 水泥的比喻誇大了大腦定型的程度。在形成新的突觸上，大腦終生都是可塑的，在大腦的某些區域，新的神經元會在成年期繼續生長。成年人會繼續學習，而所有的學習都涉及某種大腦的改變。但是青春期之後，大腦結構性變化受到更多限制，尤其是已經在青春期期間完成轉型的腦區。
3. Steinberg (2023); Fuhrmann et al. (2015).
4. Steinberg (2023, p. 26).
5. 例如請參閱 Hara Marano 二〇〇八年的著作《A Nation of Wimps》。證據顯示千禧世代出現愈來愈明顯的外控觀點，請參閱 Twenge et al. (2004)。
6. 雖然 Twenge (2023b) 的研究顯示，千禧世代的上升幅度較小，是在Z世代激增一、兩年**之後**開始的。此外，Gray et al. (2023) 認為，自一九四〇年代起，兒童的獨立性就一直下降，而一些與心理疾病相關的指標也從那時開始緩慢增加。我承認這一點及這個背景脈絡，但因為在一九九〇年代和二〇二〇年代初，患病率普遍持平、甚至改善，所以我專注於為何會從二〇一〇年代初開始出現精神疾病激增的趨勢。
7. 在人類的演化過程中，能夠處理快速閃爍的影像和文字訊息，以及同時在多個螢幕上進行多工作業，並不是一種攸關生存的天擇壓力，所以這並不是需要在童年練習的技能。即使現今的孩子在成年後需要這麼做，讓孩子過早沉浸在這樣的刺激中，無助於讓他們為未來做更好的準備。
8. Brown (1991).
9. 我對日出舞的描述參考了 Markstrom (2010) 和 Marks (1999)。Apache female puberty sunrise ceremony. Web Winds. www.webwinds.com/yupanqui/apachesunrise.htm.
10. Lacey (2006).
11. 受過拉比訓練的 Uri Bilmes 做了以下澄清，他說：「重要的是要注意，成年的年齡門檻會根據不同的時代和社會而異。以下可供參考，拉比文庫中有一段著名的文字，以下列方式列出了不同的年齡及其理想的相應發展階段：『五歲學習聖經，十歲學習密西拿，十三歲履行戒律義務，十五歲學習塔木德，十八歲結婚。』在十三歲成年的世界裡，婚姻不能推遲到十八歲以後。今日的社會將七年級生視為『成年男子』（而他的母親還在為他打包午餐）幾乎顯得過時，甚至可笑。」

12. Markstrom (2011, p. 157).
13. 街頭幫派的入會儀式，請參閱 Descormiers and Corrado (2016)。
14. Nuwer (1999); Kim, Y. (2018, July 10). 8 girls get real about their crazy sorority experiences. *Seventeen*. www.seventeen.com/life/real-girl-stories/a22090500/craziest-sorority-hazing-stories/.
15. 這份參考資料出自「觀察未來」(Monitoring the Future)，你可以在線上補充資料看到這些資訊。另請參閱 Burge (2021)。
16. 當然，在實務上，十三歲和十八歲之間並無明顯界限。如果持假身分證，孩子可以在十三歲之前進電影院，十八歲之前進酒吧。只不過這樣做會有一定的風險——當你把假身分證交給酒保或門口警衛，確實會有些害怕。
17. 三個問題出自「觀察未來」數據集：飲酒：「您喝過啤酒、葡萄酒或白酒嗎？」；工作：「在整個學年中，你平均每週兼差多少小時的有薪或無薪工作？」；駕照：「你有駕照嗎？」至於最後一個性行為的問題則是出自ＣＤＣ青少年風險行為調查：「你是否曾有過性交經驗？」
18. Rideout et al. (2022) 指出，八至十二歲兒童當中，一八％每天使用社群媒體，主要是 Snapchat 和 Instagram。如果我們把對象限縮在十一至十二歲的兒童，這個比例會高出許多。
19. Ron Lieber 在他二〇一五年的暢銷書《The Opposite of Spoiled》中寫道：「每一次關於金錢的對話，也是關於價值觀的對話。零用錢教的是耐心……工作教的是毅力。」他還建議「最遲從小一開始」，也就是大約六歲開始，每週給孩子零用錢。
20. 就我個人而言，我認為擁有第一支智慧型手機的年齡應該是十六歲。但考慮到目前的情況，以及將智慧型手機和社群媒體完全移出初中學生生活的重要性，我建議將初中過渡到高中的時間（大約十四歲）作為一個明確的界限，以確立新的社會規範。

第五章　四種根本性傷害：社交障礙、睡眠剝奪、注意力碎片化、上癮

1. Thorndike (1898).
2. John Schroter. (2021, October 8). *Steve Jobs introduces iPhone in 2007* [Video]. YouTube. www.youtube.com/watch?v=MnrJzXM7a6o (time code 2:14)；Jobs' original vision for the iPhone: No third-party native apps. (2011, October 21). 9to5Mac. 9to5mac.com/2011/10/21/jobs-original-vision-for-the-iphone-no-third-party-native-apps.
3. Silver, S. (2018, July 10). The revolution Steve Jobs resisted: Apple's App Store marks 10 years of third-party innovation. *AppleInsider*. appleinsider.com/articles/18/07/10/the-revolution-steve-jobs-resisted-apples-app-store-marks-10-years-of-third-party-innovation.
4. Turner, A. (2023). How many apps in Google Play Store? (August 2023). *BankMyCell*. www.bankmycell.com/blog/number-of-google-play-store-apps.
5. 要瞭解廣告導向模式的規模，請考慮二〇一九年有三十三億人在行動裝置上使用社群媒體。而僅在二〇一九年，廣告就占 Meta 營收的九八%，超過六百九十億美元。同樣以廣告為主的商業模式也支撐抖音、Snap 和其他大多數主要社群媒體平台。它們的巨額收入取決於迎合客戶（廣告商），而非對三十多億用戶的服務表現。請參閱 Kemp (2019)。用戶數在二〇二三年增加到四十九億；見 Wong & Bottorff (2023)。
6. Lenhart (2015).
7. 有關一九九四年以來社群媒體的定義史，請參閱 Aichner et al. (2021)。
8. Brady et al. (2017).
9. Pew Research Center (2021).
10. 請參閱 Halldorsdottir et al. (2021), Verduyn et al. (2015), and Kim et al. (2020)，瞭解被動使用社群媒體為何會對心理健康造成負面影響。
11. 有關螢幕使用時間的數據，我引用 Rideout & Robb (2019)：八到十二歲的兒童，每天約花五小時在非學習用途的 3 C 螢幕上；年紀較大的青少年，每天則約花七到八小時在非學習用途的 3 C 螢幕上。Nagata, Ganson, et al. (2022) 的報告與這些數據一致：在 COVID 之前，九到十歲的兒童每天有四小時的螢幕使用時

間。Nagata, Cortez, et al. (2022) 指出，ABCD研究報告裡的十三歲兒少，在二〇二一年每天花在螢幕上的時間接近八小時。美國兒科醫學院（二〇二〇年）也發現類似數據：八到十二歲的兒童每天約花五小時；青少年則接近七．五小時。所有這些研究，都排除在學校或做功課時的螢幕使用時間；所有數據都只是休閒性的螢幕使用時間，因此我報告裡出現的數據是：吞世代每週的螢幕使用時間約為四十小時，青少年每週的螢幕使用時間超過五十小時。英國也是類似的數據：Hiley, C. (2022, September 13). Screen time report 2022. *Uswitch*. www.uswitch.com/mobiles/screentime-report.

12. Twenge, Martin & Spitzberg (2019)，分析的數據出自「觀察未來」。

13. 有關美國亞裔使用科技的趨勢，資料較少。研究結果相互矛盾，一些研究報告稱，相較於白人、黑人和拉美裔青少年，亞裔螢幕使用時間較少（見 Nagata, Ganson, et al., 2022; Nagata et al. 2023），另一些研究則顯示，亞裔的螢幕使用時間與黑人和拉美裔青少年相當（見 Rideout et al., 2021）。

14. 研究筆記：過去數十年，數位鴻溝造成社會經濟的差距，較富裕的家庭添購電腦、筆電和電視等數位設備的速度較快，使用的機會也較多。雖然數位鴻溝現在仍然存在，在美國社會，經常以意想不到的方式出現。例如，儘管收入低於三萬美元的美國成年人五七%擁有高速寬頻，而收入介於三萬美元至十萬美元之間的成年人擁有高速寬頻高達八三%，但低收入家庭愈來愈依賴智慧型手機上網，導致他們的智慧型手機使用率更高。值得注意的是，不同社會階層的吞世代（八至十二歲）和青少年（十三至十八歲），擁有智慧型手機的比例並無顯著差異，但花在螢幕上的時間卻有差異。來自低收入家庭（年收入低於三萬五千美元）的吞世代，每天花在螢幕上的時間，比富裕家庭的同齡青少年多出約三小時，而較低收入家庭的青少年，則比富裕家庭的同齡人多出約兩小時。此外，許多科技主管，包括來自矽谷的科技主管，會將孩子送到半島華德福學校（Waldorf School of the Peninsula）等禁止使用3C設備的私立學校。這與許多正在推行一：一科技計畫的公立學校形成對比，後者努力為每個孩子配一台數位設備。此外，許多收入較低的父母身兼多個工作，而且很有可能是一個人獨力養育孩子，因此比較沒有時間和精力監控孩子使用螢幕的時間和內容。在其他國家，也發現螢幕使用有社會經濟上的落差；例如，Pedersen (2022) 對丹麥的研究有類似現象。在種族方面，黑人和拉美裔青少年比白人青少年更有可能擁有智慧型手機。黑人青少年每天的螢幕使用時間，比白人青少年多兩小時。拉美裔青少年的差異更大，比白人青少年多了大約二・五個小時。LGBTQ青少年也表示，每天花在螢幕上的時間比順性別異性戀同儕多了三小時。資料來源，請參閱 Vogels (2021); Rideout et al. (2022); Atske and Perrin (2021); Rideout and Robb (2019); Nagata et al. (2023); Assari (2020); Pulkki-Råback et al. (2022); Bowles, N. (2018, October 16). The digital gap between rich and poor kids is not what we expected. *New York Times*. www.nytimes.com/2018/10/26/style/digital-divide-screens-schools.html.

15. Vogels et al. (2022)：「在這五個平台中，三五%的美國青少年表示，他們幾乎不停地使用其中至少一個平台。」
16. Thoreau (1910, p. 39).
17. Gray (2023).
18. Kannan & Veazie (2023).
19. 美國時間使用調查。感謝 Dr.Viji Kannan 寄給我 Kannan & Veazie (2023) 的數據點，札克和我據此重新繪製了這張圖表。
20. Twenge (2017, Chapter 3). 另見 Twenge, Spitzberg & Campbell (2019)。我將在第六章說明，這些不僅僅有相關性，實驗顯示也有因果關係，尤其是社群媒體。
21. Barrick et al. (2022).
22. Przybylski & Weinstein (2012). 有關綜述型研究，請參閱 Garrido et al. (2021)。
23. *Highlights* (2014, October 14). 全國性調查顯示，六二%的孩童認為父母太分心，無法傾聽他們說話。PR Newswire. www.prnewswire.com/news-releases/national-survey-reveals-62-of-kids-think-parents-are-too-distracted-to-listen-278525821.html.
24. Pew Research Center (2020).
25. 感謝 Jacob Silliker 與我分享他的見解，並允許我在此轉載。
26. Hummer & Lee (2016).
27. Tarokh et al. (2016); Lowe et al. (2017).

28. Wolfson & Carskadon (2003); Perez-Lloret et al. (2013).
29. Dahl (2008); Wheaton et al. (2016).
30. Owens et al. (2014); Garbarino et al. (2021).
31. Paruthi et al. (2016).
32. James Maas, quoted in Carpenter, S. (2001, October). 睡眠剝奪可能正在損害青少年的健康。*Monitor on Psychology*, 32. www.apa.org/monitor/oct01/sleepteen.
33. National Addiction & HIV Data Archive Program (n.d.-a, n.d.-b). *Monitoring the Future.*
34. Alonzo et al. (2021).
35. Perrault et al. (2019). Also see Garrison & Christakis (2012) and Mindell et al. (2016).
36. 關於電玩，請見 Peracchia & Curcio (2018)。關於電子書，請見 Chang et al. (2014)。關於電腦，請見 Green et al. (2017)。關於社群媒體，請見 Rasmussen et al. (2020)。一些研究報告指出，使用螢幕對睡眠影響極小，甚至沒有影響。請見 Przybylski (2019)。
37. Hisler et al. (2020).
38. 有許多和這主題相關的研究。補充一些國際性證據：一項大型研究 (Khan et al., 2023) 分析了對三十八個國家青少年的調查結果，發現所有數位媒體的重度使用者比輕度使用者出現更多睡眠問題，每種媒體類型每天使用兩小時以上，就會開始出現負面影響，每天使用四小時以上，影響則會加劇（再次顯示成癮會加劇這些影響）。一般而言，女孩受到的影響較大。我還要指出「被動螢幕時間」的影響，主要是指看電視和影片，直到每日平均時間超過四小時，負面影響才會出現。這是一致的發現：看電視是被動活動，並不如社群媒體或電玩那麼糟糕，因為社群媒體或電玩涉及快速的行為，而這些行為會透過獎勵機制被強化，因此更容易上癮。
39. Guo et al. (2022); Ahmed et al. (2022); Kristensen et al. (2021); Alimoradi et al. (2019).
40. As quoted in Hern, A. (2017, April 18). Netflix Netflix's biggest competitor? Sleep. *Guardian*. www.theguardian.com/technology/2017/apr/18/netflix-competitor-sleep-uber-facebook.

41. Goldstone et al. (2020).

42. Statista. (2023, April 18). *Weekly notifications from social apps to U.S. Gen Z mobile users 2023*. www.statista.com/statistics/1245420/us-notifications-to-social-app-ios-users. 我注意到，大多數青少年並非總計十三個應用程式全都使用，不過青少年平均在七、八個社群媒體平台擁有帳號；Kemp, S. (2023, January 26). DataReportal. datareportal.com/reports/digital-2023-deep-dive-time-spent-on-social-media. 當然，許多青少年學會關閉某些應用程式的通知，許多人也使用內建功能，暫時關閉所有通知。但我的學生也同意：他們的手機一天到晚不斷打擾他們。

43. James (1890, chapter 11).

44. Carr (2012, p. 7).

45. 我主張學校禁用手機的必要性，請參閱 Haidt, J. (2023, June 6)。Get phones out of school now. *Atlantic*. www.theatlantic.com/ideas/archive/2023/06/ban-smartphones-phone-free-schools-social-media/674304.

46. Kim et al. (2019).

47. Madore & Wagner (2019).

48. Ward et al. (2017). 我注意到，有一個複製這實驗的研究，並未發現手機擺放位置會影響學業表現（Ruiz Pardo & Minda, 2022）。但其他研究發現，當手機在可見位置時，手機會有破壞性的影響。見 Dwyer et al. (2018); Tanil & Young (2020); Skowronek et al. (2023)。

49. 有關ＡＤＨＤ與螢幕時間相關性的其他資料來源，請參閱 Boer et al. (2019); Liu et al. (2023); Santos et al. (2022); Tamana et al. (2019)。

50. Boer et al. (2020).

51. Baumgartner et al. (2018).

52. 大量或不當使用社群媒體，與執行功能下降存在相關性；見 Reed (2023)。但很難在實驗中測試長期使用社群媒體，是否會造成負面影響，因為隨機指定年輕人進入大量使用社群媒體的組別是不道德的。

53. 有關行為上癮和化學上癮之間的分類、相似性和差異，請參閱 Alavi et al. (2012) & Grant et al. (2010)。

54. 也可參閱 Braun, A. (2018, November 13). Compulsion loops and dopamine hits: How games are designed to be addictive. *Make Tech Easier*. www.maketecheasier.com/why-games-are-designed-addictive.
55. 感謝尼爾・艾歐（Nir Eyal）同意讓我們重印此圖。他也在二〇一九年出版的《專注力協定：史丹佛教授教你消除逃避心理，自然而然變專注》（*Indistractable: How to Control Your Attention and Choose Your Life*），提供打破不良科技習慣的策略。
56. Spence et al. v. Meta Platforms Inc., No. 3:22-cv-03294, N.D. Cal. (San Francisco, 2022), Document 1, pp. 24–25, para. 32. socialmediavictims.org/wp-content/uploads/2022/06/Spence-Complaint-6_6_22.pdf.
57. Lembke (2021, p. 57).
58. American Psychiatric Association (2023, January). See also Marcelline, M. (2022, December 12). Canada judge authorizes *Fortnite* addiction lawsuit. *PCMag*. www.pcmag.com/news/canada-judge-authorizes-fortnite-addiction-lawsuit.
59. Chang et al. (2014).
60. Lembke (2021, p. 1).
61. See especially Maza et al. (2023).
62. U.S. Department of Health and Human Services (2023).
63. Vogels & Gelles-Watnick (2023).
64. Nesi et al. (2023).
65. Berger et al. (2022); Berger et al. (2021); Nagata et al. (2023).
66. 參閱 Zach Rausch、Jean Twenge 和我共同整理的 Social Media and Mental Health: A Collaborative Review。鮮少研究發現社群媒體的益處，參照 www.anxiousgeneration.com/reviews。
67. 嚴格來說，YouTube 也是社群媒體的一種類型，但它主要被用於提供資訊。它與激進化及許多其他社會和心理問題有關，可是在我們評價平台的優點和缺點時，YouTube 獲得的評價最為正面；例如請參閱 Royal Society for Public Health (2017)。
68. 進一步讓人懷疑的另一個理由：許多支持社群媒體具備社交和教育益處的研究，實際上報告的是關於網際網路使用情形的研究結果，而且有些研究是在二〇一二年之前進行的，也就是 Instagram、Snapchat 和抖音普及之前。請參閱 Uhls et al. (2017) 的效益回顧。他們參考了二〇一二年之前的許多研究，包括聚焦在網際網路使用情形的資料來源，如 Borca et al. (2015)。

69. Nesi et al. (2023).
70. Vogels (2022).

第六章　為什麼社群媒體對女孩的傷害大於男孩

1. Spence et al. v. Meta Platforms Inc., No. 3:22-cv-03294, N.D. Cal. (San Francisco, 2022), Document 1, pp. 110–111, para. 187. socialmediavictims.org/wp-content/uploads/2022/06/Spence-Complaint-6_6_22.pdf. 插圖經艾莉西絲的父母授權使用。我與代表史班斯夫婦的律師事務所合作。
2. 幾項研究發現，使用社群媒體與自殺念頭之間有相關性，但這種關聯性僅限於女孩，男孩則沒有。請參閱 Coyne et al. (2021)。另請參閱 Brailovskaia, Krasavtseva, et al. (2022)，不過他們只研究俄羅斯的女性。他們發現「不當或過度使用社群媒體，對於日常壓力與自殺相關行為之間的關聯性，扮演了顯著調節作用。」但這只適用於年輕女性（二十九歲以下），並不適用於年長女性。
3. See Rausch & Haidt (2023, March 29).
4. 研究筆記：本章的圖表大多與美國青少年有關，因為有些研究提供可以追溯到一九七〇年代的絕佳數據，特別是「觀察未來」研究。我相信這些趨勢在其他盎格魯國家也是類似的。從一些大型國際研究和民眾寫給我的信中，我相信這些趨勢也發生在歐洲和拉丁美洲的大部分地區。我對亞洲或非洲的趨勢所知甚少，雖然在較為集體主義、重視宗教和以家庭為導向的社會中，快速科技變遷造成的孤立感、孤獨感可能沒那麼嚴重。資料來源：Rausch (2023, March)；札克・勞許和我合作的國際綜述型評論，請參閱 www.anxiousgeneration.com/reviews。
5. Orben & Przybylski (2019)。
6. Twenge, Haidt, et al. (2022). 我們重新分析了 Orben & Przybylski (2019) 所使用的相同數據集，解決了該研究看

到的一些問題，例如控制與心理健康相關的心理變數，而不是像大家一樣只控制人口特徵的變數。我們發現社群媒體使用與心理健康之間的相關性相當於 $r = 0.20$，在那些數據集中，這個相關性與狂灌酒精、不吃馬鈴薯的影響差不多。

7. 我注意到，在 Twenge, Haidt, et al (2022) 和其他研究中，「網際網路使用」經常顯示與心理健康不佳有類似的高相關性，尤其是對女孩而言。我也注意到，有些研究發現了調節變數，也就是讓某些女孩較容易或較不容易受到社群媒體傷害的變數。已發現的一些變數，包括青春期提早、大量消費媒體，以及已有憂鬱症或焦慮症。請參閱 Social Media and Mental Health: A Collaborative Review 的第二部分。

8. 近年來，圍繞社群媒體與內化型障礙（特別是焦慮症和憂鬱症）之間的相關性，出現令人驚訝的共識。珍．特溫格和我發現，當分析範圍限制在女孩和社群媒體時，$r=0.20$ 左右（其中 r 是「皮爾森相關係數」，從 $r=-1.0$ 表示完全負相關，到 $r=0$ 表示完全無相關，再到 $r = 1.0$ 表示完全正相關）。Orben & Przybylski (2019) 表示，當相關性 $r < 0.04$，這真的可以忽略不計，但同樣地，這是針對所有數位活動和所有青少年而言。當 Amy Orben (2020) 檢視許多其他僅限於社群媒體（而非所有數位媒體）的研究時，她發現與幸福感的相關性從 $r = 0.10$ 到 $r = 0.15$ 不等，而且這是針對男孩和女孩的合併數據。對女孩的影響通常較大，因此社群媒體與女孩心理健康不佳的相關性 $r = 0.15$ 以上，這與特溫格和我的發現非常接近。Jeff Hancock 是另一位對社群媒體傷害青少年心理健康的說法持懷疑態度的主要研究員，他進行了一項到二〇一八年為止的統合分析 (Hancock et al., 2022)。他和他的合作夥伴發現，社群媒體的使用時間與大多數幸福感變數沒有實質關係，只有憂鬱症和焦慮症除外。對於這些結果，相關性再次介於 $r = 0.10$ 和 $r = 0.15$ 之間，而且還是男孩和女孩合併的結果。因此，研究界逐漸達成共識，即粗略測量的社群媒體使用與粗略測量的焦慮症和憂鬱症之間存在相關性，對女孩而言，相關度約為或高於 $r = 0.15$（如果對這兩個變數的測量更精確，相關性會更高）。$r=0.15$ 小嗎？在公共衛生領域並非如此（見 Götz et al., 2022）。

9. 請參閱我在 Substack 針對這些研究所做的評論：社群媒體是導致青少女心理疾病流行的主要原因。證據請見 (Haidt, 2023, February 23)。

10. Denworth, L. (2019, November 1). 社群媒體並未摧毀一整個世代. *Scientific American*. www.scientificamerican.com/

article/social-media-has-not-destroyed-a-generation.

11. Millenium Cohort Study. Analyzed by Kelly et al. (2018). Replotted by Zach Rausch.

12. 有些研究確實發現，確診憂鬱症的青少年更可能依賴社群媒體。但許多研究證實，大量使用社群媒體會導致憂鬱症，而且一些縱向研究證實，在時間點一增加社群媒體的使用，預測在時間點二會出現更嚴重的憂鬱症狀。例證可參閱 Primack et al. (2020); Shakya & Christakis (2017)。

13. Hunt et al. (2018, p. 751).

14. Kleemans et al. (2018).

15. 珍・特溫格、札克・勞許和我共同整理完成了〈社群媒體與心理健康〉，在這個綜述型文件中，我們收集了數百篇關於社群媒體的研究摘要，並按照它們是否發現有害證據進行分類。截至二〇二三年寫作此書時，文件中有二十個ＲＣＴ（隨機對照試驗）研究，其中十四個（七〇％）發現了有害證據。在未發現有害證據的六個實驗中，值得注意的是，有四個要求參與者在短期間內（不超過一週）停用社群媒體。我認為，我們不應該指望，讓成癮者在短期間內放棄他們的毒品，會得到任何好處。大腦至少需要三週的時間重置並度過戒斷渴望。在發現影響的十四個研究中，只有兩個研究的時間間隔為一週或更短。因此，如果我們排除那些使用短期干預的六個研究，剩下的比例是十二比二，即八六％的研究發現了顯著影響。

16. 這就是所謂的梅特卡夫定律：電信網路的財務價值或影響力與系統中連線用戶數的平方成正比。Metcalfe's law (2023, June 27). Wikipedia. Accessed July 10, 2023, en.wikipedia.org/wiki/Metcalfe%27s_law.

17. 這是老師們告訴我的，也是我在紐約大學斯特恩商學院ＭＢＡ課堂上看到的現象。許多學校要求學生在上課期間將手機鎖起來，結果普遍顯示，對話和笑聲有所增加；參見 Cook, H. (2018, February 20).Noise levels dialed up as school's total phone ban gets kids talking. *Age*. www.theage.com.au/national/victoria/noise-levels-dialled-up-as-school-s-total-phone-ban-gets-kids-talking-20180220-p4z0zq.html.

18. 見 Twenge, Spitzberg & Campbell (2019)，瞭解這一點的證據和闡述。

19. 這些研究有時被稱為準實驗，因為研究員利用世界上的自然變異，就像隨機指派一樣。你可以在綜述型文件〈社群媒體與心理健康〉的第四部分找到這些研究。Social Media and Mental Health: A Collaborative

Review, www.anxiousgeneration.com/reviews.

20. Braghieri et al. (2022, p. 3660). 有關這項研究的批判，請參閱 Stein (2023)。我相信基本的「差異中的差異」是合理的：這種設計以整個學院為單位，將學院中大多數人同時開始使用臉書與較晚開始的學院，進行了相關性比較。
21. Arenas-Arroyo et al. (2022, p. 3). 該研究發現父女關係尤其受到傷害，儘管這種影響僅限於那些已很緊張的父女關係。
22. 見 Social Media and Mental Health: A Collaborative Review, www.anxious generation.com/reviews。
23. 我注意到幾位著名的研究員不同意我的這些觀點。他們並未斷言社群媒體無害，但他們認為累積的科學證據，尚不足以證明社群媒體會造成焦慮、憂鬱和其他負面的心理結果。你可以在我在 Substack 的專欄找到這些研究員反對意見的連結，以及我的回應。請參閱我的貼文：Why Some Researchers Think I'm Wrong About Social Media and Mental Illness (Haidt, 2023, April 17)。
24. Lenhart (2015).
25. Royal Society for Public Health (2017).
26. 研究筆記：我們所有人都很難準確回答這些時間估值問題，有些研究員也質疑這些自評報告數據的效用；請參閱 Sewall et al. (2020)。但皮尤研究發現，美國青少年當中，表示「幾乎一直」在線上的比例上升，這結果驗證了超量使用上升的趨勢 (Perrin & Atske, 2021)。
27. 二〇二三年「常識媒體」的一份報告指出，在積極使用這些平台的十一至十五歲女孩中，平均每日使用時間如下：抖音為兩小時三十九分鐘，YouTube 為兩小時二十三分鐘，Snapchat 為兩小時，Instagram 為一小時三十二分鐘。見 Nesi et al. (2023)。
28. 二〇一三年和二〇一五年的問卷調查中，使用的問題是：「你每週大約花多少小時瀏覽臉書等社群網站？」在二〇一七年，該問題改為：「你每週大約花多少小時瀏覽臉書、推特、Instagram 等社群網站？」
29. Chen et al. (2019). 另請參閱 Eagly et al. (2020)，他們分析了美國從一九四六年至二〇一八年的民意調查，發現這些年來，民眾愈來愈認為女性更具親和力和情感(共融特質)，認為男性更具野心和勇氣(行動力特質)

的看法則維持不變。

30. Guisinger & Blatt (1994).
31. Hsu et al. (2021).
32. 見 Maccoby & Jacklin (1974)；參見 Tannen (1990)，他分析了語言使用時的性別差異；Todd et al. (2017)。
33. Kahlenberg & Wrangham (2010); Hassett et al. (2008).
34. "Jealousy, Jealousy" by Olivia Rodrigo 可在 YouTube 上找到，只要搜尋這些字即可。
35. Fiske (2011, p. 13).
36. Leary (2005).
37. 感謝 @JosephineLivin 製作這張圖片，並允許我使用。
38. Josephs, M. (2022, January 26). 7 teens on Instagram filters, social media, and mental health. *Teen Vogue*. www.teenvogue.com/story/7-teens-on-instagram-filters-social-media-and-mental-health.
39. Curran & Hill (2019) 分析了美國、英國和加拿大自一九八九年以來對完美主義的研究。他們發現，自我導向完美主義（SOP）、他人導向完美主義（OOP）和社會規範完美主義（SPP），在這段期間呈線性上升趨勢，趨勢線並未轉折或加速。然而札克和我注意到，構建趨勢線所依據的社會規範完美主義的數據點，似乎在曲線上有一個轉折，並在二〇一〇年左右急速上升。我們為此聯繫了作者，Curran 博士表示：「你指出我們二〇一七年論文的趨勢看起來是二次曲線，這是對的。事實上，我為本書重新分析了最新的SPP數據，並採用二次模型進行分析，發現它比線性模型更符合數據。」你可以在線上補充資料查看更新後的二次曲線圖，其中包含二〇一〇年的向上轉折。
40. Torres, J. (2019, January 13). How being a social media influencer has impacted my mental health. *HipLatina*. hiplatina.com/being-a-social-media-influencer-has-impacted-my-mental-health.
41. Chatard et al. (2017). 也請參閱 Joiner et al. (2023)，他們發現，觀看苗條女性跳抖音舞的年輕女性，對自己的身體感覺較差；觀看肥胖女性跳抖音舞的年輕女性，則對自己的身體感覺較好。
42. [iamveronika]. (2021, August 10). Suicidal because of my looks [Online forum post]. Reddit. www.reddit.com/r/

offmychest/comments/p22en4/suicidal_because_of_my_looks.

43. Hobbs, T. D., Barry, R., & Koh, Y. (2021, December 17). "The corpse bride diet": How TikTok inundates teens with eating-disorder videos. *Wall Street Journal*. www.wsj.com/articles/how-tiktok-inundates-teens-with-eating-disorder-videos-11639754848.
44. Wells, G., Horwitz, J., & Seetharaman, D. (2021, September 14). Facebook knows Instagram is toxic for teen girls, company documents show. *Wall Street Journal*. www.wsj.com/articles/facebook-knows-instagram-is-toxic-for-teen-girls-company-documents-show-11631620739.
45. Archer (2004).
46. Crick & Grotpeter (1995); Archer (2004).
47. Kennedy (2021).
48. Girls who reported having been cyberbullied in the past 12 months increased from 17% in 2006, to 27% in 2012. Schneider et al. (2015).
49. Li et al. (2020, Table 2).
50. Lorenz, T. (2018, October 10). Teens are being bullied "constantly" on Instagram. *Atlantic*. www.theatlantic.com/technology/archive/2018/10/teens-face-relentless-bullying-instagram/572164.
51. India, F. (2022, July 22). Social media's not just making girls depressed, it's making us bitchy too. *New Statesman*. www.newstatesman.com/quickfire/2022/07/social-media-making-young-girls-depressed-bitchy.
52. 請參閱英國 Molly Russell 的案例，她的自殺在很大程度上是社群媒體霸凌所致。另請參閱這篇文章，以一位年輕人的角度檢視這些平台的影響：Gevertz, J. (2019, February 10). Social media was my escape as a teenager—now it's morphed into something terrifying. *Independent*. www.independent.co.uk/voices/facebook-twitter-young-people-mental-health-suicide-molly-russell-a8772096.html.
53. See Fowler & Christakis (2008).
54. See Rosenquist et al. (2011).

55. Tierney & Baumeister (2019).

56. Boss (1997). 她使用的詞彙是「流行性歇斯底里」。我換上「社會性疾病」一詞，除了它更能準確描述社會成因，也因為最近被更多研究員使用，而且「歇斯底里」一詞常被用來貶低女性。

57. Waller (2008).

58. 學術性論述，見 Wessely (1987)，對於這兩種變異的新聞性論述，以及大家常觀察到的性別差異，請見 Morley, C. (2015, March 29). Carol Morley: "Mass hysteria is a powerful group activity." *Guardian*. www.theguardian.com/film/2015/mar/29/carol-morley-the-falling-mass-hysteria-is-a-powerful-group-activity.

59. 一個悲慘的例子，請見 Gurwinder 對 Nicholas Perry 的描述，這位年輕人受制於「觀眾俘虜」而暴飲暴食，最後變成極度肥胖：Gurwinder. (2022, June 30). The perils of audience capture. *The Prism*. gurwinder.substack.com/p/the-perils-of-audience-capture.

60. Jargon, J. (2023, May 13). TikTok feeds teens a diet of darkness. *Wall Street Journal*. www.wsj.com/articles/tiktok-feeds-teens-a-diet-of-darkness-8f350507.

61. Müller-Vahl et al. (2022).

62. 有關這些案例的新聞報導，請見 Browne, G. (2021, January 9)。They saw a YouTube video. Then they got Tourette's. *Wired*. www.wired.co.uk/article/tourettes-youtube-jan-zimmermann.

63. 可在此觀看她的抖音影片：Field, E. M. [@thistrippyhippie]. (n.d.). [TikTok profile]. TikTok. www.tiktok.com/@thistrippyhippie?lang=en.

64. 《DSM-5》估計，過去十二個月，美國成人的ＤＩＤ患病率為一．五%(American Psychiatric Association, 2022, March)。然而，這個比例仍存在爭議，不同的研究，顯示不同的結果，不過一般而言，介於美國人口的一%到一．五%之間。請參閱 Dorahy et al. (2014); Mitra & Jain (2023)。造成這種差異(有時報導高於一．五%)的部分原因是，精神科醫師長期爭論ＤＩＤ是否是一種真正的失調。有些人認為它是一種創傷後壓力症候群，是受到嚴重創傷後的反應，導致內心形成多重身分以因應創傷。其他人則認為ＤＩＤ的出現在很大程度上，與暗示作用密切相關，且患者往往有幻想傾向和極易受暗示影響的特質，不過ＤＩＤ可能在真正受到創傷之後發生。有關ＤＩＤ「迷思」的討論，請見 Brand et al. (2016)。

65. Rettew, D. (2022, March 17). The TikTok-inspired surge of dissociative identity disorder. *Psychology Today*. www.psychologytoday.com/gb/blog/abcs-child-psychiatry/202203/the-tiktok-inspired-surge-dissociative-identity-disorder。

66. Lucas, J. (2021, July 6). Inside TikTok's booming dissociative identity disorder community. *Inverse*. www.inverse.com/input/culture/dissociative-identity-disorder-did-tiktok-influencers-multiple-personalities.

67. Styx, L. (2022, January 27). Dissociative identity disorder on TikTok: Why more teens are self-diagnosing with DID because of social media. *Teen Vogue*. www.teenvogue.com/story/dissociative-identity-disorder-on-tiktok.

68. American Psychiatric Association (2022, pp. 515, 518)；美國青少年患病率大約１％，請參閱 Turban & Ehrensaft (2018)。

69. Block (2023); Kauffman (2022); Thompson et al. (2022). Turban et al. (2022) 指出，根據ＹＲＢＳ數據，從二〇一七年至二〇一九年，自認跨性別和性別多元的青少年人數有所下降。

70. Aitken et al. (2015); de Graaf et al. (2018); Wagner et al. (2021); Zucker (2017). 不過，有些研究員認為，差距並未逆轉，目前出生為男性與出生為女性的比例是一・二：一；請參閱 Turban et al. (2022)。

71. Haltigan et al. (2023); Littman (2018); Marchiano (2017).

72. Coleman et al. (2022); Littman (2018); Littman (2021).

73. Coleman et al. (2022); Kaltiala-Heino et al. (2015); Zucker (2019).

74. 見 Buss's 2021 book, *When Men Behave Badly*。該書每一章都探討男性心理的一些元素，這些元素在人類演化的某個較長時期似乎具有適應性——那是一個大多數男性沒有交配機會的時期，因此男性之間的競爭非常激烈，從演化的角度來看，暴力有時候是有「回報」的，哪怕是只獲致一次的交配行為。Buss 再三表示，演化框架絕對不是為性侵行為開脫，也不是暗示改變是不可能的。相反地，演化心理學可以幫助我們瞭解為何性侵行為在男性中更普遍，以及我們如何能有效減少性侵行為。

75. 文化和社會化可以阻止男性使用這些策略，並讓使用這些策略的男性感到羞愧；事實上，從一九七〇年代到 #MeToo，女權運動已經讓社會出現這樣的改變。然而，當社會分裂成數百萬個網路社群，有些社群中的男性為了爭取地位與優越感，採取愈來愈極端的態度，導致這些不被允許的策略看起來又變得可行了。

76. See Mendez, M., II. (2022, June 6). The teens slipping through the cracks on dating apps. *Atlantic*. www.theatlantic.com/family/archive/2022/06/teens-minors-using-dating-apps-grindr/661187.
77. See Thorn & Benenson Strategy Group (2021); Bowles, N., & Keller, M. H. (2019, December 7). Video games and online chats are "hunting grounds" for sexual predators. *New York Times*. www.nytimes.com/interactive/2019/12/07/us/video-games-child-sex-abuse.html.
78. Sales (2016, p. 110).
79. Sales (2016, pp. 49–50).
80. Sales (2016, p. 216).
81. deBoer, F. (2023, March 7). Some Reasons Why Smartphones Might Make Adolescents Anxious and Depressed. *Freddie deBoer*. https://freddiedeboer.substack.com/p/some-reasons-why-smartphones-might.
82. Damour (2016).
83. 八年級、十年級和十二年級生的綜合平均數據顯示與十二年級生相似的模式。綜合數據僅從一九九七年開始。請參閱線上補充資料。

第七章　男孩怎麼了？

1. Hari (2022, p. 4).
2. National Addiction & HIV Data Archive Program. (n.d.-a). *Monitoring the Future*.
3. 請參閱第一章有關自殺的討論，以及 Rausch & Haidt (2023, October 30)。
4. 札克・勞許基本上是本章的共同作者。他一直在更新並維護一個多人合作的綜述型文件，收集有關男孩的研究，並建立了一個詳細的時間軸，說明自一九七〇年代以來，科技技術如何演變、以便吸引男孩。請參閱線上補充資料，以取得這兩份文件的連結。我們兩人一起整理了本章所舉的例子。
5. The American Institute for Boys and Men.

6. 一個強烈的差異是「東西 vs. 人」維度，對東西的興趣男性高於女性，對人的興趣女性高於男性 (Su et al., 2009)。
7. 這句話引用她在TED演說時對本書的評論：Rosin, H. (2010, December). New data on the rise of women [Video]. TED. www.ted.com/talks/hanna_rosin_new_data_on_the_rise_of_women/transcript.
8. Rosin (2012, p. 4).
9. See Parker (2021). 碩博士學位的情況也是如此 (Statista Research Department, 2023)。我注意到本章主要參考美國的大量統計數據，但里夫斯發現這些趨勢遍及整個西方世界。
10. See Reeves & Smith (2021) and Reeves et al. (2021).
11. Reeves, R. (2022, October 22). The boys feminism left behind. *Free Press*. www.thefp.com/p/the-boys-feminism-left-behind.
12. 我注意到在很多方面，男孩的生活變得更好。自一九八〇年代以來，社會對LGBTQ青年的排斥程度大幅下降，各種暴力事件減少。心理健康治療得到改善，對尋求治療的人持負面看法的程度下降，而過去這種負面看法對男孩和男性來說，影響尤其嚴重。正如 Steven Pinker (2011) 指出，近幾百年來，由於科學進步和權利革命，幾乎每個人的生活在許多方面都獲得改善。然而，在多種力量的交互作用下，愈來愈多男孩與學校、工作和家庭脫節。
13. Reeves (2022, p. xi).
14. 有關二〇一〇年代初以來，男孩精神疾病患病率的變化，請見第一章。
15. See Rausch & Haidt (2023, April); Rausch & Haidt (2023, March).
16. 關於親密朋友，見圖6.6（第六章）；關於孤獨，見圖6.7（第六章）；關於生活沒有意義，見圖7.6（第七章）。
17. Pew Research Center (2019). 圖表請見線上補充資料。
18. U.K. Office for National Statistics (2022).
19. Cai et al. (2023).
20. Reeves & Smith (2020).

21. 根據日本厚生勞動省公布的報告，繭居族是指，長達六個月以上對個人發展或建立友誼沒有興趣，但未達符合思覺失調症或其他精神疾病標準的年輕人。(Ministry of Health, Labor, and Welfare, 2003).

22. Teo & Gaw (2010).

23. 儘管研究有細微差異，個體差異也必須納入考慮，但男孩不參與有風險的遊戲（例如，粗暴打鬧的遊戲、可能迷失方向的遊戲），通常在情緒調節、社交能力和心理健康方面，較容易出現問題。見 Flanders et al. (2012); Brussoni et al. (2015)；按性別分類的冒險性遊戲的普及率，見 Sandseter, Kleppe, & Sando (2020)。

24. See Twenge (2017) for a review.

25. Askari et al. (2022)，數據來自 Monitoring the Future。感謝 Melanie Askari 同意我使用此圖。札克添加了灰色陰影和資料標籤。Y軸將量表分數轉換為Z分數，Z分數可以衡量某個分數相對於平均值（零點）的位置。

26. National Addiction & HIV Data Archive Program. (n.d.-a, n.d.-b). Monitoring the Future.

27. 男孩從二〇一〇年的四九．七%下降到二〇一九年的四〇．八%。女孩從三六．四%下降到三二．四%。可在線上補充資料中找到類似問題的圖表。

28. Centers for Disease and Control (n.d.). 這個數據集僅追溯至二〇二〇年。

29. 虛擬世界讓男孩遠離現實世界的風險，但這個原則出現了一個獨特的例外：社群媒體有時會激勵男孩，為了在社群媒體上建立地位與影響力而讓自己和他人陷入危險中。例如，病毒式的抖音挑戰往往涉及危險的特技，如「恰恰滑步」挑戰：參與者在開車時模仿歌曲的舞步指令，結果失控地衝向對面車道。在「碎顱」挑戰中，無辜的青少年被誘導，跳起來時兩側的人將他的雙腿往前勾，導致後腦著地嚴重受傷，甚至死亡。「狡猾大盜」挑戰，則鼓勵青少年直播自己破壞學校的洗手間。目前為止最致命的挑戰之一是「昏迷」挑戰，參與者用手機錄製自己用繩索或其他家居物品勒住自己，直到失去知覺。然後，他們會發布自己失去意識和恢復意識的影片（如果他們能甦醒的話）。在二〇二一年至二〇二二年之間，短短十八個月，《彭博社》報導發現，至少有十五名年齡不到十二歲的兒童及其他年齡較大的兒童，因參與這個挑戰而死亡：Carville, O. (2022, November 30). TikTok's viral challenges keep luring young kids to their deaths. *Bloomberg*. www.bloomberg.com/news/features/2022-11-30/is-tiktok-responsible-if-kids-die-doing-dangerous-viral-challenges. 多半都是男生參與這些危險挑戰。

30. Orces & Orces (2020).
31. 如第三章所述，證據顯示自一九四〇年代起，青少年的憂鬱症和焦慮症逐漸增加。
32. Zendle & Cairns (2019); King & Delfabbro (2019); Bedingfield, W. (2022, July 28). It's not just loot boxes: Predatory monetization is everywhere. *Wired*. www.wired.com/story/loot-boxes-predatory-monetization-games.
33. 我將重點放在異性戀男孩的動態上，因為他們受科技的影響，逐漸遠離對異性的興趣。色情片對非異性戀的男孩來說同樣很受歡迎，儘管對他們性發育的影響可能不同。有關ＬＧＢＴＱ青少年與色情的文獻回顧，請參閱 Bőthe et al. (2019)，包括這一句話：「與異性戀青少年相比，ＬＧＢＴＱ青少年觀看色情內容，似乎並沒有導致更多負面影響；因此，ＬＧＢＴＱ青少年似乎不比異性戀青少年更容易受到色情片的影響。」
34. Ogas & Gaddam (2011). 他們指出，隨著網路上的網站愈來愈多元與複雜，此數字在接下來幾年開始下降。
35. Donevan et al. (2022).
36. Donevan et al. (2022).
37. Pizzol et al. (2016).
38. Bőthe et al. (2020).
39. Albright (2008); Szymanski & Stewart-Richardson (2014); Sun et al. (2016). 請注意，有些研究並未發現這種相關性 (see Balzarini et al., 2017)。此外，觀看色情內容和關係品質之間的相關性也很複雜。例如，有些研究發現，浪漫關係裡，兩人觀看色情片的數量若不一致，比如一個人多於另一人，可能是關係已存在衝突的訊號，然後衝突會因為消費色情內容而惡化。見 Willoughby et al. (2016)。
40. Vaillancourt-Morel et al. (2017); Dwulit & Rzymski (2019).
41. Wright et al. (2017).
42. Tolentino, D. (2023, May 12). Snapchat influencer launches an AI-powered "virtual girlfriend" to help "cure loneliness." NBC News. www.nbcnews.com/tech/ai-powered-virtual-girlfriend-caryn-marjorie-snapchat-influencer-

rcna84180.

43. See Taylor, J. (2023, July 21). Uncharted territory: Do AI girlfriend apps promote unhealthy expectations for human relationships? *Guardian*. www.theguardian.com/technology/2023/jul/22/ai-girlfriend-chatbot-apps-unhealthy-chatgpt; Murkett, K. (2023, May 12). Welcome to the lucrative world of AI girlfriends. *UnHerd*. unherd.com/thepost/welcome-to-the-lucrative-world-of-ai-girlfriends; Brooks, R. (2023, February 21). I tried the Replika AI companion and can see why users are falling hard. The app raises serious ethical questions. *Conversation*. theconversation.com/i-tried-the-replika-ai-companion-and-can-see-why-users-are-falling-hard-the-app-raises-serious-ethical-questions-200257. Also see India, F. (2023). We can't compete with AI girlfriends. *Girls*. www.freyaindia.co.uk/p/we-cant-compete-with-ai-girlfriends.

44. Fink, E., Segall, L., Farkas, J., Quart, J., Hunt, R., Castle, T., Hottman, A. K., Garst, B., McFall, H., Gomez, G., & BFD Productions. (n.d.). Mostly human: I love you, bot. CNN Money. money.cnn.com/mostly-human/i-love-you-bot/.

45. Su et al. (2020).

46. 證據顯示，暴力電玩不會導致玩家出現攻擊或暴力行為，見 Elson & Ferguson (2014)；Markey & Ferguson (2017)。然而，其他研究發現，打電玩與攻擊行為之間存在影響性，影響程度大小約為 $\beta = .1$。See Bushman & Huesman (2014); Prescott, Sargent & Hull (2016). Also see Anderson et al. (2010).

47. 電玩對青少年的社交和心理影響，見 Alanko (2023)。

48. Kovess-Masfety et al. (2016); Sampalo, Lázaro & Luna (2023).

49. Russoniello et al. (2013).

50. Granic et al. (2014); Greitemeyer & Mügge (2014).

51. 原本就有心理健康問題的青少年，相較於有焦慮症或憂鬱症的青少年，更容易出現有問題的使用行為。見 Lopes et al. (2022)。

52. Pallavicini et al. (2022).

53. 證據顯示，有問題的電玩使用行為最終可能會加劇孤獨感，這是一個仍存在爭議的話題，而且往往取決於電玩在一個人生活中扮演的角色，甚至取決於一個人所玩的電玩種類。見 Luo et al. (2022)。

54. Charlton & Danforth (2007); Lemmens et al. (2009); Brunborg et al. (2013).
55. Young (2009).
56. BBC News. (2022, December 9). Children stopped sleeping and eating to play *Fortnite*—lawsuit. BBC News. www.bbc.com/news/world-us-canada-63911176.
57. See Zastrow (2017); Ferguson et al. (2020).
58. Stevens et al. (2021).
59. Wittek et al. (2016).
60. Brunborg et al. (2013); Fam (2018).
61. The *DSM-5-TR* (American Psychiatric Association, 2022); 診斷仍在研究中。請參閱American Psychiatric Association (2023, January)。
62.《Moral Combat》一書的作者 Chris Ferguson，數十年來一直在研究電玩對心理健康的影響。他指出，難以決定流行率的一部分原因在於，「並沒有一套一致同意的電玩症狀，也沒有任何單一的衡量標準，所以流行率的估算各不相同。」
63. 有問題的電玩行為對心理健康的影響，請見 Männikkö et al.（2020）。另請參閱 Brailovskaia, Meier-Faust, et al. (2022)，他們在一項實驗中發現，在研究開始前，每週至少花三小時打電玩的德國成人樣本中，戒除電玩兩週後，壓力、焦慮和其他電玩失調症狀均有改善。另請參閱 Ferguson, Coulson & Barnett (2011)，他們認為，打電玩時間與心理健康結果之間的證據落差頗大，可能與潛在的心理健康問題有關。
64. Rideout & Robb (2019). 一項針對挪威青少年的研究 (Brunborg et al., 2013) 也發現類似的結果，女孩每週平均花在電玩上的時間為五小時，男孩則為十五小時四十二分鐘。對於上癮的電玩玩家而言，每週平均花在電玩的時間為二十四小時。
65. 女孩也打電玩，但相較於男孩，她們的頻率較低、時間較短、電玩類型也不同，且樂在其中的程度也較低。二〇一九年「常識媒體」的報告指出，七〇%的八至十八歲男孩表示，非常喜歡主機電玩，而女孩僅為二三%（Rideout & Robb, 2019）。在手機遊戲方面，女孩的喜歡程度有上升，三五%的女孩表示很喜歡，男孩則為四八%。該報告還顯示，女孩每天大約花四十七分鐘玩遊戲，大部分是在智慧型手機上玩。平均而言，女孩也傾向於玩不同類型的遊戲，更喜歡社交類、益智／紙牌、音樂／舞蹈、教育／娛樂和模擬類遊戲（見 Phan et al., 2012；也見 Lucas & Sherry, 2004；Lang et al., 2021）。近年來，女性遊戲直播主受歡迎的程度呈現爆炸性上升，累積大量的粉絲（主要是男性）。請見 Patterson, C.（2023, January 4）。Most-watched female Twitch streamers in 2022: Amouranth dominates, VTubers rise up. *Dexerto*. www.dexerto.com/entertainment/most-watched-female-twitch-streamers-in-2022-amouranth-dominates-vtubers-rise-up-2023110.

66. Peracchia & Curcio (2018).
67. Cox (2021).
68. Durkheim (1897/1951, p. 213).

第八章　道德昇華與退化

1. DeSteno (2021).
2. 狄史丹諾的研究證實了十九世紀丹麥存在主義哲學家齊克果（1847/2009）的見解：「禱告的公用不是影響上帝，而是改變禱告者的本性。」
3. 請參閱我在《好人總是自以為是》第十一章對維吉尼亞大學一場足球賽的描述 (Haidt, 2012)。
4. 在時間運用的調查中，時間安排上與他人「脫節」或不遵守「時間規範」，可預測他們對生活的滿意度較低：Kim (2023)。
5. 請參閱我在《好人總是自以為是》第十章對「蜂巢心理學」的討論，其中包含許多學術引用。
6. 見 DeSteno (2021) 的緒論對同步性研究的回顧，包括狄史丹諾自己的研究。
7. DeSteno (2021) 討論了在宗教儀式和盛宴中分享食物的重要性。
8. 人類演化成有宗教信仰的說法受到質疑。在《好人總是自以為是》一書中，我參考了 David Sloan Wilson (2002) 和許多其他學者的研究成果，解釋宗教、道德，以及神經迴路中同步和自我消融的現象是如何共同演化。但其他學者如 Richard Dawkins (2006) 駁斥這個觀點。

9. Eime et al. (2013); Pluhar et al. (2019). Also see Hoffmann et al. (2022). 這種關係中，可能有一部分是反向關係——也許比較善於交際的孩子會偏好團隊型運動。
10. Davidson & Lutz (2008).
11. Goyal et al. (2014).
12. Economides et al. (2018).
13. Buchholz (2015); Kenge et al. (2011).
14. Quoted from Maezumi & Cook (2007).
15. 當然，自廣播和電視出現以來，民眾就一直提出這樣的指控。相較於可攜式收音機和卡帶式收錄音機（如索尼隨身聽），智慧型手機和社群媒體需要更多的注意力，且更可能造成上癮行為。
16. Filipe et al. (2021).
17. Hamilton et al. (2015).
18. See Keltner (2022, p. 37) and Carhart-Harris et al. (2012). 有關敬畏會減少ＤＭＮ活動的研究，請見 van Elk et al. (2019)。
19. Keltner (2022, p. 37).
20. 請參閱 Wang et al. (2023)。他們發現，「個體在錯失恐懼症（ＦＯＭＯ）上的差異，與右腦的前楔葉結構有關，該腦區是類似ＤＭＮ的大規模功能網路的核心樞紐，參與社交和反思自我的過程。」Maza et al. (2023) 針對正處於青春期的青少年進行了縱向ｆＭＲＩ研究，發現與輕度使用者相比，社群媒體重度使用者的大腦隨著時間推移發生了變化：他們的大腦對於即將發生的獎勵和懲罰變得更敏感（反應更強烈）。
21. 這裡我參考了 Minoura (1992)，以及有關學習第二語言的研究資料。
22. Berkovitch et al. (2021).
23. 馬太福音第七章第一至第二節 (NRSV)。
24. 馬太福音第七章第三節 (NRSV)。
25. Seng-ts'an, *Hsin hsin ming*. In Conze (1954).

26. 利未記第十九章第十八節 (NRSV)。
27. M. L. King (1957/2012).
28. Dhammapada (Roebuck, 2010).
29. Emerson (1836).
30. Keltner & Haidt (2003). 許多額外的感知或評價，會讓人產生不同類型的敬畏感，包括威脅（如雷暴或憤怒的神明）、美、非凡或超人的才能、美德，以及超自然力量引發的現象。
31. Tippett, K. (Host). (2023, February 2). Dacher Keltner-the thrilling new science of awe [Audio podcast episode]. *The On Being Project*. onbeing.org/programs/dacher-keltner-the-thrilling-new-science-of-awe.
32. Monroy & Keltner (2023).
33. Wilson (1984).
34. Grassini (2022); Lee et al. (2014).
35. 實際引文的翻譯是：「這種渴求與無助，除了宣示人類曾經擁有真正的幸福，而現在只剩下空洞的印記與痕跡之外，還能宣示什麼呢？人徒然嘗試用周遭的一切去填補，在那些虛幻或不存在的事物中尋求幫助，而無法從實際存在的事物中獲得這種幫助。沒有人能幫助他，因為這個無限的深淵只能由無限且永恆不變的物體來填補；換句話說，就是由上帝自己來填補。」出自 Pascal (1966, p. 75)。
36. Darwin (1871/1998); Wilson (2002).
37. Dhammapada (Roebuck, 2010).
38. Marcus Aurelius (2nd century/2002, p. 59).

第九章　為集體行動做準備

1. 就像蘭諾．史坎納茲在二〇〇八年所做，讓她被冠上「美國最爛母親」的綽號。
2. Skenazy (2009).
3. 例如 Outsideplay.ca 是「一個幫助保母和幼兒教育工作者重新審視風險的工具，以利他們管理恐懼，制定改變計畫，協助孩子有更多參與冒險遊戲的機會」。play:groundNYC「致力於透過遊戲改變城市」。他們在總督島闢了一個有趣的「廢棄物遊樂場」，我的孩子非常喜歡。

4. 請至 www.afterbabel.com 註冊。

第十章　政府與科技公司可以做些什麼？

1. Pandey, E. (2017, November 9). Sean Parker: Facebook was designed to exploit human "vulnerability." *Axios*. www.axios.com/2017/12/15/sean-parker-facebook-was-designed-to-exploit-human-vulnerability-1513306782.
2. 請見 Roser et al. (2019)，瞭解兒童和嬰兒死亡率的下降趨勢。
3. 哈里斯的報告可見於：www.minimizedistraction.com。
4. 抖音的短片形式就是這種比爛競賽的一個例子，研究證明它在讓年輕人上癮方面非常成功，因此很快就被 Instagram 和臉書的 Reel、YouTube 的 Shorts 和 Snapchat 的 Spotlight 抄襲——哈里斯稱這個現象是社群媒體的抖音化。感謝 Jamie Neikrie 提供這個實例。
5. Harris, T. Retrieved from www.commerce.senate.gov/services/files/96E3A739-DC8D-45F1-87D7-EC70A368371D.
6. 有關年齡驗證，請見 Social Media Reform: A Collaborative Review 的年齡驗證部分，檔案連結：www.anxiousgeneration.com/reviews。
7. Heath, A. (2021, October 15). Facebook's lost generation. *Verge*. www.theverge.com/22743744/facebook-teen-usage-decline-frances-haugen-leaks.
8. Wells, G. & Horwitz, J. (2021, September 28). Facebook's effort to attract preteens goes beyond Instagram kids, documents show. *Wall Street Journal*. www.wsj.com/articles/facebook-instagram-kids-tweens-attract-11632849667.
9. Meta. (2023, June 29). Instagram Reels Chaining AI system. www.transparency.fb.com/features/explaining-ranking/ig-reels-chaining/?referrer=1.
10. Hanson, L. (2021, June 11). Asking for a friend: What if the TikTok algorithm knows me better than I know myself? GQ *Australia*. www.gq.com.au/success/opinions/asking-for-a-friend-what-if-the-tiktok-algorithm-knows-me-better-than-

i-know-myself/news-story/4eea6d6f23f9ead544c2f773c9a13921; Barry, R., Wells, G., West, J., Stern, J., & French, J. (2021, September 8). How TikTok serves up sex and drug videos to minors. *Wall Street Journal*. www.wsj.com/articles/tiktok-algorithm-sex-drugs-minors-11631052944.

11. The Data Team (2018, May 18). How heavy use of social media is linked to mental illness. *The Economist*. www.economist.com/graphic-detail/2018/05/18/how-heavy-use-of-social-media-is-linked-to-mental-illness.
12. 多年內，該法律不可能生效，甚至永遠不可能生效。社群平台正在多個州透過訴訟手段，阻礙立法規範設計，指控AADC的大部分規定違反美國憲法第一修正案。這些平台基本上辯稱，他們不能受到管制，因為任何管制都會對平台上的言論造成某種影響。
13. 札克和我正與人性技術中心合作，收集並分析美國等多國政府和立法機關正在擬議或實施的許多措施，見連結：www.anxiousgeneration.com/reviews。另請參閱 Rausch & Haidt (2023, November)。
14. Newton, C. (2023, August 4).How the kids online safety act puts us all at risk. *The Verge*. www.theverge.com/2023/8/4/23819578/kosa-kids-online-safety-act-privacy-danger. 另一個例子請見：The Free Press (2022, December 15)。Twitter's secret blacklists. The Free Press. www.thefp.com/p/twitters-secret-blacklists.
15. 要更完整討論內容審核受到哪些侷限，請見 Iyer, R. (2022, October 7). Content moderation is a dead end. *Designing Tomorrow*, Substack. psychoftech.substack.com/p/content-moderation-is-a-dead-end.
16. 要更完整討論平台的設計，包括數個實例，請見 Howell, J. P., Jurecic, Q., Rozenshtein, A. Z., & Iyer, R. (2023, March 27). Ravi Iyer on how to improve technology through design. *The Lawfare Podcast*. www.lawfaremedia.org/article/lawfare-podcast-ravi-iyer-how-improve-technology-through-design。
17. Evans, A., & Sharma, A. (2021, August 12). Furthering our safety and privacy commitments for teens on TikTok. TikTok. newsroom.tiktok.com/en-us/furthering-our-safety-and-privacy-commitments-for-teens-on-tiktok-us.
18. Instagram. (2021, July 27). Giving young people a safer, more private experience. Instagram. about.instagram.com/blog/announcements/giving-young-people-a-safer-more-private-experience.
19. 他們也是語言中立的，然而強制執行更多的內容審查，不太可能在臉書支援的幾百種語言中都有效執行。

豪根直言，設計上的更動應該通用，才能輕易在不同的語言環境中執行。

20. Jargon, J. (2019, June 18). How 13 became the internet's age of adulthood. *Wall Street Journal*. www.wsj.com/articles/how-13-became-the-internets-age-of-adulthood-11560850201.
21. 見註20。
22. Orben et al. (2022).
23. 即使年齡驗證公司網站被駭客入侵，只要他們妥善儲存個資，駭客也無法將用戶個資與訪問過的特定網站進行連結。
24. 年齡驗證服務供應商協會，avpassociation.com.
25. Meta 已開始為用戶提供更多的年齡驗證方式，請見 Meta. (2022, June 23). Introducing new ways to verify age on Instagram. *Meta*. www.about.fb.com/news/2022/06/new-ways-to-verify-age-on-instagram.
26. 下一代網際網路可以且應該有全新的架構，讓用戶掌控自己的數據，並決定如何使用這些數據。請參閱 ProjectLiberty.io，瞭解其中一項這樣的願景。
27. 家長可以使用監控和過濾程式，結合家用路由器，完成這樣的封鎖。我會在我的 Substack 網站詳細介紹這些程式。但這些作法複雜，意謂只有一小部分家長會採用。我建議的是自動套用的預設值，除非家長特意更改預設值。
28. Skenazy, L. (2014, July 14). Mom jailed because she let her 9-year-old daughter play in the park unsupervised. *Reason*. www.reason.com/2014/07/14/mom-jailed-because-she-let-her-9-year-ol.
29. Skenazy, L. (2022, December 8). Mom can't let her 3 kids—ages 6, 8, and 9—play outside by themselves. *Reason*. www.reason.com/2022/12/08/emily-fields-pearsiburg-virginia-cps-kids-outside-neglect.
30. St. George, D. (2015, June 22). "Free range" parents cleared in second neglect case after kids walked alone. *Washington Post*. www.washingtonpost.com/local/education/free-range-parents-cleared-in-second-neglect-case-after-children-walked-alone/2015/06/22/82283c24-188c-11e5-bd7f-4611a60dd8e5_story.html.
31. Flynn et al. (2023).

32. Mom issued misdemeanor for leaving 11-year-old in car. (2014, July 9). NBC Connecticut. www.nbcconnecticut.com/news/local/mom-issued-misdemeanor-for-leaving-11-year-old-in-car/52115.
33. 若你有興趣幫助所在的州（市或鎮）通過「給孩子合理獨立性法案」、「放手讓孩子成長」的網站上有一個免費的立法行動「工具包」：www.letgrow.org/legislative-toolkit.
34. 見 Free Play and Mental Health: A Collaborative Review，網址：www.jonathanhaidt.com/reviews.
35. 美國ＣＤＣ建議所有年級，甚至是高中，都應有課間休息時間。請參閱 Centers for Disease Control (n.d.). Recess. CDC Healthy Schools. www.cdc.gov/healthyschools/physicalactivity/recess.htm.
36. Young et al. (2023).
37. Sanderson, N. (2019, May 30). What are school streets? 8 80 Cities. www.880cities.org/what-are-school-streets.
38. 城市對兒童更友善的另一種方式，是讓公共運輸更經濟實惠、更受兒童歡迎。《Urban Playground: How Child-Friendly Planning and Design Can Save Cities》的作者 Tim Gill 指出，在倫敦，五到十歲的兒童無需成人陪同，即可免費搭乘地鐵與公車。
39. See review of research in Reeves (2022, Chapter 10).
40. 舉個例子：在美國，「全國學徒法」將在五年內投資三十五億美元，為年輕人創造近百萬個學徒職位。
41. Bowen et al. (2016); Gillis et al. (2016); Bettmann et al. (2016); Wilson & Lipsey (2000); Beck & Wong (2022); Davis-Berman & Berman (1989); Gabrielsen et al. (2019); Stewart (1978).
42. ＤＣＦ荒野學校，portal.ct.gov/DCF/Wilderness-School/Home. 其他州也有類似的計畫。請見蒙大拿荒野學校，www.montanawildernessschool.org。

第十一章　學校可以做些什麼？

1. St. George, D. (2023, April 28). One school's solution to the mental health crisis: Try everything. *Washington Post*. www.washingtonpost.com/education/2023/04/28/school-mental-health-crisis-ohio.
2. Brundin, J. (2019, November 5). This Colorado middle school banned phones 7 years ago. They say students are

happier, less stressed, and more focused. Colorado Public Radio. www.cpr.org/2019/11/05/this-colorado-middle-school-banned-phones-seven-years-ago-they-say-students-are-happier-less-stressed-and-more-focused.

3. 手機政策的實施方式如下：學生第一次從書包拿出手機時會收到警告。第二次違規，手機將被沒收，必須由家長到校取回。第三次違規，學生必須在上學時將手機交到辦公室，並在放學時取回，持續一段時間。

4. Walker, T. (2023, February 3). Cellphone bans in school are back. How far will they go? *NEA Today*. www.nea.org/advocating-for-change/new-from-nea/cellphone-bans-school-are-back-how-far-will-they-go.

5. 二〇二三年，「美國教師聯盟」發表一份報告，指責社群媒體平台「破壞課堂學習、增加學校系統成本，並成為全國青少年心理健康危機的『根本原因』」。見 American Federation of Teachers. (2023, July 20)。New report calls out social media platforms for undermining schools, increasing costs, driving youth mental health crisis. www.aft.org/press-release/new-report-calls-out-social-media-platforms-undermining-schools-increasing-costs.

6. 見此文中引述 Ken Trump 的內容：Walker, T. (2023, February 3). Cellphone bans in school are back. How far will they go? *NEA Today*. www.nea.org/advocating-for-change/new-from-nea/cellphone-bans-school-are-back-how-far-will-they-go. 此外，值得注意的是，康乃狄克州紐頓市的一所初中（二〇一二年，這裡有一所小學曾發生駭人聽聞的校園槍擊事件），在二〇二二年決定要求學生到校後將手機放在各自的儲物櫃，直到離校時才能取回。一位家長指點我看了他們的家長手冊：Newtown Public School District. (n.d.). *Newtown middle school, 2022–2023 student/parent handbook*. nms.newtown.k12.ct.us/_theme/files/2022-2023/2022-2023%20Student_Parent%20Handbook_docx.pdf.

7. See UNESCO (2023). *Technology in education: A tool on whose terms?* www.unesco.org/gem-report/en/technology. 有關手機使用建議的摘要，請見 Butler, P., & Farah, H. (2023, July 25)。"Put learners first": Unesco calls for global ban on smartphones in schools. *Guardian*. www.theguardian.com/world/2023/jul/26/put-learners-first-unesco-calls-for-global-ban-on-smartphones-in-schools.

8. 札克・勞許和我蒐集了關於無手機學校的證據，整理成一篇綜述型文章，請參閱：www.jonathanhaidt.com/reviews。

9. Richtel, M. (2011, October 22). A Silicon Valley school that doesn't compute. *New York Times*. www.nytimes.com/2011/10/23/technology/at-waldorf-school-in-silicon-valley-technology-can-wait.html; Bowles, N. (2018, October 26). The digital gap between rich and poor kids is not what we expected. *New York Times*. www.nytimes.com/2018/10/26/style/digital-divide-screens-schools.html.

10. 圖表請見線上補充資料，或此連結：National Center for Education Statistics (n.d.). 從二〇一〇學年（COVID封控前）到二〇二二學年，數學分數下降九分，閱讀分數下降四分。從二〇一二年到二〇二〇年的降幅：數學五分，閱讀三分。

11. Twenge, Wang, et al. (2022). See also Nagata, Singh et al. (2022).

12. 據我所知，沒有任何學區透過實驗，將一些初中隨機分配為「無手機學校」，而其他學校則保持現狀，測試這個假設。這是我能想到解決心理健康危機最重要的研究。我在 Social Media and Mental Health: A Collaborative Review 一文中，詳細介紹這項研究的內容。該文可在線上補充資料找到。

13. 見可汗學院個人ＡＩ助理Khanmingo：Khan Academy. (n.d.). *World-class AI for education*. www.khanacademy.org/khan-labs。

14. Stinehart, K. (2021, November 23). Why unstructured free play is a key remedy to bullying. *eSchool News*. www.eschoolnews.com/sel/2021/11/23/why-unstructured-free-play-is-a-key-remedy-to-bullying.

15. 如需更長的建議清單，以及本清單的更新，請參閱線上補充資料。

16. 所有「放手讓孩子成長」的資料都是免費的。見 www.letgrow.org/program/the-let-grow-project。

17. Soave, R. (2014, November 20). Schools to parents: Pick up your kids from the bus or we'll sic child services on you. *Reason*. reason.com/2014/11/20/child-services-will-visit-parents-who-le.

18. Skenazy, L. (2016, November 7). Local library will call the cops if parents leave their kids alone for 5 minutes. *Reason*. reason.com/2016/11/07/local-library-will-call-the-cops-if-pare.

19. Centers for Disease Control and Prevention (2015, p. 134).

20. See Martinko, K. (2018, October 11). Children spend less time outside than prison inmates. *Treehugger*. www.

treehugger.com/children-spend-less-time-outside-prison-inmates-4857353. 另請參閱支持這觀點的研究，Edelman, R. (2016, April 4). Dirt is good: The campaign for play. *Edelman*. www.edelman.co.uk/insights/dirt-good-campaign-play。

21. 該報告由美國國家卓越教育委員會（the U.S. National Commission on Excellence in Education）公布。見 Gray et al. (2023).
22. 美國國會二〇〇一年通過「不讓任何一個孩子落後」法案，該法是導致學校重視考試成績的主因。「美國跨州共同核心課程標準」（CCSS）於二〇〇九年制定，並於二〇一〇年公布。各州很快採用，有四十五個州和哥倫比亞特區採用了該標準。然而，後來有五個州廢除或替換了這些標準。請參閱 Common Core implementation by state. *Wikipedia*. en.wikipedia.org/wiki/Common_Core_implementation_by_state。
23. Atlanta public schools cheating scandal. Wikipedia. en.wikipedia.org/wiki/Atlanta_Public_Schools_cheating_scandal.
24. Murray & Ramstetter (2013). 有關體能活動與學業成績之間的關聯性，請見 Singh et al. (2012)。
25. Haapala et al. (2016).
26. Centers for Disease Control (2017, January). Strategies for recess in schools. U.S. Department of Health and Human Services. www.cdc.gov/healthyschools/physicalactivity/pdf/2019_04_25_SchoolRecess_strategies_508tagged.pdf.
27. Brooklyn Bridge Parents (2017, May 7). A look inside the junk yard playground on Governors Island. brooklynbridgeparents.com/a-look-inside-the-junk-yard-playground-on-governors-island.
28. Keeler (2020).
29. 照片由強納森・海德特拍攝。
30. 感謝 Adam Bienenstock 提供這張照片。Bienenstock 根據丹麥遊樂場建築師 Helle Nebelong 的設計，建造了這個遊樂場。
31. Fyfe-Johnson et al. (2021).
32. Vella-Brodrick & Gilowska (2022).
33. Lahey, J. (2014, January 28). Recess without rules. *Atlantic*. www.theatlantic.com/education/archive/2014/01/recess-

without-rules/283382；另見 Saul, H. (2014, January 28). New Zealand school bans playground rules and sees less bullying and vandalism. *Independent*. www.independent.co.uk/news/world/australasia/new-zealand-school-bans-playground-rules-and-sees-less-bullying-and-vandalism-9091186.html.

34. 見註 33。
35. Brussoni et al. (2017).
36. 健康的玩耍並非完全無痛。粗暴、辱罵、擦傷和瘀傷都是自由玩耍的一部分，而且它們對於玩耍有助於培養的反脆弱力是必要的。為了讓孩子「安全」而將玩耍從下課時間中移除，就像從小麥中移除所有營養成分，只給孩子吃白麵包一樣。我不是說我們應該接受霸凌，根據大多數的定義，霸凌是一個孩子重複且有意地傷害另一個孩子，而且不會只有一天。不論是制定政策減少霸凌行為，還是在霸凌行為發生時做出回應，成人均扮演重要的角色。但是，絕大多數的衝突以及戲弄和辱罵都不是霸凌，成人不應貿然阻止。
37. Dee (2006); Mullola et al. (2012).
38. Partelow (2019, p. 3).
39. See Reeves (2022, September); Casey and Nzau (2019); Torre (2018).
40. 這兩段摘自我在《大西洋雜誌》撰寫的一篇文章，我在文中進一步闡述無手機學校的論點：Haidt, J. (2023, June 6). Get phones out of schools now. *Atlantic*. www.theatlantic.com/ideas/archive/2023/06/ban-smartphones-phone-free-schools-social-media/674304。
41. 我承認，學校可能面臨更大的責任風險和更高的保險費用。我希望政府能夠通過免責改革，讓學校騰出精力，專注於教育而不是訴訟。有關如何做到這一點的討論，請見 Howard (2014)。
42. 這將彌補科學文獻中最大的缺陷之一：過於關注個體層面的影響，因為幾乎沒有關於整個學校禁用手機或大幅增加自由玩耍與兒童自主性的研究。不妨讓我們測量這些政策在群體層面產生的效應。
43. 如果學校的數量非常多，那麼隨機指派會很有效。但是假設只有十六所中學，而且這些學校因種族或社會階級而有所不同，那麼明智的作法是將類似的學校分開，以確保四個組別中的每一個組別都盡可能與其他組別具有可比性。一旦建立了組別，就可使用隨機方式（例如從帽子中抽取號碼）將每組分配到實驗條件中。

44. 在實驗開始之前，我們會先收集一套大家同意的評量指標，如果沒有的話，也會建立一套，以評量學校關心的關鍵變數，如學業成績、心理健康轉介、學生對自己心理健康的自評報告，以及他們對學校活動的參與程度、評量霸凌和問題行為的指標，再加上老師對教室文化的回饋報告，包括學生在課堂上保持專注並參與課堂學習的能力。可能的話，每個月都收集評量結果，或在學年內至少收集三次。

45. 在小學，手機可能還不是太嚴重的問題，校區可能想要嘗試簡單版的實驗，只評量兩個條件：學校成立遊戲俱樂部 vs. 沒有成立遊戲俱樂部，或學校落實「放手讓孩子成長」計畫 vs. 沒有落實。應在不同地區與國家嘗試類似的實驗，看看在不同的條件下效果如何。

第十二章　父母可以做些什麼？

1. Gopnik (2016, p. 18).

2. 蘭諾．史坎納茲根據她擔任 LetGrow.org 會長的經驗，與我共同撰寫了本章的部分內容。LetGrow.org 是我與彼得．格雷和丹尼爾．舒克曼於二〇一七年共同創立。如需更全面的建議清單和本書出版後的最新資訊，請參閱本章的線上補充資料，以及 www.letgrow.org。

3. Scarr (1992).

4. 請參閱線上附錄，瞭解美國十二年級生認為「人生無多大用處」的比率持續上升的情況。

5. 有關這些建議的摘要與連結，請參閱我與他人合作的評論文件：The Impact of Screens on Infants, Toddlers, and Preschoolers, www.anxiousgeneration.com/reviews.

6. Myers et al. (2017); Kirkorian & Choi (2017); Roseberry et al. (2014)。

7. 醫學權威中，至少美國 (Council on Communications and Media, 2016)、加拿大 (Ponti et al., 2017) 和澳洲 (Joshi & Hinkley, 2021) 的建議一致。英國則略為寬鬆 (Viner et al., 2019)。

8. 這些要點直接引自 American Academy of Child & Adolescent Psychiatry (2020)。

9. 我只想指出，在長途搭車和搭機的途中，挪出部分時間觀看節目和電影，對兩、三歲以上的孩子來說，似乎不是個問題。

10. Harris (1989).
11. Let Grow (n.d.). Kid license, www.letgrow.org/printable/letgrowlicense.
12. Safe Routes to School, www.saferoutesinfo.org.
13. 欲查看美加支持自由放養式童年的夏令營列表，請見 Skenazy, L. (2023, August 14). Phone-free camps. Let Grow. www.letgrow.org/resource/phone-free-camps。
14. 夏令營期間，務必集中保管手機；很多夏令營聲稱禁止手機，但實際上就像許多學校一樣，只是要學員「別讓成年人看到你從口袋裡拿出手機」。
15. 參閱玩樂里的簡介：Thernstrom, M. (2016, October 16). The anti-helicopter parent's plea: Let kids play! *New York Times*. www.nytimes.com/2016/10/23/magazine/the-anti-helicopter-parents-plea-let-kids-play.html。另請參閱蘭札的書和網站 www.playborhood.com。
16. 有些父母擔心，如果別人的孩子受傷，他們可能要負責。對訴訟的恐懼可能會讓人癱瘓。但是蘭札說他決定不申請豁免書，也不購買額外的保險。相反地，他移除院子裡明顯的危險設施，增加了一些遊戲設備——他推薦鞦韆、遊戲屋、製作藝術品的空間，他相信鄰居不會起訴他。結果成功了。鄰里的孩子正在體驗以玩耍為主的童年。一個無需成本且責任風險較低的選擇是，讓家長輪流負責每天下午在當地公園或遊樂場的看管工作。如此一來，各個家庭都知道會有一名成年人在場，而該成年人只會在緊急情況下介入。
17. Lin, H. (2023). Your First Device. *The New Yorker* © Condé Nast.
18. 這個年齡組的孩子會注意並模仿成人的行為；因此，大人以身作則，健康使用科技很重要。你不一定要做到完美的榜樣，但一定要嘗試告訴孩子，如何設定健康的界限，讓他們看到你努力讓螢幕保持在適當的位置，並在該遠離螢幕、完全投入的時候，完全投入。有關如何為孩子樹立使用科技榜樣的實用指南，請參閱 Nelson (2023, September 28)。How Parents Can Model Appropriate Digital Behavior for Kids. www.brightcanary.io/parents-digital-role-model。

19. Rideout (2021).
20. Nesi (2023).
21. 參閱 Knorr, C. (2021, March 9). Parents' ultimate guide to parental controls. Common Sense Media. www.commonsensemedia.org/articles/parents-ultimate-guide-to-parental-controls.
22. 請見 Sax, L. (2022, September 7). Is your son addicted to video games? Institute for Family Studies. ifstudies.org/blog/is-your-son-addicted-to-video-games. 薩克斯建議家長使用 Common Sense Media，瞭解孩子正在玩的遊戲。只要輸入電玩名稱，網站就會提供電玩簡介以及電玩適合的年齡組別。
23. Melanie Hempe of ScreenStrong 呼籲家長不要允許任何設備進入臥室。她告訴我：「大多數與暗中使用螢幕相關的活動，都是在關著門的臥室裡發生的。」
24. 例證請見 www.healthygamer.gg、www.gamequitters.com 和 www.screenstrong.org。
25. 請參閱 FairPlay 的「螢幕時間行動網絡」。www.screentimenetwork.org.
26. Kremer, W. (2014, March 23). What medieval Europe did with its teenagers. BBC. www.bbc.com/news/magazine-26289459.
27. 美國交流計畫，americanexchangeproject.org/about-us。
28. 美國戰地服務團，www.afsusa.org/study-abroad。
29. 更多連結，以及基地在美國以外國家的計畫，請參閱線上補充資料。
30. CISV International, cisv.org/about-us/our-story.
31. 全美各地有許多青少年戶外探險計畫，包括ＹＭＣＡ計畫（請參閱 ycamp.org/wilderness-trips 與 www.ymcanorth.org/camps/camp_menogyn/summer_camp）、Wilderness Adventures (www.wildernessadventures.com)、Montana Wilderness School (www.montanawildernessschool.org)、NOLS (nols.edu/en) 以及 Outward Bound (www.outwardbound.org)。
32. 請參閱ＤＣＦ荒野學校 portal.ct.gov/DCF/Wilderness-School/Home。
33. 我在線上補充資料中列出更多這類網站。

34. 請參閱 Center for Humane Technology (n.d.). Youth toolkit. www.humanetech.com/youth. See also Screensense at www.screensense.org, and Screen Time Action Network from Fairplay. www.screentimenetwork.org.

結論　讓孩子的童年回到地球

1. 請參閱 Alternative Hypotheses to the Adolescent Mental Illness Crisis: A Collaborative Review, available at www.anxiousgeneration.com/reviews.
2. 初中應該會在兩年內看到實質的改善，因為這四項改革都會讓學生有更多玩耍的時間、更多社交活動，並減少對手機的依賴。在高中，當學生已開始使用社群媒體，家長很難讓他們停止使用。中學的確可能在禁用手機後立即看到一些好處，但最大的改善可能要等到幾屆之後、學生從初中進入高中，以及愈來愈多家庭讓小孩到高中才使用手機，成效才能顯現。
3. Latane & Darley (1968). 還有第三種條件，在這個條件下，真正的受試者與另外兩名協助實驗工作的學生一起待在等候室裡。他們的任務只是坐在那裡，繼續填寫問卷。在這種情況下，只有一〇%的學生站起來報告有煙霧。這是通常在討論這項研究時提報的結果，但我認為有三個真正的受試者，才是最重要的條件。
4. 二氧化鈦會造成各種傷害；這項實驗在今天絕對不會進行（研究員當時很可能不知道會造成有害影響）。
5. 請見 www.letgrow.org、www.outsideplay.ca、www.fairplayforkids.org 及我在線上補充資料 www.anxiousgeneration.com/supplement 列出的其他網站。
6. 請見 www.humanetech.com、www.commonsense.org、www.screenstrong.org、www.screensense.org，以及我在線上補充資料中列出的其他網站。
7. 請見 www.designitforus.org，以及我在線上補充資料中列出的其他組織。
8. Keaggy, D. T. (2023, February 14). Lembke testifies before Senate committee on online safety. *The Source–Washington University in St. Louis*. Retrieved from www.source.wustl.edu/2023/02/lembke-testifies-before-senate-committee-on-online-safety.

參考書目

Ahmed, G. K., Abdalla, A. I., Mohamed, A. W., Mohamed, L. K., & Shamaa, H. A. (2022). Relationship between time spent playing internet gaming apps and behavioral problems, sleep problems, alexithymia, and emotion dysregulations in children: A multicentre study. *Child and Adolescent Psychiatry and Mental Health*, *16*, Article 67. doi.org/10.1186/s13034-022-00502-w

Aichner, T., Grünfelder, M., Maurer, O., & Jegeni, D. (2021). Twenty-five years of social media: A review of social media applications and definitions from 1994 to 2019. *Cyberpsychology, Behavior, and Social Networking*, *24*(4), 215–222. doi.org/10.1089/cyber.2020.0134

Alanko, D. (2023). The health effects of video games in children and adolescents. *Pediatrics In Review*, *44*(1), 23–32. doi.org/10.1542/pir.2022-005666

Aitken, M., Steensma, T. D., Blanchard, R., VanderLaan, D. P., Wood, H., Fuentes, A., & Zucker, K. J. (2015). Evidence for an altered sex ratio in clinic-referred adolescents with gender dysphoria. *The Journal of Sexual Medicine*, *12*(3), 756–763. doi.org/10.1111/jsm.12817

Alavi, S. S., Ferdosi, M., Jannatifard, F., Eslami, M., Alaghemandan, H., & Setare, M. (2012). Behavioral addiction versus substance addiction: Correspondence of psychiatric and psychological views. *International Journal of Preventive Medicine*, *3*(4), 290–294.

Albright, J. M. (2008). Sex in America online: An exploration of sex, marital status, and sexual identity in internet sex seeking and its impacts. *Journal of Sex Research*, *45*(2), 175–186. doi.org/10.1080/00224490801987481

Alimoradi, Z., Lin, C.-Y., Broström, A., Bülow, P. H., Bajalan, Z., Griffiths, M. D., Ohayon, M. M., & Pakpour, A. H. (2019). Internet addiction and sleep problems: A systematic review and meta-analysis. *Sleep Medicine Reviews*, *47*, 51–61. doi.org/10.1016/j.smrv.2019.06.004

Alonzo, R., Hussain, J., Stranges, S., & Anderson, K. K. (2021). Interplay between social media use, sleep quality, and mental health in youth: A systematic review. *Sleep Medicine Reviews*, *56*, 101414. doi.org/10.1016/j.smrv.2020.101414

American Academy of Child & Adolescent Psychiatry. (2020, February). *Screen time and children*. www.aacap.org/AACAP/Families_and_Youth/Facts_for_Families/FFF-Guide/Children-And-Watching-TV-054.aspx

American College Health Association (n.d.). *National College Health Assessment*. www.acha.org/NCHA/About_ACHA_NCHA/Survey/NCHA/About/Survey.aspx?hkey=7e9f6752-2b47-4671-8ce7-ba7a529c9934

American College of Pediatricians. (2020, May). *Media use and screen time–its impact on children, adolescents, and families*. acpeds.org/position-statements/media-use-and-screen-time-its-impact-on-children-adolescents-and-families

American Psychiatric Association. (2022, March). *Diagnostic and statistical manual of mental disorders* (5th ed., text rev.). doi.org/10.1176/appi.books.9780890425787

American Psychiatric Association. (2023, January). Internet gaming. www.psychiatry.org/patients-families/internet-gaming

Ames, L. B., & Ilg, F. L. (1979). *Your six-year-old: Defiant but loving*. Delacorte Press.

Anderson, C. A., Shibuya, A., Ihori, N., Swing, E. L., Bushman, B. J., Sakamoto, A., Rothstein, H. R., & Saleem, M. (2010). Violent video game effects on aggression, empathy, and prosocial behavior in Eastern and Western countries: A meta-analytic review. *Psychological Bulletin*, *136*(2), 151–173. doi.org/10.1037/a0018251

Archer, J. (2004). Sex differences in aggression in real-world settings: A meta-analytic review. *Review of General Psychology*, *8*(4), 291–322. doi.org/10.1037/1089-2680.8.4.291

Arenas-Arroyo, E., Fernández-Kranz, D., & Nollenberger, N. (2022). High speed internet and the widening gender gap in adolescent mental health: Evidence from hospital records. *IZA Discussion Papers*, No. 15728. www.iza.org/publications/dp/15728/high-speed-internet-and-the-widening-gender-gap-in-adolescent-mental-health-evidence-

from-hospital-records
Askari, M. S., Rutherford, C., Mauro, P. M., Kreski, N. T., & Keyes, K. M. (2022). Structure and trends of externalizing and internalizing psychiatric symptoms and gender differences among adolescents in the US from 1991 to 2018. *Social Psychiatry and Psychiatric Epidemiology*, *57*(4), 737–748. doi.org/10.1007/s00127-021-02189-4

Assari, S. (2020). American children's screen time: Diminished returns of household income in Black families. *Information*, *11*(11), 538. doi.org/10.3390/info11110538

Atske, S., & Perrin, A. (2021, July 16). Home broadband adoption, computer ownership vary by race, ethnicity in the U.S. Pew Research Center. www.pewresearch.org/short-reads/2021/07/16/home-broadband-adoption-computer-ownership-vary-by-race-ethnicity-in-the-u-s/

Australian Institute of Health and Welfare. (2022). *Australia's health snapshots 2022: Mental health of young Australians*. www.aihw.gov.au/getmedia/ba6da461-a046-44ac-9a7f-29d08a2bea9f/aihw-aus-240_Chapter_8.pdf.aspx

Auxier, M., Anderson, M., Perrin, A., & Turner, E. (2020, July 28). Parenting children in the age of screens. Pew Research Center. www.pewresearch.org/internet/2020/07/28/parenting-children-in-the-age-of-screens/

Balzarini, R. N., Dobson, K., Chin, K., & Campbell, L. (2017). Does exposure to erotica reduce attraction and love for romantic partners in men? Independent replications of Kenrick, Gutierres, and Goldberg (1989) study 2. *Journal of Experimental Social Psychology*, 70, 191–197. doi.org/10.1016/j.jesp.2016.11.003

Barrick, E. M., Barasch, A., & Tamir, D. I. (2022). The unexpected social consequences of diverting attention to our phones. *Journal of Experimental Social Psychology*, *101*, 104344. doi.org/10.1016/j.jesp.2022.104344

Bauer, M., Blattman, C., Chytilová, J., Henrich, J., Miguel, E., & Mitts, T. (2016). Can war foster cooperation? *Journal of Economic Perspectives*, *30*(3), 249–274. doi.org/10.1257/jep.30.3.249

Baumgartner, S. E., van der Schuur, W. A., Lemmens, J. S., & te Poel, F. (2018). The relationship between media multitasking and attention problems in adolescents: Results of two longitudinal studies. *Human Communication Research*, *44*(1), 3–30. doi.org/10.1093/hcre.12111

Beck, N., & Wong, J. S. (2022). A meta-analysis of the effects of wilderness therapy on delinquent behaviors among youth. *Criminal Justice and Behavior*, *49*(5), 700–729. doi.org/10.1177/00938548221078002

Berger, M. N., Taba, M., Marino, J. L., Lim, M. S. C., Cooper, S. C., Lewis, L., Albury, K., Chung, K. S. K., Bateson, D., & Skinner, S. R. (2021). Social media's role in support networks among LGBTQ adolescents: A qualitative study. *Sexual Health*, *18*(5), 421–431. doi.org/10.1071/SH21110

Berger, M. N., Taba, M., Marino, J. L., Lim, M. S. C., & Skinner, S. R. (2022). Social media use and health and well-being of lesbian, gay, bisexual, transgender, and queer youth: Systematic review. *Journal of Medical Internet Research*, *24*(9), Article e38449. doi.org/10.2196/38449

Bettmann, J. E., Gillis, H. L., Speelman, E. A., Parry, K. J., & Case, J. M. (2016). A meta-analysis of wilderness therapy outcomes for private pay clients. *Journal of Child and Family Studies*, *25*(9), 2659–2673. doi.org/10.1007/s10826-016-0439-0

Bijttebier, P., Beck, I. M., Claes, L., & Vandereycken, W. (2009). Gray's reinforcement sensitivity theory as a framework for research on personality–psychopathology associations. *Clinical Psychology Review*, *29*(5), 421–430. doi.org/10.1016/j.cpr.2009.04.002

Black, J. E., Jones, T. A., Nelson, C. A., & Greenough, W. T. (1998). Neuronal plasticity and the developing brain. In *Handbook of Child and Adolescent Psychiatry* (Vol. 6, pp. 31–53).

Block, J. (2023). Gender dysphoria in young people is rising—and so is professional disagreement. *BMJ*, *380*, 382. doi.org/10.1136/bmj.p382

Boer, M., Stevens, G., Finkenauer, C., & van den Eijnden, R. (2019). Attention deficit hyperactivity disorder-symptoms, social media use intensity, and social media use problems in adolescents: Investigating directionality. *Child Development*, *91*(4), e853–e865. doi.org/10.1111/cdev.13334

Borca, G., Bina, M., Keller, P. S., Gilbert, L. R., & Begotti, T. (2015). Internet use and developmental tasks: Adolescents' point of view. *Computers in Human Behavior*, *52*, 49–58. doi.org/10.1016/j.chb.2015.05.029

Boss, L. P. (1997). Epidemic hysteria: A review of the published literature. *Epidemiologic Reviews*, *19*(2), 233–243. doi.org/10.1093/oxfordjournals.epirev.a017955

Botella, C., Fernández-Álvarez, J., Guillén, V., García-Palacios, A., & Baños, R. (2017). Recent progress in virtual reality exposure therapy for phobias: A systematic review. *Current Psychiatry Reports*, *19*(7), Article 42. doi.org/10.1007/s11920-017-0788-4

Bőthe, B., Vaillancourt-Morel, M.-P., Bergeron, S., & Demetrovics, Z. (2019). Problematic and non-problematic pornography use among LGBTQ adolescents: A systematic literature review. *Current Addiction Reports*, *6*, 478–494. doi.org/10.1007/s40429-019-00289-5

Bőthe, B., Vaillancourt-Morel, M.-P., Girouard, A., Štulhofer, A., Dion, J., & Bergeron, S. (2020). A large-scale comparison of Canadian sexual/gender minority and heterosexual, cisgender adolescents' pornography use characteristics. *Journal of Sexual Medicine*, *17*(6). doi.org/10.1016/j.jsxm.2020.02.009

Bowen, D. J., Neill, J. T., & Crisp, S. J. R. (2016). Wilderness adventure therapy effects on the mental health of youth participants. *Evaluation and Program Planning*, *58*, 49–59. doi.org/10.1016/j.evalprogplan.2016.05.005

Boyd, R., & Richerson, P. J. (1985). *Culture and the evolutionary process*. University of Chicago Press.

Brady, W. J., Wills, J. A., Jost, J. T., Tucker, J. A., & Van Bavel, J. J. (2017). Emotion shapes the diffusion of moralized content in social networks. *Proceedings of the National Academy of Sciences of the United States of America*, *114*(28), 7313–7318. doi.org/10.1073/pnas.1618923114

Braghieri, L., Levy, R., & Makarin, A. (2022). Social media and mental health. *American Economic Review*, *112*(11), 3660–3693. doi.org/10.1257/aer.20211218

Brailovskaia, J., Krasavtseva, Y., Kochetkov, Y., Tour, P., & Margraf, J. (2022). Social media use, mental health, and suicide-related outcomes in Russian women: A cross-sectional comparison between two age groups. *Women's Health*, *18*. doi.org/10.1177/17455057221141292

Brailovskaia, J., Meier-Faust, J., Schillack, H., & Margraf, J. (2022). A two-week gaming abstinence reduces internet gaming disorder and improves mental health: An experimental longitudinal intervention study. *Computers in Human Behavior*, *134*. doi.org/10.1016/j.chb.2022.107334

Brand, B. L., Sar, V., Stavropoulos, P., Krüger, C., Korzekwa, M., Martínez-Taboas, A., & Middleton, W. (2016).

Separating fact from fiction: An empirical examination of six myths about dissociative identity disorder. *Harvard Review of Psychiatry*, *24*(4), 257–270. doi.org/10.1097/hrp.0000000000000100

Brown, D. (1991). *Human universals*. McGraw-Hill.

Brunborg, G. S., Mentzoni, R. A., Melkevik, O. R., Torsheim, T., Samdal, O., Hetland, J., Andreassen, C. S., & Palleson, S. (2013). Gaming addiction, gaming engagement, and psychological health complaints among Norwegian adolescents. *Media Psychology*, *16*(1), 115–128. doi.org/10.1080/15213269.2012.756374

Brussoni, M., Gibbons, R., Gray, C., Ishikawa, T., Sandseter, E. B. H., Bienenstock, A., Chabot, G., Fuselli, P., Herrington, S., Janssen, I., Pickett, W., Power, M., Stanger, N., Sampson, M., & Tremblay, M. S. (2015). What is the relationship between risky outdoor play and health in children? A Systematic Review. *International Journal of Environmental Research and Public Health*, *12*(6), 6423–6454. doi.org/10.3390/ijerph120606423

Brussoni, M., Ishikawa, T., Brunelle, S., & Herrington, S. (2017). Landscapes for play: Effects of an intervention to promote nature-based risky play in early childhood centres. *Journal of Environmental Psychology*, *54*, 139–150. doi.org/10.1016/j.jenvp.2017.11.001

Brussoni, M., Olsen, L. L., Pike, I., & Sleet, D. A. (2012). Risky play and children's safety: Balancing priorities for optimal child development. *International Journal of Environmental Research and Public Health*, 9(9), 3134–3148. doi.org/10.3390/ijerph9093134

Buchholz, L. (2015). Exploring the promise of mindfulness as medicine. *JAMA*, *314*(13), 1327–1329. doi.org/10.1001/jama.2015.7023

Buliung, R. N., Mitra, R., & Faulkner, G. (2009). Active school transportation in the Greater Toronto Area, Canada: An exploration of trends in space and time (1986–2006). *Preventive Medicine*, *48*(6), 507–512. doi.org/10.1016/j.ypmed.2009.03.001

Bushman, B. J., & Huesmann, L. R. (2014). Twenty-five years of research on violence in digital games and aggression revisited. *European Psychologist*, *19*(1), 47–55. doi.org/10.1027/1016-9040/a000164

Buss, D. M. (2021). *When men behave badly: The hidden roots of sexual deception, harassment, and assault*. Little, Brown

Spark.

Cai, J. Y., Curchin, E., Coan, T., & Fremstad, S. (2023, March 30). *Are young men falling behind young women? The NEET rate helps shed light on the matter*. Center for Economic and Policy Research. cepr.net/report/are-young-men-falling-behind-young-women-the-neet-rate-helps-shed-light-on-the-matter/

Carhart-Harris, R. L., Erritzoe, D., Williams, T., Stone, J. M., Reed, L. J., Colasanti, A., Tyacke, R. J., Leech, R., Malizia, A. L., Murphy, K., Hobden, P., Evans, J., Feilding, A., Wise, R. G., & Nutt, D. J. (2012). Neural correlates of the psychedelic state as determined by fMRI studies with psilocybin. *Proceedings of the National Academy of Sciences*, *109*(6), 2138–2143. doi.org/10.1073/pnas.1119598109

Carr, N. (2012). *The shallows: What the internet is doing to our brains*. W. W. Norton.

Casey, M., & Nzau, S. (2019, September 11). The differing impact of automation on men and women's work. Brookings Institution. www.brookings.edu/articles/the-differing-impact-of-automation-on-men-and-womens-work/

Centers for Disease Control and Prevention. (n.d.). *WISQARS fatal and nonfatal injury reports* [Data set]. wisqars.cdc.gov/reports/

Centers for Disease Control and Prevention. (2015). *School health policies and practices study 2014*. www.cdc.gov/healthyyouth/data/shpps/pdf/shpps-508-final_101315.pdf

Chang, A.-M , Aeschbach, D., Duffy, J. F., & Czeisler, C. A. (2014). Evening use of light-emitting eReaders negatively affects sleep, circadian timing, and next-morning alertness. *Proceedings of the National Academy of Sciences of the United States of America*, *112*(4), 1232–1237. doi.org/10.1073/pnas.1418490112

Charlton, J. P., & Danforth, I. D. W. (2007). Distinguishing addiction and high engagement in the context of online game playing. *Computers in Human Behavior*, *23*(3), 1531–1548. doi.org/10.1016/j.chb.2005.07.002

Chatard, A., Bocage-Barthélémy, Y., Selimbegović, L., & Guimond, S. (2017). The woman who wasn't there: Converging evidence that subliminal social comparison affects self-evaluation. *Journal of Experimental Social Psychology*, 73, 1–13. doi.org/10.1016/j.jesp.2017.05.005

Chen, X., Li, M., & Wei, Q. (2019). Agency and communion from the perspective of self versus others: The moderating role of social class. *Frontiers in Psychology*, *10*. doi.org/10.3389/fpsyg.2019.02867

Cohn, J. F., & Tronick, E. Z. (1987). Mother–infant face-to-face interaction: The sequence of dyadic states at 3, 6, and 9 months. *Developmental Psychology*, *23*(1), 68–77. doi.org/10.1037/0012-1649.23.1.68

Coleman, E., Radix, A. E., Bouman, W. P., Brown, G. R., De Vries, A. L., Deutsch, M. B., & Arcelus, J. (2022). Standards of care for the health of transgender and gender diverse people, version 8. *International Journal of Transgender Health*, *23*(sup1), S1–S259. doi.org/10.1080/26895269.2022.2100644

Common Sense Media. (n.d.). *Parenting, media, and everything in between*. Common Sense Media. www.commonsensemedia.org/articles/social-media

Conner, J. O., Crawford, E., & Galioto, M. (2023). The mental health effects of student activism: Persisting despite psychological costs. *Journal of Adolescent Research*, *38*(1), 80–109. doi.org/10.1177/07435584211006789

Conze, E. (1954). *Buddhist texts through the ages*. Philosophical Library.

Cosma, A., Stevens, G., Martin, G., Duinhof, E. L., Walsh, S. D., Garcia-Moya, I., Költő, A., Gobina, I., Canale, N., Catunda, C., Inchley, J., & de Looze, M. (2020). Cross-national time trends in adolescent mental well-being from 2002 to 2018 and the explanatory role of schoolwork pressure. *Journal of Adolescent Health*, *66*(6S), S50–S58. doi.org/10.1016/j.jadohealth.2020.02.010

Council on Communications and Media. (2016). Media and young minds. *Pediatrics*, *138*(5), Article e20162591. doi.org/10.1542/peds.2016-2591

Cox, D. A. (2021, June 29). Men's social circles are shrinking. Survey Center on American Life. www.americansurveycenter.org/why-mens-social-circles-are-shrinking/

Coyne, S. M., Hurst, J. L., Dyer, W. J., Hunt, Q., Schvanaveldt, E., Brown, S., & Jones, G. (2021). Suicide risk in emerging adulthood: Associations with screen time over 10 years. *Journal of Youth and Adolescence*, *5*, 2324–2338. doi.org/10.1007/s10964-020-01389-6

Crick, N. R., & Grotpeter, J. K. (1995). Relational aggression, gender, and social-psychological adjustment. *Child Development*, *66*(3), 710–722. doi.org/10.2307/1131945

Curran, T., & Hill, A. P. (2019). Perfectionism is increasing over time: A meta-analysis of birth cohort differences from 1989 to 2016. *Psychological Bulletin*, *145*(4), 410–429. doi.org/10.1037/bul0000138

Cybulski, L., Ashcroft, D. M., Carr, M. J., Garg, S., Chew-Graham, C. A., Kapur, N., & Webb, R. T. (2021). Temporal trends in annual incidence rates for psychiatric disorders and self-harm among children and adolescents in the UK, 2003–2018. *BMC Psychiatry*, *21*(1). doi.org/10.1186/s12888-021-03235-w

Dahl, R. E. (2008). Biological, developmental, and neurobehavioral factors relevant to adolescent driving risks. *American Journal of Preventive Medicine*, *35*(3), S278– S284. doi.org/10.1016/j.amepre.2008.06.013

Damour, L. (2016). *Untangled: Guiding teenage girls through the seven transitions into adulthood.* Random House.

Darwin, C. (1998). The *descent of man and selection in relation to sex*. Original work published 1871. Amherst, N.Y.: Prometheus Books.

Davidson, R. J., & Lutz, A. (2008). Buddha's brain: Neuroplasticity and meditation. *IEEE Signal Processing Magazine*, *25*(1), 176–174. doi.org/10.1109/msp.2008.4431873

Davis-Berman, J., & Berman, D. S. (1989). The wilderness therapy program: An empirical study of its effects with adolescents in an outpatient setting. *Journal of Contemporary Psychotherapy*, 19(4), 271–281. doi.org/10.1007/BF00946092

Dawkins, R. (2006). *The God delusion*. Houghton Miffiin.

Dee, T. S. (2006). The why chromosome. How a teacher's gender affects boys and girls. *Education Next*, 6(4), 68–75. eric.ed.gov/?id=EJ763353

de Graaf, N. M., Giovanardi, G., Zitz, C., & Carmichael, P. (2018). Sex ratio in children and adolescents referred to the Gender Identity Development Service in the UK (2009–2016). *Archives of Sexual Behavior*, 47, 1301–1304. doi.org/10.1007/s10508-018-1204-9

DeLoache, J., Chiong, C., Sherman, K., Islam, N., Vanderborght, M., Troseth, G., Strouse, G. A., & O'Doherty, K. (2010). Do babies learn from baby media? *Psychological Science*, *21*(11), 1570–1574. doi.org/10.1177/0956797610384145

Descormiers, K., & Corrado, R. R. (2016). The right to belong: Individual motives and youth gang initiation rites. *Deviant Behavior*, *37*(11), 1341–1359. doi.org/1.1080/01639625.2016.1177390

DeSteno, D. (2021). *How God works: The science behind the benefits of religion*. Simon & Schuster.

Diaz, S., & Bailey, J. M. (2023). Rapid onset gender dysphoria: Parent reports on 1655 possible cases. *Archives of Sexual Behavior*, *52*(3), 1031–1043. doi.org/10.1007/s10508-023-02576-9

Dodd, H. F., FitzGibbon, L., Watson, B. E., & Nesbit, R. J. (2021). Children's play and independent mobility in 2020: Results from the British children's play survey. *International Journal of Environmental Research and Public Health*, *18*(8), 4334. doi.org/10.3390/ijerph18084334

Doepke, M., Sorrenti, G., & Zilibotti, F. (2019). The economics of parenting. *Annual Review of Economics*, *11*, 55–84. doi.org/10.1146/annurev-economics-080218-030156

Donevan, M., Jonsson, L., Bladh, M., Priebe, G., Fredlund, C., & Svedin, C. G. (2022). Adolescents' use of pornography: Trends over a ten-year period in Sweden. *Archives of Sexual Behavior*, *51*, 1125–1140. doi.org/10.1007/s10508-021-02084-8

Dorahy, M. J., Brand, B. L., Şar, V., Krüger, C., Stavropoulos, P., Martínez-Taboas, A., Lewis-Fernández, R., & Middleton, W. (2014). Dissociative identity disorder: An empirical overview. *Australian and New Zealand Journal of Psychiatry*, *48*(5), 402–417. doi.org/10.1177/0004867414527523

Durkheim, É. (1951). *Suicide, a study in sociology* (J. A. Spaulding & G. Simpson, Trans.). Original work published 1897. Free Press.

Durkheim, É. (2008). *The elementary forms of religious life* (C. Cosman, Trans.). Original work published 1912. Oxford University Press.

Dwulit, A. D., & Rzymski, P. (2019). The potential associations of pornography use with sexual dysfunctions: An integrative literature review of observational studies. *Journal of Clinical Medicine*, *8*(7), 914. doi.org/10.3390/jcm8070914

Dwyer, R. J., Kushlev, K., & Dunn, E. W. (2018). Smartphone use undermines enjoyment of face-to-face social interactions. *Journal of Experimental Social Psychology*, 78, 233–239. doi.org/10.1016/j.jesp.2017.10.007

Eagly, A. H., Nater, C., Miller, D. I., Kaufmann, M., & Sczesny, S. (2020). Gender stereotypes have changed: A cross-temporal meta-analysis of U.S. public opinion polls from 1946 to 2018. *American Psychologist*, *75*(3), 301–315. doi.org/10.1037/amp0000494

Economides, M., Martman, J., Bell, M. J., & Sanderson, B. (2018). Improvements in stress, affect, and irritability following brief use of a mindfulness-based smartphone app: A randomized controlled trial. *Mindfulness*, 9(5), 1584–1593. doi.org/10.1007/s12671-018-0905-4

Edmondson, A. (1999). Psychological safety and learning behavior in work teams. *Administrative Science Quarterly*, *44*(2), 350–383. doi.org/10.2307/2666999

Ehrenreich, B. (2006). *Dancing in the streets: A history of collective joy*. Metropolitan Books/Henry Holt.

Eime, R. M., Young, J. A., Harvey, J. T., Charity, M. J., & Payne, W. R. (2013). A systematic review of the psychological and social benefits of participation in sport for children and adolescents: Informing development of a conceptual model of health through sport. *International Journal of Behavioral Nutrition and Physical Activity*, *10*(1), Article 98. doi.org/10.1186/1479-5868-10-98

Elson, M., & Ferguson, C. J. (2014). Twenty-five years of research on violence in digital games and aggression: Empirical evidence, perspectives, and a debate gone astray. *European Psychologist*, *19*(1), 33–46. doi.org/10.1027/1016-9040/a000147

Emerson, R. W. (1836). *Nature*. James Munroe. archive.vcu.edu/english/engweb/transcendentalism/authors/emerson/nature.html

Epictetus. (1890). The *Enchiridion* (G. Long, Trans.). Original work published ca. 125 CE. George Bell and Sons.

Eyal, N. (2014). *Hooked: How to build habit-forming products*. Portfolio.

Eyal, N. (2019). *Indistractable: How to control your attention and choose your life*. Ben-Bella Books.

Fam, J. Y. (2018). Prevalence of internet gaming disorder in adolescents: A meta-analysis across three decades. *Scandinavian Journal of Psychology*, *59*(5), 524–531. doi.org/10.1111/sjop.12459

Ferguson, C. J., Bean, A. M., Nielsen, R. K. L., & Smyth, M. P. (2020). Policy on unreliable game addiction diagnoses puts the cart before the horse. *Psychology of Popular Media*, *9*(4), 533–540. doi.org/10.1037/ppm0000249

Ferguson, C. J., Coulson, M., & Barnett, J. (2011). A meta-analysis of pathological gaming prevalence and comorbidity with mental health, academic, and social problems. *Journal of Psychiatric Research*, *45*(12), 1573–1578. doi.org/10.1016/j.jpsychires.2011.09.005

Filipe, M. G., Magalhães, S., Veloso, A. S., Costa, A. F., Ribeiro, L., Araújo, P., Castro, S. L., & Limpo, T. (2021). Exploring the effects of meditation techniques used by mindfulness-based programs on the cognitive, social-emotional, and academic skills of children: A systematic review. *Frontiers in Psychology*, *12*, Article 660650. doi.org/10.3389/fpsyg.2021.660650

Finlay, B. B., & Arrieta, M.-C. (2016). *Let them eat dirt: Saving your child from an oversanitized world*. Algonquin Books.

Fiske, S. T. (2011). *Envy up, scorn down: How status divides us*. Russell Sage Foundation.

Flanders, J. L., Leo, V., Paquette, D., Pihl, R. O., & Séguin, J. R. (2009). Rough-and-tumble play and the regulation of aggression: An observational study of father–child play dyads. *Aggressive Behavior*, *35*(4), 285–295. doi.org/10.1002/ab.20309

Flynn, R. M., Shaman, N. J., & Redleaf, D. L. (2023). The unintended consequences of "lack of supervision" child neglect laws: How developmental science can inform policies about childhood independence and child protection. *Social Policy Report*, *36*(1), 1–38. doi.org/10.1002/sop2.27

Food and Drug Administration. (2010, March 19). Regulations restricting the sale and distribution of cigarettes and smokeless tobacco to protect children and adolescents. *Federal Register*, *75*(53), 13225–13232. www.govinfo.gov/content/pkg/FR-2010-03-19/pdf/2010-6087.pdf

Fowler, J. H., & Christakis, N. A. (2008). Dynamic spread of happiness in a large social network: Longitudinal analysis over 20 years in the Framingham Heart Study. *BMJ*, *337*, Article a2338. doi.org/10.1136/bmj.a2338

Fuhrmann, D., Knoll, L. J., & Blakemore, S. (2015). Adolescence as a sensitive period of brain development. *Trends in Cognitive Sciences*, *19*(10), 558–566. doi.org/10.1016/j.tics.2015.07.008

Furedi, F. (2001). *Paranoid parenting: Abandon your anxieties and be a good parent*. Allen Lane.

Fyfe-Johnson, A. L., Hazlehurst, M. F., Perrins, S. P., Bratman, G. N., Thomas, R., Garrett, K. A., Hafferty, K. R., Cullaz, T. M., Marcuse, E. K., & Tandon, P. S. (2021). Nature and children's health: A systematic review. *Pediatrics*, *148*(4), Article e2020049155. doi.org/10.1542/peds.2020-049155

Gabrielsen, L. E., Eskedal, L. T., Mesel, T., Aasen, G. O., Hirte, M., Kerlefsen, R. E., Palucha, V., & Fernee, C. R. (2019). The effectiveness of wilderness therapy as mental health treatment for adolescents in Norway: A mixed methods evaluation. *International Journal of Adolescence and Youth*, *24*(3), 282–296. doi.org/10.1080/02673843.2018.1528166

Garbarino, S., Lanteri, P., Bragazzi, N. L., Magnavita, N., & Scoditti, E. (2021). Role of sleep deprivation in immune-related disease risk and outcomes. *Communications Biology*, *4*, 1304. doi.org/10.1038/s42003-021-02825-4

Garrido, E. C., Issa, T., Esteban, P. G., & Delgado, S. C. (2021). A descriptive literature review of phubbing behaviors. *Heliyon*, *7*(5), Article e07037. doi.org/10.1016/j.heliyon.2021.e07037

Garriguet, D. (2021). *Portrait of youth in Canada: Data report–Chapter 1: Health of youth in Canada* (Catalogue No. 42-28-0001). Statistics Canada. www150.statcan.gc.ca/n1/en/pub/42-28-0001/2021001/article/00001-eng.pdf?st=ZQk8_2Sl

Garrison, M. M., & Christakis, D. A. (2012). The impact of a healthy media use intervention on sleep in preschool children. *Pediatrics*, *130*(3), 492–499. doi.org/10.1542/peds.2011-3153

Gemmell, E., Ramsden, R., Brussoni, M., & Brauer, M. (2023). Influence of neighborhood built environments on the outdoor free play of young children: A systematic, mixed-studies review and thematic synthesis. *Journal of Urban Health*, *100*(1), 118–150. doi.org/10.1007/s11524-022-00696-6

Gillis, H. L., Speelman, E., Linville, N., Bailey, E., Kalle, A., Oglesbee, N., Sandlin, J., Thompson, L., & Jensen, J. (2016). Meta-analysis of treatment outcomes measured by the Y-OQ and Y-OQ-SR comparing wilderness and non-wilderness treatment programs. *Child and Youth Care Forum*, *45*(6), 851–863. doi.org/10.1007/s10566-016-

9360-3

GlobalWebIndex. (2018). *Social flagship report 2018*. www.gwi.com/hubfs/Downloads/Social-H2-2018-report.pdf

GlobalWebIndex. (2021). *Social media by generation*. 304927.fs1.hubspotusercontent-na1.net/hubfs/304927/Social%20media%20by%20generation%20-%20Global%20-%20Web_Friendly_6.pdf

Goldstone, A., Javitz, H. S., Claudatos, S. A., Buysse, D. J., Hasler, B. P., de Zambotti, M., Clark, D. B., Franzen, P. L., Prouty, D. E., Colrain, I. M., & Baker, F. C. (2020). Sleep disturbance predicts depression symptoms in early adolescence: Initial findings from the adolescent brain cognitive development study. *Journal of Adolescent Health*, *66*(5), 567–574. doi.org/10.1016/j.jadohealth.2019.12.005

Gopnik, A. (2016). *The gardener and the carpenter: What the new science of child development tells us about the relationship between parents and children*. Farrar, Straus and Giroux.

Götz, F. M., Gosling, S. D., & Rentfrow, P. J. (2022). Small effects: The indispensable foundation for a cumulative psychological science. *Perspectives on Psychological Science*, *17*(1), 205–215. doi.org/10.1177/1745691620984483

Goyal, M., Singh, S., Sibinga, E. M. S., Gould, N. F., Rowland-Seymour, A., Sharma, R., Berger, Z., Sleicher, D., Maron, D. D., Shihab, H. M., Ranasinghe, P. D., Linn, S., Saha, S., Bass, E. B., & Haythornthwaite, J. A. (2014). Meditation programs for psychological stress and well-being. *JAMA Internal Medicine*, *174*(3), 357–368. doi.org/10.1001/jamainternmed.2013.13018

Granic, I., Lobel, A., & Engels, R. C. M. E. (2014). The benefits of playing video games. *American Psychologist*, *69*(1), 66–78. doi.org/10.1037/a0034857

Grant, J. E., Potenza, M. N., Weinstein, A., & Gorelick, D. A. (2010). Introduction to behavioral addictions. *The American Journal of Drug and Alcohol Abuse*, *36*(5), 233–241. doi.org/10.3109/00952990.2010.491884

Grassini, S. (2022). A systematic review and meta-analysis of nature walk as an intervention for anxiety and depression. *Journal of Clinical Medicine*, *11*(6), 1731. doi.org/10.3390/jcm11061731

Gray, J. A. (1982). *The neuropsychology of anxiety: An enquiry into the functions of the septo-hippocampal system*. Clarendon Press/Oxford University Press.

Gray, P. (2011). The decline of play and the rise of psychopathology in children and adolescents. *American Journal of Play*, 3(4), 443–463. www.psycnet.apa.org/record/2014-22137-001

Gray, P. (2013). The value of a play-filled childhood in development of the hunter-gatherer individual. In D. Narvaez, J. Panksepp, A. N. Schore, & T. R. Gleason (Eds.), *Evolution, early experience and human development: From research to practice and policy* (pp. 352–370). Oxford University Press.

Gray, P. (2018). Evolutionary functions of play: Practice, resilience, innovation, and cooperation. In P. K. Smith & J. L. Roopnarine (Eds.), *The Cambridge handbook of play: Developmental and disciplinary perspectives* (pp. 84–102). Cambridge University Press.

Gray, P. (2023). The special value of age-mixed play I: How age mixing promotes learning. *Play Makes Us Human*. petergray.substack.com/p/10-the-special-value-of-age-mixed

Gray, P., Lancy, D. F., & Bjorklund, D. F. (2023). Decline in independent activity as a cause of decline in children's mental wellbeing: Summary of the evidence. *Journal of Pediatrics*, 260(2), 113352. doi.org/10.1016/j.jpeds.2023.02.004

Green, A., Cohen-Zion, M., Haim, A., & Dagan, Y. (2017). Evening light exposure to computer screens disrupts human sleep, biological rhythms, and attention abilities. *Chronobiology International*, 34(7), 855–865. doi.org/10.1080/07420528.2017.1324878

Greitemeyer, T., & Mügge, D. O. (2014). Video games do affect social outcomes: A meta-analytic review of the effects of violent and prosocial video game play. *Personality and Social Psychology Bulletin*, 40(5), 578–589. doi.org/10.1177/0146167213520459

Grigoriev, A. I., & Egorov, A. D. (1992). General mechanisms of the effect of weightlessness on the human body. *Advances in Space Biology and Medicine*, 2, 1–42. doi.org/10.1016/s1569-2574(08)60016-7

Guisinger, S., & Blatt, S. J. (1994). Individuality and relatedness: Evolution of a fundamental dialectic. *American Psychologist*, 49(2), 104–111. doi.org/10.1037/0003-066X.49.2.104

Guo, N., Tsun Luk, T., Wu, Y., Lai, A. Y., Li, Y., Cheung, D. Y. T., Wong, J. Y., Fong, D. Y. T., & Wang, M. P. (2022).

Between- and within-person associations of mobile gaming time and total screen time with sleep problems in young adults: Daily assessment study. *Addictive Behaviors, 134*, 107408. doi.org/10.1016/j.addbeh.2022.107408

Haapala, E. A., Väistö, J., Lintu, N., Westgate, K., Ekelund, U., Poikkeus, A.-M., Brage, S., & Lakka, T. A. (2017). Physical activity and sedentary time in relation to academic achievement in children. *Journal of Science and Medicine in Sport, 20*(6), 583–589. doi.org/10.1016/j.jsams.2016.11.003

Haidt, J. (2012). *The righteous mind: Why good people are divided by politics and religion*. Pantheon.

Haidt, J. (2023, February 23). Social media is a major cause of the mental illness epidemic in teen girls. Here's the evidence. *After Babel*. www.afterbabel.com/p/social-media-mental-illness-epidemic

Haidt, J. (2023, March 9). Why the mental health of liberal girls sank first and fastest. *After Babel*. www.afterbabel.com/p/mental-health-liberal-girls

Haidt, J. (2023, April 17). Why some researchers think I'm wrong about social media and mental illness. *After Babel*. www.afterbabel.com/p/why-some-researchers-think-im-wrong

Haidt, J., & George, E. (2023, April 12). Do the kids think they're alright? *After Babel*. www.afterbabel.com/p/do-the-kids-think-theyre-alright

Haidt, J., Park, Y. J., & Bentov, Y. (ongoing). Free play and mental health: A collaborative review. Unpublished manuscript, New York University. anxiousgeneration.com/reviews

Haidt, J., & Rausch, Z. (ongoing). Alternative hypotheses to the adolescent mental illness crisis: A collaborative review. Unpublished manuscript, New York University. anxiousgeneration.com/reviews

Haidt, J., & Rausch, Z. (ongoing). The coddling of the Canadian mind? A collaborative review. Unpublished manuscript, New York University. anxiousgeneration.com/reviews

Haidt, J., & Rausch, Z. (ongoing). The effects of phone-free schools: A collaborative review. Unpublished manuscript, New York University. anxiousgeneration.com/reviews

Haidt, J., & Rausch, Z. (ongoing). The impact of screens on infants, toddlers, and preschoolers: A collaborative review. Unpublished manuscript, New York University. anxiousgeneration.com/reviews

Haidt, J., Rausch, Z., & Twenge, J. (ongoing). Adolescent mood disorders since 2010: A collaborative review. Unpublished manuscript, New York University. anxiousgeneration.com/reviews

Haidt, J., Rausch, Z., & Twenge, J. (ongoing). Social media and mental health: A collaborative review. Unpublished manuscript, New York University. tinyurl.com/SocialMediaMentalHealthReview

Halldorsdottir, T., Thorisdottir, I. E., Meyers, C. C. A., Asgeirsdottir, B. B., Kristjansson, A. L., Valdimarsdottir, H. B., Allegrante, J. P., & Sigfusdottir, I. D. (2021). Adolescent well-being amid the COVID-19 pandemic: Are girls struggling more than boys? *JCPP Advances*, *1*(2), Article e12027. doi.org/10.1002/jcv2.12027

Haltigan, J. D., Pringsheim, T. M., & Rajkumar, G. (2023). Social media as an incubator of personality and behavioral psychopathology: Symptom and disorder authenticity or psychosomatic social contagion? *Comprehensive Psychiatry*, *121*, Article 152362. doi.org/10.1016/j.comppsych.2022.152362

Hamilton, J. P., Farmer, M., Fogelman, P., & Gotlib, I. H. (2015). Depressive rumination, the default-mode network, and the dark matter of clinical neuroscience. *Biological Psychiatry*, 78(4), 224–230. doi.org/10.1016/j.biopsych.2015.02.020

Hamm, P. B., Billica, R. D., Johnson, G. S., Wear, M. L., & Pool, S. L. (1998, February 1). Risk of cancer mortality among the Longitudinal Study of Astronaut Health (LSAH) participants. *Aviation, Space, and Environmental Medicine*, 69(2), 142–144. pubmed.ncbi.nlm.nih.gov/9491253/

Hancock, J., Liu, S. X., Luo, M., & Mieczkowski, H. (2022). Psychological well-being and social media use: A meta-analysis of associations between social media use and depression, anxiety, loneliness, eudaimonic, hedonic, and social well-being. SSRN. dx.doi.org/10.2139/ssrn.4053961

Hari, J. (2022). *Stolen focus: Why you can't pay attention–and how to think deeply again*. Crown.

Harris, P. L. (1989). *Children and emotion: The development of psychological understanding*. Basil Blackwell.

Haslam, N. (2016). Concept creep: Psychology's expanding concepts of harm and pathology. *Psychological Inquiry*, 27(1), 1–17. doi.org/10.1080/1047840X.2016.1082418

Hassett, J. M., Siebert, E. R., & Wallen, K. (2008). Sex differences in rhesus monkey toy preferences parallel those of children. *Hormones and Behavior, 54*(3), 359–364. doi.org/10.1016/j.yhbeh.2008.03.00

Health Behaviour in School-Aged Children (HBSC). (2002–2018). *HBSC study* [Data sets]. University of Bergen. www.uib.no/en/hbscdata/113290/open-access

Hebb, D. O. (1949). *The organization of behavior: A neuropsychological theory*. Wiley.

Henrich, J. (2015). *The secret of our success: How culture is driving human evolution, domesticating our species, and making us smarter*. Princeton University Press.

Henrich, J., & Gil-White, F. J. (2001). The evolution of prestige: Freely conferred deference as a mechanism for enhancing the benefits of cultural transmission. *Evolution and Human Behavior, 22*(3), 165–196. doi.org/10.1016/s1090-5138(00)00071-4

Higher Education Research Institute (HERI). (2023). *CIRP freshman survey trends: 1966 to 2008* [Data sets]. heri.ucla.edu/data-archive/

Hillman, M., Adams, J., & Whitelegg, J. (1990). *One false move . . . : A study of children's independent mobility*. PSI.

Hisler, G., Twenge, J. M., & Krizan, Z. (2020). Associations between screen time and short sleep duration among adolescents varies by media type: Evidence from a cohort study. *Sleep Medicine, 66*, 92–102. doi.org/10.1016/j.sleep.2019.08.007

Hofferth, S. L., & Sandberg, J. F. (2001). How American children spend their time. *Journal of Marriage and Family, 63*(2), 295–308. doi.org/10.1111/j.1741-3737.2001.00295.x

Hoffmann, M. D., Barnes, J. D., Tremblay, M. S., & Guerrero, M. D. (2022). Associations between organized sport participation and mental health difficulties: Data from over 11,000 US children and adolescents. *PLoS ONE, 17*(6), Article e0268583. doi.org/10.1371/journal.pone.0268583

Howard, P. K. (2014). *The rule of nobody: Saving America from dead laws and broken government*. W. W. Norton.

Hsu, N., Badura, K. L., Newman, D. A., & Speach, M. E. P. (2021). Gender, "masculinity," and "femininity": A meta-analytic review of gender differences in agency and communion. *Psychological Bulletin, 147*(10), 987–1011. doi.org/10.1037/bul0000343

Hummer, D. L., & Lee, T. M. (2016). Daily timing of the adolescent sleep phase: Insights from a cross-species comparison. *Neuroscience and Biobehavioral Reviews*, *70*, 171–181. doi.org/10.1016/j.neubiorev.2016.07.023

Hunt, M. G., Marx, R., Lipson, C., & Young, J. (2018). No more FOMO: Limiting social media decreases loneliness and depression. *Journal of Social and Clinical Psychology*, *37*(10), 751–768. doi.org/10.1521/jscp.2018.37.10.751

Ishizuka, P. (2018). Social class, gender, and contemporary parenting standards in the United States: Evidence from a national survey experiment. *Social Forces*, *98*(1), 31–58. doi.org/10.1093/sf/soy107

James, W. (1890). The *principles of psychology*. Classics in the History of Psychology. psychclassics.yorku.ca/James/Principles/index.htm

Jefferson, T. (1771, August 3). *From Thomas Jefferson to Robert Skipwith, with a list of books for a private library, 3 August 1771*. Founders Online, National Archives. www.founders.archives.gov/documents/Jefferson/01-01-02-0056

Johnson, J. S., & Newport, E. L. (1989). Critical period effects in second language learning: the influence of maturational state on the acquisition of English as a second language. *Cognitive Psychology*, *21*(1), 60–99. doi.org/10.1016/0010-0285(89)90003-0

Joiner, R., Mizen, E., Pinnell, B., Siddique, L., Bradley, A., & Trevalyen, S. (2023). The effect of different types of TikTok dance challenge videos on young women's body satisfaction. *Computers in Human Behavior*, *147*, Article 107856. doi.org/10.1016/j.chb.2023.107856

Joshi, A., & Hinkley, T. (2021, August). *Too much time on screens? Screen time effects and guidelines for children and young people*. Australian Institute of Family Studies. aifs.gov.au/resources/short-articles/too-much-time-screens

Kahlenberg, S. M., & Wrangham, R. W. (2010). Sex differences in chimpanzees' use of sticks as play objects resemble those of children. *Current Biology*, *20*(24), R1067– R1068. doi.org/10.1016/j.cub.2010.11.024

Kaltiala-Heino, R., Sumia, M., Työläjärvi, M., & Lindberg, N. (2015). Two years of gender identity service for minors: overrepresentation of natal girls with severe problems in adolescent development. *Child and Adolescent Psychiatry and Mental Health*, *9*(1), 1–9. doi.org/10.1186/s13034-015-0042-y

Kannan, V. D., & Veazie, P. J. (2023). US trends in social isolation, social engagement, and companionship—

nationally and by age, sex, race/ethnicity, family income, and work hours, 2003–2020. *SSM–Population Health, 21*, Article 101331. doi.org/10.1016/j.ssmph.2022.101331

Kaufmann, E. (2022, May 30). Born this way? The rise of LGBT as a social and political identity. Center for the Study of Partisanship and Ideology. www.cspicenter.com/p/born-this-way-the-rise-of-lgbt-as-a-social-and-political-identity

Keeler, R. (2020). *Adventures in risky play. What is your yes?* Exchange Press.

Kelly, Y., Zilanawala, A., Booker, C., & Sacker, A. (2018). Social media use and adolescent mental health: Findings from the UK millennium cohort study. *eClinicalMedicine*, 6, 59–68. doi.org/10.1016/j.eclinm.2018.12.005

Keltner, D. (2023). *Awe: The new science of everyday wonder and how it can transform your life*. Penguin Press.

Keltner, D., & Haidt, J. (2003). Approaching awe, a moral, spiritual, and aesthetic emotion. *Cognition and Emotion, 17*(2), 297–314. doi.org/10.1080/02699930302297

Kemple, K. M., Oh, J., Kenney, E., & Smith-Bonahue, T. (2016). The power of outdoor play and play in natural environments. *Childhood Education, 92*(6), 446–454. doi.org/10.1080/00094056.2016.1251793

Keng, S.-L., Smoski, M. J., & Robins, C. J. (2011). Effects of mindfulness on psychological health: A review of empirical studies. *Clinical Psychology Review, 31*(6), 1041–1056. doi.org/10.1016/j.cpr.2011.04.006

Kennedy, R. S. (2021). Bullying trends in the United States: A meta-regression. *Trauma, Violence, and Abuse, 22*(4), 914–927. doi.org/10.1177/1524838019888555

Khan, A., Reyad, M. A. H., Edwards, E., & Horwood, S. (2023). Associations between adolescent sleep difficulties and active versus passive screen time across 38 countries. *Journal of Affective Disorders, 320*, 298–304. doi.org/10.1016/j.jad.2022.09.137

Kierkegaard, S. (2009). *Upbuilding discourses in various spirits* (H. V. Hong & E. H. Hong, Trans.). Original work published 1847. Princeton University Press.

Kim, I., Kim, R., Kim, H., Kim, D., Han, K., Lee, P. H., Mark, G., & Lee, U. (2019). Understanding smartphone usage in college classrooms: A long-term measurement study. *Computers and Education, 141*, 103611. doi.

org/10.1016/j.compedu.2019.103611

Kim, S. (2023). Doing things when others do: Temporal synchrony and subjective wellbeing. *Time and Society*. doi.org/10.1177/0961463X231184099

Kim, S., Favotto, L., Halladay, J., Wang, L., Boyle, M. H., & Georgiades, K. (2020). Differential associations between passive and active forms of screen time and adolescent mood and anxiety disorders. *Social Psychiatry and Psychiatric Epidemiology*, *55*(11), 1469–1478. doi.org/10.1007/s00127-020-01833-9

King, D. L., & Delfabbro, P. H. (2019). Video game monetization (e.g., "loot boxes"): A blueprint for practical social responsibility measures. *International Journal of Mental Health and Addiction*, *17*, 166–179. doi.org/10.1007/s11469-018-0009-3

King, M. L., Jr. (2012). *A gift of love: Sermons from strength to love and other preachings* (Foreword by King, C. S., & Warnock, R. G.). Beacon Press.

Kirkorian, H. L., & Choi, K. (2017). Associations between toddlers' naturalistic media experience and observed learning from screens. *Infancy*, *22*(2), 271–277. doi.org/10.1111/infa.12171

Klar, M., & Kasser, T. (2009). Some benefits of being an activist: Measuring activism and its role in psychological well-being. *Political Psychology*, *30*(5), 755–777. doi.org/10.1111/j.1467-9221.2009.00724.x

Kleemans, M., Daalmans, S., Carbaat, I., & Anschütz, D. (2018). Picture perfect: The direct effect of manipulated Instagram photos on body image in adolescent girls. *Media Psychology*, *21*(1), 93–110. doi.org/10.1080/15213269.2016.1257392

Kovess-Masfety, V., Keyes, K., Hamilton, A., Hanson, G., Bitfoi, A., Golitz, D., Koç, C., Kuijpers, R., Lesinskiene, S., Mihova, Z., Otten, R., Fermanian, C., & Pez, O. (2016). Is time spent playing video games associated with mental health, cognitive, and social skills in young children? *Social Psychiatry and Psychiatric Epidemiology*, *51*, 349–357. doi.org/10.1007/s00127-016-1179-6

Kowert, R., & Oldmeadow, J. A. (2015). Playing for social comfort: Online video game play as a social accommodator for the insecurely attached. *Computers in Human Behavior*, *53*, 556–566. doi.org/10.1016/j.chb.2014.05.004

Kristensen, J. H., Pallesen, S., King, D. L., Hysing, M., & Erevik, E. K. (2021). Problematic gaming and sleep: A systematic review and meta-analysis. *Frontiers in Psychiatry, 12*. doi.org/10.3389/fpsyt.2021.675237

Lacey, T. J. (2006). *The Blackfeet.* Chelsea House.

Lange, B. P., Wühr, P., & Schwarz, S. (2021). Of time gals and mega men: Empirical findings on gender differences in digital game genre preferences and the accuracy of respective gender stereotypes. *Frontiers in Psychology, 12*, Article 657430. doi.org/10.3389/fpsyg.2021.657430

Lareau, A. (2003). *Unequal childhoods: Class, race, and family life*. University of California Press.

Latane, B., & Darley, J. M. (1968). Group inhibition of bystander intervention in emergencies. *Journal of Personality and Social Psychology, 10*(3), 215–221. doi.org/10.1037/h0026570

Latkin, C., Dayton, L., Scherkoske, M., Countess, K., & Thrul, J. (2022). What predicts climate change activism? An examination of how depressive symptoms, climate change distress, and social norms are associated with climate change activism. *Journal of Climate Change and Health, 8*, Article 100146. doi.org/10.1016/j.joclim.2022.100146

Lauricella, A. R., Cingel, D. P., Beaudoin-Ryan, L., Robb, M. B., Saphir, M., & Wartella, E. A. (2016). *The Common Sense census: Plugged-in parents of tweens and teens*. Common Sense Media.

Leary, M. R. (2005). Sociometer theory and the pursuit of relational value: Getting to the root of self-esteem. *European Review of Social Psychology, 16*, 75–111. doi.org/10.1080/10463280540000007

LeDoux, J. (1996). *The emotional brain: The mysterious underpinnings of emotional life*. Simon & Schuster.

Lee, J., Tsunetsugu, Y., Takayama, N., Park, B.-J., Li, Q., Song, C., Komatsu, M., Ikei, H., Tyrväinen, L., Kagawa, T., & Miyazaki, Y. (2014). Influence of forest therapy on cardiovascular relaxation in young adults. *Evidence-Based Complementary and Alternative Medicine, 2014*, Article ID 834360. doi.org/10.1155/2014/834360

Lembke, A. (2021). *Dopamine nation: Finding balance in the age of indulgence*. Dutton.

Lemmens, J. S., Valkenburg, P. M., & Peter, J. (2009). Development and validation of a game addiction scale for adolescents. *Media Psychology, 12*(1), 77–95. doi.org/10.1080/15213260802669458

Lenhart, A. (2012, March 12). Teens, smartphones & texting. Pew Research Center. www.pewresearch.org/

internet/2012/03/19/cell-phone-ownership/

Lenhart, A. (2015, April 9). Teen, social media, and technology overview 2015: Smartphones facilitate shifts in communication landscape for teens. Pew Research Center. www.pewresearch.org/internet/2015/04/09/teens-social-media-technology-2015/

Lester, D. (1993). The effect of war on suicide rates. *European Archives of Psychiatry and Clinical Neuroscience, 242*(4), 248–249. doi.org/10.1007/bf02189971

Li, R., Lian, Q., Su, Q., Li, L., Xie, M., & Hu, J. (2020). Trends and sex disparities in school bullying victimization among U.S. youth, 2011–2019. *BMC Public Health*, 20(1), Article 1583. doi.org/10.1186/s12889-020-09677-3

Lieber, R. (2015). *The opposite of spoiled: Raising kids who are grounded, generous, and smart about money*. HarperCollins.

Littman, L. (2018). Rapid-onset gender dysphoria in adolescents and young adults: A study of parental reports. *PLoS ONE, 13*(8), e0202330. doi.org/10.1371/journal.pone.0202330

Liu, H., Chen, X., Huang, M., Yu, X., Gan, Y., Wang, J., Chen, Q., Nie, Z., & Ge, H. (2023). Screen time and childhood attention deficit hyperactivity disorder: A meta-analysis. *Reviews on Environmental Health*. doi.org/10.1515/reveh-2022-0262

Lopes, L. S., Valentini, J. P., Monteiro, T. H., Costacurta, M. C. de F., Soares, L. O. N., Telfar-Barnard, L., & Nunes, P. V. (2022). Problematic social media use and its relationship with depression or anxiety: A systematic review. *Cyberpsychology, Behavior, and Social Networking, 25*(11), 691–702. doi.org/10.1089/cyber.2021.0300

Lowe, C. J., Safati, A., & Hall, P. A. (2017). The neurocognitive consequences of sleep restriction: A meta-analytic review. *Neuroscience and Biobehavioral Reviews, 80*, 586–604. doi.org/10.1016/j.neubiorev.2017.07.010

Lucas, K., & Sherry, J. L. (2004). Sex differences in video game play: A communication-based explanation. *Communication Research, 31*(5), 499–523. doi.org/10.1177/0093650204267930

Lukianoff, G., & Haidt, J. (2018). *The coddling of the American mind: How good intentions and bad ideas are setting up a generation for failure*. Penguin Books.

Luo, Y., Moosbrugger, M., Smith, D. M., France, T. J., Ma, J., & Xiao, J. (2022). Is increased video game participation associated with reduced sense of loneliness? A systematic review and meta-analysis. *Frontiers in Public Health, 10*. www.frontiersin.org/articles/10.3389/fpubh.2022.898338

Maccoby, E. E., & Jacklin, C. N. (1974). *The psychology of sex differences*. Stanford University Press.

Madore, K. P., & Wagner, A. D. (2019). Multicosts of multitasking. *Cerebrum, 2019* (March–April), cer-04-19. www.ncbi.nlm.nih.gov/pmc/articles/PMC7075496/

Maezumi, T., & Cook, F. D. (2007). The eight awarenesses of the enlightened person: Dogen Zenji's Hachidainingaku. In T. Maezumi & B. Glassman (Eds.), *The hazy moon of enlightenment*. Wisdom Publications.

Mandryk, R. L., Frommel, J., Armstrong, A., & Johnson, D. (2020). How passion for playing World of Warcraft predicts in-game social capital, loneliness, and wellbeing. *Frontiers in Psychology, 11*, Article 2165. doi.org/10.3389/fpsyg.2020.02165

Männikkö, N., Ruotsalainen, H., Miettunen, J., Pontes, H. M., & Kääriäinen, M. (2020). Problematic gaming behaviour and health-related outcomes: A systematic review and meta-analysis. *Journal of Health Psychology, 25*(1), 67–81. doi.org/10.1177/1359105317740414

Marano, H. E. (2008). *A nation of wimps: The high cost of invasive parenting*. Crown Archetype.

Marchiano, L. (2017). Outbreak: on transgender teens and psychic epidemics. *Psychological Perspectives*, 60(3), 345–366. doi.org/10.1080/00332925.2017.1350804

Marcus Aurelius. (2002). *Meditations* (G. Hays, Trans.). Original work published 161–180 CE. Random House.

Markey, P. M., & Ferguson, C. J. (2017). *Moral combat: Why the war on violent video games is wrong*. BenBella Books.

Markstrom, C. A. (2008). *Empowerment of North American Indian girls: Ritual expressions at puberty*. University of Nebraska Press.

Maza, M. T., Fox, K. A., Kwon, S., Flannery, J. E., Lindquist, K. A., Prinstein, M. J., & Telzer, E. H. (2023). Association of habitual checking behaviors on social media with longitudinal functional brain development. *JAMA Pediatrics, 177*(2), 160–167. doi.org/10.1001/jamapediatrics.2022.4924

McCabe, B. J. (2019). Visual imprinting in birds: Behavior, models, and neural mechanisms. *Frontiers in Physiology*,

10. doi.org/10.3389/fphys.2019.00658

McLeod, B. D., Wood, J. J., & Weisz, J. R. (2006). Examining the association between parenting and childhood anxiety: A meta-analysis. *Clinical Psychology Review*, *27*(2), 155–172. doi.org/10.1016/j.cpr.2006.09.002

McNeill, W. H. (1995). *Keeping together in time: Dance and drill in human history*. Harvard University Press.

Mercado, M. C., Holland, K. M., Leemis, R. W., Stone, D. L., & Wang, J. (2017). Trends in emergency department visits for nonfatal self-inflicted injuries among youth aged 10 to 24 years in the United States, 2001–2015. *JAMA*, *318*(19), 1931–1933. doi.org/10.1001/jama.2017.13317

Milder, C. M., Elgart, S. R., Chappell, L., Charvat, J. M., Van Baalen, M., Huff, J. L., & Semones, E. J. (2017, January 23). Cancer risk in astronauts: A constellation of uncommon consequences. *NASA Technical Reports Server (NTRS)*. ntrs.nasa.gov/citations/20160014586

Mindell, J. A., Sedmak, R., Boyle, J. T., Butler, R., & Williamson, A. A. (2016). Sleep well! A pilot study of an education campaign to improve sleep of socioeconomically disadvantaged children. *Journal of Clinical Sleep Medicine*, *12*(12), 1593–1599. jcsm.aasm.org/doi/10.5664/jcsm.6338

Ministry of Health, Labor, and Welfare. (2003, July 28).「ひきこもり」対応ガイドライン（最終版）の作成・通知について [Creation and notification of the final version of the "Hikikomori" response guidelines]. www.mhlw.go.jp/topics/2003/07/tp0728-1.html

Minoura, Y. (1992). A sensitive period for the incorporation of a cultural meaning system: A study of Japanese children growing up in the United States. *Ethos*, *20*(3), 304–339. doi.org/10.1525/eth.1992.20.3.02a00030

Mitra, P., & Jain, A. (2023). Dissociative identity disorder. In *StatPearls [Internet]*. StatPearls. www.ncbi.nlm.nih.gov/books/NBK568768/

Monroy, M., & Keltner, D. (2023). Awe as a pathway to mental and physical health. *Perspectives on Psychological Science*, *18*(2), 309–320. doi.org/10.1177/17456916221094856

Mullan, K. (2018). Technology and children's screen-based activities in the UK: The story of the millennium so far. *Child Indicators Research*, *11*(6), 1781–1800. doi.org/10.1007/s12187-017-9509-0

Mullan, K. (2019). A child's day: Trends in time use in the UK from 1975 to 2015. *British Journal of Sociology*, *70*(3), 997–1024. doi.org/10.1111/1468-4446.12369

Müller-Vahl, K. R., Pisarenko, A., Jakubovski, E., & Fremer, C. (2022). Stop that! It's not Tourette's but a new type of mass sociogenic illness. *Brain*, *145*(2), 476–480. doi.org/10.1093/brain/awab316

Mullola, S., Ravaja, N., Lipsanen, J., Alatupa, S., Hintsanen, M., Jokela, M., & Keltikangas-Järvinen, L. (2012). Gender differences in teachers' perceptions of students' temperament, educational competence, and teachability. *British Journal of Educational Psychology*, *82*(2), 185–206. doi.org/10.1111/j.2044-8279.2010.02017.x

Murray, R., & Ramstetter, C. (2013). The crucial role of recess in school. *Pediatrics*, *131*(1), 183–188. doi.org/10.1542/peds.2012-2993

Myers, L. J., LeWitt, R. B., Gallo, R. E., & Maselli, N. M. (2017). Baby FaceTime: Can toddlers learn from online video chat? *Developmental Science*, *20*(4), Article e12430. doi.org/10.1111/desc.12430

Nagata, J. M., Cortez, C. A., Dooley, E. E., Bibbins-Domingo, K., Baker, F. C., & Gabriel, K. P. (2022). Screen time and moderate-to-vigorous intensity physical activity among adolescents during the COVID-19 pandemic: Findings from the Adolescent Brain Cognitive Development Study. *Journal of Adolescent Health*, *70*(4), S6. doi.org/10.1016/j.jadohealth.2022.01.014

Nagata, J. M., Ganson, K. T., Iyer, P., Chu, J., Baker, F. C., Pettee Gabriel, K., Garber, A. K., Murray, S. B., & Bibbins-Domingo, K. (2022). Sociodemographic correlates of contemporary screen time use among 9- and 10-year-old children. *Journal of Pediatrics*, *240*, 213–220.e2. doi.org/10.1016/j.jpeds.2021.08.077

Nagata, J. M., Lee, C. M., Yang, J., Al-Shoaibi, A. A. A., Ganson, K. T., Testa, A., & Jackson, D. B. (2023). Associations between sexual orientation and early adolescent screen use: Findings from the Adolescent Brain Cognitive Development (ABCD) Study. *Annals of Epidemiology*, *82*, 54–58.e1. doi.org/10.1016/j.annepidem.2023.03.004

Nagata, J. M., Singh, G., Sajjad, O. M., Ganson, K. T., Testa, A., Jackson, D. B., Assari, S., Murray, S. B., Bibbins-Domingo, K., & Baker, F. C. (2022). Social epidemiology of early adolescent problematic screen use in the

United States. *Pediatric Research*, 92(5), 1443–1449. doi.org/10.1038/s41390-022-02176-8

National Addiction & HIV Data Archive Program. (n.d.-a). Monitoring the future: A continuing study of American youth [8th- and 10th-grade data sets]. www.icpsr.umich.edu/web/NAHDAP/series/35

National Addiction & HIV Data Archive Program. (n.d.-b). Monitoring the future: A continuing study of American youth [12th-grade data sets]. www.icpsr.umich.edu/web/NAHDAP/series/35/

National Center for Education Statistics. (n.d.). National Assessment of Educational Progress (NAEP) [Data sets]. U.S. Department of Education. www.nationsreportcard.gov/ndecore/xplore/ltt

Nauta, J., Martin-Diener, E., Martin, B. W., van Mechelen, W., & Verhagen, E. (2014). Injury risk during different physical activity behaviours in children: A systematic review with bias assessment. *Sports Medicine*, *45*, 327–336. doi.org/10.1007/s40279-014-0289-0

Nesi, J., Mann, S., & Robb, M. B. (2023). *Teens and mental health: How girls really feel about social media*. Common Sense. www.commonsensemedia.org/sites/default/files/research/report/how-girls-really-feel-about-social-media-researchreport_web_final_2.pdf

New revised standard version Bible. (1989). National Council of the Churches of Christ in the U.S.A.

Nuwer, H. (1999). *Wrongs of passage: Fraternities, sororities, hazing, and binge drinking*. Indiana University Press.

O'Brien, J., & Smith, J. (2002). Childhood transformed? Risk perceptions and the decline of free play. *British Journal of Occupational Therapy*, *65*(3), 123–128. doi.org/10.1177/030802260206500304

Office for National Statistics. (2022, February 24). *Young people not in education, employment, or training (NEET), UK: February 2022*. www.ons.gov.uk/employmentandlabourmarket/peoplenotinwork/unemployment/bulletins/youngpeoplenotineducationemploymentortrainingneet/february2022

Ogas, O., & Gaddam, S. (2011). *A billion wicked thoughts: What the world's largest experiment reveals about human desire*. Dutton.

Orben, A. (2020). Teenagers, screens, and social media: A narrative review of reviews and key studies. *Social Psychiatry and Psychiatric Epidemiology*, *55*, 407–414. doi.org/10.1007/s00127-019-01825-4

Orben, A., & Przybylski, A. K. (2019). The association between adolescent well-being and digital technology use. *Nature Human Behaviour*, *3*, 173–182. doi.org/10.1038/s41562-018-0506-1

Orben, A., Przybylski, A. K., Blakemore, S., & Kievit, R. A. (2022). Windows of developmental sensitivity to social media. *Nature Communications*, *13*, Article 1649. doi.org/10.1038/s41467-022-29296-3

Orces, C. H., & Orces, J. (2020) Trends in the U.S. childhood emergency department visits for fall-related fractures, 2001–2015. *Cureus*, *12*(11), Article e11629.

Organization for Economic Cooperation and Development (OECD). *PISA survey* [Data sets]. www.oecd.org/pisa/data/

Owens, J., Au, R., Carskadon, M., Millman, R., Wolfson, A., Braverman, P. K., Adelman, W. P., Breuner, C. C., Levine, D. A., Marcell, A. V., Murray, P. J., & O'Brien, R. F. (2014). Insufficient sleep in adolescents and young adults: An update on causes and consequences. *Pediatrics*, *134*(3), e921–e932. dx.doi.org/10.1542/peds.2014-1696

Pallavicini, F., Pepe, A., & Mantovani, F. (2022). The effects of playing video games on stress, anxiety, depression, loneliness, and gaming disorder during the early stages of the COVID-19 pandemic: PRISMA systematic review. *Cyberpsychology, Behavior, and Social Networking*, *25*(6), 334–354. doi.org/10.1089/cyber.2021.0252

Parker, K. (2021, November 8). Why the gap between men and women finishing college is growing. Pew Research Center. www.pewresearch.org/short-reads/2021/11/08/whats-behind-the-growing-gap-between-men-and-women-in-college-completion/

Parker, K., & Igielnik, R. (2020, May 14). On the cusp of adulthood and facing an uncertain future: What we know about Gen Z so far. Pew Research Center. www.pewresearch.org/social-trends/2020/05/14/on-the-cusp-of-adulthood-and-facing-an-uncertain-future-what-we-know-about-gen-z-so-far-2/

Parodi, K. B., Holt, M. K., Green, J. G., Porche, M. V., Koenig, B., & Xuan, Z. (2022). Time trends and disparities in anxiety among adolescents, 2012–2018. *Social Psychiatry and Psychiatric Epidemiology*, *57*(1), 127–137. doi.org/10.1007/s00127-021-02122-9

Partelow, L. (2019). *What to make of declining enrollment in teacher preparation programs*. Center for American Progress. www.americanprogress.org/wp-content/uploads/sites/2/2019/11/TeacherPrep-report1.pdf

Paruthi, S., Brooks, L. J., D'Ambrosio, C., Hall, W. A., Kotagal, S., Lloyd, R. M., Malow, B. A., Maski, K., Nichols, C., Quan, S. F., Rosen, C. L., Troester, M. M., & Wise, M. S. (2016). Recommended amount of sleep for pediatric populations: A consensus statement of the American Academy of Sleep Medicine. *Journal of Clinical Sleep Medicine, 12*(6), 785–786. doi.org/10.5664/jcsm.5866

Pascal, B. (1966). *Pensées*. Penguin Books.

Pedersen, J. (2022). *Recreational screen media use and its effect on physical activity, sleep, and mental health in families with children*. University of Southern Denmark. doi.org/10.21996/dn60-bh82

Peracchia, S., & Curcio, G. (2018). Exposure to video games: Effects on sleep and on post-sleep cognitive abilities: A systematic review of experimental evidences. *Sleep Science, 11*(4), 302–314. dx.doi.org/10.5935/1984-0063.20180046

Perez-Lloret, S., Videla, A. J., Richaudeau, A., Vigo, D., Rossi, M., Cardinali, D. P., & Perez-Chada, D. (2013). A multi-step pathway connecting short sleep duration to daytime somnolence, reduced attention, and poor academic performance: An exploratory cross-sectional study in teenagers. *Journal of Clinical Sleep Medicine, 9*(5), 469–473. doi.org/10.5664/jcsm.2668

Perrault, A. A., Bayer, L., Peuvrier, M., Afyouni, A., Ghisletta, P., Brockmann, C., Spiridon, M., Vesely, S. H., Haller, D. M., Pichon, S., Perrig, S., Schwartz, S., & Sterpenich, V. (2019). Reducing the use of screen electronic devices in the evening is associated with improved sleep and daytime vigilance in adolescents. *Sleep, 42*(9), zsz125. doi.org/10.1093/sleep/zsz125

Perrin, A., & Atske, S. (2021, March 26). About three-in-ten U.S. adults say they are "almost constantly" online. Pew Research Center. www.pewresearch.org/short-reads/2021/03/26/about-three-in-ten-u-s-adults-say-they-are-almost-constantl-online/

Pew Research Center. (2015, December 17). *Parenting in America: Outlook, worries, aspirations are strongly linked to financial situation*. www.pewresearch.org/social-trends/wp-content/uploads/sites/3/2015/12/2015-12-17_parenting-in-america_FINAL.pdf

Pew Research Center. (2019, October). *Majority of Americans say parents are doing too much for their young adult children*. www.pewresearch.org/social-trends/2019/10/23/majority-of-americans-say-parents-are-doing-too-much-for-their-young-adult-children/

Pew Research Center. (2020, July). *Parenting children in the age of screens*. www.pewresearch.org/internet/2020/07/28/parenting-children-in-the-age-of-screens/

Pew Research Center. (2021, April 7). *Internet/broadband fact sheet*. www.pewresearch.org/internet/fact-sheet/internet-broadband/

Phan, M., Jardina, J. R., Hoyle, W. S., & Chaparro, B. S. (2012). Examining the role of gender in video game usage, preference, and behavior. *Proceedings of the Human Factors and Ergonomics Society Annual Meeting*, *56*(1), 1496–1500. doi.org/10.1177/1071181312561297

Phelan, T. W. (2010). *1-2-3 magic: Effective discipline for children 2–12*. Parentmagic.

Pinker, S. (2011). *The better angels of our nature: Why violence has declined*. Viking.

Pizzol, D., Bertoldo, A., & Foresta, C. (2016). Adolescents and web porn: A new era of sexuality. *International Journal of Adolescent Medicine and Health*, *28*(2), 169–173. doi.org/10.1515/ijamh-2015-0003

Pluhar, E., McCracken, C., Griffith, K. L., Christino, M. A., Sugimoto, D., & Meehan, W. P., III. (2019). Team sport athletes may be less likely to suffer anxiety or depression than individual sport athletes. *Journal of Sports Science and Medicine*, *18*(3), 490–496.

Ponti, M., Bélanger, S., Grimes, R., Heard, J., Johnson, M., Moreau, E., Norris, M., Shaw, A., Stanwick, R., Van Lankveld, J., & Williams, R. (2017). Screen time and young children: Promoting health and development in a digital world. *Paediatrics and Child Health*, *22*(8), 461–468. doi.org/10.1093/pch/pxx123

Poulton, R., & Menzies, R. G. (2002a). Non-associative fear acquisition: A review of the evidence from retrospective and longitudinal research. *Behaviour Research and Therapy*, *40*(2), 127–149. doi.org/10.1016/s0005-7967(01)00045-6

Poulton, R., & Menzies, R. G. (2002b). Fears born and bred: Toward a more inclusive theory of fear acquisition. *Behaviour Research and Therapy*, 40(2), 197–208. doi.org/10.1016/s0005-7967(01)00052-3

Prescott, A. T., Sargent, J. D., & Hull, J. G. (2018). Metaanalysis of the relationship between violent video game play and physical aggression over time. *Proceedings of the National Academy of Sciences*, *115*(40), 9882–9888. doi.org/10.1073/pnas.1611617114

Price-Feeney, M., Green, A. E., & Dorison, S. (2020). Understanding the mental health of transgender and nonbinary youth. *Journal of Adolescent Health*, *66*(6), 684–690. doi.org/10.1016/j.jadohealth.2019.11.314

Primack, B. A., Shensa, A., Sidani, J. E., Escobar-Viera, C. G., & Fine, M. J. (2021). Temporal associations between social media use and depression. *American Journal of Preventive Medicine*, 60(2), 179–188. doi.org/10.1016/j.amepre.2020.09.014

Przybylski, A. K. (2019). Digital screen time and pediatric sleep: Evidence from a preregistered cohort study. *Journal of Pediatrics*, *205*, 218–223.e1. doi.org/10.1016/j.jpeds.2018.09.054

Przybylski, A. K., & Weinstein, N. (2013). Can you connect with me now? How the presence of mobile communication technology influences face-to-face conversation quality. *Journal of Social and Personal Relationships*, *30*(3), 237–246. doi.org/10.1177/0265407512453827

Pulkki-Råback, L., Barnes, J. D., Elovainio, M., Hakulinen, C., Sourander, A., Tremblay, M. S., & Guerrero, M. D. (2022). Parental psychological problems were associated with higher screen time and the use of mature-rated media in children. *Acta Paediatrica*, *111*(4), 825–833. doi.org/10.1111/apa.16253

Putnam, R. D. (2000). *Bowling alone: The collapse and revival of American community*. Simon & Schuster.

Ramey, G., & Ramey, V. A. (2010). The rug rat race. *Brookings Papers on Economic Activity*, *41*, 129–199. www.brookings.edu/wp-content/uploads/2010/03/2010a_bpea_ramey.pdf

Rasmussen, M. G. B., Pedersen, J., Olesen, L. G., Brage, S., Klakk, H., Kristensen, P. L., Brønd, J. C., & Grøntved, A. (2020). Short-term efficacy of reducing screen media use on physical activity, sleep, and physiological stress in families with children aged 4–14: Study protocol for the SCREENS randomized controlled trial. *BMC Public*

Health, *20*, 380. doi.org/10.1186/s12889-020-8458-6

Raudino, A., Fergusson, D. M., & Horwood, L. J. (2013). The quality of parent/child relationships in adolescence is associated with poor adult psychosocial adjustment. *Journal of Adolescence*, *36*(2), 331–340. doi.org/10.1016/j.adolescence.2012.12.002

Rausch, Z., Carlton, C., & Haidt, J. (ongoing). Social media reforms: A collaborative review. Unpublished manuscript, docs.google.com/document/d/1ULUWW1roAR3b_EtC98eZUxYu69K_cpW5j0JsJUWXgHM/edit?usp=sharing

Rausch, Z., & Haidt, J. (2023, March 29). The teen mental illness epidemic is international, part 1: The Anglosphere. *After Babel*. www.afterbabel.com/p/international-mental-illness-part-one

Rausch, Z., & Haidt, J. (2023, April 19). The teen mental illness epidemic is international, part 2: The Nordic nations. *After Babel*. www.afterbabel.com/p/international-mental-illness-part-two

Rausch, Z., & Haidt, J. (2023, October 30). Suicide rates are up for Gen Z across the anglosphere, especially for girls. *After Babel*. www.afterbabel.com/p/anglo-teen-suicide

Rausch, Z., & Haidt, J. (2023, November). Solving the social dilemma: Many paths to reform. *After Babel*. www.afterbabel.com/p/solving-the-social-dilemma

Reed, P. (2023). Impact of social media use on executive function. *Computers in Human Behavior*, *141*, Article 107598. doi.org/10.1016/j.chb.2022.107598

Reeves, R. (2022). *Of boys and men: Why the modern male is struggling, why it matters, and what to do about it*. Brookings Institution Press.

Reeves, R. (2022, September 25). Men can HEAL. *Of Boys and Men*. ofboysandmen.substack.com/p/men-can-heal

Reeves, R. (2023, March 13). The underreported rise in male suicide. *Of Boys and Men*. ofboysandmen.substack.com/p/the-underreported-rise-in-male-suicide

Reeves, R., Buckner, E., & Smith, E. (2021, January 12). The unreported gender gap in high school graduation rates. Brookings. www.brookings.edu/articles/the-unreported-gender-gap-in-high-school-graduation-rates/

Reeves, R., & Smith, E. (2020, October 7). Americans are more worried about their sons than their daughters. Brookings. www.brookings.edu/articles/americans-are-more-worried-about-their-sons-than-their-daughters/

Reeves, R., & Smith, E. (2021, October 8). The male college crisis is not just in enrollment, but completion. Brookings. www.brookings.edu/articles/the-male-college-crisis-is-not-just-in-enrollment-but-completion/

Richerson, P. J., & Boyd, R. (2004). *Not by genes alone: How culture transformed human evolution*. University of Chicago Press.

Rideout, V. (2021). *The Common Sense census: Media use by tweens and teens in America, a Common Sense Media research study, 2015*. ICPSR. doi.org/10.3886/ICPSR38018.v1

Rideout, V., Lauricella, A., & Wartella, E. (2011). *State of the science conference report: A roadmap for research on biological markers of the social environment*. Center on Social Disparities and Health, Institute for Policy Research, Northwestern University. cmhd.northwestern.edu/wp-content/uploads/2011/06/SOCconfReportSingleFinal-1.pdf

Rideout, V., Peebles, A., Mann, S., & Robb, M. B. (2022). *Common Sense census: Media use by tweens and teens, 2021*. Common Sense. www.commonsensemedia.org/sites/default/files/research/report/8-18-census-integrated-report-final-web_0.pdf

Rideout, V., & Robb, M. B. (2019). *The Common Sense census: Media use by tweens and teens, 2019*. Common Sense Media. www.commonsensemedia.org/sites/default/files/research/report/2019-census-8-to-18-full-report-updated.pdf

Roebuck, V. J. (Trans.). (2010). *The Dhammapada*. Penguin UK.

Rojcewicz, S. (1971). War and suicide. *Suicide and Life Threatening Behavior*, *1*(1), 46–54. onlinelibrary.wiley.com/doi/abs/10.1111/j.1943-278X.1971.tb00598.x

Roseberry, S., Hirsh-Pasek, K., & Golinkoff, R. M. (2014). Skype me! Socially contingent interactions help toddlers learn language. *Child Development*, *85*(3), 956–970. doi.org/10.1111/cdev.12166

Rosenquist, J. N., Fowler, J. H., & Christakis, N. A. (2011). Social network determinants of depression. *Molecular*

Psychiatry, 16, 273–281. doi.org/10.1038/mp.2010.13

Roser, M., Ritchie, H., & Dadonaite, B. (2019). *Child and infant mortality*. Our World in Data. ourworldindata.org/child-mortality

Rosin, H. (2012). *The end of men: And the rise of women*. Riverhead Books.

Royal Society for Public Health. (2017). *Status of mind: Social media and young people's mental health and wellbeing*. www.rsph.org.uk/static/uploaded/d125b27c-0b62-41c5-a2c0155a8887cd01.pdf

Ruiz Pardo, A. C., & Minda, J. P. (2022). Reexamining the "brain drain" effect: A replication of Ward et al. (2017). *Acta Psychologica, 230*, 103717. doi.org/10.1016/j.actpsy.2022.103717

Russoniello, C. V., Fish, M., & O'Brien, K. (2013). The efficacy of casual videogame play in reducing clinical depression: A randomized controlled study. *Games for Health Journal, 2*(6), 341–346. doi.org/10.1089/g4h.2013.0010

Sales, N. J. (2016). *American girls: Social media and the secret lives of teenagers*. Knopf.

Sampalo, M., Lázaro, E., & Luna, P.-M. (2023). Action video gaming and attention in young adults: A systematic review. *Journal of Attention Disorders, 27*(5), 530–538. doi.org/10.1177/10870547231153878

Sandseter, E. B. H., & Kennair, L. E. O. (2011). Children's risky play from an evolutionary perspective: The anti-phobic effects of thrilling experiences. *Evolutionary Psychology, 9*(2), 257–284. doi.org/10.1177/147470491100900212

Sandseter, E. B. H., Kleppe, R., & Kennair, L. E. O. (2023). Risky play in children's emotion regulation, social functioning, and physical health: An evolutionary approach. *International Journal of Play, 12*(1), 127–139. doi.org/10.1080/21594937.2022.2152531

Sandseter, E. B. H., Kleppe, R., & Sando, O. J. (2021). The Prevalence of Risky Play in Young Children's Indoor and Outdoor Free Play. *Early Childhood Education Journal, 49* (2), 303–312. doi.org/10.1007/s10643-020-01074-0

Santos, R. M. S., Mendes, C. G., Miranda, D. M., & R mano-Silva, M. A. (2022). The association between screen time and attention in children: A systematic review. *Developmental Neuropsychology*, 47(4), 175–192. doi.org/10.10

80/87565641.2022.2064863

Sapien Labs. (2023, May 14). *Age of first smartphone/tablet and mental wellbeing outcomes*. sapienlabs.org/wp-content/uploads/2023/05/Sapien-Labs-Age-of-First-Smartphone-and-Mental-Wellbeing-Outcomes.pdf

Scarr, S. (1992). Developmental theories for the 1990s: Development and individual differences. *Child Development*, *63*, 1–19.

Schneider, S. K., O'Donnell, L., & Smith, E. (2015). Trends in cyberbullying and school bullying victimization in a regional census of high school students, 2006–2012. *Journal of School Health*, *85*(9), 611–620. doi.org/10.1111/josh.12290

Sewall, C. J. R., Bear, T. M., Merranko, J., & Rosen, D. (2020). How psychosocial well-being and usage amount predict inaccuracies in retrospective estimates of digital technology use. *Mobile Media and Communication*, *8*(3), 379–399. doi.org/10.1177/2050157920902830

Shakya, H. B., & Christakis, N. A. (2017). Association of Facebook use with compromised well-being: A longitudinal study. *American Journal of Epidemiology*, *185*(3), 203–211. doi.org/10.1093/aje/kww189

Shaw, B., Bicket, M., Elliott, B., Fagan-Watson, B., Mocca, E., & Hillman, M. (2015). *Children's independent mobility: An international comparison and recommendations for action*. Policy Studies Institute. www.nuffieldfoundation.org/sites/default/files/files/7350_PSI_Report_CIM_final.pdf

Sherman, G. D., Haidt, J., & Coan, J. (2009). Viewing cute images increases behavioral carefulness. *Emotion*, *9*(2), 282–286. doi.org/10.1037/a0014904

Singh, A., Uijtdewilligen, L., Twisk, J. W. R., van Mechelen, W., & Chinapaw, M. J. M. (2012). Physical activity and performance at school: A systematic review of the literature including a methodological quality assessment. *Archives of Pediatrics & Adolescent Medicine*, *166*(1), 49–55. doi.org/10.1001/archpediatrics.2011.716

Shoebridge, P., & Gowers, S. (2000). Parental high concern and adolescent-onset anorexia nervosa: A case-control study to investigate direction of causality. *British Journal of Psychiatry*, *176*(2), 132–137. doi.org/10.1192/bjp.176.2.132

Skenazy, L. (2009). *Free-range kids*. Jossey-Bass.

Skowronek, J., Seifert, A., & Lindberg, S. (2023). The mere presence of a smartphone reduces basal attentional performance. *Scientific Reports, 13*(1), 9363. doi.org/10.1038/s41598-023-36256-4

Snodgrass, J. G., Lacy, M. G., & Cole, S. W. (2022). Internet gaming, embodied distress, and psychosocial well-being: A syndemic-syndaimonic continuum. *Social Science and Medicine, 295*, Article 112728. doi.org/10.1016/j.socscimed.2019.112728

Statista Research Department. (2023, June 2). Post-baccalaureate enrollment numbers U.S. 1976–2030, by gender. Statista. www.statista.com/statistics/236654/us-post-baccalaureate-enrollment-by-gender/

Stein, D. (2023, September 4). Facebook expansion: Invisible impacts? *The Shores of Academia*. www.shoresofacademia.substack.com/p/facebook-expansion-invisible-impacts

Steinberg, L. (2023). *Adolescence* (13th ed.). McGraw Hill.

Stevens, M. W. R., Dorstyn, D., Delfabbro, P. H., & King, D. L. (2021). Global prevalence of gaming disorder: A systematic review and meta-analysis. *Australian and New Zealand Journal of Psychiatry, 55*(6), 553–568. doi.org/10.1177/0004867420962851

Su, R., Rounds, J., & Armstrong, P. I. (2009). Men and things, women and people: A meta-analysis of sex differences in interests. *Psychological Bulletin, 135*(6), 859–884. doi.org/10.1037/a0017364

Su, W., Han, X., Yu, H., Wu, Y., & Potenza, M. N. (2020). Do men become addicted to internet gaming and women to social media? A meta-analysis examining gender-related differences in specific internet addiction. *Computers in Human Behavior, 113*, 106480. doi.org/10.1016/j.chb.2020.106480

Substance Abuse and Mental Health Services Administration. (2023, January 4). *2021 NSDUH detailed tables*. www.samhsa.gov/data/report/2021-nsduh-detailed-tables

Sun, C., Bridges, A., Johnson, J. A., & Ezzell, M. B. (2016). Pornography and the male sexual script: An analysis of consumption and sexual relations. *Archives of Sexual Behavior, 45*(4), 983–994. doi.org/10.1007/s10508-014-0391-2

Szuhany, K. L., & Simon, N. M. (2022). Anxiety disorders: A review. *JAMA, 328*(24), 2431–2445. doi.org/10.1001/

jama.2022.22744

Szymanski, D. M., & Stewart-Richardson, D. N. (2014). Psychological, relational, and sexual correlates of pornography use on young adult heterosexual men in romantic relationships. *Journal of Men's Studies*, *22*(1), 64–82. doi.org/10.3149/jms.2201.64

Taleb, N. N. (2012). *Antifragile: Things That Gain from Disorder*. Random House.

Tamana, S. K., Ezeugwu, V., Chikuma, J., Lefebvre, D. L., Azad, M. B., Moraes, T. J., Subbarao, P., Becker, A. B., Turvey, S. E., Sears, M. R., Dick, B. D., Carson, V., Rasmussen, C., CHILD Study Investigators, Pei, J., & Mandhane, P. J. (2019). Screen-time is associated with inattention problems in preschoolers: Results from the CHILD birth cohort study. *PLoS ONE*, *14*(4), Article e0213995. doi.org/10.1371/journal.pone.0213995

Tanil, C. T., & Yong, M. H. (2020). Mobile phones: The effect of its presence on learning and memory. *PLoS ONE*, *15*(8), Article e0219233. doi.org/10.1371/journal.pone.0219233

Tannen, D. (1990). *You just don't understand: Women and men in conversation*. Ballantine Books.

Tanner, J. M. (1990). *Fetus into man: Physical growth from conception to maturity*. Harvard University Press.

Tarokh, L., Saletin, J. M., & Carskadon, M. A. (2016). Sleep in adolescence: Physiology, cognition, and mental health. *Neuroscience and Biobehavioral Reviews*, 70, 182–188. doi.org/10.1016/j.neubiorev.2016.08.008

Teo, A. R., & Gaw, A. C. (2010). Hikikomori, a Japanese culture-bound syndrome of social withdrawal? *Journal of Nervous and Mental Disease*, *198*(6), 444–449. doi.org/10.1097/nmd.0b013e3181e086b1

Thompson, L., Sarovic, D., Wilson, P., Sämfjord, A., & Gillberg, C. (2022). A PRISMA systematic review of adolescent gender dysphoria literature: 1) Epidemiology. *PLoS Global Public Health*, *2*(3), Article e0000245. doi.org/10.1371/journal.pgph.0000245

Thoreau, H. D. (1910). *Walden* (C. Johnsen, Illus.). Thomas Y. Crowell.

Thorn & Benenson Strategy Group. (2021, May). *Responding to online threats: Minors' perspectives on disclosing, reporting, and blocking*. info.thorn.org/hubfs/Research/Responding%20to%20Online%20Threats_2021-Full-Report.pdf

Thorndike, E. L. (1898). Animal intelligence: An experimental study of the associative processes in animals.

Psychological Review: Monograph Supplements, 2(4), i–109. doi.org/10.1037/h0092987

Tierney, J., & Baumeister, R. F. (2019). *The power of bad: How the negativity effect rules us and how we can rule it*. Penguin Books.

Tomasello, M. (1994). The question of chimpanzee culture. In R. W. Wrangham, W. C. McGrew, F. B. M. de Waal, & P. G. Heltne (Eds.), *Chimpanzee cultures* (pp. 301–317). Harvard University Press.

Torre, M. (2018). Stopgappers? The occupational trajectories of men in female-dominated occupations. *Work and Occupations, 45*(3), 283–312. doi.org/10.1177/0730888418780433

Turban, J. L., Dolotina, B., King, D., & Keuroghlian, A. S. (2022). Sex assigned at birth ratio among transgender and gender diverse adolescents in the United States. *Pediatrics, 150*(3). doi.org/10.1542/peds.2022-056567

Turban, J. L., & Ehrensaft, D. (2018). Research review: Gender identity in youth: Treatment paradigms and controversies. *Journal of Child Psychology and Psychiatry, 59*(12), 1228–1243. doi.org/10.1111/jcpp.12833

Turkle, S. (2015). *Reclaiming conversation: The power of talk in a digital age*. Penguin.

Twenge, J. M. (2017). *iGen: Why today's super-connected kids are growing up less rebellious, more tolerant, less happy–and completely unprepared for adulthood–and what that means for the rest of us*. Atria Books.

Twenge, J. M. (2023, October 24). Here are 13 other explanations for the adolescent mental health crisis. None of them work. *After Babel*. www.afterbabel.com/p/13-explanations-mental-health-crisis

Twenge, J. M. (2023a). *Generations: The real differences between Gen Z, Millennials, Gen X, Boomers, and Silents–and what they mean for America's future*. Atria Books.

Twenge, J. M. (2023b). The mental health crisis has hit millennials. *After Babel*. www.afterbabel.com/p/the-mental-illness-crisis-millenials

Twenge, J. M., Gentile, B., DeWall, C. N., Ma, D., Lacefield, K., & Schurtz, D. R. (2010). Birth cohort increases in psychopathology among young Americans, 1938–2007: A cross-temporal meta-analysis of the MMPI. *Clinical Psychology Review, 30*(2), 145–154. doi.org/10.1016/j.cpr.2009.10.005

Twenge, J. M., Haidt, J., Blake, A. B., McAllister, C., Lemon, H. & Le Roy, A. (2021). Worldwide increases in adolescent loneliness. *Journal of Adolescence*, 93(1), 257–269. doi.org/10.1016/j.adolescence.2021.06.006

Twenge, J. M., Haidt, J., Lozano, J., & Cummins, K. M. (2022). Specification curve analysis shows that social media use is linked to poor mental health, especially among girls. *Acta Psychologica*, *224*, 103512. doi.org/10.1016/j.actpsy.2022.103512

Twenge, J. M., Martin, G. N., & Campbell, W. K. (2018). Decreases in psychological well-being among American adolescents after 2012 and links to screen time during the rise of smartphone technology. *Emotion*, *18*(6), 765–780. doi.org/10.1037/emo0000403

Twenge, J. M., Martin, G. N., & Spitzberg, B. H. (2019). Trends in U.S. adolescents' media use, 1976–2016: The rise of digital media, the decline of TV, and the (near) demise of print. *Psychology of Popular Media Culture*, *8*(4), 329–345. doi.org/10.1037/ppm0000203

Twenge, J. M., Spitzberg, B. H., & Campbell, W. K. (2019). Less in-person social interaction with peers among U.S. adolescents in the 21st century and links to loneliness. *Journal of Social and Personal Relationships*, *36*(6), 1892–1913. doi.org/10.1177/0265407519836170

Twenge, J., Wang, W., Erickson, J., & Wilcox, B. (2022). Teens and tech: What difference does family structure make? *Institute for Family Studies/Wheatley Institute*. www.ifstudies.org/ifs-admin/resources/reports/teensandtech-final-1.pdf

Twenge, J. M., Zhang, L., & Im, C. (2004). It's beyond my control: A cross-temporal meta-analysis of increasing externality in locus of control, 1960–2002. *Personality and Social Psychology Review*, *8*(3), 308–319. doi.org/10.1207/s15327957pspr0803_5

Uhls, Y. T., Ellison, N. B., & Subrahmanyam, K. (2017). Benefits and costs of social media in adolescence. *Pediatrics*, *140*(Supplement 2), S67–S70. doi.org/10.1542/peds.2016-1758e

U.S. Bureau of Labor Statistics. (n.d.). *Civilian unemployment rate*. www.bls.gov/charts/employment-situation/civilian-unemployment-rate.htm

U.S. Department of Health and Human Services. (2023). *Social media and youth mental health: The U.S. surgeon general's advisory*. www.hhs.gov/surgeongeneral/priorities/youth-mental-health/social-media/index.html

Vaillancourt-Morel, M.-P., Blais-Lecours, S., Labadie, C., Bergeron, S., Sabourin, S., & Godbout, N. (2017). Profiles of cyberpornography use and sexual well-being in adults. *Journal of Sexual Medicine*, *14*(1), 78–85. doi.org/10.1016/j.jsxm.2016.10.016

van Elk, M., Arciniegas Gomez, M. A., van der Zwaag, W., van Schie, H. T., & Sauter, D. (2019). The neural correlates of the awe experience: Reduced default mode network activity during feelings of awe. *Human Brain Mapping*, *40*(12), 3561–3574. doi.org/10.1002/hbm.24616

Vella-Brodrick, D. A., & Gilowska, K. (2022). Effects of nature (greenspace) on cognitive functioning in school children and adolescents: A systematic review. *Educational Psychology Review*, *34*(3), 1217–1254. doi.org/10.1007/s10648-022-09658-5

Verduyn, P., Lee, D. S., Park, J., Shablack, H., Orvell, A., Bayer, J., Ybarra, O., Jonides, J., & Kross, E. (2015). Passive Facebook usage undermines affective well-being: Experimental and longitudinal evidence. *Journal of Experimental Psychology: General*, *144*(2), 480–488. doi.org/10.1037/xge0000057

Vermeulen, K. (2021). *Generation disaster: Coming of age post-9/11*. Oxford University Press.

Viner, R., Davie, M., & Firth, A. (2019). *The health impacts of screen time: A guide for clinicians and parents*. Royal College of Paediatrics and Child Health. www.rcpch.ac.uk/sites/default/files/2018-12/rcpch_screen_time_guide_-_final.pdf

Vogels, E. A. (2021, June 22). Digital divide persists even as Americans with lower incomes make gains in tech adoption. Pew Research Center. www.pewresearch.org/short-reads/2021/06/22/digital-divide-persists-even-as-americans-with-lower-incomes-make-gains-in-tech-adoption/

Vogels, E. A. (2022, December 15). Teens and cyberbullying 2022. Pew Research Center. www.pewresearch.org/internet/2022/12/15/teens-and-cyberbullying-2022/

Vogels, E. A., & Gelles-Watnick, R. (2023, April 24). Teens and social media: Key findings from Pew Research Center surveys. Pew Research Center. www.pewresearch.org/short-reads/2023/04/24/teens-and-social

media-key-findings-from-pew-research-center-surveys/

Vogels, E. A., Gelles-Watnick, R., & Massarat, N. (2022, August 10). Teens, social media, and technology 2022. Pew Research Center. www.pewresearch.org/internet/2022/08/10/teens-social-media-and-technology-2022/

Wagner, S., Panagiotakopoulos, L., Nash, R., Bradlyn, A., Getahun, D., Lash, T. L., Roblin, D., Silverberg, M. J., Tangpricha, V., Vupputuri, S., & Goodman, M. (2021). Progression of gender dysphoria in children and adolescents: A longitudinal study. *Pediatrics*, *148*(1), Article e2020027722. doi.org/10.1542/peds.2020-027722

Walker, R. J., Hill, K., Burger, O. F., & Hurtado, A. (2006). Life in the slow lane revisited: Ontogenetic separation between chimpanzees and humans. *American Journal of Physical Anthropology*, *129*(4), 577–583. doi.org/10.1002/ajpa.20306

Waller, J. (2008). *A time to dance, a time to die: The extraordinary story of the dancing plague of 1518*. Icon Books.

Wang, L., Zhou, X., Song, X., Gan, X., Zhang, R., Liu, X., Xu, T., Jiao, G., Ferraro, S., Bore, M. C., Yu, F., Zhao, W., Montag, C., & Becker, B. (2023). Fear of missing out (FOMO) associates with reduced cortical thickness in core regions of the posterior default mode network and higher levels of problematic smartphone and social media use. *Addictive Behaviors*, *143*, 107709. doi.org/10.1016/j.addbeh.2023.107709

Ward, A. F., Duke, K., Gneezy, A., & Bos, M. W. (2017). Brain drain: The mere presence of one's own smartphone reduces available cognitive capacity. *Journal of the Association for Consumer Research*, *2*(2), 140–154. doi.org/10.1086/691462

Wass, S. V., Whitehorn, M., Marriott Haresign, I., Phillips, E., & Leong, V. (2020). Interpersonal neural entrainment during early social interaction. *Trends in Cognitive Sciences*, *24*(4), 329–342. doi.org/10.1016/j.tics.2020.01.006

Webb, C. (2016). *How to have a good day: Harness the power of behavioral science to transform your working life*. National Geographic Books.

Wessely, S. (1987). Mass hysteria: Two syndromes? *Psychological Medicine*, *17*(1), 109–120. doi.org/10.1017/S0033291700013027

Wheaton, A. G., Olsen, E. O., Miller, G. F., & Croft, J. B. (2016). Sleep duration and injury-related risk behaviors among high school students—United States, 2007– 2013. *Morbidity and Mortality Weekly Report*, *65*(13), 337–341. www.jstor.org/stable/24858002

Wiedemann, K. (2015). Anxiety and anxiety disorders. In *International Encyclopedia of the Social and Behavioral Sciences*, 804–810. doi.org/10.1016/B978-0-08-097086-8.27006-2

Willoughby, B. J., Carroll, J. S., Busby, D. M., & Brown, C. C. (2016). Differences in pornography use among couples: Associations with satisfaction, stability, and relationship processes. *Archives of Sexual Behavior, 45*(1), 145-158. doi.org/10.1007/s10508-015-0562-9

Wilson, D. S. (2002). *Darwin's cathedral: Evolution, religion, and the nature of society*. University of Chicago Press.

Wilson, E. O. (1984). *Biophilia: The human bond with other species*. Harvard University Press.

Wilson, S. J., & Lipsey, M. W. (2000). Wilderness challenge programs for delinquent youth: A meta-analysis of outcome evaluations. *Evaluation and Program Planning*, *23*(1), 1–12. doi.org/10.1016/S0149-7189(99)00040-3

Wiltermuth, S. S., & Heath, C. (2009). Synchrony and cooperation. *Psychological Science*, *20*(1), 1–5. doi.org/10.1111/j.1467-9280.2008.02253.x

Wittek, C. T., Finserås, T. R., Pallesen, S., Mentzoni, R. A., Hanss, D., Griffiths, M. D., & Molde, H. (2016). Prevalence and predictors of video game addiction: A study based on a national representative sample of gamers. *International Journal of Mental Health and Addiction*, *14*, 672–686. doi.org/10.1007/s11469-015-9592-8

Wolfson, A. R., & Carskadon, M. A. (2003). Understanding adolescents' sleep patterns and school performance: A critical appraisal. *Sleep Medicine Reviews*, 7(6), 491–506. doi.org/10.1016/s1087-0792(03)90003-7

Wright, P. J., Tokunaga, R. S., Kraus, A., & Klann, E. (2017). Pornography consumption and satisfaction: A meta-analysis. *Human Communication Research*, *43*(3), 315–343. doi.org/10.1111/hcre.12108

Young, D. R., McKenzie, T. L., Eng, S., Talarowski, M., Han, B., Williamson, S., Galfond, E., & Cohen, D. A. (2023). Playground location and patterns of use. *Journal of Urban Health*, *100*(3), 504–512. doi.org/10.1007/s11524-023-00729-8

Young, K. (2009). Understanding online gaming addiction and treatment issues for adolescents. *American Journal of Family Therapy*, *37*(5), 355–372. doi.org/10.1080/01926180902942191

Zahn-Waxler, C., Shirtcliff, E. A., & Marceau, K. (2008). Disorders of childhood and adolescence: Gender and psychopathology. *Annual Review of Clinical Psychology*, 4(1), 275–303. doi.org/10.1146/annurev.clinpsy.3.022806.091358

Zastrow, M. (2017). Is video game addiction really an addiction? *Proceedings of the National Academy of Sciences*, *114*(17), 4268–4272. doi.org/10.1073/pnas.1705077114

Zeanah, C. H., Gunnar, M. R., McCall, R. B., Kreppner, J. M., & Fox, N. A. (2011). Sensitive periods. *Monographs of the Society for Research in Child Development*, 76(4), 147–162. doi.org/10.1111/j.1540-5834.2011.00631.x

Zendle, D., & Cairns, P. (2018). Video game loot boxes are linked to problem gambling: Results of a large-scale survey. *PLoS ONE*, *13*(11), Article e0206767. doi.org/10.1371/journal.pone.0206767

Zucker, K. J. (2019). Adolescents with gender dysphoria: Reflections on some contemporary clinical and research issues. *Archives of Sexual Behavior*, *48*, 1983–1992. doi.org/10.1007/s10508-019-01518-8

Zucker, K. J. (2017). Epidemiology of gender dysphoria and transgender identity. *Sexual Health*, *14*(5), 404–411. doi.org/10.1071/sh17067

失控的焦慮世代：手機餵養的世代，如何面對心理疾病的瘟疫／強納森・海德特（Jonathan Haidt）著；鍾玉玨譯. -- 初版. -- 臺北市：英屬蓋曼群島商網路與書股份有限公司臺灣分公司出版：大塊文化出版股份有限公司發行, 2024.12
484面；14.8×20公分. --（FOR2；67）
譯自：The anxious generation : how the great rewiring of
childhood is causing an epidemic of mental illness.
ISBN 978-626-7063-86-6（平裝）

1. CST：精神醫學　2. CST：網路使用行為
3. CST：網路沉迷　4. CST：青少年心理

415.95　　113016755